施元辉译文精选

三角案件

大冈升平 著
施元辉 译

海峡出版发行集团 | 海峡文艺出版社

作者简介

  大冈升平（1909～1988年）是雄踞日本战后文坛的旗手之一，与三岛由纪夫、井上靖并称为日本现代文坛三杰。其代表作《三角案件》1977年被日本《周刊文春》杂志评选为"1977年至1990年度最好作品"，被《新书馆》Mystery Best201 评选为"超 A 级作品"，被认为是在日本推理小说史上一部地位不可动摇的法庭小说，为第 31 届"日本推理作家协会奖"获奖作品。

序

张 炯

《施元辉译文精选》即将出版,这是我国翻译界和中日文化交流的一件可喜可贺的事!施元辉是我认识多年的老朋友,也是隶籍福建福安的同乡。他是中国作家协会会员,知名的翻译家、散文家。他从北京外语学院毕业后分配到外交部工作,曾任我国驻日本领事并长期从事中日文化交流活动。出于对文学的爱好,他先后翻译了当代日本作家的作品十多部。其中既有儿童文学作品,更多是受到读者广泛欢迎的推理小说。他还出版过自己创作的散文集。他精选的译作共三百多万字,这次结集出版,编为十卷,可谓皇皇巨著!

中日文化交流可以追溯到汉唐,渊远而流长。特别是唐宋以后,日本曾派遣大批留学生来华,鉴真和尚携带许多书籍并率领大批工匠赴日,使中国文化得以广泛传播于日本。历代日本天皇多酷爱中国文化,也多方搜购中华书籍。所以,著名的日中友好人士白土吾夫先生曾说:"明治维新以前,日本的文化多来自中国"。而明治维新后,日本率先学习西方,自此我国也多有留学生到东瀛学习。我国新文学的兴起,大多得益于通过日本而吸取和借鉴了许多欧美等国的文学。鲁迅、郭沫若、郁达夫、茅盾以及周扬、胡风等都先后去过日本,并从日文翻译了不少西方和日本的作品。

施元辉翻译多部日本儿童文学作品和推理小说应非偶然,当今我们从日本动画中就可窥见日本儿童文学的发达。儿童是人类的未来，优秀的儿童文学作品对儿童精神世界的影响，已为世界各国所高度重视。日本最初的推理小说借鉴过中国明清的公案小说，后来才受到西方侦探推理小说的影响，并发展为具有深刻社会内容的小说品种。这种小说由于具有强烈的悬念，而层层推理在满足读者审美需求的同时又能培养读者的智慧，它之广受读者的欢迎是很自然的。

我国翻译外国小说的历史可以追溯到19世纪90年代。那时译界的名人严复和林纾都是福建人。康有为曾有诗称："译才并世数严林。"而严译学术名著，林译欧美小说。林纾先后译有外国文学作品达180余种，其中不乏世界名著，如《巴黎茶花女遗事》《黑奴吁天录》《块肉余生述》《撒克逊劫后英雄略》《滑铁卢血战余腥记》《迦茵小传》《鲁滨孙漂流记》《伊索寓言》等，林纾不会外语，与人合作，别人口述，他以文言译之。后来鲁迅、周作人也曾用文言译《域外小说集》。那时译家蜂起，据阿英《晚清戏剧小说目》统计，翻译小说从1882年至1913年计有682种，可见翻译小说之盛况，而侦探小说居然占一半以上，说明这类小说受欢迎由来已久。

施元辉翻译的日本小说也不乏名家之作，如井上靖的《红庄的悲剧》、松本清张的《跟踪》、高木彬光的《零的蜜月》、草野唯雄的《复制的脸形》、江户川乱步的《奇面城的秘密》、森村诚一的《恶梦的设计者》等，差不多遍及日本当代推理小说的各流派。他翻译的《恶梦的设计者》《零的蜜月》等作品多次再版，并被改编为电影、电视和广播小说。此外，他还翻译出版了日本著名作家山崎丰子的名著《女人的勋章》以及日本儿童文学鼻祖小川未明的《红蜡烛与人鱼姑娘》和滨田广介的《黄金的稻穗》等多部日本儿童文学作品。他自己写过小说和散文，他的译笔忠实于原文，流畅、生动、简洁、富于色彩。严复当年曾提出并实践译作的"信、达、雅"的要求。他在《天演论译例言》中说："译事三难：'信、达、雅'。求其信已大难矣，顾信矣不达，虽译犹不译也，则达尚焉。"可以说，施元辉的译文做到了"信、达、雅"的要求。严复、林纾当年以文言来译，要做到"达"很难。而施元辉以现代汉语——白话来译，普通读者读起来是毫无障碍的。他翻译的作品曾得到著名日语翻译家文洁若女士的赞赏。

《三角案件》被认为是日本推理小说史上一部地位不可动摇法庭小说，是一部超级作品，它是雄踞日本文坛三杰之一的太冈升平的得意之作。作品讲述19岁的阿宏和少女好子相爱了，好子怀有身孕后，这一对恋人准备双双离家出走，私奔他乡定居。漂亮、放荡的初子小姐对妹妹好子和阿宏的爱恋妒火中烧，因为她也悄悄地恋慕着阿宏。当初子得知妹妹已怀有身孕并拟和阿宏私奔后便从中作梗，乃至要挟……黄昏，在荒凉的郊外山岭上，阿宏手中的利刃滴着鲜血，初子小姐横尸野外……到底是谋杀，还是自杀？……围绕这一起错综复杂的三角案件，当地司法部门进行了一系列的取证、调查和审讯。

中国和日本为一衣带水的邻邦，有过两千年友好交往的历史，近代以来却不幸发生过战争。今后两国如何和平共处，继续友好，这是两国有识之士和广大人民都十分关心的。我国领导人提出建设人类共同体的建议，我想，其目的就在提倡各国友好、和平共处，把我们的世界建设得更美好！这期间，加大加深各国彼此的文化交流、包括文学的交流非常重要。施元辉原是从闽东北山村走出来的子弟，被家乡人誉为福安的第一个新中国外交官、第一个文学翻译家、第一个电影出品人。他退休后还投身企业界，创办了文化交流公司，热心家乡公益事业。我希望他不要忘记文学工作，译文集的出版不是终点，而应是新的起点，人们会期待他翻译更多的日本文学作品，帮助中国读者通过文学更多认识地日本；同时也将中国当代的优秀文学作品翻译为日文，帮助日本读者更多认识地中国，继续跟他熟悉的日本友人和作家一道为促进两国的文化交流和人民友好做出更大的贡献！

2017 年 2 月 20 日于北京

（张炯是中国著名的文学评论家，原中国社会科学院文学研究所所长、学部委员、中国作协副主席）

目　　录

一、案件 …………………………………………… 1
二、候补法官 ……………………………………… 14
三、公审 …………………………………………… 31
四、冒头陈述 ……………………………………… 50
五、证据调查 ……………………………………… 61
六、律师 …………………………………………… 79
七、被害者 ………………………………………… 93
八、证人 …………………………………………… 105
九、询问 …………………………………………… 113
十、休息时间 ……………………………………… 147
十一、午后的法庭 ………………………………… 157
十二、杀意 ………………………………………… 191
十三、间奏曲 ……………………………………… 223
十四、新生活 ……………………………………… 238
十五、新事实 ……………………………………… 260
十六、实地验证 …………………………………… 296
十七、审讯被告 …………………………………… 307

十八、求刑 ·················· 321

十九、最终辩护 ·················· 327

二十、合议 ·················· 341

二十一、判决 ·················· 355

二十二、真相 ·················· 363

一、案件

昭和36年①6月28日，闷热的梅雨季节即将结束，暑热逼人。傍晚5点钟左右，上田宏从山麓羊肠小道上推着车走下来。本书叙述的故事就从这里开始了。

神奈川县高座郡的金田镇是一个人口不满五千、电话不到百部的乡村小镇。

这里地处相模川流域，也不完全是为节省运砂费用，工厂却在不断增加，估计到1965年时，仅在金田镇一带就将增加到20家。这里的村庄部落只拥有园地、水田和山岭，为了与因工厂增多而增加的税金收入相适应，住家都集中到一个镇子上了。

工厂生产制造从铸件、陶器、半导体收音机、计量仪器直到象征当时日本繁荣的玻璃等，各种领域的产品应有尽有。此外，这里还计划修建一座加工附近农家饲养的生猪的罐头厂。后来，连经营鲑鱼和鳟鱼罐头的北洋渔业公司也挤进这块竞争激烈的地区，以致引起同行们在报纸上喧闹一时。好多工厂为确保工人这一资源，一年前就从附近农家招了150名年轻工人，

---

① 昭和36年即公历1961年。后文不再注，读者可自行换算。

让他们赚了不少的钱。

年方19岁的上田宏就是这些人中的一个。所以谁也不会想到，在他从山麓推车下来的第二天，竟会突然离开这个小镇，出外做工。

那天在路上和阿宏相遇的是镇上杂货店老板大村吾一。据大村讲，当时上田宏的脸色不好。

"小伙子，你到哪里去啦？"

阿宏擦身而过时，大村问道。

"是从长后镇办事回来的。"

这条路是沿着尽是一层一层梯田的晒泽山，往东5公里，越过正在修建高尔夫球场的起伏山峦，到达小田急公司的江之岛铁路的。

金田镇上的人，有事以及购买东西，大都到厚木去办。因此当时大村听阿宏说他特意从这条路翻山去长后镇回来时，心里有些纳闷——这是大村后来说的。

阿宏说的是实话。那天他的确是去了长后镇。不过他到长后去办什么事，并且和那具躺在山麓小道南边、大村的那片杉木林中的坂井初子尸体有什么关系，他却没有说。

"因为裤子和衬衣上都没有血迹，所以看不出那家伙会干了那样无法无天的事。"

大村对派出所的巡警说。

当天阿宏的父亲喜平和其他亲人们也没有看出他回家后态度有何异常。坂井好子第二天和他离开金田镇到横滨矶子的一家公寓住了5天，她也没觉察到阿宏的神志有何异样。

好子是被害者初子的妹妹。

据当地父老说，金田镇自古以来是块平安之地。在漫长的德川时代，这里是幕府所喜欢的"主领"，即幕府直辖领地，征收年贡并不多。而在明治的自由党时代,虽被编入多次发生叛乱的三多摩地方,据说那也仅仅是因为村里一富户遭到强盗抢劫之故罢了。这是村人记忆中唯一的案件。

在战后的土地改革之前,这里的居民都是耕种由 5 反①到一町二三反土地的自耕农。他们做不出惊天动地的事来,也从未发生过什么悲惨的事件——这是金田镇的特征。

只是在镇北 5 公里的厚木、座间成了美国驻军的基地之后,村里才开始发生了变化:大多数年轻人被征去营建基地、当清扫工。被征去的主要是复员军人,他们看到美国驻军经常改变营地和医院的四周外观,颇感惊讶。

其后,随着驻日美军人数的缩减,大量劳工被放逐出来。这样一来,在一段时间内,从这里到相模平原一带不断发生抢劫、强奸案件。好在这些流散人员很快就被相模川流域开始建筑的工厂和砂石采掘场吸收去了。

金田镇的年轻人已经算不上地道的农民了,他们说农活早应该在他们的父亲一代就结束了。他们不只是在节日或农闲时才喝酒,而是一年到头地在镇上酒店里喝酒。

由于开始建厂,地皮由每坪一万元涨到 12000 元。这使多数农户有了两三百万元的存款。而且耕种开始了机械化,农活已不再非需要年轻劳力不可了。譬如,坂井初子的母亲澄江虽是一个寡妇,但除农忙季节要雇少量劳力帮忙外,她自己一人就绰绰有余地耕种那卖给工厂以后还剩下的 3 反地。

澄江的长女初子不喜欢当农民,6 年前离家去了东京。澄江并不为此难过,之所以如此可能是出自上述原因。初子说她是在新宿一家饭店当招待员,并住在店里。但有人说她是吉普女

---

① 反:日本的面积单位,等 1991.7 平方米;一町等于 10 反。

郎。她偶尔回到镇上时，烫起头发，涂着口红，打扮得花枝招展，颇惹人注目。人们纷纷议论说她要是一个女工，这番打扮未免太过分了。

其实，与村里其他姑娘比起来，初子的打扮并非特别讲究。村里姑娘们也都光顾过厚木的美容院和烫发馆。初子之所以那样惹人注目，是由于村里姑娘白天大都在工厂上班，唯独她一人或在街上逛来逛去，或在酒店里叼着香烟喷云吐雾的缘故。

一年前，初子从东京回到金田镇，用据说是积攒下的30万元薪金，在厚木火车站旁开了一间小酒店。光顾这个小酒店的是工厂的工人、司机和小田快车班的乘务员们。生意还相当兴隆。母亲当然是反对她开酒店的，可是酒店成功开张之后，她就再也不说什么了。

有一段时间，她每天从家到酒店去上班，后来说是怕东西和酒被偷，就大半个月地睡在店铺里。镇上有人怀疑说："鬼知道她究竟是为什么要睡在店铺里呢！"

妹妹好子比初子小4岁，与上田宏同庚，今年19岁。大家都说妹妹比姐姐长得漂亮，但阿宏却不这样认为。

初子生得胸丰臀大，过去这是让母亲叹气的体型，可现在却被人看作是一种富有魅力的女性特征。阿宏心中暗想，大概这就是她媚人之处吧！

妹妹身体瘦小，虽容貌一般，但皮肤光滑洁净，性情活泼，人称"小香鱼"。阿宏暗想，她之所以能得到这一美称，是因为她生长在相模川流域吧。

在镇上小学读书时，阿宏和好子座位挨在一起，但关系并不特别密切。只是前年夏天，在平冢的七夕节庆祝活动的人群中，两人邂逅，才突然亲密起来。

当时两人进到小巷的吃茶店谈了一个钟头。出来时被金田镇上的人看见了。那时，阿宏一边在茅崎的自行车装配厂工作，一边上定时制高中①，今年才毕业。

阿宏多半是想和好子结婚，但他父亲喜平似乎不愿同寡妇澄江结亲。他特别厌恶澄江有初子这样一个不肖的女儿。

很明显，澄江也不喜欢初子而喜欢好子，把希望寄托在她身上。她是打算给好子招个养老女婿，以照顾自己的晚年。而喜平则决不让继承家业的长子阿宏入赘给人家。因此阿宏和好子这对有情人一时难成眷属。

当时好子在茅崎洋货店工作，两人经常一起坐公共汽车上班，有时到深夜才一起回来。

"他们谈恋爱了！"

这是一般人的印象。有人说，这两人一定不顾父母阻拦而好下去的。因为当时婚姻自主的思想，通过广播和电视，已经深入到金田镇男女青年心中了。

阿宏的父亲喜平今年45岁。3年前他妻子去世了。他会不会把住在厚木的早就相好上的情人娶来续弦呢？对此，镇上人颇感兴趣。喜平除长子阿宏外，还有一个儿子、一个女儿，家务事全托付给回娘家来的姐姐。大家都说，阿宏的姑妈料理不好喜平的家务事。要是阿宏的妈妈还活着，阿宏是不会犯罪的。

6月28日傍晚，也就是阿宏推着自行车，从山间小道下来的第2天，他和好子双双逃走了。"他们终于采取走为上计这一招了。"有人评论道。

当天，从早到晚，风雨交加，翌日天气转晴。

好子似乎在这两三天之前就开始整理行装了——这是澄江

---

① 定时制高中：是日本高中一种利用夜晚或上下午在一定时间里授课的制度。

后来想起的。29 日，她异乎寻常地帮助母亲干农活。晚上洗了澡后，9 点才上床睡觉。其后不知过了多久，澄江在睡梦中迷迷糊糊听到外面有三轮摩托停住，一会儿又开动了。

"妈，我和阿宏去横滨了。"桌子上放着一张字条这样写着："方便时我会回来和您详细谈谈。可是现在请您不要问我为什么要瞒着您出走。"

当然阿宏也瞒着他家。这对男女突然离家私奔，直到过了 3 天，初子的尸体在杉木林中被发现以后，才引起人们的特别注意。

初子被杀，这是金田镇有史以来的大案件。

厚木车站前初子的店铺，从 28 日开始就没有开门，可是第 2 天澄江得知后，并没有在意。

因为初子经常和客人乘小田快车往西经 3 个停车站，到鹤卷温泉旅馆，有时还去东京，在朋友家住四五天。

初子的尸体，是 7 月 2 日被巡查自己家杉木林的大村吾一发现的。

由于新建工厂需要脚手杆，厚木的木材公司向大村订购杉木杆，老人就到山上来查看树木了。

后来他向大和署的警官这样叙述道：

"我是在 7 月 2 日下午 3 时左右离开家的。木材公司向我订购 20 方杉木，我想到山上看看现在能否砍到这些木材、在什么地方砍合适。爬一会儿晒泽山，我就走进右边树林中。树林是从那里往南一直延伸 200 米到一个斜坡。我很熟悉这一带，林中没有道路。我用卷尺量树干的粗细，估测其高度，不知不觉地往里走去。突然看到初子倒在那洼地上。

"那是一具令人耳不忍睹的尸体，已经腐烂了，倒在离晒泽 50 米的一座 10 米高的山崖下。当时并没有看出是初子，而且尸体周围并不杂乱。山崖上有一条狭小通路，死者好像突然从崖上摔下去，就那样俯卧在地上了。

"我停止丈量杉木，决定马上去镇上派出所报案。我没有动尸体，她已死了是一目了然的。一只高跟鞋已脱落，手提包扔在尸体旁边。至于她是初子，我是后来才听说的。我当时也没注意到她胸部被刺。"

因为初子是招待行业的女人，搜查官首先怀疑这是情杀。于是店铺的常客一个一个地被警察传讯。警方推测初子是在28日下午被杀害的，而这些常客都有旁证，证明他们在当时不可能作案。

其后，大村吾一突然想起28日傍晚见到阿宏从晒泽山推着自行车下来的情景。

好子私奔，初子被害，她们的母亲澄江陷入半精神错乱状态。7月3日的报纸报道了这桩案件。好子得知后，当天下午就回家来了。但阿宏没有回来，他说从1号起刚刚开始在矶子区的自行车工厂上班，不能缺勤。而镇上人认为这不过是他的借口罢了，恐怕他有不便之处。可是当天阿宏被逮捕后，人们又改口说，他因为胆怯，不能参加死于自己毒手的女人葬礼云云。

两人的私奔，虽然上田家、坂井家不想让别人知道，可是不用说镇上人都知道了。因为29日夜10点左右，有人看到阿宏驾驶着三轮摩托车，好子坐在他旁边的助手座位上，向长后方向驶去。

"现在的年轻人实在没办法。真要感谢您的女儿把我的儿子引诱走了。"

第二天澄江把好子的信送给喜平看以后，喜平对她挖苦道。

虽然知道儿女的去处，但他们为了不使家丑外扬，没有去派出所要求搜索。喜平心想，两个孩子以后在无法生活时，会乖乖地回家来的。

由于初子的死，人们随之在4日知道了阿宏和好子同栖的住处：矶子区阿宏上班工作的工厂附近一所公寓。

"你不必逃出门去，有什么事我们总有商量余地吧？"澄江对回到家的好子说道。

"现在初子死了。你是我唯一的女儿了。你就这样待在家里好了。给我保证：你不再提去横滨啦！"

澄江流着眼泪劝说好子，可是好子低着头，沉默不语。"她原本不是这样的呀！可是……"

澄江心里难过地这样想。要摸透现在年轻人的心情，真叫难呀！

初子没有被强奸，她手提包里的3千多日元还原原本本放着。因而开始一段时间，她的死仍是个谜。

显然，她是在崖上被刺，而后被抛进杉木林中的。那山顶是一片麦田。麦子收割后种上了大蒜和牛蒡菜。麦田西边就是晒泽山登山路的终点处。与这条路十字相交的小道，由南往北穿过这山顶的西端。

初子的尸体就躺在十字路往南50米的崖下。虽然那几天是接连不断的梅雨，但仔细一看，路旁的草根上还有血迹。此外，初子的白阳伞挂在了悬崖的半腰。

警察首先调查了初子28日的行动。据她的店铺附近人说，当天下午两点以后她在火车站前乘上了开往横滨的公共汽车。

当时她的装束和现场的一样：花色连衣裙、高跟鞋和白阳伞。

一个23岁的姑娘，这样的打扮并不奇怪。可能由于公共汽车的乘务员与初子年龄相仿，所以她记住了初子。她说初子在长后的火车站下车前，一直是一个人。

初子为什么去长后，其后的动向又如何？虽然是个疑问，但到车站一了解就知道了：她是去找一个刚从厚木分配到这里的年轻的车站工作人员，取回欠她的一点钱的。

这位名叫木神原的年轻人当场还她850元。当时初子外表显得轻松愉快，看不出有什么烦恼。她说在长后还要找另一个人索取赊款，索回款后回金田镇。金田镇也有欠她款的人。

也就是说，这天初子是到各处收回欠款的。在长后除木神原以外，应该还有一个欠款人见到她，可是这个人并未来所报告，看来搜查到这里就遇到了挫折。

然而，在继续调查中，由于当地警察的协助，大和署的刑事找到了关键的线索。

镇内有一家叫"丸秀"的运输商行，商行老板的儿子年前曾和上田宏在茅崎的自行车装配厂一起工作过。案件发生前一个星期，阿宏向他提出要借三轮摩托车用。

老板儿子因为父亲购买了两部汽车、一部三轮摩托车开办运输商行，就停止了工厂的工作，协助父亲经营运输。

"丸秀"的老板本不愿意把做生意的工具借给儿子的朋友，只是由于阿宏是他家的常客，他摸透了阿宏的脾气，所以也就答应把三轮摩托车借给他用。

28日下午3时左右，阿宏到"丸秀"来，说他决定明日晚来取车。

阿宏说为了不影响车主的生意，借用时间从晚上到翌日早上。事实上，30日早晨他就把车送还主人了。

阿宏和"丸秀"老板的儿子在商行前检验三轮摩托时，初子拿着阳伞从旁走过。

"阿宏，你在这里干什么呢？"她问道。

"当时，阿宏显出吃惊的样子。""丸秀"老板的儿子后来这样回忆说。

案件发生的第二天，阿宏离开金田镇这件事，本来就已引起警察的注意，何况在初子被害前，他们在长后还见过面呢。

"丸秀"的小老板还说初子当时要求阿宏道：

"阿宏，你要是回镇上去，顺便让我坐在车后回去好吗?"

事情大概就是这样。阿宏勉勉强强答应了。——这是"丸秀"小老板的印象——阿宏让初子坐在自行车后面，向金田镇方向驰去。当时将近下午4点钟。

据说阿宏时常到初子的厚木店铺去。他在那里虽不喝酒，却坐在里面的桌子旁，面前总是放着汽水瓶。

"同时玩弄姐妹二人是相当不容易的呀！为了和妹妹一起逃走，把姐姐给杀了。"

3日傍晚，当金田镇的人们听说阿宏在横滨的工厂被大和署的警察带走时，都这样说。

阿宏和好子之间有个秘密：好子已有孕3个月了。阿宏对警察说这是他们双双出逃的原因。

澄江是一位粗心的母亲，案件发生了，好子回家后，她才注意到好子怀孕了。而初子虽然年轻，却很世故，即便偶尔回到金田镇，据说她早就知道好子怀孕了。

据阿宏供认，初子劝好子马上去做人工流产。她说，她可以介绍好子去东京一个熟识的医生那里做手术。她说："你年纪这么小，怎能养孩子呢？应该趁年轻享享乐。好子，去做人工流产吧！"

但是好子扬言非要孩子不可。她说，如若有人耻笑他们，他们可以到横滨还是什么地方去住。

阿宏说，就是在28日下午4时，初子坐在阿宏的自行车后回金田镇途中，还劝阿宏要好子去做人工流产。但是阿宏如实告诉她,他们准备出走,刚才就是去借运行李用的三轮摩托的。

初子当即表示她不能对阿宏他们的轻率计划听任不管。她扬言马上将他们的计划告诉给自己的母亲。

到晒泽山顶上时,阿宏心想,在回到镇上以前必须说服初子。于是他让她从自行车上下来,沿着崖上道路,往杉木林方向走去。

阿宏当天下午在长后街买了一把刀,是开罐头和拔瓶塞的登山备用小刀。他是为了搬家住进新居后买来作为日常用具的。

他哀求初子,千万别把他们的事告诉澄江,要她高抬贵手,让他们逃往他乡。初子笑了:"我还要去告诉你家呢!这可不是开玩笑呀!你们还都是小孩子,小孩子生小孩子,可不行。我可不能不闻不问。"

这是初子过去不知重复了多少次的话。

因为是梅雨后的一个晴天,下午4点以后,那一带还很亮,晒泽山上,太阳在闪闪发光。

阿宏拔出了小刀,据阿宏供认说,当时初子不但不逃,反而冷笑道:

"什么?想用这东西威胁我吗?"

"我求求您,别声张出去。让我们去横滨吧!"

"妹妹太糊涂,被你骗了,也说要生孩子。你们还不能自立,生孩子是罪恶,首先是丢人的行为。"

"我们一到成年就结婚,不会给姐姐丢脸的。让我们走吧!"

"那可不行。我丢脸不丢脸倒没什么,可怜的是我母亲。我决不同意。"

初子还往前走。

"站住!"

阿宏走到初子面前,叉腰拦住她。

"什么？你想用这东西威胁我吗？要知道，我已经呼吸了6年东京的空气了！滚开！"

初子为自己过去在新宿工作过而感到骄傲，好讲东京话，此刻她故意用东京话来挖苦阿宏。

之后怎么样了呢？阿宏实在记不起来了。他只记得那种嘲笑在初子脸上消失了，变成一种在沉思什么的表情。她的脸一下子靠近了。

紧接的一瞬间，阿宏俯视着倒下去的初子。这时，他站立在夕阳西照的山峦上。

初子一动不动地横倒在路旁草地上。鲜血从她的胸膛流出来，逐渐地染红了野草，着实令人害怕。

她那苍白的脸紧贴在地上，睁着的眼一动也不动。

"把她杀死了?!"

阿宏茫然地望着四周，极目见到的东西都是静止不动的。

道路南侧大约300米远处是一片杂木林，前面是高尔夫球场的工地。好像是汽车在爬坡，传来了喧嚣的马达声。

当时上田宏如若马上照看着初子，或马上去镇派出所报告，案件有可能变得简单了，可是其后他采取的行动，使他失去了辩护的余地。

他向警察坦白说，他最初闪过一种想法：被人发觉就糟了。当时他已决定第二天和好子去横滨，并且也决定从7月1日开始到矶子的汽车工厂工作。他意识到此刻杀死了初子，这一切都将告吹！

他曾经像电影中描绘的那样憧憬他和好子去横滨，过那种不受任何人打搅的甜蜜生活，而今，这成了真正的梦了。

不管怎么样，先把尸体隐藏起来吧！

阿宏当时下定决心。

道路一侧是茂密的榧树丛。上田宏把初子尸体拖到那地方。尸体拉进草地后，逐渐向下滑。这使阿宏想起那里是一个10米高的山崖，下面是大村的杉木林。尸体往下滑，初子的高跟鞋、手提包和阳伞也一起掉了下去。

血把土和草染红了，这是没有办法的事。好在当天晚上到第2天清晨下起雨来，雨水把血迹给冲洗掉了。

上田宏用晒泽山上的泉水，把手上的血迹洗净，又把小刀洗净，深深地插进旁边田圃的泥土里。

他歇了片刻，调整一下呼吸，推着自行车下山。就在这时，大村向他打了个招呼。

作案后，好子和他同住在矶子公寓的一个房间，5天里竟未发觉他有什么异常。其中原因之一恐怕是她被蒙在鼓里的缘故。

"你闯下这么大的祸，还以为不会暴露出来吗？"

询问他的警官问道。

"我不知道。反正我已决定要让好子生下孩子来，所以不能更改原来的计划。"

上田宏回答道。

上田宏的生日是2月17日，这时候他才19岁零4个月，还是一个未成年者。

按照《少年法》的规定，在案件后一个月，由家庭法院审判。但是在家庭法院的法官认为必须给他以相当刑事处分的情况下，他被送交到横滨地方检察厅。

二、候补法官

横滨地方法院的候补法官野口直卫刚刚迎来了 33 岁的生日。他是昭和 26 年大学法律系的毕业生。毕业后到司法研究所学习了两年法律实务知识，昭和 28 年被任命为候补法官。其后在札幌工作了 4 年，又到各个地方法院工作了若干年，积累了相当丰富的经验。他是在 3 年前调到横滨地方法院的。

工作后第二年他和妻子光子结了婚，他们有一个女儿纪子。一家人在横滨北郊妙莲寺的机关公寓里过着舒适的小康生活。

候补法官工资提得不快。况且一个凭良心和正义感执法不阿的人，是没有其他金钱收入的。但野口对眼下的生活没有感到什么特别不满足的地方。

司法研究所同期同学中，有人选择了收入可观的律师职业，而野口对自己是否有能力压倒别人、出人头地则缺乏信心。他觉得以国家权力作后盾的公务员生活倒挺适合自己的性格。

妻子光子是他母校刑法教授土高先生的三女儿。教授和最高法院、律师协会关系密切，应该说这有助于野口的仕途。而且 3 年后他就要由候补法官转为正式法官，法官只要不犯大错，就不会被罢免，或被强行调离工作，而能得到其他公务人员所得不到的身份保障。

因此，作为枥木县一个地主子弟的野口，对于自己拥有这种特权感到心满意足。

但是，法官的工作绝非轻松。公开审判会每周就有3次，而没有审判会的另外3天，横滨地方法院规定作为审判官的所谓"宅调日"，即让他们在家核对审判记录，撰写判决书等。因此野口每天很少在夜里12点以前上床睡觉。如若遇到棘手案件，还得把星期天给搭上。

这10年间，刑事案件增加到4倍之多，而法官人数却只增加了百分之二十七。像野口这样其志可嘉的法官，看来人数太少，定员经常不足。无论是哪一个法院，有待解决的案件堆积如山，即使现在不再发生新案件，光解决现有全部案件，至少也要两年，有人估计甚至需要3年。

因而审判官总是被案件搞得晕头转向，一些案件未能如期处理。由于案件审理的拖延，不管是否犯法，所有被告对其美好前途和幸福的追求，都不同程度地受到损害。对于这一点，审判官们最初感到有些负疚，其后不知不觉间便习以为常了。总之，因为自己是作为庞大的社会一员，于是常以一切都是社会之罪，以流行的所谓"社会和人"的论调来为自己辩护。

就在这时候，检察厅对少年上田宏以杀人弃尸罪提起公诉，野口直卫被责成审理这一案件。

因为该案件发生于乡村小镇，东京的报纸只将其作为地方版面上的主要新闻，以不大篇幅加以报道。在阿宏被捕之前，由于初子是开酒店的，故人们多认为这是一桩情杀案件。

《实话》杂志总爱捕风捉影，编造离奇情节以吸引读者。可是当知道凶手是一名少年时，他们就缄默不语了。

从一开始就颇为严肃而认真地报道这一案件的是《妇女周

刊》。只是因为被害者是一个干饮食店的女人，既非家庭主妇，又非公司女职工，难以博得一般妇女的同情。有人总觉得像艺妓、女招待和其他接客妇女这样的人，过那样的生活以至因本身造孽而被杀，也是没有办法的。特别对家庭主妇们来说，以上这些女性的存在是危险的。她们即便不是家庭的破坏者，也会让主妇们的丈夫浪费钱财和精力。

所以，《妇女周刊》把报道重点未放在初子被害而是放在澄江和好子身上，这是理所当然的。《妇女周刊》强调这一点：由于凶手阿宏的造孽，农家寡妇和她女儿的生活遭到了破坏。

"阿宏为了实现理想生活，杀死了好子的姐姐——尽管她姐姐是饮食行业的女人——这纯粹是战后青少年受了'排除幸福阻碍者主义'的毒害结果。"《妇女周刊》还这样解释道。

《妇女周刊》还指出，不管谁是主动者，好子与这样的男人相恋且怀了孕，这是个不幸。婚姻遭到父母反对而离家去追求"幸福生活"，乍听起来颇有道理，但想干的事，就不择手段地去干，这就是一种"捷径反应"。

"两人的爱巢，筑在二楼厨房前面，是一个仅3铺席的小房间。每月租金不过3千日元，是这公寓里最便宜的。"记者继续写道，"在那里，两人度过了5天短暂的幸福和快乐的时光，但这完全是在火山口上的欢舞。被抛弃在金田镇杉木林中的初子尸体，将给他们带来可怕的后果。"

"两人不是像普通16岁到19岁的少男少女那样，一味追求两性欢娱。但他们希望养个胖娃娃、建立一个理想家庭是毫无疑问的。然而这种应有的权利和幸福，却建筑在一具无辜尸体之上，从这点来看，本事件的性质就远远超出一般性道德问题的范畴了。"

周刊认为作为姐姐，初子的劝告是对的。好子应当去做人工流产。日本是一个具有古老文化、又允许堕胎的国家,以至那些因服用安眠药、沙利度胺而将要生下怪胎的女人,不辞远途跋涉,来日本做人工流产。周刊还呼吁、日本法制的这种优点,还应发扬光大,对堕胎的有限的限制还得放松。

审判官在审理案件时,不应受到报纸、杂志之类的影响,只能根据提到法庭上的事实进行判决。

在研究所学习时,野口直卫就被告知:为避免主观臆断,法官是不能看那些供人消遣的报刊的。但从他7年的工作经验看,那不过是空谈罢了。因为事实上,审判官最爱看报刊。

他们不仅对有关判决的评论感兴趣,而且也把对有关正在审理的案件的报道作为在审判官们围在一起时谈论的话题。

但是,判决决不能因之而受影响。法官是独立地凭法律和良心下判决的。对于判决,即便审判官之间也不作评论。

有关政治问题的案件,下级法院的审判官在下判决时,揣摩最高法院的想法的事例,不能说没有,但这是特殊情况。判决是每个审判官根据自己的良心,即个人的一种秘密而下的。因而有同样经历的审判官之间,都力求避免相互批评。

检察官对上田宏以杀人弃尸罪提出起诉后,这桩案件将由3名审判官来审理。

3名审判官中,按规定两人必须是正式法官。但由于正式法官人员不足,便采取一个变通弥补办法:其中一人由最高法院任命一名有5年工作经验的候补法官来代替。

野口直卫已连续担任了7年候补法官,他参加审理上田宏的案件,是由于具备这种相当于正式法官的资格。

审判长是一位年纪相当于野口父辈的战前老法官。他是法律界经验丰富的老手。传闻最近要调往关西高级法院。其次是主任陪席野口直卫。另一名候补法官是结束司法进修刚被任命的新手。

上田宏在法律上是一个不满20岁的少年，首先必须接受家庭法院的审判。因案件并不复杂，被告人又自供了，因此在逮捕后一个月的8月3日，家庭法院审理手续即告结束，阿宏被转到地方检察院。其后10天，即12日，检察官提出起诉，于是第一次公开审判定于9月15日在横滨地方法院第四法庭举行。

这是初秋晴朗的一天。野口妙莲寺官邸的朝东的"茶之间"①，虽然阳光充足，但并不闷热。

官邸是日本式和西洋式相结合的平房，由一间八铺席的卧室、一间六铺席的书房兼会客室和一间六铺席的"茶之间"组成。

旁边也是一套同类的房子，住着横滨家庭法院的一位候补法官。横滨地方法院的官邸分散在横滨近郊，而妙莲寺只有这两套。

政府官邸和公司职工住宅相毗邻。由于户主的地位和薪金不同，容易造成太太们之间奇妙的摩擦，所以把这相邻的两套官邸分给不同类型的法院的候补法官居住，可以说这是出于总务上的考虑。

认为要给予上田宏相当严厉制裁的横滨家庭法院，顾名思义，原是调停和审理诸如离婚等家庭事件的机关。虽然和地方法院同级别，但野口和横滨家庭法院素无工作往来。两位太太之间也只有在路上见面时，打打招呼而已，因而不会发生什么摩擦。

这天清晨8点，野口稍微提前一些坐到餐桌旁。因为开庭

---

① 茶之间：家庭用的饭厅。

是在上午10点，所以他上班比普通公务员晚。他是乘坐东横线火车到樱木町车站下，然后步行到法院上班的。

有关这一案件，野口虽然只读到一个月前地方检察院送来的一份起诉书，但是通过报纸和周刊、杂志，他知道该案件含有许多令人感兴趣的问题。

今天他之所以想稍稍提早上班，是打算在开庭之前委婉地询问一下审判长谷本的看法。

妻子光子对本案件兴趣之浓不亚于野口。而且看来她对冈部担当检察官把杀人弃尸作为起诉原因颇为不满。

她一边从烤炉取出面包递给桌子对面的丈夫，一边说道：

"冈部先生认为那天少年阿宏在长后买小刀是为了准备杀人的。可是那天阿宏见到初子，纯属是偶然的吧？"

野口和冈部检察官在法庭上会过几次面，但冈部并没有给他以所谓"鬼检事"①的印象。冈部不过是一个希望在自己担当的案件中，审判官能照自己所要求的那样对被告进行判决的、具有一般热情的官僚而已。

"嗯，关于这一点恐怕要在法庭上争论一番。不过既然起诉书上这样写，那大概是有相当理由的喽！"

审判官不在家庭内谈论有关审判的事，过去被认为是一种美德。野口认为，这不过是过去男子的特权意识的表现罢了。在那些人看来，重大案件是不能让女人和孩子知道的。

野口曾听过明治时代一位审判官的故事：这位审判官在家里闭口不谈有关审判的事，因而在下判决的前后10天里，情绪极不安定。后来，这位老审判官让3个儿子都去当医生了。这一事例常常用来说明审判对于审判官来说是一种多么大的精神

---

① 鬼检事：冷酷无情的检察官。

负担。可是野口想，这位老审判官在家里如果能谈一谈，那么他的精神负担或许会减轻一些的。

光子的父亲是大学刑法教授，经常有许多审判官和律师来家作客，因而光子有机会能够听到关于战后有名案件及其审理的一些情况。

她自己的经历是平凡的：从短期大学日文系毕业后，学习烹调和茶道，接着经人介绍和野口相识而结婚。之所以同意和一名候补法官结婚，可能是因为她对法律界的气氛并不厌嫌的缘故。

如果丈夫愿意告诉她有关职务上的事情，她是能和他谈得来的。对此她感到自豪。

但是她也和普通妇女一样，通过《妇女周刊》了解案件。开始，她对于一个女人由于男性的暴力而丧失生命这一点颇为不快。

一般地说，电影和小说中常出现男性虐待女性的场面。对于这种倾向，光子是不愉快的。但她不能否定这些场面中有奇妙地刺激她那女性特有的被动感情的东西，而她又觉得男性对于女性那种受虐待的姿态，津津乐道，是肮脏的，甚至是愚蠢的。

虽然上田宏才19岁，在法律上是一个少年，但已是能使其未婚情人怀孕的性成熟者，掌握了作为"机械工"的"技术"。如果他有杀人意图，应该予以严惩。可是看来他预先是没有杀人准备的。

"可是，我总觉得他是出于威胁拔出刀来的。结果迫于当时的气氛，情不自禁杀死初子。"

光子把红茶杯放在桌上，这样说。

"真实的情况，据说还不清楚。但是警察厅和检察厅把他的犯罪作为重大罪行进行追究，是他们的义务。"野口继续说道，"因为国家负有防止犯罪、保卫社会治安之责。什么'迫不得已'呀，'一气之下'呀，这是那些犯罪者为自己开脱或减轻罪行的借口。对此不能不加分析。要是检察官如此生吞活剥地处理，那就不成其为检察官了。"

"可是，上田宏不会承认他是出于杀人目的买了小刀的。"

"现在还难说。因为我们现只接受起诉书。按照现在美国所谓'公审主义'，审判官彻底贯彻所谓'起诉书一本'主义，是不容预先推测的，这是令人烦恼的。《妇女周刊》所谓阿宏没有杀人动机，那是在警察调查阶段的报道。其后情况尚不清楚。恐怕有新的自供吧！即便没有新的自供，起诉书敢于那样写或许有确凿的根据。警察和检察厅对案件的处理比人们光凭报纸报道和评论所想象的要充分完满得多．他们的调查决不像推理小说和批评审判的书所写的那样马马虎虎和不可靠。"

野口多少是为了劝诫妻子的成见，才说了这番话。不过，他心里明白自己有点儿夸大了警察和检察厅的能力了。因为在过去7年间，自己经手的约500起案件中，就有一个他们弄错的相当奇怪的案件。

当时，作为进修生，他到一个地方法院实习时经手过一起纵火案件。被告的自供看来毫无破绽，但最后他却被无罪释放。

被告自供他在故意耍弄天花板内的电线使之漏电致火。可是审判长对64岁的被告的动机以及他能否有此方面的技术表示疑问。于是以其职权调查了电力公司的施工记录本，发现所谓有问题的电线早在5年前就被移到家里的另一位置了。事实是：被告以为电线还通过原处，就编造了这个自供。

因为所谓物证已经和房子一起烧掉了，况且放火是难以查清的案件，警察之所以相信了老人的自供，大体经过以下阶段。

老人的老伴刚死不久。他想到远方的女儿家去住，但遭到拒绝，便感到十分悲伤。他说要是把房子烧了，成了无家可归之人，女儿夫妇一定会让步的。这就是他放火的动机。

"我好像想过，是呀，要是房子付之一炬，就能去女儿家了。"

老人若无其事地说。于是这就构成所谓放火案件了。

老人的女儿女婿在房子烧了之后来探望老人，并将他托付给女婿的一亲戚家。其后还是拒绝接老人去同住，劝老人去住养老院。

无论是调查案件的警察还是老人自己，都认为老人无论进监狱，还是进养老院，都差不多。他们的想法有助于"纵火案件"的构成。不如说老人主动协助警察写出了犯罪供述。

由此及彼，负责阿宏的案件的警察如何追问这个少年，而这个少年抵抗力如何之软弱，野口是可以想象到的。

案件刚发生时，周刊杂志热烈地加以报道，而到公审时，已不算是新闻了。无论上田宏被起诉什么罪，也不过是一桩乡村小镇业已过时的案件罢了。

检察官方面主张给阿宏定杀人致死罪。对此律师辩护说阿宏是由于过失使人致死的。这在意料之中。若审判官采取折中办法，判其为"伤害致死"，那么，审判就会成为一桩讨价还价的买卖了。

光子认为阿宏犯的多半是伤害致死罪。她这么过早表示自己的看法，确是少见。

"这一案件似乎存在什么在感情上会吸引人的东西，要是这样，倒有点儿麻烦了。"

野口这样想。

"总之，通过今天的公审，案件或许能更清楚些了吧？"野口被妻子、女儿送出门时说道。

9点整,他走进横滨地方法院2楼的审判官办公室。审判长谷本审判官还没到。候补法官矢野好像刚到,正在整理办公桌上的东西。

矢野比野口小8岁。他体型颀长,微胖,皮肤洁白,可算年轻美男子。他总是用圆圆的眼睛微笑着。不认识的人乍一看,会以为他是个贸易商行的新职员。

真难想象这样和气可亲的年轻人,在谷本审判官异常严峻目光下是怎样宣判持假驾驶执照者犯下伪造文件罪的。

战前派的审判官们常常在杂志采访座谈会上半谦逊半自负地说:自己是一个呆板的人,干不了别的,只好当审判官了。可是野口看到这位比自己还能干的后辈候补法官,不得不感叹:时代不同了!

野口把公文包放到桌上,一位女事务员端来了茶水。

"野口先生,今天来得可早呀!"

"案件发生在我负责的高座郡,而今天又是第一次公审呀……"

野口回答道。

"是吗?要是我感到紧张不足为奇,可是像野口先生这样的行家也这样吗?"

"你别挖苦了。无论经历如何,第一次公审都是令人紧张的。"

野口本来想说,我是想听听审判长预测而提前来的,但他欲言又止。

新刑诉法禁止起诉书中写上容易造成审判官产生予断的记录和证据。规定起诉书只能写被告人姓名、公诉事实和罪名。

既然检察院方面受这些约束,作为审判官在公审之前也应避免谈论有关案件内容的话题。

当然，法院也是人群聚集的地方，况且这又是有名的案件，因而即便在书记官室，人们也肯定一直谈论过它。可是在审判官室，又是在新候补审判官在场情况下，野口是决不敢公然地问审判长："您认为……怎么样？"之类的话，他只能在聊天时，拐弯抹角地把审判长的话套出来。

特别是今早和光子所谈有关被告是否故意杀人这个涉及事实认定的问题，更应避免触及。

野口想问问谷本审判官有关此案辩护律师菊地大三郎的情况。因为菊地担任这个职务似乎不太适合。

菊地大三郎今年48岁。3年前刚辞去干了20年的审判官职务。最近由审判官转为律师的改行者是不少见的。但他们也并非如人们所说的是出于政治原因，或者因为是扶弱抑强的理想主义者。

战前高等文官考试录取者中的高才生，大都愿意成为审判官。而战后，他们则更希望成为一名律师。

候补审判官和新手律师收入相差不大。但10年之后，后者比前者月收入要多10万元以上。并且候补审判官有可能被调到地方任职，而律师则可自由选择谋生之所。正式审判官的目标当然是"盯"在最高法院了。可是最高法院的审判官现有人数由战前40多人减为15人，而其中审判官出身者不过寥寥5人。因此可以说，审判官能够"出人头地"的范围狭小，大多数不得不在偏僻的乡村地方法院供职. 即便通过学阀、派阀关系，一开始就进到最高法院，但一辈子在最高法院供职的特权阶级是没有的。与其在地方法院毫无晋升希望地干着单一的工作，直至65岁退职，倒不如现在就改行当律师以巩固社会地位。因而现在四五十岁的审判官中，不少人有此打算是不足为奇的。

上田宏案件虽然发生在乡村小镇，但已经由周刊杂志作了报导。律师很有可能通过其辩护，显示其才干，获得好处。

可是菊地大三郎并非为了扬名而接受此案辩护。阿宏的父亲上田喜平自阿宏离家的第2天起，一直怒不可遏。他说，他不想花钱请律师，用官方指定的律师就行了。

他大声喊道："我家不做不体面的事！"可是要说不体面的事，再也没有比儿子从家逃出去且伤了人命这样的事更不体面了。

他拥有一町8反的土地。除了家周围的两反蔬菜地以外，全部卖给"北洋渔业公司"作工厂用地。然后用卖地款在东京近郊置了房产。此外他还在战时、战后到附近城市高价出售大米和蔬菜时赚了不少钱。据说他的存款大概超过1千万元以上。

作为这么有钱人家的儿子，阿宏却离家出走，这是上田喜平百思而不得其解的。镇上大多数人也觉得奇怪。

阿宏下面还有个16岁的妹妹里子，10岁的弟弟阿直。他们这一辈子，将因自己哥哥是个杀人犯而被人蔑视。

喜平还打算在"北洋渔业"的工厂建成以后，再买下旁边的土地，将之填平盖上楼房，然后以每两间为一单元、每单元以8千元左右的租金租给工厂的熟练工，好赚一大笔钱。

当时还活着的妻子问他：反正不当农民了，到别的地方去吧！要盖房，东京或是横滨不是都可以盖吗？

喜平答道：

"你真糊涂。那些地方的土地你买得起吗？在当地盖房子，还能赚钱呢！"

这一天，阿宏中学时的老师花井先生来到喜平家。阿宏中学时成绩优良，还被选入班委会，因此他过去的老师、同学们都对所发生的事情感到意外。

花井先生还了解阿宏在茅崎工作勤恳踏实，从不和同事们吵架斗嘴。

菊地大三郎是花井先生的远亲。菊地原是刑事专业的审判官，改行当律师后，受委托处理能赚钱的民事案件自然不多，因而生活并不宽裕。于是花井想这正是委托他办理有关曾是他好学生的阿宏的案件好时候。

可是当花井向喜平提到菊地律师时，果然不出花井先生所料，喜平回答说，这样有名的律师恐怕不会答应的。

花井先生对他道：

"我替你向他提出特别邀请，我想菊地先生一定会对这一案件很感兴趣并且接受我们的委托的。"

结果，喜平要求容他两三天，考虑考虑再说。

"我们并不是能出高金聘请律师的人家呀！"

在送别花井时，喜平不断地重复以上这句话。过了3天，花井先生又找他的时候，发现他的态度奇怪地变得傲慢了。

"律师不光是菊地先生一个人呀。"

他口里突然冒出这么一句话。花井先生经过一个钟头的追问，才弄清这句话的由来。

原来在这期间，喜平接受了别人提出愿意受聘的要求。

东京一位年轻律师看了《妇女周刊》等杂志以后，对该案件产生了兴趣。他通过住在厚木的一位乡土历史学家向喜平提出愿意担任辩护律师，并说报酬不计多少，交通费自付。不需日薪。

"怎么有这样的事？"花井先生感到惊讶，"那样的话，菊地先生也一样，他只要接受了聘请，你出多少钱就多少钱，除此之外不会提出别的要求的。"

花井先生就这样给上田宏找到了一个不相应的律师。

"您的决定好!"

最后,花井笑着说道。在一个钟头的谈话间,喜平再也不提那个年轻的律师了。同样的钱,还是雇老资格的律师为好呀!他最初就是这样想的。

"这桩案件包含各种各样的问题。"在这期间花井写信告诉菊地道:"我认为阿宏的案件不只是最近青少年道德颓废的问题,他的行动和城市近郊农民弃农以及青少年离村倾向不可分割。阿宏的父亲喜平之所以让阿宏去茅崎工厂做工,是因为他觉得蓟工厂做工挣现金比在家协助自己干农活上算,这就培养起河宏的独立的意识。阿宏的出走,从这个角度来看是对的。另外有一点也不可忽略,即阿宏和他父亲之间有一种微妙的感情上的摩擦。阿宏厌恶他父亲'企业化'的态度。此外,也要把喜平以前蓄妾(将厚木的艺妓作为情人)的事,结合进来考虑。社会和家庭的不良环境,能够造成少年犯罪。可以认为,阿宏内心的积郁,在好子妊娠、准备双双出走的过程中,突然迸发了出来。"

花井先生也知道,儿子杀人对他父亲是一个极大的打击。在言谈中,喜平突然发出"啊!"这样既非叹息又非呻吟的兽一般的吼声。

血统观念在农村是根深蒂固的。因而喜平意料到由于儿子闯下偌大的祸事,上田家至少在上田町被人们当作"特别户"而永被疏远。另外,他大概也觉得"有其父必有其子",自己的儿子既是杀人犯,人家也会联想自己也是恶人吧!

当然,以上这些经过,野口候补法官并非全都知道。但随着公审的进行,案件的全貌逐渐明朗了,有些事情也传到他的耳朵里。

审判长谷本审判官今年54岁,比菊地年长6岁,是他的上辈。虽然他最近将晋升为大阪高级法院审判官,可是从年纪上看,他的晋升似乎慢了点。

连年轻的矢野候补法官端的茶他都不瞧一眼。这种性格的人,将如何看待辞去令人羡慕的审判官职务、改行当律师的菊地,那是可想而知的。

一会儿,他慢吞吞地走进审判官室。女事务员立即端过茶来。野口等他喝完茶后,站起来走近问道:"审判长,您应该认识菊地律师吧?"

"嗯。虽然没在一个法院共事过,但却是同一所大学的毕业生。在学士会馆聚会时,见过两三次面。"

"这个人怎么样?"

"怎么样?"谷本抬头透过眼镜瞪了野口一眼,"是一个很有才干的人。冈部检察官恐怕难以对付他。你也得小心谨慎啰!"

审判长的回答在野口的意料之中。不过,他所想问的是:"菊地律师还没有办'事前准备'手续哩,是不是有什么特别原因?"

现在的审判有一种所谓"事前准备"的惯例。即在公审前一星期左右出庭检察官和律师集中到审判官室,与主管审判官之间就公审的日期、证据调查步骤等问题进行初步的商讨。有时也谈到传讯证人的人数、主询问和反询问的时间。

无论是律师还是检察官,都不是专处理一桩案件,而法院有待审理的案件堆积如山,为加速案件的审理,这种"事前准备"被作为审判过程不可缺少的一道手续。

但是关于阿宏前案件,这一手续还没有办。据说菊地律师还在名古屋处理一桩刑事案件,由于案件复杂,他一直腾不出手来处理阿宏的这一案件。

然而野口总觉得菊地律师已经为阿宏的案件做好了"作战"

准备。

"嗯……菊地君不会打无准备之战的。"

谷本审判官说罢，就闭口不语了。

野口候补法官因法院审判官人员不足，作为特别候补审判官，被任命为陪席审判官，对本案件负有主管审判官的责任。日常的文件，以野口的印章处理，甚至判决书也要由他撰写。但在谷本审判长看来，33岁的野口还是初出茅庐，当属尚需培养的一个新手。

谷本在司法界任职25年来，在这派系之争颇为激烈的部门，超然处之，勤勤恳恳任职至今。

战后不久，甚至有的审判官执法守法，一粒黑市粮食也不买，以至营养失调而致死。谷本洁身自好虽不至此，但为人不亢不卑，不趋炎附势，超然以局外人自居。

横滨地属东京毗邻地区，被作为"半中央"。按晋升次序，他将是东京高级法院的陪席审判官。可是他希望到大阪高级法院去任职。

他出生在京都，毕业于京都大学。他说他年纪越大就越怀念关西，希望到关西工作，甚至要在那里工作到退休为止。

但是，他一直热爱法院，对于后辈的培养总是十分热心。他大概认为阿宏这桩案件是他在横滨地方法院处理的最后一大案件，因而对野口的指导也很慎重。

他认为所谓"事前准备"是东京地方法院的后辈们出于贪图省事想出来的，弊多利少。这种"事前准备"意味着当事者之间就将在法庭上引以争辩的问题进行磋商。这种做法严格地说是反公审主义的。所谓"集中审理，促进日程"对被告方面是不利的。

这种"事前准备"曾多次受到上级通报表扬。可是谷本知道，菊地律师从当审判官开始，就不理睬这一套。谷本本人也是一样。他从来认为，只要定下公审日期，审理案件应按双方各自情况，在各自不勉强的情况下进行，这才符合公正审判的宗旨。

但是考虑到自己的地位，谷本审判长尽量避免在年轻审判官面前表示对这种制度的不满。

"菊地君很快，如果说抽不出半天时间来横滨，那就是不能来吧。"

谷本审判长冷冷地说。

当事者们到齐之后，庭吏会到书记室告知"到齐"。然后再传告审判官室。之后审判官们走进会议室，从衣柜里取出法服穿在身上。

会议室和法庭的审判席隔着一道门。全法庭的人都起立之际，最后审判官们才就座。

最近由于交通拥挤，律师常常出庭迟到。谷本审判官每次审判总是按规定一到 10 点钟马上入座。这时，他总要瞥一眼那挠着头刚刚走进来的律师。

菊地律师好像按时来到。差两分钟 10 点，女事务员走进审判官室，像卫兵似的立正报告："全体人员业已到齐。"

三、公审

几年来最使野口候补法官烦恼的莫过于在法庭上和被告初次见面了。

犯了罪的人,即便罪行不重,大多也要拘留一个月左右才能被许可保释。长期的囚禁以及警官、检察官的审问,使他们几乎个个显得疲惫不堪。

对于初犯来说,第一次被剥夺了人身自由,由于缺乏阳光和必要的运动,一般都是面色灰黄,神情沮丧。一旦来到庄严的法庭上,恰似从黑暗洞穴中突然被拖到耀眼阳光之下,一时间惊恐慌乱,不知所措。野口候补法官对他们的这种可怜相,总是看不惯。

被告人看到坐在正面审判官席上3个身着黑色法服的人,心里怀有一种恐惧:是不是又要遭到严厉的讯问了呢?

最近,法庭的审判官席、旁听席前面的隔板,都涂成了褐色。而横滨地方法院的第4法庭却依然是明治以来的硬红木原色隔板。这种古老的色调,使被告感到那是一股难以言喻的威慑力量。

因而,审判官首先必须让被告人消除这种胆怯心理。不仅要用语言,而且要用态度向他们表明:这里和警视厅、检察厅不同,在这里可以尽所欲言。虽然判刑未必像你们所希望的那样,但不必担心会遭到怒斥和"揪辫子"。谷本审判长常常告诫野口:不管被告有无罪行,还是罪行的轻重,首先要缓和他们的情绪。这是正确审理案件不可缺少的必要条件。

当然,律师事先会告诉被告可以在法庭上畅所欲言的。可是经过长期囚禁和严厉审问,陷入国家法网的人们,已经丧失了这种勇气。甚至经过两次公审之后,他们也还做不到这一点。

野口候补审判官望了一眼由看守押着、站在被告席的上田宏。他身穿白色衬衫,黑哔叽裤。野口直感这是一个能以外貌给人良好印象的青年。犯罪者中也有不少相貌堂堂,颇能博得人们好感的人,因而审判官单凭第一印象是危险的。不过,被告外表看来不像流氓无赖,野口心里还是有些高兴的。

审判官一入座,仿佛是一个无声信号,整个法庭的人也都坐了下来。待到嘈杂声平静下来之后,谷本审判长用低沉的声音宣布:

"对被告人上田宏杀人弃尸一案,现在开庭审理。"于是,公审开始了。

这时,法庭上最为安静。

横滨地方法院位于港口附近,是旧填平区。附近有县厅、地方检察院、中央邮局等机关。经过规划整理,大街两侧的林荫,枝叶繁茂,郁郁葱葱,而来往车辆却稀稀落落。

已是夏末秋初季节,从敞着的窗外传来码头上还是什么地方的金属撞击清脆声以及街上不时发出的喧闹声。

第 4 法庭是一个只有 30 个旁听席位的小法庭。出于这一案件的性质,菊地律师希望有一种能够协商的气氛。因而对这样的小法庭将有助于产生这种气氛感到满意。

旁听席上有被告人之父喜平、被害人之母澄江，当然还有好子。花井先生也来了。大家都紧张地注视着现在从侧门走进来的阿宏的背影。手铐给摘下来了，他以一种和以往判若两人的姿势走进被告席，这使大家感到惊奇。

"被告人，你往前站！"

在审判长的低沉催促声下，阿宏站起来往前走去。他照拘留所警官所说的，站到证人台上，抬头望着审判长。

他有生以来第一次来到这样的地方。这时花井先生眼前浮现出5年前阿宏带领全班同学在校前挖路沟而得到镇长表扬的情景。

当时，他两手下垂，五指并拢，中指恰好贴在两侧裤缝上——曾服役过的体育老师，教他在这时应该这样做。

他在笹下的横滨拘留所，头发被剃成平头。由于缺乏运动而脸色苍白，脑袋上透出青青的头皮。

由于剃去了头发，于是父亲喜平看惯了的阿宏小时那尖尖的脑袋又露了出来。

"被告人，报上姓名。"

"上田宏。"

"年龄？"

"19岁。"

这就是"人定质问"，是公审前一道不可缺少的手续。其目的是为了核实被传讯的不是别人（一般是不可能的），而是被告本人。

"原籍何处？"

"神奈川县高座郡金田镇涩川28号。"

"住址？"

"横滨市矶子区原镇333号光风庄。"

"职业？"

"工人。"

阿宏回答道。他吐字清楚，声音洪亮。神情有点像出席毕业典礼或是表彰仪式的优等生。

谷本审判长点点头。

"那么，被告人，你坐到后面去吧。"

大概有人会认为这些话对于被告过于礼貌了，但是谷本审判长在法庭上力求使用接近日常用语的语言。

审判官也不一样，有的在检察官即将宣读起诉书时，叫被告人站着。因为虽然被告人是否有罪有待予最后的判决，但至少是被怀疑犯了罪，因而检察厅才对他提出公诉。

检察官是站着宣读公诉书的，在旧的权威主义者看来，在这时被起诉的被告人是不能散散漫漫地坐在被告席上的。

现在50岁以上的审判官，大抵是让被告人站着的，而谷本审判长却不这样，为使被告人把紧张的心情缓和下来，他一定让被告人坐下。

当然，像盗窃、诈骗这类案件，本来就简单，要是被告人已经承认，那仅需10分钟就可判决，因此审理时，年轻的审判官也要站到底的，这样就没有必要考虑让被告人站着还是坐下了。

阿宏向3位审判官一一点头后，马上向右转身回到被告席上。挤在旁听席前面的记者们事后说阿宏是伪装老实，可是菊地辩护律师判断阿宏没有给审判官以坏印象。

"请检察官宣读起诉书。"

审判长低声咳嗽一下，转向检察官席道。

冈部检察官今年45岁。在这之前曾在广岛地方检察厅搜查部任职两年，颇有功绩。他是去年刚调到横滨地方检察厅的。

大城市的地方检察厅一般由搜查部、公审部组成。搜查部负责指挥警察对嫌疑人进行讯问，收集证据，直至起草起诉书。而公审部则以搜查部的工作为基础，指定出庭的检察官，代表检察厅向法庭提出对被告人的起诉。

因此在公审之前，出庭检察官和审判官一样，不得会见被告人。

冈部检察官初次见到阿宏所得印象也是阿宏在伪装老实。根据搜查部转来的调查资料得知阿宏是为了达到和情妇自由同居的目的而杀死了阻止他的情妇之姐。他是一名凶恶的杀人犯，行为十分恶劣，但却企图在法庭上装得彬彬有礼，以达到欺骗公众视听的目的。冈部检察官这样想着。

现在他站起来，开始宣读手中的起诉书。

起诉书

根据左记被告案件提出公诉。

昭和38年8月12日
横滨地方检察厅
检察官　村井延夫印

横滨地方法院　殿

被告原籍：神奈川县高座郡金田镇涩川28号

住所：横滨市矶子区原镇333号光风庄公寓内

职业：工人

拘留中

上田宏

公诉事实

被告人在横滨市矶子区矶子五的862号龙汽车工厂当修理工期期,和其情妇神奈川县高座郡金田镇涩川76号坂井澄江次女好子(19岁)在表记光风庄203号室同居。这之前,好子的姐姐初子(时年23岁)得知其妹有孕以及被告人将与其妹出逃之事,于是向被告人提出劝告,扬言要将此事告知母亲澄江和被告人之父喜平。被告人怀恨在心,深恐自己的出逃计划化为泡影,遂起杀害初子之心。

第一,昭和36年6月28日午后2时左右,被告人悄悄来到神奈川县高座郡长绫镇,在绫野68号福田屋刀具店买到一把刃长10厘米的登山用小刀,以窥机行动。当天午后3时半左右,被告在同一街道老相识绫野79号运输行富冈秀行店前,为借一部搬送行李用的轻型三轮车进行交涉时,初子碰巧从此店前经过,于是被告决定把杀人之心付诸行动。他让初子坐在自行车后面,将她带到金田镇晒泽东十字路往南约50米的人迹稀少之处,拔出上述登山小刀,向初子胸部刺去。刺进胸部第5肋骨和第6肋骨之间,深6厘米,触及心脏,以至被害人出血过多而亡。

第二,为隐匿上述罪行,被告将被害人尸体拉至西边约5米的地方,推到大村吾一(住金田衣巷25号)的杉木林中。

罪名及触犯的刑法

第一、杀人。触犯刑法第199条。

第二、遗弃尸体。触犯刑法第190条。

冈部检察官左手拿着起诉书，身体前后摇晃着，慢吞吞地宣读着。

他眼睛刚刚开始有些花，还能看清日文打字。但调到横滨的公审部以后，决定在法庭上戴眼镜了。

除了避免万一读错起诉书这种实际目的以外，他也想用取出眼镜、摘下眼镜来表示自己行动的开始和结束。无论在什么问题上，他都喜欢表现出差别来。

冈部检察官现年 45 岁。战争结束时[①] 29 岁。他是在昭和 17 年，即被告人上田宏出生那一年任职的。

他具有一般检察官特有的习性，力所能及地扩大自己受理案件的影响。他也希望自己对被告的论刑能够得到审判官的采纳。

昭和 22、23 年，由于修改各种法律，出于三权分立，检察厅从法院分出独成一个系统。此后越来越多的审判官好像瞧不起检察厅似的，对被告的判决轻于检察官的论刑。对此，冈部检察官颇为不满。

他是在战时考上见习司法官的。当时人员不足，高等文官的考试并不太难。于是他持有一种偏见：像谷本这样的战前审判官，或许会轻视没有多少真才实学就"混"上了的检察官。

那时，见习司法官们到地方见习时都住在一个房间，以便于上级对他们进行考察。根据他们个人特点，分别任命为审判官或检察官。一般来说，成绩优秀者为审判官。这一点使冈部检察官感到扫兴。

检察官不像审判官，因是行政官吏，既没有身份保障，任

---

① 战争结束时：即 1945 年（昭和 20 年）。

职地点又变动频繁（这是出于避免和地方联系过于密切的缘故）。对此，冈部检察官也颇为不快。两者工资差别并没有战前大，但审判官觉得他们和检察官不是一个系统，这一点，冈部检察官从审判官们态度中都可以看出来。战前检察官和审判官一样，都从属于法院，地位相当。可是战后却被降到和律师同一地位，在高坐在审判席的同辈面前，和成绩还不如自己的律师进行辩论。对此，冈部检察官内心甚至颇为愤慨。

检察厅内部，搜查部和公审部之间也有矛盾。作为一个出庭检察官，阿宏的这一案件他还全然没有接触过呢！不过，坦率地说，对搜查部起草的这份起诉书，他很不满意。

"要是我写，一定会写得更好的。"

他接过起诉书副本时，这样想道。

可以说他勉勉强强地把起诉书宣读完毕。之后心想在被告表明是否认罪之前，菊地律师必定要对起诉书做一番挑剔的。

果然，就像早就等待着谷本审判长向自己示意似的，菊地叫了一声"审判长"以后站了起来。

"在被告方面就起诉书表明是否认罪之前，我想请检察官就两三个问题予以'解释'。"

菊地律师使用比冈部检察官更为事务性的语调。

"解释"一语，一般包含有排除误解的意思。但是作为审判用语，就失去了这种含义，只有照字面的解释明确之意。这是战后修改刑事诉讼法以后所产生的公审开始时的一道手续。根据这道手续，辩护律师在被告表明是否认罪之前，就起诉书的内容和其他问题通过审判官要求检察官加以说明。

这道手续有助于被告方面在表示是否认罪之前，确定防御方针。并且常常能够在审判一开始就给检察方面加以"一击"。特别是在政治案件的审判中，可以说已成为一道必被采用的手续。

天衣无缝的起诉书若非神明是写不出来的。起诉书的文件，自"チセタウイ审判"以来，常遭文学家嘲笑，但并非如人们所说的那么滑稽。明治时代立法者所仿效的西欧各国起诉书，也都是冗长的。

检察官提出被告有"杀人行动"，必然要清楚摆出被告具有"杀人念头"的事实来。因而如果表现出了被告的"杀人动机"和其"杀人行动"的法律关联，起诉书即便写得絮叨冗长，但也达到目的了。

一般的起诉书是一篇整体的文章，其结尾所表明的犯罪事实，是一连串的状况、动机、蓄意的结果。起诉书由于句子冗长，甚至连主语都显得不清楚，但这没关系，只要把该写的罪行写出来就行了。确实，起诉书是与其他文章不同的。因而对于这篇有关上田宏杀人并弃尸一案的起诉书文体，冈部检察官没有什么意见。而对于没有写清楚被告产生"杀人念头"的时间，颇为不满。果然菊地辩护律师把这一点给揪了出来。

菊地律师身着灰色西服，这是他从审判官时代就穿的衣服，已经显得相当旧了。作为刑事专业的律师，他的收入不高，经济相当拮据，因而在这冷热交替季节的9月，竟然没有一套合时的服装。

律师有时必须迎合委托人的心情，但他改行当律师以来，仍然保持审判官时代的直率性格，给人一个满不在乎的印象。这可以说是由于他当了20年高坐于法庭上的审判官所产生的自信心的缘故。因为有了这种自信心又使他的态度给人一种沉着安稳之感。正因如此，他使检察官感到是一个厉害的对手。

他身高1米七十有余，那深邃的目光，突出的颧骨，表现出一种沉着的斗志。

他说："有关起诉的第一点，我想提一个问题。起诉书说，被告人是在初子知道了好子怀孕以及他们要逃往横滨同居的计划时产生杀人念头的。可是具体时间没有写明，这样被告一方无法答辩。产生杀人念头的具体时间，是构成犯罪的重要点，起诉书上这一点不明确，令人迷惑，希望写清楚。"

菊地律师的语调越来越强烈。

"另外，起诉书上写，被告人在作案当天午后2时，在长后町买到登山小刀以俟机行动。可是又承认被告人在当天午后3时半，在丸秀运输行前和初子相遇纯属偶然。这样说，起诉书所写的'窥机行动'的时间，仅仅是一个半小时了。在这么短的时间内，能'窥机行动'是不符合常识的。这样，所说的'窥机行动'是指的什么？"

如前所述，辩护律师利用这种要求"解释"的权利，首先给检察官方面一击，以唤起法庭对有争议问题的注意。

但是，这时如果检察官提出改日给予解释，那么，当天的审判就得宣告结束。或者，检察官虽然作了解释，但却无法说服律师，从而使得审判长感到需要一个冷却时间，而停止初审，那么，当天的审判也就在此结束。

许多政治案件的审理，之所以花费很长时间，正是这个原因。可是，现在"解释"这道手续是在公审之前办理，由辩护律师和检察官通过书面办理。然而这次审判，省去了这种事前准备。即便如此，双方都不希望审判长推迟案件的审理。

因为谁也不希望这样单纯的案件改期审理，所以如何回答，检察官会心中有数的。

在这种情况下，检察官的回答不外以下3种方式。

第一："辩护律师所提问题，起诉书已有明确记载。"用这样一句话把律师顶回去。可是，从常识上考虑，检察官这样回答是没有意义的。辩护律师正是因为对起诉书的记载不满意,才要求检察官解释的。可是即便这样,辩护律师如果觉得已经达到了给予检察方面一击的目的,也就感到满足,暂时不再追问下去。

第二:"你的问题我将在冒头陈述中给予解释。"以此暂时逃避回答。由于不希望推迟案件的审理,辩护方面也就暂不追问。

第三:是一种较为狡黠的办法。即检察官当场予以适当答复,而后利用冒头陈述再给予详细解释。

冈部检察官采用了第三种方法。嗣后虽然有人说他做得过分了,但他本人很清楚,起诉书上有一明显弱点,即没有写明杀人动机的产生时间,正因如此,他觉得反而不能示弱,更应表现出明确的态度。

"辩护方面提出杀机的产生时间,当然是在被告人买小刀前不久,明确地说是在6月20日。"

冈部检察官以宣读宣言似的语调说道。

他把阿宏产生杀机的时间说成6月20日,并没有什么根据。

冈部检察官想起阿宏交给检察厅的自供书中提到,当时,他到初子的小酒店时,初子劝他让好子去做人工流产。具体日期,冈部检察官记不起来了,大约是6月20日。

即便时间相差一两天,以后可在"证据调查"阶段纠正过来。

前已述及,在处理本案件中,冈部检察官对搜查部的工作颇有意见。起诉书中有几处细节,写得不够清楚明白。譬如,上面提到的阿宏和初子的对话,文件上就没有提供出听到他们谈话的证人。

在检察厅，搜查部负责讯问被告直到写出公诉书等一系列工作，公审部则负责出庭。两者职责划分十分明确，但应保持密切联系。可是与其他政府机关一样，检察厅内各部门间由于本位主义作怪，实际上难以做到密切工作。

搜查部被不断发生的案件搞得晕头转向。对于他们来说，只要将一桩案件的有关调查材料，报给公审部，就算完成任务了。

这是冈部在广岛地方检察厅搜查部任职时所知道的情况。当时广岛地方检察厅公审部有位新到职的检察官，不断给搜查部来电话，询问有关文件中的细节问题，从而引起搜查部的反感。尽管如此，在法庭上回答律师质问时，含混不清，有气无力，则将会削弱冒头陈述的力量，使搜查部苦心调查的材料，丧失一定程度的效力，起了反倒帮了辩护方面忙的作用。要保持检察厅内部的均衡，确是不容易的。

冈部检察官当然有信心，即便不给搜查部去电话，也总能把事情处理好的。

"有关'窥机行动'的问题，只要有事实证明，被告人哪怕在一个半钟头内抱有杀机，那么'窥机行动'作为他下一阶段的行动，是可以推想到的。这和时间长短并无关系。即便30分钟或者10分钟也是可以的。这些我将在冒头陈述中加以说明。"

冈部检察官断然说罢，俯身坐下。

法庭一时沉默。谷本审判长转向菊地律师道：

"检察官已作解释。被告方面对起诉书还有什么意见吗？"

菊地律师站起说道：

"把时间定为6月20日，其用心是可以理解的，那是为了维护检察官的准确性啰！被告方面不得不尊重其看法呀！"菊地律师用带着挖苦的口气又说：

"如果在冒头陈述中能够提供'窥机行动'的事实,被告方面将会感到满意。只是希望法庭把检察官所讲这一点记录下来。"

说罢,坐了下去。

如何对待被告的自供书,是战后审判的一个微妙问题。检察官方面如果首先把被告的自供书作为起诉被告的证据,无疑是最简单的办法,但这容易使审判官产生预断其有罪的误判。基于排除审判官产生预断的原则,法律规定,只有在调查了和犯罪事实有关的其他证据之后,自供书才可经调查而作为证据。

因为杀机之产生是主观要因,冈部检察官断言宏产生杀机的时间是6月20日,极易推断出来,他是根据自供书中所写的日期。

有关这一点,如果菊地律师执拗地提出质问"检察官先生,您所说的6月20日,是根据被告人的自供吗?"那也未尝不可。但是要求检察官对有关起诉书的解释是在审判的"冒头手续"中进行的,因而在这一阶段提出来,是违背常识的。

不管怎样,由于已经唤起了法庭对产生杀机时间的注意,菊地律师感到满足了。

野口候补审判官坐在谷本审判长右侧,听着冈部检察官和菊地律师对峙时,不禁想起当天上班前妻子的话。她也认为被告是否抱有杀机是问题所在。看来,出乎意外,问题恰如周刊杂志所说的那样。

野口心不在焉地思索着。

审判进入第二阶段。被告人上田宏再次被审判官叫站在证人席上。

"被告人,你对起诉书还有什么可说的吗?"

谷本审判官继续轻声地说道:

"当然，被告人如果不想回答，可以不作回答。在这里所说的话，是否对自己有利，都会记录下来当作证据的。你可要小心回答呀！"

这是审判长千篇一律的发言。谷本考虑到阿宏是少年，还不知道自己有"默秘权"这样保护被告人的权利，才温和地提醒他注意。

这种质问是审判的冒头手续中仅次于宣读起诉书的一个重要部分，它是有关被告人是否承认起诉书所述诉因，即是否承认罪状的一道程序。

阿宏一时显得表情紧张、生硬："初子是我杀死的。但是我买刀不是为了杀她，而是为搬家用的。我也不是为了杀死她把她带到晒泽山的。是初子求我把她带到金田镇，我才让她坐在自行车后面的。我不是故意把她带到那里的。"

阿宏在说话之间，变得激动了。最初走进法庭时的胆怯，不知什么时候消失了。

"我知道杀死初子是犯下了罪，实在对不起。但是，我真的没有想过要杀死她。她说要把我和好子的事情告诉她母亲，我为了不让她告诉，威胁她，才拔出小刀来的。后来怎么杀死了她，我也不知道。不过，的确是我杀死她的。我愿意接受惩罚，哪怕判我死刑也可以。但是，说我原来就想杀死她，是撒谎！我不是那样的坏家伙！"

阿宏说罢低下了头。那张原来苍白的脸，由于血气上涌变得通红。他直立不动，紧咬嘴唇，好像在强忍着要涌出来的眼泪。

以上阿宏的发言，写成公审记录如下：

"有关杀人的地点和方法，大体如公诉书所述。但小刀并非为杀人而购买的。没想到要杀死被害者。只是因为对被害者要将自己和好子出走一事告知双方家长而感到为难，于是拔刀威胁。之后连自己也不知道为什么竟杀死了对方。"

谷本审判长仔细观察阿宏的神情。这是一个重要时刻。检察官既然起诉被告犯了杀人罪，那就可以认为他已掌握了足够的事实，证明被告事先怀有杀机，直截了当地说，被告已经自己供认了。在公审中，被告推翻自供是常有的事。但是那会更加激起检察官的愤慨，促其穷追到底。要是检察官拥有足够证据来驳斥就好了。可是被告人大都像阿宏这样，采取消极态度，说自己记不得云云。在这种情况下，大抵被告会被认为"蒙混过关"或"无理抵赖"。而且在这种情况下，很容易影响审判官的心证[①]。

冈部检察官以一种似乎训斥被告"说什么废话"的表情望着被告，而谷本审判长在阿宏说话其间，一直注意着他的表情，以揣测、辨别其讲话的真伪。后来他转向菊地律师道：

"请问辩护人，被告人的意思是从法律上承认他杀死了人，但否认他有杀人动机，是吗？"

菊地马上站起来。

"辩护人的看法将在以后集中阐述。不过，在这里我可以回答你的问题，补充被告的发言，即被告人否认他是有意地把被害人杀死的。"

这是微妙的说法。意思是：刺是刺了，但不是因为要杀死她而刺的。是伤害致死的。

"好。那么再问被告人，你为什么要将被害者的尸体藏匿起来呢？"

在审判官和辩护人对话时，阿宏不安地转动着脖颈，交替

---

① 心证：在审理案件时，审判官从各种证据中所得出的"认定"。

地望着两个人。现在被审判官一问，他又立正站好。

"这一点如起诉书所说的，我因怕初子尸体被人看见，想把它藏到草丛里，可是它却滑到岩崖下面去了。我不知怎么办好。后来我想去把它埋好，因为下了雨，我又怕看到死人的样子，就不敢去了。"

审判官又面向菊地律师道：

"被告人是否已经承认他是出于隐瞒自己的罪行而遗弃尸体的？"

"这个问题我也打算留作以后阐述。不过作为辩护人，我认为被告人没有想要隐瞒自己的罪行。他采取代替埋葬仪式的方法处理了尸体。当然我知道这是适用刑法第190条的。但我重申被告人不是出于隐瞒罪行的目的而那样办的。"

也就是说，菊地律师主张把阿宏隐藏尸体看作是一种"埋葬的代替行动"，而不是出于隐瞒罪行。但是，菊地律师也并不希望审判官相信他的话。

阿宏在自供书中说他打算第二天拿铁锹去将尸体埋葬起来。往坏处想，可以认为他是想把尸体完全隐藏起来，而用"埋葬"这个词把自己的"动机"掩盖掉。

有关遗弃尸体的刑法第190条的条文是这样写的：

"损坏、遗弃或窃取尸体、遗骨、遗发以及棺内殉葬物者，处以3年以下的徒刑。"

规定这一条文的目的是为了避免失去埋葬死者的应有礼节。即使为了祈求死者的箕福，也不应草率处理尸体。否则，将不可避免地被判以"遗弃尸体"的罪行。可是菊地律师只是说明：被告人的的确确有埋葬被害者的愿望。

审翔的冒头手续正在顺利进行。从10点钟开庭，还不到15分钟。阿宏又站在证人台，就"是否承认罪状"发言时，从旁听席不时传来不知是谁发出的叹息声。之后叹息声也停止了。

菊地律师重新表示道:

"如上所述,对于起诉书的两个起诉事实,本律师与被告人持同样看法。即:有关第一个公诉事实,被告人没有杀人动机,被害者是被伤害致死的。有关第二个公诉事实,被告人已经承认,但有一点需补充说明:即被告人不忍将被害者的尸体遗弃在路旁。"

"此外,有关第一个公诉事实,我须说明,被告人之所以采取那样过激行动,是因为当时他处于神志不清的状态。"

所谓"神志不清",在这里是一法律用语。它是指患者精神机能出现障碍,处于一种不正常的精神状态中,但还未达到精神错乱的程度。从常识上说,犯罪者作案时,一般大多是精神状态不正常。如果承认这一点,那就有一大部分罪犯不被判刑了。

神志不清者作为对其责任起了一定限制的,能够得到减轻刑罚的处理。但如上所述,"神志不清"在这里是一个法律概念,在这方面,医师鉴定并不影响审判官的判决。如果被告人犯的不是什么大罪,法庭在量刑时,是不考虑"神志不清"这个问题的。但是像阿宏这样被起诉犯有重大罪行的情况下,辩护律师通常会提出"神志不清"这个问题的。

阿宏边听菊地律师发言,边回忆当时刺死初子的情景。他只记得当时6月炎热的阳光洒满了田野和道路,也照在他们的身上。初子的脸突然靠近自己,挂在她唇边的嘲笑一下子消失了……他低叫了一声,双手掩住了脸。

野口作为主管审判官,坐在谷本审判长右侧,一直注意着阿宏的表情。菊地律师在陈述时,阿宏一直站在证人台上。当律师讲到"神志不清"一词时,他突然双手掩面,这使野口感

47

到特别奇怪。

说犯重罪是因为神志不清云云，这大抵掺杂着律师的意见。他曾多次在法庭上听过这种主张。但是在听到这种主张后，被告表现出如此强烈的反应，他却是第一次见到。

陪审的审判官，在开庭中大抵在做记录，这是过去没有速记官时留下来的一种习惯。现在虽然有速记官，但由于他们不熟悉法律用语，难免出现误记现象。因而陪审审判官做记录也并非多此一举。

按照谷本审判长的意见，野口候补审判官的记录只记最低限度。在审判中，始终注意有关人员的表情、举止和态度。在审判中，不看法庭上下，只顾低头记录，这同最高法院的审判官打瞌睡一样，被认为是失职行为。

野口候补审判官这天在记录本上写道："被告人反应强烈。"

"辩护人提出被告人'神志不清'，那么，希望给予精神鉴定吗？"

谷本审判长之所以这样发问，可能从阿宏的态度表现上得到和野口同样的印象了吧。

"少年鉴别所的鉴别足够了吗？"谷本审判长又接着问道。

阿宏是个19岁的少年，所以在家庭法院接受调查过程中，被送到鉴别所接受了专家的鉴定。但是所谓的鉴定，只是检查少年现时的精神状态，以确定其后的保护方针，而无法"鉴定"作案当时的精神状态。

在鉴定问诊时，由于担心少年在被问及作案情况时受刺激而影响"鉴定"，在一般情况下，还避免触及有关作案当时的事。

所以谷本审判长提出这样的问题，是无甚道理的。但法院里占优势的意见是：心理学的认定和法律的认定是两回事。有些案例，鉴别所的鉴别是很充分的，但审判官却从鉴别的记载中得出迥然不同的判断。

谷本所质问的一点是：菊地律师的"神志不清"的主张，是否只是一种形式上的开脱？

审判处于这个阶段，审判官提出这样的质问，可以说是一种异常，但应该说已经形成了一种对话的气氛。

"有关这一点容后再阐述。"

菊地律师微笑地以一种感谢的眼光望着审判长，对是否申请作精神鉴定表示了保留态度。

四、冒头陈述

被告人和辩护律师陈述意见之后,审判的最初程序即告结束。这一阶段仅用 20 分钟,进行得很顺利。这时,菊地律师坐着,阿宏从证人台走下来,回到后面的被告席上。审判进行到此,稍停片刻,谷本审判长向冈部检察官道:

"下一道程序是证据调查。检察官,您开始作冒头陈述吧。"

所谓证据调查,是审判官为取得"心证",调查各个证据,以判断被告的犯罪事实是否存在,并对他应当如何量刑的一道程序。对犯罪事实的认定是根据证据,从审判制度建立以来,证据调查就成了公审的中心内容。

"冒头陈述"则是检察官在证据调查中向法庭介绍案件要点,阐述其立证依据的一道手续。

根据检察官的"冒头陈述",法庭来决定是否采纳其证据,以确定对案件的审理方针;而被告方面则可作答辩的准备。

"冒头陈述"作为证据调查的一个手续,把证据所能证明的事实充分叙述出来就可以了,至于证据在这一阶段则没有必要列举出来。

"冒头陈述"大抵是从被告人简历开始,详细叙述起诉书上的公诉事实。在被告人不承认其罪行的案件中,有些不是直接而是间接证实其犯罪的事实,也得叙述。

阿宏刚刚否定了他有杀人动机,可是据说作案当天,他在长后镇买了把小刀。这是一个能够推定他有杀人动机的重要事实,因而成了冈部检察官"冒头陈述"的中心内容。这一事实作为证据除了阿宏本人在自供中交代的之外,店铺主人在证词中也谈到了,这就成了供述调查书。"冒头陈述"之所以写上店主人名字,是因他和公诉书上所提的证据有关。这样,整个"冒头陈述"描绘了一个案件的轮廓,也清楚地表明了各个证据的内在联系。

但是,有些事实在"证据调查"中叙述是没有意义的。叙述这些事实,有造成审判官产生偏见和预断的危险,因而予以禁止。

此外,叙述被告人的前科和日常行动,也有可能影响审判官的心证,因而有人提出还是避免叙述为好,但这是一种异论,多数检察官不予理睬。

原原本本将冈部检察官在法庭上宣读的"冒头陈述"在这里写出,大概读者会感到不耐烦的。

读者已知上田宏的经历,知道他如何杀死了初子。

"冒头陈述"也是一个故事。

在审判中强调"耳听"的今天,"冒头陈述"是检察官在法庭上的讲演。在此之前,他所干的只是送交法庭起诉书一份而已,因此,只有现在,3位审判官才第一次"听"到他有关案件的详细陈述。

检察官没有审判官那样的"宅调日",一般要在公审前两三天开始起草的"冒头陈述",是在机关办公桌上写的。

冈部检察官也照例在两天前的午后,在办公室里动手起草,可是由于案件意外的微妙复杂，使他不能在办公室里脱稿，只好带回家，写到公审这天凌晨3点才算完成。因而这天他心绪不佳。

冈部检察官站起来，戴上了眼镜，用平静的语调宣读4页写得满满的陈述书。他除偶尔用通俗易懂的话来替换文言以外，大体是照本宣科。

陈述书宣读毕，出于"口说耳听"原则，不能就在法庭上将陈述书递交审判长，而只能在以后交给书记官。公审调查书中，作为"冒头陈述要旨"空下来的，正是这部分。其实这并非要旨，实是"冒头陈述"。

从"冒头手续"开始到现在，法庭上一般不用速记官。

野口候补审判官觉得反正以后能够看到文件，所以不做记录，他一面谛听检察官的宣读，一面观察被告的反应。

冒头陈述要旨：

犯罪者：上田宏 罪名：杀人并遗弃尸体。

有关上述被告的案件，能够由证据证实的犯罪事实如下：

第一、被告人经历：

1. 被告人系农民上田喜平长子，生于昭和17年2月17日。昭和32年2月毕业于金田中学后，一边在平冢市相南高级中学定时制班学习，一边在茅崎市东海岸980号大和自行车工厂当见习临时工。他在校中成绩优秀，多次当选为班委。在大和自行车厂期间，工作勤奋、性格温和，从未发生过与同事打架斗殴之事。昭和36年3月，被告人在相南高级中学毕业后，仍在大和自行车厂做工。

2. 大约从昭和35年8月23日开始，被告人和金田町涩川76号坂井澄江的次女好子（时年19岁）恋爱，并在平冢市内旅馆及其它地方多次发生两性关系，以至好子于第2年4月怀孕。

3. 由于两人的关系，已被附近人们议论，且好子又已怀孕，两人担心事情将被被告人之父喜平、好子之母澄江知道，于是暗中商量打算离家去外地同居。

4. 为此，5月末被告人决定转到横滨市矶子区矶子5区862号"龙"汽车工厂工作，并于6月15日到该厂联系。厂方同意他从7月1日开始到该厂工作。

第二、有关作案准备的事实：

1. 被害人初子（时年23，系好子之姐）从昭和30年开始分别在东京都新宿区歌舞伎町界隈饮食店、酒吧间充当女招待。之后，于昭和35年4月回金田镇老家，在厚木市小田急本厚木车站前经营一个取名"味美"的酒店。被告人常常或同好子两人，或单独一人光顾这家酒店。这时初子觉察到他们两人的关系并已知好子有孕，于是极力劝说好子去做人工流产。

2. 6月20日晚7时左右，被告人路经"味美"时，初子再次劝说去做人工流产之事。被告人当即拒绝，说他本人和好子都不同意，于是初子扬言要将他们的事告诉自己的母亲澄江和被告人的父亲喜平。被告人意识到若不及时阻止她，自己和好子出走外地同居的计划，将会破产，并且他产生一个念头：除非杀死被害人，别无他法了。

3. 6月27日晚8时左右，被告人到"味美"时，被害人又一次劝说人工流产事，使被告人更加坚定杀死初子的决心。

4. 6月28日上午，被告人躺在床上，绞尽脑汁，考虑如何对初子下毒手。下午1时左右，他乘自行车到金田镇西北方向约4公里的长后镇，在绫野68号福田屋刀具店，购到作为凶器的刃宽10厘米登山用小刀一把，企图看到初子时用小刀杀死她。当天下午三时左右，被告人到绫野79号富冈秀行的运输行。被告人曾求这家店铺借他一辆轻型三轮摩托车，他是为落实此事来找这店铺的。他和店铺约定第二天，即 29 日晚到 30 日上午借用摩托车。就在他和店主人的次子秀次郎谈话时，被害人初子从这里经过。

第三、有关杀人的事实。

被害人初子（时年 23 岁）为回收酒店的赊账，在同日下午 2 时零 5 分从小田急本厚木车站前，乘开往横滨的公共汽车，于 2 时 15 分在小田急长后车站下车。从该车站小件行李寄存处的管理员木神原伊助收回赊账款 850 元，并与木神原随便聊了几分钟之后，又到长绫镇绫野 28 号杂货商米子吉成收回 1350 元的赊款。3 时 30 分离开那里，从通往长后车站的公路往前走约 50 米，经过富冈秀行的运输行"丸秀"门前。

2. 当天被害人初子身着的确良花连衣裙，脚穿黄色高跟凉鞋，夹着天蓝色维尼龙手提包，打着白色遮阳伞。

3. 被告身穿白棉布翻领半袖衫和黑色布裤，脚穿系着黑带的木屐。他正向"丸秀"店主人次子秀次郎借用三轮车时，被初子撞见，他大吃一惊。当被害人求他："你要是回金田镇，就顺便带我回去"时，他就胡乱猜疑被害人回金田镇是要告诉其母澄江和被告之父喜平有关好子怀孕以及他们将要出走之事，于是当即下了决心：现在就杀死她。

4. 被告人于 3 时 50 分左右，让被害人坐在自行车后返回金田镇。在 4 时 10 分左右，途中通过千岁村三轩屋 26 号杂货商筱崎门前时，和被害人发生口角。4 时 30 分到达金田镇晒泽山东面的丘陵上十字路口，他们的口角仍在继续。

5. 被告人暗中庆幸附近没有人影，决定将蓄谋多日的杀人计划付诸行动，并且打算把尸体埋到同镇的大村吾一（即以后发现尸体的一个证人）的杉木林中。予是突然左拐，沿通往寒川镇方向往南骑了 50 米，到达上述杉木林上方的作案现场。

6. 在那里，被告人突然停住车，让被害人下来，随即拔出登山用小刀。最初，被害人壮着胆说："什么？你想用这东西威胁我吗？"之后感到恐惧了，哀求被告人说："你怎么啦？是我不好。我不把好子怀孕之事告诉任何人。求你饶了我吧！"但被告人不顾哀求，必置被害人于死地而后已，用刀向被害人刺去。

7. 被告人左手抱住初子身体，为避免白衬衫沾上血，他用刀深深刺入被害人左胸部第 5 肋骨和第 6 肋骨之间。刀伤 6 公分，深达心脏，造成被害人流血过多，以致死亡。

8. 7 月 1 日，被告人在横滨市矶子区矶子五区 862 号"龙"汽车厂做工时，发现自己裤上沾上血迹。于是脱下来到该厂盥洗室洗涤。逮捕被告人后，没收了这条裤子，不过还能化验出上面血迹的血型与被害人的一样是 B 型。

9. 被告人行凶后在回金田镇途中，将凶器——登山用小刀在晒泽山水坑内洗净，插到附近田圃的土里。

10. 被告人推着自行车在从晒泽山返回金田镇的山路途中，遇见杉木林的主人大村吾一。大村向被告人打招呼，被告人态度从容地回答，是从长后镇办事回来的。

第四：有关尸体遗弃的事实。

1. 被告人确认被害人业已断气之后，为了隐匿其罪行，小心不让血迹沾上衬衣，拖着尸体双脚，拉到 5 米之外，扔到道路之下 10 米深的大村吾一杉木林中。

2. 被告人发现被害人的提包、阳伞和一只凉鞋丢在路上，又把这些东西一并扔到杉木林中。

3. 被告打算在当天天黑后，从家拿着铁锹到山上把尸体掩埋起来，只因感到恐怖而作罢。

第五、被告人作案后的情况。

1. 被告人回到金田镇涩川 28 号自己家里以后，只是脸色稍露不安，与平常无大变化。他和父亲、弟弟、妹妹谈笑自若，晚饭食量不减平日，饭后还看了电视的歌谣节目。

2. 当天晚上7时半左右，他冒雨和好子在女方家后竹林中幽会，商量有关翌日出走的事。当时其神情与往日无异。

3. 转天29日，晚上8时许，被告到长后镇丸秀运输行借轻型三轮车，其谈吐与平时无异。

4. 被告人从7月6日至7月3日被逮捕前，在"龙"汽车修理工厂做工。他工作勤恳，举止谈吐与平日无异。

5. 被告人从6月29日夜至7月3日这5天，和好子住在横滨市矶子区原町333号"光凤庄"公寓。这期间他毫无烦恼苦闷之态，以至好子对他闯的祸毫无觉察。

6. 好子看了3日早上报纸中有关发现初子尸体的消息，决定要回金田镇自己家去。当时，被告人只是稍显愁色地说："那只好现在回去了。"而并不加以阻止。并且他和往常一样，照常上班。

7. 被告人在工厂时，其上司有田光雄问他："金田镇有个开酒店的女人被杀了，据说好像是由于情杀，你家在金田，你猜罪犯是哪个？"阿宏答道："被杀的是金田镇厚木酒店的女人。具体情况我不清楚。但其被杀不会是由于情杀吧？"

冈部检察官的冒头陈述引起了旁听席上很大震动。当检察官如此生动描绘出被告人杀人场面之后，喊喊喳喳的声音久久不能平静。

因为在这之前，人们一般相信周刊杂志所写的"阿宏是无意识地刺死初子的。"所以一听到说"被告人左手抱着被害人，为了不让血溅到身上……"时，旁听席上大半的金田镇人感到极大惊愕！

现在，初子已经死去，在那么人迹罕至的地方，其作案细节，除了阿宏本人以外，只有神仙才会知道哩！大家认为，只要阿宏不坦白交代，虽说是检察官，也无法如此真实地描绘出来的。

刚刚在 30 分钟之前，阿宏就在这里说"……怎么杀死了她，我也不知道……"可是在这之前，检察官向他调查的时候，他却如此详细地叙述了杀人的情景。

听了检察官的"冒头陈述"后，阿宏在人们心目中已不是一个追求爱情的鲁莽少年了。本来比较"封建"的金田镇，对于阿宏拒绝让好子去做人工流产这一点，倒不如说抱有好感。可现在这一点好感也烟消云散了。迄今的报纸和杂志都认为阿宏在法律上是未满 20 岁的少年，他之犯罪纯出于一时冲动。可是现在人们都在议论：这小子杀人是经过周密细致的准备的哟！

"冒头陈述"所谈阿宏在作案后竟能安之若素地和好子生活了 5 天。大家认为，他之所以能这样，不仅是现代少年放荡不羁、玩世不恭的表现，而主要是他事先作了行凶的计划，所以作案后不自首，却能保持平静。检察官的"冒头陈述"中详细叙述被告人作案后的情景这部分，可以证明被告人形成杀人动机的经过。

只有菊地律师对"冒头陈述"并不感到惊讶。当然，按照刑事诉讼法他已看了冈部检察官将在法庭提出的证据，并复写了检察厅的自白调查书。

他担任了 20 年刑事专门的审判官，积累了许多杀人、强盗行凶的案件的审判经验。他自然很清楚所谓自供状是很不可靠的。在这些案件中，比起自供状来，其结果能对审判官的心证起作用的倒是其后被告人所敢于承认的事实和所谓自供状的对比。

被告人随便写成的自供状，即使毫无根据，却也不能剥夺其作为证据的效力。而有些被告抱着自我惩罚的冲动，迎合调查人员的意愿，竟会编造出一些不合情理的细节来。

菊地律师在拘留所见到上田宏时，看了他那悔悟的样子之后，就怀疑其自供状的可靠性了。否则，即便花井是他的亲戚，他也不会接受辩护这一案件的。

冈部检察官的"冒头陈述"断言上田宏有了杀人动机后，才购买登山小刀。可是阿宏在今天公审开庭时就一口否定他有杀人动机。对于被告的否定，无论是警察还是检察官始终没有反驳。因为有关"动机"问题，被告在自供状里压根儿就没有谈到过。

为什么要买这种甚至带有瓶起子、剪刀的登山用万能小刀呢？阿宏对调查的检察官回答说：

"我很早就想买了。想用它在解行李、布置房间时用。"

"为什么你不在每天路过的茅崎买，而那天要在长后町买呢？"

"偶尔在刀具店里看到，就想起买了。"

"你说为搬家时需要，那么，扔了那把刀之后，你又买新的了吧？"

"没有。因为从那以后，我怕见刀了，就没买。"

"是不是因为已杀死初子，达到了目的，就不再买了？"

"不是的。我确实是为搬家才买刀的。"

"为了搬家，即便不用登山小刀，用折叠式小刀也够用了吧？"

"我只是过去想买，偶然遇到就买的。"

上田宏始终否认自己抱有杀人动机。不过在一次"杀死了初子，好子怀孕之事就不会让镇上人知道，也没有人阻碍你们

去横滨了。你这样想过吗?"的诱供讯问下,阿宏这样答道:

"是的。我不是没有这样想过。可是我又觉得不能杀死好子的姐姐呀!"

在问到有关他产生这种想法的时间,阿宏回答说。"记不得了。因为我从来没有认真地想过这个问题。"

搜查部的检察官之所以在起诉书上没有明确写上被告抱有杀人动机的日期,是由于阿宏的自供状很不完整之故。是冈部检察官把这一日期给限定在6月20日至27日之间的。因为这两天,有人作证说阿宏去过"味美"酒店。

20日,阿宏和好子一起去酒店。阿宏和初子不知谈了些什么,但发生了口角。这一点,好子和当时的客人都作了证。27日,阿宏单独去,并把初子带出店外。

检察厅是把上述这些情况和阿宏的"我不是没有这样想过"的自供结合起来,得出"怀有杀人动机"这一结论的。在对起诉书的解释中,谈到6月20日这一日期时,冈部检察官并没有多大信心。可是在宣读"冒头陈述"中,他的信心增强了。

20日和27日,阿宏在"味美"和初子发生口角时,客人们和好子都不知道他们谈话的内容。冈部检察官预定要求法院对上述客人和好子提供的证言,予以调查。可是他既然断定阿宏抱有杀人动机是在20日,那么,看来律师是不会同意只宣读一下好子的证明就了事的了。

检察官的调查记录,在法庭看来等于一种传闻证据。日本的审判,首先要写成书面材料,只有在辩护律师不同意的情况下,才传唤证人。这是过去书面审理的习惯,这对于处理内容单纯的案件有时倒反而省事。

6月20日,阿宏与初子口角时,在场的客人叫宫内辰造,即28日初子向之讨回赊款的一个客人。他是最近在厚木附近新增添的几个流氓中的一个。有人怀疑他是不是初子的情夫。只是因他和这一案件没有多大关系,而未受深究。

冈部检察官打算,如果菊地律师不同意宫内的证言,那就在传宫内出庭作证之前,再一次进行调查。而且,如果宫内想起了阿宏和初子口角的内容,譬如有"我要杀死你"之类的话,那么就让他在法庭上也说出来。

对于辩护律师来说,把宫内这样引到法庭,是自找麻烦。所以此时,冈部检察官心中暗自发笑,看着菊地律师。

如前所述,检察官的"冒头陈述"是证据调查的最初阶段,它简单地介绍故事的梗概,其中各部分与物证或书证相对应。下一步骤就是向法庭提出这些证据。各项证据的"检察官证据申请书"为标题作为文件送审,其正本交给审判官,副本交给辩护律师。接着按惯例,由庭吏将检察官桌上的全部书证,搬到辩护律师席。

冈部检察官结束了"冒头陈述"后,摘下了眼镜。

"我将按申请书所记载的,向法庭提出证据。"他说着躬身坐下。

五、证据调查

证据申请书提出以后,冈部检察官桌上的一堆文件就由庭吏搬到菊地律师的办公桌上了。法庭一时寂静下来。

菊地律师仔细地阅读供述书,对照着各种证据的细目,做着笔记。其间,法官闲着无所事事,他一会儿看看天花板,一会儿看看菊地律师手头上的东西。

采用哪条还是驳回哪条证据,当然由法院决定。而法院在这方面又受刑诉法有关条文所制约;法院对检察厅方面提出的证据是否采用,还得听取被告一方的意见。也就是说,只能在辩护律师看了全部证据之后,经其同意,方可据此进行审问。

这就是这庞大文件堆在提交法官之前,搬到辩护人座位上的原因。被告方,即辩护律师在法庭上一页一页地看完供述书之后再决定其态度,在这方面颇费时间。因而为了便于律师事先决定对提出的证据采取什么态度,检察官在公审前将这些证据文件交给辩护律师供其阅览抄写。但有的案件,譬如有关公安、贪污、违犯选举法等案件,检察官并不是非将证据申请书上所有证据都让律师过目不可的。

所谓"事前准备",就是法官,检察官、律师在公审前,就审判的进行方式进行协商,选定在法庭上要提出的证据,商定询问传唤证人的时间安排等。如前所述,这种习惯现在已被法令条文固定下来,成为审判的一道程序。而在这一道程序上产生"集中审理",则是一种提高审判效率的方法。可是有人认为"事前准备"是审判的黑交易,是违反公审主义的。

在审理阿宏的案件过程中,如果在公审前进行了"事前准备"这道程序,则证据调查仅需两三分钟即可结束。一般那些经被告方同意在法庭提出的书面证明就原封不动地放在检察官桌上,只是把"检察官证据申请书"的副本和律师还没有看到的文件——如果有的话——拿到律师桌上。而且,这些大抵不是重要的文件,律师只要将其和申请书对照确认就可以了。

这次审判,由于没有进行"事前准备",所以菊地律师的桌上堆满了有关书面证明的文件。之所以没有进行"事前准备",是因为菊地说在名古屋受托的一个案件,处于最后审理阶段,他实在抽不出时间,云云。

实际上,如前所述,据说菊地律师从当法官时代开始,就反对滥用"事前准备"。另外,谷本审判长对这种被认为是提高审判效率而得到最高法院奖励的"集中审理"也不赞成。

"集中审理"作为审判过程的一个新方式,特别被东京地方法院部分法官所采用,而一时轰动新闻界。据说采用这种方式,可以不必在法庭上宣读供述调查书,而且法官也可不必在自己的住宅内阅读供述调查书到深夜。法官通过听取所有证人的口头证词,从而形成心证。那些被称作"新刑诉派"的50岁以下的法官们,信奉"使宣读审判变成耳听审判"的理论,他们是"集中审理"的支持者。

人们梦想审判能像美国推理小说作家卡托纳所塑造的一位精明干练律师帕鲁伊·美伊思为主人公的电视剧那样,富有戏剧性。尽管那是推理小说所虚构的,但实际上,如今的审判,"事前准备"也像他那书中描写的那样,分程序进行的。也就是说,在这一阶段,法官、检察官和律师之间,就有关证人出庭人数直到主询问与反询问的时间安排等,已经协商好了。

有人认为"集中审理"缩短了公审日与公审日间的日程,对辩护一方不利。因为像帕鲁伊.美伊思那样在关键时刻,用飞机把能起决定作用的证人带到法庭上来,这种稀奇的做法,即便在美国,也只能在推理小说中方可看到。在日本是没有的。日本的律师没有能力单枪匹马收集证据,因而唯一手段是全力反驳检察官提出的证据,使之失去证明效力。因此,在下次公审举行之前,需要一段充裕的时间。再说,一位律师还有其他需处理的案件,因而实际上,他无法专心处理一个案件。

"集中审理"不仅给律师,也给法院的书记官、速记官、打字员造成很大的负担。书记官原则上要在下次公审前写出叫"公判调书"的审判议事记录。实际上这是来不及的,他们只好根据规定上所写的办:在不能按时写出公判调书时,可写出其要点。但是采用"集中审理",无形中就增加了书记官和打字员们的许多工作。

事实上,对于被告人来说,与其一个月中被公开审判一两次就又搁了下来,倒不如不管自己是有罪还是无罪,通过"集中审理",尽快了结案件,反能减轻心理负担。可是在"集中审理"之前,法官、检察官和律师需要半年之久的协商交涉。因而这期间必须延长被告人的拘留时间,让其等待。

如果说采用"集中审理",审理一个案件仅需一个月的话,那么,按原来的方法审理一个案件却需要3个月。可是采用原来的方法,能通过一次开庭审理3个以上的案件,而且3个月之后,就能审理完毕这些案件。

"集中审理"这种办法,是在昭和32年最高法院给长官的通知中予以肯定和称赞的。可是至今只有横滨地方法院少数的案件,采用这种办法审理。用54岁的谷本法官话来说,"集中审理"是司法界部分理想派想出风头之举。

上田宏的案件没有采用"集中审理",因为5道程序(包括宣布午后判决)都是预定的,所以第一次公审在上午即可结束。

自上午10时开庭到此刻已将近1个钟头了。开庭手续用了20分钟,检察官的冒头陈述用了30分钟。之后,如果菊地律师对书面证据提出来同意或不同意的话,那么,法庭就可以进入就律师表示同意的书面证据进行调查了。

"检察官证据申请书"分有甲、乙两种。乙是被告人的供述,甲是被告人供述之外的证据。按照刑诉法规定,对被告人供述的审查,必须是在其他证据审查结束之后进行,因而,现在提出的当然是"甲"了。由于分两次提出,这就区分开了甲乙两种证据。

"检察官证据申请书"极为清晰地印刷在薄薄的美浓纸上,每行大体分5个项目:证据番号、姓名、标目、立证事项、备考。

为便于整理,各证据都编上号码。提出"申请书"之后,使用证据号码来呼叫。譬如:书面证据多少号同意,书面证据多少号不同意。

对冈部检察官所要提出的证据,菊地律师表示同意与否,在法庭上也同样使用证据号码。为了方便起见,把检察官的"冒头陈述"和律师的意见对照记述如下:

第一,有关上田宏经历的书面证据。

上田宏原工作地点大和自行车工厂同事三浦晋平(21岁)对警官的陈述记录——同意。

这是有关阿宏平常表现的证词。记录阿宏平常为人多么老实，工作如何认真。由于"标目"一栏只简单写着阿宏平常表现的简短陈述，律师就表示同意了。

阿宏的父亲喜平对检察官的陈述记录——不同意。

这是有关被告在作案前的经历及其在家中的表现。虽说只是一些单纯的"状况"，但关于其作案后的言行部分，却涉及"冒头陈述"后部"作案后的情况"，即可作为推定其有无"杀机"的证据，所以律师表示不同意。作为辩护律师，无论如何是要被告人的父亲出庭作证，对其进行多方询问的。

第二，有关作案准备的书面证明。

这是客人宫内辰造提供的有关6月20日阿宏、好子和被害人初子在"味美"酒店的言行——不同意。

宫内在案件发生的28日下午，到过初子的酒店。他的陈述有当时被害者的言行。所以菊地律师当然要他出庭作证，对他进行反询问的。

坂井好子的陈述证词——不同意。

这是有关一年前，上田宏和她谈上恋爱以后，以及阿宏作案后和她在横滨公寓同居时的言行。

客人多田三郎提供的有关阿宏6月27日在"味美"的言行陈述证词——不同意。

6月28日，阿宏在那里购买登山小刀的刀具商店主人清川民藏的陈述证词——不同意。

第三，有关作案的书面证词。

阿宏向其借用轻型三轮摩托车的丸秀运输行主人富冈秀行的陈述证词——同意。

丸秀运输店主人的次子，秀次郎的陈述证词——不同意。

如前多次所述，秀次郎曾和上田宏在大和自行车厂共事过。

28日下午3时半左右，秀次郎正和阿宏在店门谈话时，初子从丸秀门前走过。因在案件发生前一个钟头，他见过被告人和被害者，所以他的陈述证词不予同意。而他父亲秀行，则不是重要的证人，所以同意他的陈述证词。

有关被告作案当天初子的言行，小田急长后车站职员神原伊助的陈述证词——同意。

4时10分左右，阿宏骑车带着初子路过长后和金田町中间的千岁村时，被路旁杂货店女老板筱崎兼看见。据筱崎陈述，他们路过时，不知为什么还在争吵呢。对筱崎的陈述——不同意。

菊地律师对这些涉及阿宏作案前后事实情况的法庭上提出的书面证词，几乎全不同意。

但是，对司法警察人员提出的关于犯罪本身的现场实况记录，警方的尸体检验书，法医的尸体剖验鉴定书，则全部同意。

尸体第一个发现者，案件发生当日5点多，在晒泽山下坡处与阿宏擦肩而过的大村吾一的陈述证词——不同意。

对于阿宏后来在横滨工作的龙汽车工厂的车间主任有田光雄和阿宏居住的公寓管理人杉山信夫的陈述证词，也不同意。

菊地律师确认了这些证据材料之后，谷本法官问道：

"辩护律师的意见？"

菊地律师应声站起，翻着证据申请书道：

"证据第3号、第8号、第10号、12、13、14号同意，其他全部不同意。"

菊地律师从检察官那里接过这堆书面证据，到此刻不过大约3分钟的时间。他所以能如此之快地作出同意与不同意的决定，就在于他按照刑诉法规定手续，事前阅读了检察官所要提出的这些书面证据。

但是检察官方面并非把所有证据都让律师看，他只把要拿到法庭上去的部分给辩护律师看。在松川案件的审判中，之所以发生检察官有否隐藏证据的争论，其原因就在于此。

按照旧刑诉法规定，警察方面的所有调查记录，都要作为"有关文件"交给法院，让辩护律师自由阅读，这就杜绝了产生上述纠纷的可能。所以有人认为，旧的刑诉法对被告人有利。但是同时，法官可以在公审前看到以上文件，这就容易产生新刑诉法所极为忌讳的"预断"的弊病。按照新刑诉法规定，法官在公审前所能看到的只是一份起诉书。但如采用"集中审理"，在公审前的准备阶段，法官就可能了解案件的轮廓。倘若为了加快审理案件速度，这种方法可以提倡，但从新刑诉法的精神来看，却是有问题的。

但是在现在的审判中，出现了一种反常现象：或是被告一方以检察官误认事实而提出上诉，或是起诉一方故意采取破坏律师名誉的手段，而将官司打到最高法院。

当然，无论在哪个部门都有走后门、抄近路的事，司法界也不例外。有些人在微妙之处，知法犯法。此类事甚至被写进了大学教师的讲义。以致有些人认为现在是无法的时代。

不过，有些由官方指定的辩护律师，公审之前并不来看书面证据材料。虽然在法庭当场看证据材料，当场决定同意哪些，不同意哪些是一技术问题，但是也应认识到在法庭上慢条斯理地翻着陈述证词，迟迟决定不下来，是会被焦急等待的法官们瞧不起的。因而如果说"事前准备"是出于为推动这些大大咧咧的律师能在公审前阅览一下书面证据，那么，谁也不会说三道四的。

书面证据材料同意与否之后，接着就是物证。在"检察官证据申请书"上面列出了物证名称。

登山用小刀	一把
黑色自行车	一辆
花的确良连衣裙	一件
尼龙衬裙	一件
尼龙长衬裙	一件
女三角裤衩	一件
木制凉鞋	一双
黑毕叽裤	一条

对这些物证，不存在同意或不同意的问题，因为这是一定要调查的。所以菊地律师只是形式地表示一下："我没有异议。"

审判决非如小说所写的那么有趣，在调查物证时，旁听是令人很不愉快的。

登山用小刀无疑是阿宏刺杀初子的那把，的确良连衣裙是当时初子身上穿的。

在谷本法官"被告人往前来"的催促下，上田宏机械地走到前面。

"这是放在被告人家中的自行车。被告人在作案当天，是用它带着初子从长后回家的吗？"

法官单调的声音回响在法庭上。

自行车靠在检察官席后面的墙上。一开庭阿宏就注意到了。他乜斜着眼睛，不断地扫视着那辆自行车。

庭吏把自行车推到阿宏的跟前。

"是的！"

阿宏答应了一声之后，庭吏毫无表情地把自行车推走。庭吏对这一情景是习以为常的，但对旁听席上的被告人、被害人家属以及花井先生却是一个冲击。

刚刚只是由检察官口述的犯罪事实，现在变成了客观实在的物件呈现在人们眼前，这使旁听席的人们感到突然。看来阿宏受到了刺激，他肩膀僵硬，微微抖动。

本来应该是由检察官把物证提交给法官，然后由法官进行检查的，但法庭在这方面仍残留有旧习惯，法官把这些所谓"肮脏"的工作都推给检察官了。

"被告人，到这边来。"

检察官用手向上田宏招呼道。阿宏张皇失措地仍站在证人席上。

拘留所的看管人员曾告诉他，要是法官叫他到前面去，那就站起来站到证人席上去。可他没有想到被检察官传呼。

他茫然地望着菊地律师。

"走到检察官先生前面去。"

菊地律师轻轻地告诉他。律师深知他将受到什么样的考验，故意平淡地说道。

阿宏好像被人从后面推着似的，向检察席走去。就在离检察官四五步的地方停住脚步。冈部检察官用手示意他再往前来。

但在这时，阿宏或许已经看到检察官手中的东西——标着证据番号的登山小刀而不能向前走了。

检察官慢慢地举起了小刀。小刀生满了锈，但确是阿宏在长后町买到并刺死初子后又插进田畔地里的那把登山小刀。

"这是被告人使用过的刀子吗？"

检察官出于体谅之心，没有说："这是用以杀死初子的刀吗？"

即便如此，这对阿宏来说还是很大的刺激。虽然他知道会被这样审问，但心里没有准备，也不想作准备去应付这种场面。

他想回答"是"，但却未发出声来。这时旁听席上，初子的母亲澄江望着阿宏那被剃掉头发的脑袋点了一下时，发出"啊"

的一声痛苦呻吟。

野口候补法官在7年中曾陪审过3个杀人案件,所有被告在见到物证时,都一时处于失神状态。

其中有一个被告是强盗。因为金钱和女人的问题,他杀死了同伙。当法庭出示物证时,他不敢正视那把短刀,只用眼睛斜瞥了一下,马上闪开目光,嘴在呜噜呜噜地蠕动着。随后这个强盗转过头来,全然不看被害者的衣物,只是机械地点着头。他焦急不耐地转动着脖子,好像在说:快一点结束吧!

现在阿宏被叫到检察官席前确认物证时,其动作神态完全和那个流氓一样。

这些物证确是令人不愉快的。初子穿的连衣裙、衬裙、内裤分别包着牛皮纸,外面用一根粗糙绳子十字形捆着,上面贴着标有证据号码的标签。

检察官代替法官打开,摊开沾有黑色斑斑血迹的东西,让大家看。

由于审判有这么一个出示物证的程序,旁听就不是件愉快的事了。这时虽说法庭上那种威严庄重的气氛缓和了些,但却表现出对"事实"多少有些夸张了。

"这是6月28日初子穿的衣物。瞧!这一破口一定是被告人用刀捅的吧。"

冈部检察官毫不留情地、提高嗓门说道。因为这是他讨厌的工作,说话的声调也变得尖刻了。

阿宏的上身好像被风吹动似的,前后摇晃着。他只机械地点着头。

3位法官都很认真地观察着阿宏的态度。如果他否认其罪行,那么,这个程序对法官取得被告有罪或无罪的心证,是很重要的了。

一个个地解开 6 个物证包需要相当长的时间。阿宏一直眼盯着检察官的手的动作：拿起牛皮纸包、解开包裹、摊开沾血的衣物。但是当检察官把面前摊开的物证拿到前面让法官看的一瞬间，阿宏马上垂下了眼帘。不过，接着他连声地回答：是的，是的……

阿宏必须确认冈部检察官手中那沾有发黑血迹的衣服。"这是我杀初子时，她穿的衣服。"这对他来说是一种难以忍耐的痛苦。

他现在重新意识到自己犯下了滔天罪行。法庭上所有的人都是和自己完全不同的人了。

冈部检察官出示物证完毕之后，阿宏仍然低着头，呆呆地站在检察官席前。

法官让庭吏走到阿宏的身边，小声对他说。

"回到位置上去吧。"

但阿宏还是一动不动地站着。

现在已经是 11 时 30 分了，如果采用"集中审理"方式，这时应将那些律师表示不同意的书面证词的陈述者或提供者传唤出庭，进行证人询问。可是这次审判，由于没有"事前准备"，因而这天预定的程序到此就结束了。

在进入调查物证之前，对律师业已同意在法庭提出的书证，冈部检察官必须介绍其要点。这时，法官大体要说以下的话：

"那么，现对检察官提出的物证进行调查。在这之前，请检察官宣读书证或介绍其要点。"

实际上这是要求检察官介绍一下书证要点的。

不过有关程序的这些话，未必一直不变。但法官、检察官、律师之间，实际已经熟习审判千篇一律的程序，大体能做到彼此"心领神会"了。

譬如物证提出以后，必须移交给法院，因而要办理移交手续。至于这手续什么时候办理，如何办理，律师甚至不予注意，因为这对律师的辩护，没有影响。一切自然都必须按正常的手续办理。

菊地律师同意的书证，就像次要证人提供的陈述或鉴定书一样，因是"无法不同意"的证据，所以说是介绍其要点，实际大多只念一下其标题。

阿宏还没有回到被告席，谷本法官就转向冈部检察官道：靠检察官先生，下一次公审的程序如何安排好？"

"希望先调查与'罪体'有关系的问题。"

"罪体"是一个艰深的法律概念，可以认为是指犯罪的客观部分，即作案结果的尸体和作案行为。

"冒头陈述"把案件叙述成故事那样，而证据调查不追求故事情节。这就是把公审进行情况原原本本记录下来并不成其为小说的原因。

检察官要求在下一次公审出庭作证的证人，都是与作案事实及构成杀机有关的人。

（1）第一个发现初子尸体，在作案的时间、在作案现场附近见到上田宏的大村吾一。

（2）说是见到阿宏用自行车带着初子，两人争论着从店门走过的千岁村杂货商女老板筱崎兼。

（3）6月20日在"味美"酒店听到阿宏、好子和初子之间发生口角的宫内辰造。

（4）作案前，阿宏与初子见面时，当时在场的"丸秀"运输行主人的次子富冈秀次郎。

（5）6月28日，阿宏向其购买登山小刀的刀具店老板清川民藏。

之所以要求这 5 个人出庭作证，是因为下一次公审要用一整天的缘故。对检察官一方的证人，继续隔 2 天或 4 天进行询问，这是法官的方针。

谷本法官虽然对"集中审理方式"不热心，但实质上也采取了集中审理，他说道：

"同意检察官提出的全部证人出庭作证。上午 2 人，下午 3 人。按检察官提出的顺序出庭，可以吗？"

"好的！"

"请问对大村吾一的主询问①，需要多少时间？"

"预定用 30 分钟左右。"

法官转向菊地律师问道：

"律师的反对询问②需要多少时间？"

反对询问是由主询问的情况来决定的。各证人所应证明的事项，证据申请书上记载着，陈述书上也详细写明，但是还不知道在法庭上证人还要说出些什么来。

根据检察官的询问，有时律师的反对询问仅用 5 分钟就够了。但有时也需要半小时，甚至 1 个钟头。这没必要事先告知检察官。

"大体需要和主询问相同的时间。"

这是一种灵活的回答。

因此，一般情况下，对每一个证人的询问时间为 1 个钟头。但实际上，用 1 个钟头还是两个钟头，还要由当时情况来决定。有时，证人会因病或是其他原因不能出庭。

接着是讨论检察官提出的证人出庭顺序和询问的时间安排，

---

① 主询问：检查官对证人的询问。
② 反对询问：辩护律师对证人的询问。

这里不一一记述。这些随着小说情节的进展,读者将会知道的。

以上两点定下来之后,随即决定下一次公审的日期。

法官在桌上摊开了日程安排表。实际上这是他随身携带的笔记本中预定栏目表,一张 22 厘米×15 厘米的表格,上面密密麻麻地写着谷本法官所管辖的横滨地方法院刑事第 5 部的各案件公审预定日期。

按照惯例,第 2 次公审和第一次公审的间隔是半个月。谷本法官看着日程安排表,看半个月以后哪一天可以抽出来。刑事第 5 部的开庭日为星期 1、3、5,所以所谓半个月以后就是 14 天或 16 天以后。

"辩护人,9 月 29 日怎么样?"

菊地律师拿出自己随身笔记本。第一次公审是 15 日,那么下一次该是月底了。这是事先知道的,所以他已在月底预定下了这一天。

"我接受。"

菊地律师是一位担任了 20 年法官,富有经验的司法界人士,因而这些法律术语能够很自然地说出来。而现在有些年轻律师,觉得这样的话过于卑屈,在这种时候,却故意回答"可以"或是"没有异议"等等。

由于检察官就是专管这个案子的,所以在法官定下日期后,他按期出庭是责无旁贷的。谷本法官望着冈部检察官,看到他点头以后,就在日程安排表的 9 月 29 日那一栏上写上"上田宏"3 个字。

接着是第 3 次公审日期。因刑事第 5 部待审理案件有 100 个左右,不可能再继续费一整天的时间商量下去了。10 月 1 日用半天,10 月 8 日再用一整天,商定检察官一方提出的证人问题,顺便研究辩护人的"冒头陈述"和提出证据。然后,再空半个月的时间作为准备。从现在辩护律师实际情况看来，这么安排，已经给被告一方足够充分的辩护机会了。谷本法官这样想道。

决定了第2次公审的日期，商量了有关询问证人的事宜，已将近12点了。谷本法官叫了一声"被告人"，阿宏即应声站起。

"下一次公审时间是9月29日，你一定要出庭。"

这不过是形式上的一句话。谷本法官不待阿宏回答，即道："今天的公审到此结束。"

说罢，3位法官很快站起来。这是一种军人似的、受过训练的表示权威行动。接着，就在法庭上所有人员站起之际，这3位身穿黑色法官服的法官从法官席后面高出一层的门中消失了。

有关上田宏杀人和遗弃尸体案件的第一次公审到此结束了。

法庭的紧张气氛缓和了下来。检察官和律师开始整理各自桌上的文件。旁听席上一时喧闹起来。上田宏转向侧面，用一种习惯的动作，向看守伸出双手，让他给戴上手铐。

只有这时，旁听席上的亲属才能仔细地看清他的脸。

他一进入法庭，脸就朝着正前方。因此旁听席的亲属只能在他到检察官席前确认物证之后返回被告席时，稍能看一下他的脸。

他往来于被告席和证人席间，总是正视着法官。当然这并非对法官表示敬意，而是羞于抬眼张望旁听席。

他一走入法庭时，向旁听席瞥了一下，只知道父亲、好子、澄江、花井分散地坐在各个地方。

这天旁听的人并不算多，包括金田町的人，不过10人左右。一般来说，近亲的人坐在后面。

法官们退了席，法庭空气一时缓和下来。在这就要返回拘留所时，上田宏才开始想看看旁听席上的亲人。

他一边为便于让看守戴上手铐伸出双手，一边依次用眼睛向好子、父亲、花井先生、澄江打招呼。之所以最后才把目光转向澄江，是因为他看到她感到内疚，他不敢正视她，只是低着头。

好子曾到拘留所探望过他，当时他急于知道好子的态度。

"对不起，请你宽恕！"

除了这句话他不知说些什么好。

好子一见到他就哭起来了。

"请你宽恕！"

阿宏第二次重复这句话时，自己也哭了。

"求求你说一句宽恕我的话吧！"

但是好子仍然不停地哭。

"你杀死了姐姐，为什么不马上告诉我？"

"我是不能说的。我是想让它作为我个人秘密埋藏在自己心里。我将永远祈祷她的冥福。"

"我对不起姐姐。她孤零零地躺在那个地方，而我却和你跑到横滨去……"

好子说不下去了。

"当时我不知怎么办好。请你宽恕。说一声宽恕我了吧。"

上田宏重复着同一句话。

"我也不知道怎么说好。可是……"好子说着抬起了头，"我不是来到这里了？不是探望你来了？"

"谢谢！那么你宽恕我了？"

"不是宽恕，不宽恕。可是……"

说到这里，好子眼泪又夺眶而出。

"连妈妈还说要来探望你呢！"

"孩子正常吧？"

上田宏问道。

好子默默地点点头。但是她没有告诉他，有人劝她，还是不要生杀人犯的孩子为好，现在做人工流产还来得及。

澄江也来旁听了。阿宏希望这是由于她宽恕了自己。但是他又不能确信。所有的一切，他都不得而知。案件发生后，他和外人的关系都无可奈何地改变了。和好子的关系，也发生了变化。虽然这样，他可以请求好子宽恕他，可是对于澄江，他又能说些什么呢？

好子告诉他说，她妈妈半夜里突然坐起来喊着："他用不着杀初子呀！"

阿宏也做过梦。梦见初子还活着，他又必须杀她了。初子表现出孩子般的神情，在他面前消失了。但她又几次站起身来向他伸出了手。

"啊——"

阿宏被自己的叫声惊醒。他这才意识到自己被关在笹下拘留所的一间小屋里。使他感到放心的倒不如说是小屋四周的墙壁。

阿宏想，在自己没有受到制裁之前，总要被这种噩梦所惊扰的吧！他之所以主动协助检察官的调查，是出于要求得到惩罚的内心冲动。

但是，当他看到法庭上来旁听的人，又觉得自己很可耻。他有很多话要说，可一见到他们，觉得一切都改变了。在他看来，自己和法官、检察官之间有一种明显的界线。他们在天上，自己在地下。

他只能给父亲喜平和花井先生投以一种不自然的苦笑。

上田宏终于又戴上了手铐，在看守押解下，从门口消失了。他一消失，旁听席上的人也开始离去。

喜平和澄江对审判一窍不通。但是现在他们清清楚楚地知道了：阿宏不仅是一下子杀死了初子的问题，还有预谋、准备，这也要问罪的。

"这小子惹下这么大的祸！"

喜平最先站了起来，向走廊走去时嘴里嘟囔道。

菊地律师清楚这时如何安慰被告家属的。

"先生，结果将会怎样呢？"

好子问菊地律师道。

"现在还不知道，因为判决是由法官做出的。先到那边去喝点茶什么的吧。"

菊地律师这样回答道。他知道现在还是劝大家到吃茶店，形成一种闲谈的气氛为好。

但是，好子仍然追问道。

"那么，什么时候判决呢？"

这句话给菊地律师留下深刻印象。他回答道。

"要是顺利，年内就可判决吧！"

这时，喜平一人已经很快地走到走廊那一头了。菊地律师无法叫他回来了。他想单独一个人走，不愿看到澄江和好子。这次公审，他本还不想来呢！只是觉得作为父亲，不来不像话才来的。但是他也清楚，下次公审时自己也不会平心静气地呆在家中的。

这时，法官室里，谷本法官和两位助手正在闲谈议论着检察官的"冒头陈述"和菊地律师的态度。

谷本法官一年到头午饭都是面条，冬天是汤面，夏天是干炒面。那两位也只好要了面条。现在已是横滨地方法院的午休时间了。

六、律师

澄江和好子乘公共汽车返回金田镇后,菊地律师请花井先生来到南京町的中华料理店。因为下午3点要在东京事务所和另一委托人见面,所以,他只要在3点以前赶回东京就行了。

战后东京,由于美国式的中华料理店增多了,于是从东京特意赶到横滨南京町中华料理店品尝正宗中国风味的人多起来了。另外,最近神奈川县高尔夫球场剧增,许多高尔夫球迷们也常在打完球后,来到南京町中华料理店饱餐一顿可口的中国饭菜。这些人的年龄和菊地相仿,熟悉南京町。

"你父亲近来怎么样呀?"

花井家从祖父一代起就在涉谷道玄坂经销洋货。战时花井随父母疏散到祖国的娘家金田镇,这可以说是他当上金田中学老师的起因。他是最小的儿子,就和父母在此地定居了。战后由于缺少教师,他被聘为金田中学代理教师。后来,便不知不觉间成为金田中学的元老教师了。

他母亲常因此而叹息:要是回到东京,或许像他哥哥一样,在待遇优厚的公司里找到一份工作了。但是,目睹厚木美军基地附近市镇变迁的他,认为对在这种环境中成长的孩子们进行正确的教育，是自己的使命。

　　他35岁，身体矮小瘦弱，以至有人怀疑他怎么能够在乡下扎根、立志教育事业。其实，他当过学徒，经受过战争和战后艰难岁月考验，他有着自己的人生观和崇高理想，是一个连菊地这样的战前派也难以理解的理想主义者。

　　在中学一直担任上田宏班主任的花井，对上田宏最了解。他难以想象像阿宏这样忠厚老实、聪明伶俐的学生，竟干出杀死人这样天大的事来，他坚信其中必有重大原因。正因如此，他才热心劝说阿宏的家长聘请菊地这样高明的律师。

　　"嗯，家父还是老样子。"花井回答说。

　　"他还钓鱼吗？"

　　"相模川变成采砂场以后，再也没地方可钓鱼了。他为此牢骚满腹。"

　　"重吉本来就是个爱发牢骚的人。"菊地笑道。

　　重吉是花井先生的父亲。花井的母亲伊都子是菊地的堂妹。

　　菊地出出在山口县。他家从祖父一代起就到了东京，是个世代在内务省任职的官绅之家。因而他很自然地选学了法律。由于他崇拜京都大学法学系某教授，于是就报考京都大学。从那时起，他对东京的感情逐渐淡薄了。这样，他就选择了一条与在民间公司当职员的兄弟迥然不同的职业道路——司法官。

　　开始，他被分配在东京地方法院预审部。但战后被排挤到地方法院。在法院也有因学阀或派阀关系，遭到排挤而郁郁不得志的人。

　　菊地大三郎作为一名审判官判刑很轻是出了名的。如果判刑总是判得很轻，那就容易和上层人物发生矛盾，和冲突。

　　在福冈法院工作时，他突然意识到若这样下去，前途无望，便毅然改行当了律师。

当律师必须在东京,于是他和一个曾经是东京地方法院预审部的同行、后改行当律师的人,合作开了一家律师事务所,直到如今。

"阿宏的前途怎么样?"花井一边向盘里拨鲍鱼汤,一边问道。

菊地不想在法庭之外谈论有关案件的事,但理解有关人们想知道案情的迫切心理。

"阿宏的前途?这现在可不能简单下结论的呀!最坏的结局是被定为'单纯杀人'罪。"

"不会被判死刑吧?"

"从日本以往的判例来看,对单纯杀人犯判的刑最轻。只要不是强盗杀人或是强奸杀人,就不会被判死刑。何况上田宏还是一个19岁的少年。即便被定为杀人罪,检察官的求刑,充其量是12年徒刑。"

按一般惯例,搜查部的检察官在提出起诉时,是要附上求刑书的。可是在最后阶段的所谓"论告"中,正式求刑的是出庭检察官,但他代表直接调查此案的搜查部检查官的意见。在一般情况下,出庭检查官不会任意改变搜查部检察官的求刑。对于少年杀人犯,存在着一个对他们很有利的事实,检察官的求刑最多不超过12年。

根据教育刑主义①考虑应该让罪犯蹲多少年监狱,这已经不是纯粹的司法权的范畴,同行政处理没有多大区别。这就为作为行政机关的检察厅的求刑,提供了法律依据。

如上所述,在审判中存在一个求刑要被打二折的老规矩。

---

① 教育刑主义:是一种在判刑时要着重教育,使之脱胎换骨,重新做人的思想。

但判决往往受求刑的影响。审判官认为判3年就够，而检察官的求刑却是10年，在这种情况下，审判官的宣判就可能会遇到阻力。

这些有关审判的知识，是一般人无法知道的。审判时，审判官往往受感情支配，产生胆怯和紧张心理，特别担心审判会不会对当事人和有关人产生不良后果。

此时坐在菊地面前的花井，是一个老实的中学教师，尽管他对于城市周围的农村青少年情况具有卓越见解，并且坚信自己的见解是对的，但对于审判会出现什么结果，却像无知的老太婆一样，惶惶不安。

花井把身子向前靠了靠，说：

"但是，我认为说上田宏想杀死初子才买那把小刀，太过分了。他不是那种处心积虑干坏事的人。"

菊地已经不止20次听他这位亲戚说这样的话。菊地曾多次告诉过他：上田宏的自白调查书还没有交给法庭，但所交代的似乎对他自己不利。上田宏是这样说的：

"我是为了搬家才买小刀的。但买了小刀后，的确想过用这把小刀可以杀死初子。"

"无论什么人，如果对其不利的唯一证据，是自己交代的，那么法庭不能凭该证据判他有罪或刑罚。"这是刑法第38条第3项的规定。可是直至目前，拿到法庭上的百分之八十是自首的案件。因而，如果拘于刑法进行审判，就会遇到麻烦。

有一种意见是在法庭上的坦白，不属于刑法条文所规定的那种交代坦白。松川案件的判例就是这样：由于同伙的揭发，其他同伙被判了罪。关于旁证也是这样，即使可以旁证被告的坦白，但也不能证明被告所坦白的犯罪事实。它如果能保障被告坦白的真实性，也就够了。从判刑可以看出来，有的审判是很灵活的。灵活地判决，可以认为是法庭在实际上对法的一种反作用。至少在有关罪体的重要部分方面，持有要求有旁证的这种中庸意见者颇多。在法院方面，也认为很需要旁证，这可以最大限度地取得心证自由。这种观点包含着职业上的自尊心。

这样，其结果是只能根据坦白来确定被告有否杀意这样的主观因素了。

上田宏刚刚在法庭上否认了自己存有杀意。如果他在检察官的供述调查书中却坦白承认了的话，那么究竟哪个是真，哪个是假，就全靠审判官的心证去定了。

对于以上详情，菊地无论对阿宏的父亲，还是花井，都没有说过。这是因为为了避免委托人由于知道了实情而对辩护律师产生过分的希望。律师这样做，是一种自卫行为。也就是说，避免在一旦辩护失败时，被被告方面指责无能等。本来在接受这个案件时，他没有考虑到营业上的得失，因而他认为只要能够排除委托人诸如感情上干扰及苦苦哀求不休，使辩护工作顺利进展就可以了。

"我想，我是能够证明上田宏没有杀意的，你就放心好了！"菊地边笑边说，"买了小刀以后，还不到一个半小时就在伺机行动中遇到初子，杀死了她。这种情况哪一个审判官也不会相信的。检察官觉得上田宏见到初子，如果是偶然的话，这对检察官不利，于是就说阿宏知道初子那天去长后，可又没有确凿的证据。丸秀运输行店主儿子的证词，对我们是极为有利的。"

菊地有选择地说了些安慰花井的话，事实上他是要请花井为他办一件事。

菊地打算请法院进行"实地验证"。在这之前，他也想到金田镇去调查一番现场和环境。可是他在地方法院有两个案子，在东京还有3个案子待理，眼下无法抽身，因而他想请熟悉金田镇情况的花井帮忙调查有关情节。

"你大概没有去过初子开的那家'味美'酒店吧?"

"遗憾,没去过。"

"那家酒店的顾客中出现了两个证人。他们都旁证说上田宏有杀意。据说他们在6月20日和6月27日看见上田宏和初子发生口角。其中一人是流氓,他叫什么名字来了?"

"宫内辰造。"

"对对,就是这个宫内。他住在长后,在初子被杀那天见到上田宏之前看见过初子。检察官一定会传讯这个证人,和他商量有关证词的问题。他说上田宏20日是有杀意的,这可是相当厉害的证词。请你务必调查一下这个人的情况。"

"这种事我能干吗?"

"不,我丝毫没有让当教员的改行当侦探的想法。为了在法庭反对询问中粉碎有利于对方的证言,从而得出有利于我的证词,必须事先了解证人的情况。此外还有一个证人。"

"多田三郎。"

"据说6月27日,案件发生的前天晚上,他看见上田宏一个人到味美酒店把初子带出来。他是附近的一个工人。"

"是厚木市对岸正在建设中的工厂工人。"

"请你也顺便了解一下他的情况。他的为人、家庭关系以及由于什么原因经常光顾味美酒店,大体调查一下就可以了。另外,我还想知道味美酒店的经济情况,如有无借款?有无存款?存了多少?我估计向她母亲澄江了解一下就知道了吧。"

"倒不如问好子呢。她母亲因女儿之死精神受到刺激,神志有些不清。"

"怎么问都可以。只要给我调查一下就行。另外,还要你了解一下所有金田镇的人对此案的反映。总之,凡是与此案有关的情况，我都想知道。"

"对我来说，这可是个难题。恐怕我力不从心哟。"花井好像信心不足。

"你尽力而为。能调查多少就调查多少。在英国，审判时必须提出有关案件的所有真实情况。而在日本检察官几乎做不到这一点，他们仅仅提供犯罪的几个重要方面。之所以出现像松川案件那样的错判现象，原因就在于此。"

菊地大三郎边吃着肉丸子边说。把谈话内容引向与案子无直接关系，近乎卖弄学问方面来，这能使对方产生一种放心的心理。这点菊地是很明白的。他又道：

"而且，目前流行的所谓'集中审理'，其缺点也在此。有人说，在'事前准备'时，明确了争论之点，这就避免浪费法庭审判的时间。但是，节省法庭时间与正确判断被告有罪或无罪，二者相比，究竟哪个重要？放弃了对具体过程的叙述，确使案情变得简单，不过容易误判。"

"可是，像现在一两个月才开1次庭，拖拖拉拉也是个问题。"花井说。

"这倒是。政府已在昭和36年明文提出改正这种弊病。但当局矫枉过正了。说什么一天就可以结案。说得好听，实际上这只能适用于偷鸡摸狗或放火未遂等等小案件罢了。而对一般案件，即便用一个星期也好，担任几个案件的律师也是难以应付的。时间如此短促，造成检察官和辩护律师一时难以适应法庭的询问。检察官事先还可以和证人商量，可是，我们辩护律师在法庭上对证人进行反对询问时，必须当场想出驳词来。要说在日本没有一个律师能够当场一下子驳倒对方决定性证言的，这一点也不过分。我认为现状对被告不利。"

"这样说，没用'集中审理'的方法来审理阿宏的案件是件好事了？"

"是这样的。由于审判长不同意'集中审理'，这可帮了我的忙了。'集中审理'主要是东京地方法院一部分才气横溢的审判官开始搞的。由于对上面反感，不仅律师，就是地方的审判官也有反对的。在他们看来，'集中审理'是最高法院的审判官对上层献殷勤的一种做法。"

花井听了这些有关法律知识的话，只说了一句。"噢，原来如此。"不过，他对菊地能考虑到上田宏的有关家庭、受教育环境等情况，觉得是十分难得的。

"譬如，担任松川案件第一回重审的门田审判长有一个微妙的谈话。他说，只阅读三四遍有关一台货车的材料，也难以发现其中的真实情况。同样，在法庭上只听一遍，更是不能了解到真实情况的。门田可以说是那种阅读书面材料直到深夜的老式审判官，但他的话是很有道理的。"

时间已过一点。午餐时，南京町的中华料理店除了住在附近的中国人顾客外，几无日本人，此时很适宜他们谈论这起特殊案件。

花井过去从来没听过自己所尊敬的菊地律师在法庭的辩护，所以今天特地请了假来旁听。他请别的老师上午代课，如果下午的一节课还让那位老师代，他感到于心不安。于是他看了看手表。菊地先生见此就说：

"那么，我现在必须赶回东京。把这个给你父亲带去吧。"

说着，把一盒烧卖交给花井，另一盒装进手提包里，准备带回家。

走出门口，秋阳把他俩的身影投射在狭窄的南京町上。他们叫住一部出租车，让司机开到横滨车站。

"您让我调查，我是乐于从命的。与其焦急地等着，倒不如调查事实，心里踏实些。"花井道。

"你到底需要多长时间才能调查清楚，我最近要去金田镇一次。"菊地微笑道。

"尽量在两三天内调查好，并写出书面材料。"

菊地听了笑道：

"不必如此着急。这星期六我准备去探望你父亲。能在此之前，把材料写出来就行了。"

"明白了！"

"希望你转告被告家属，请他们不必担心。"

菊地重复了这些安慰话后，便在横滨车站和花井告别了。实际事态并不令他乐观。

在一般情况下，对上田宏这样的少年单纯杀人的求刑，充其量不过12年。可是从"冒头陈述"中可以听出，冈部检察官的求刑可能多于12年。

从花井所介绍阿宏的性格、家庭环境以及自己在拘留所会见阿宏时所得到的印象来看，菊地确信阿宏没有杀意。他虽然可以主张阿宏是过失致死，但还是认为主张是伤害致死对被告更有利。

对于在战前就当过预审审判官的菊地来说，他能预测检察官将如何对待这个案件。

菊地注意到检察官在"冒头陈述"中所强调的一点。阿宏的上衣没有沾上血。检察官认为这是因为"阿宏在刺杀被害者时，注意别让血溅到衣服上"。而实际上阿宏也是这样供认不讳的。

事情总是矛盾的。阿宏和好子这对少年少女强烈希望把孩子生下来培养成人，这无疑给人以一种对阿宏有利的印象。但是，人们也会认为：他的上述心情越迫切，越想除掉劝好子打胎、妨碍他两人同居的初子。

阿宏在校成绩优秀。参加工作后，在岗位上为人勤恳，和同事关系颇好，甚至没吵过架，这可能博得人们好感。可是也让人难以相信他那"由于勃然大怒，就不顾后果地刺过去"的供述，而可以相信，他不经过深思熟虑是不会干出杀人的事来的。冈部检察官之所以在所提出的证明材料中加上上田宏工作单位同事的证言，其原因就在于此。

最初，上田宏在向警察官交代时说自己记不清一时火起杀死初子前后的情形。其后，他不仅这样对菊地律师说，而且在法庭上也是这样陈述的。然而，他在检察官面前交代说，他左手抱住初子，右手拿刀向她刺去。

菊地清楚地知道被告在检察官面前的供述是怎么回事。像阿宏这样的少年是十分容易上检察官的圈套的。

有充分的动机，在杀死被害者后，隐蔽尸体之后 5 天，又若无其事地和被害者的妹妹同居。这一切都是确立其案情的重要材料。检察官把这个案件看成是被告有计划的故意行动，是符合常识的。

如果说一时火起，那么上田宏的身上一定会溅上血的。但是，他在晒泽山顶和大田吾老人相遇时，大田老人却没有发现他有什么反常现象。他服装整齐，衬衣上没有血迹，只是裤子内侧沾上一点血迹。这些情况对被告很不利，是作为辩护律师所急于排除的难题。

"怎么？你真的想不起当时的情景了吗？"

"我怎么也记不起来了。"上田宏只是这样回答菊地。

为什么他的衬衣上没有溅上血？这是菊地所必须弄清楚的问题。菊地眺望着车窗外京滨工业地带的风光，一面反复地考虑着这个问题。他想象此案的审判长将判阿宏多少年徒刑。如果将他定为伤害致死罪,那就被判 3 年左右。可是这样一来,检察官一定会提出上诉,从而使审判推迟一年半。不但如此,如果在重审时原判决被推翻,那么,作为辩护人就得上告。即使得到再重新审理,那么,被告就在这一过程中,耗去 8 年之久。与其这样,倒不如接受检察官的意见,承认其起诉缘由,使之酌情判为 5 年左右的徒刑。这样,被告阿宏出狱后就不会失去全部青春。

菊地想,持有这种想法的审判官不知有没有。他在大阪地方法院时,曾经审理一流氓斗殴案件,出于这种考虑,没有认定被告是过失致死罪,而是接受了检察官主张的伤害致死罪。按照这种意图,他认为现在如果主张被告为伤害致死罪,可能是自找麻烦。

(但上田宏毕竟和流氓不同呀!可能其罪名对他将来前途起重大影响。专家们之间有一种倾向,就是把杀人犯和伤害致死罪的区别估计得过小。其实两者不可相提并论,这两者有质的区别。)

菊地认为,自己如果是审判长的话会判阿宏为伤害致死罪的。那么,本案的审判长也许会接受这一主张的。可以认为主张伤害致死罪是正确的。但是,这种主张被接受以后,还可能要提到最高法院的。这样一想,菊地心中感到一阵不安。

以前菊地之所以感到日本这种不承认英美式的检察官控诉制的审判的魅力,就是因为有这样的事例。检察院拥有庞大的搜查机构,如不能立证自己的起诉,那是要负责任的。但他认为在事关牺牲被告利益的问题上,不应当为了面子而反复争论。

"我在当审判官时起,也许就持有辩护人的立场吧?"菊地喃喃自语苦笑着。

菊地曾经以判轻刑的审判长而闻名。这不是出于温情主义。

在他看来，服刑的人在监狱里，尽管有众多看管人员对他们进行改造，但是效果不大。不少人出狱后仍然旧恶重犯。在这种情况下，应该把那些看来不会再犯的服刑者送回社会，这不论对社会，还是对个人都是有利的。

但是有位先辈曾告诫过他：作为审判官不应当考虑检察官的意图和被告的处境，而应该凭良心，按照法律判刑。这位先辈不是别人而是菊地的岳父，当时长野地方法院的院长。他在进入大阪审议院后不久便去世了。这是战前的事。如果岳父还活着，对于已经担任20年审判官的女婿改行当律师，一定会竭力反对的。

像花井卓藏那样传说中的人物，在律师中几乎没有。在比过去讼师强不了多少的律师群中，有各色各样人物。其中不乏充当暴力集团顾问的。他们由于能够接触与大量金钱有关的案件，弄不好很可能腐败堕落。尤其民事案件，多属当事人之间的争吵，有些律师如不及时受到警告，甚至会给有关当事人制造伪证。

战前，律师考试比审判官、检察官考试要容易。在法庭上，其座位也比审判官、检察官略低一等。直至现在在二审时，从审判官的口里常常进出这样的话：律师懂得什么？菊地的岳父就是一个瞧不起律师的审判官。

当然在新刑事诉讼法的情况下，律师的作用变得大了，因而地位也随之提高。即便这样，3年前菊地改行时，犹有地位下落之感。

在电车上，偶尔遇到一般熟人时，他就会感到对方的寒暄发生了微妙变化，其措辞是过去菊地当审判官时绝对没有听到过的。

菊地努力克服因自己过去是审判官而产生的一种自豪感，

在待人接物中尽力采取学生式的坦率态度——这是适合律师身份的。后来，菊地才意识到，即便这样，对方也未必理解，还认为过去曾是审判官的他在套近乎。他那背后的权力，使他装出这一副豪爽的样子。

当审判官的时候，在被邀请参加会餐离去时，主人一定把他送到饭店门口，直至汽车就要开动时，还低头向车窗里面的他道谢。

可是如今，参加同样的会餐，主人仅仅把他送到车前，说声再见，就头也不回地走进去了。这种情况在他当审判官时是绝无仅有的，因而他心中不禁掠过一种凄凉感。

当然，这种事在他决定改行时，就已预料到了。

"您现在是我的客人了。"

菊地用半开玩笑的语气来迎合对方。因为他有意识地这样说，所以并不感到难为情。只是有时对方的态度突然发生变化，他才感到有些尴尬。

菊地当然知道，作为律师是不能计较这些的。他也知道，由于他当过审判官，很得顾客的信任。而且他写过面向学生的有关刑事诉讼法的著作，回东京后还在一所私立大学讲过课。

他有3个孩子。最大的男孩17岁。他用退职金和预支的稿费在世田谷买了一所小住宅。

住宅虽比福冈的公家公寓狭小，但是属于个人的，他觉得可以自由舒展手脚。

长子行雄长得不像他。矮身材，粗脖颈，宽肩膀，手脚结实，是个所谓斗士型的体格。虽说明年就要参加高考，可是现在一味玩棒球和橄榄球，他不爱读书，令父亲不可思议。

菊地读了《少年不良化的问题》一书，知道斗士型是流氓少年的典型体格。书中说，这样的孩子往往讨厌数学而喜欢语文——行雄恰恰是这样。

行使国家权力人的子女中,有的以破坏国家法律为乐事。如高级警察官的子女中竟出现吸毒者。菊地认为这是近代社会的一种奇妙病态。审判官不像检察官、警察官那样直接行使权力,而是所谓仲裁者。即便这样,他改行选择了自由职业,他认为这样或许对孩子的身心成长有好处。

他之所以接受阿宏的案件,除了因为他的远亲特别委托之外,还有一种想法在起作用:通过研究有关这个少年犯罪案件,以了解对自己是陌生的长子行雄的心理活动。

在少年犯罪案件日益增多,已构成严重社会问题的今天,这方面的问题是值得深入研究的。虽然他不想像一部分战后派律师为了出名,巴结宣传机关,但他认为接受新闻界注目的案件,有利于丰富自己的经历。

检察官所办的案件中,杀人案件所占比例不过百分之一左右。冈部检察官夸大这个案件,倒是正中菊地下怀。菊地估计从委托花井调查的材料里,定可找到有利的东西。他粗略地看了一遍调查书面材料就直感到这个案件发生的客观条件,就在于战后16年紧邻都市的农村环境。为什么会产生像被害者初子这样的女性?为什么阿宏要离家出走?其原因就在于上述的特定环境。

无论如何在这次审判中要顽强战斗,以获取胜利。火车进入东京近郊,菊地感到浑身是劲。此时他已经忘却刚才的想法:主张伤害致死罪,或许会使上田宏丧失8年的青春时光。

七、被害者

　　将近两点钟,花井先生回到金田镇,他还可以教最后一节国语课。他没有告诉学生们他去旁听了对上田宏的公审。虽然在这个小镇里大家迟早都会知道这件事,但他觉得还是不要在教室里谈论这件事为好。他请律师为上田宏辩护,被部分学生家长得知后引起不满,为此,他还被校长叫到办公室说了一通。

　　"为原来的学生奔走是你的自由,但金田镇各种想法的人都有,请您不要在学生面前谈论这件事。"

　　花井本人也知道,因为这个案件,他正遭人白眼。这毕竟不是推理小说中的事,而是在镇上实实在在发生的,是伴随着血和尸体的一桩案件。即便阿宏过去是个无可非议的好孩子,他的行为是"一时冲动",但他毕竟使一个人失去了宝贵的生命。

　　人即便得了相当重的病,也不会轻易死去。人的肉体通过其各个器官的微妙活动,来保持生命。要使一个人失去生命,非施加相当暴力不可。

　　如果没有置对方于死地的念头,对方是不会轻易死去的。那些"触到要害"呀,"他原来身体就不好"呀等等,只适用于老人，而初子是一个健康、充满生命活力的年轻姑娘。

就是现在，经过晒泽的金田镇人会小声地说：

"瞧，那就是上田宏刺死初子的地方。"

"初子的尸体，就在那杉木林中躺了5天。据说胳膊肿得像棒槌那么粗。"

金田镇是一个从未发生过案件的平静地区，所以初子被杀案件给当地人以极大的震动。时至今日，案件发生已有3个月，其震动余波仍未平息。校长告诫花井不要在学生中提有关案件的事，是理所当然的。

同样，阿宏的家属和澄江也不愿提及这件令人伤心的事。几个月来，喜平在厚木喝完酒回家的时候多了；澄江的稻田里早稻还没有收割，就这样扔在那里。

花井对自己在今天第一次公审后就拜访被害者家属感到难堪。但是他想尽早知道有关案件的一些情况，因而他自我安慰：难堪的事也得办，这对对方来说也是有益的。于是一过4点学校放学后，他即步行往金田镇南面的坂井澄江家。在菊地律师委托需要调查的事项中，花井想先打听一下初子酒店的经济情况。

澄江家位于寒川河畔。寒川河从把长后和金田镇两镇隔开的中间丘陵地带流出，注入相模川。澄江的房屋四周围着竹篱笆，房顶是用稻草铺的。

房子是公公那一代留下来的。坂井家的耕地，有河对岸的8反田和房子周围的3反旱田。战争末期，丈夫被征去当兵，战死在南方，之后一个时期，这些地曾让给本家耕种。

战争期间和战争结束后，金田镇虽然经济繁荣起来，但澄江由于人手不足，没有得到什么实惠。只是由于采用了拖拉机，她一个女人耕种这些地也并非多苦。但作为一个农民是赚不了大钱的。

　　生初子时，澄江才 18 虚岁，因而现在她不过 40 岁。

　　在寒川拥有很多土地的本家劝说下，她曾经和邻村远亲的一个独身男人结婚，将其招进家中。但那人品质恶劣，把家里衣柜里的东西拿走，又卖掉 3 反地，和平冢咖啡店的一个女招待逃走了。从此，她再不相信男人了，6 年来，一个人愉快地培养着两个女儿成长。

　　大女儿初子长大之后，耻于干农活，就去厚木基地的商店当售货员。当时澄江的第二个丈夫还在。初子傍晚下班时，常有献殷勤的美国兵送她回来，把吉普车停在门前。可是一个夏天深夜，她回家时西服满是土，头发蓬乱。当时，她与基地的美国兵不断发生纠葛，所以澄江一眼就知道发生了什么问题。

　　澄江追问她，她总是含含糊糊。后来，当澄江要她去警察局告发时，17 岁的初子竟出人意外地以老成口气回答她母亲：

　　"不必了。警察也不会理我的。"

　　当时正在里屋喝酒的继父，听到后就挖苦道："是的，是的。当地警察当然不会理睬。因为他们知道你经常请美国兵送你回家。"母女两人听了这话，十分恼火和他吵了一顿。两三天后，初子离家出走了。

　　据说，她继父强奸了她。她讨厌他，才离开家的。也许出于报复之心，她继父透露了她与美国兵的关系。正因如此，当澄江接到女儿从新宿工作地点寄来的信时，就说，如果不想回家，那也不必勉强。一个和美国兵有瓜葛的姑娘，在镇上是难以找到婆家的。

　　当比姐姐小 4 岁的好子，长大后提出要到茅崎洋货店工作时，澄江不答应，母亲是要小女儿永远留在自己身边协助干农活。可是当时金田镇农家姑娘初中毕业后，没有不到外地镇上去做工的。

为了使女儿像别的姑娘一样,能烫上发,穿上高跟鞋,母亲只好让女儿去工作。其结果,却发生了如此不幸之事,澄江悲叹不已。

一年前,初子突然从东京回来,说是要在厚木车站前开一个酒店。对此,澄江采取随她便的态度,反正女儿们是不听自己的话的。即便这样的女儿,澄江还是希望她住在自己附近为好,只要她们能够自己养活自己,也就放心了。

但是,初子并非像澄江所希望的那样,她最近常住在店里不回家。对她有许多流言蜚语,以至澄江耳朵都听出茧子来了。澄江悲伤地自思,自己的幸福随着前夫的战死即告结束了。

由于澄江对女儿放任的结果,初子惨遭杀害,而其妹好子却身怀凶手的孩子,这是澄江做梦也想不到的。

初子完全变坏了,甚至澄江怀疑她是不是自己的女儿。可是澄江一想到她变坏原因在于她继父和厚木的美国兵时,又感到女儿是可怜的。

初子在十五六岁前,虽说性格有点倔,但和好子一样,是个温顺的姑娘。她的面貌很像她死去的父亲:浓眉高鼻梁,皮肤洁白,十分可爱。澄江一直做着美好的梦:女儿一定能给自己找到一个好女婿。

初子离家时,正当澄江把精力集中于如何侍候自己第二个丈夫上,无暇顾及女儿。每想至此,澄江感到自己很对不起初子。所以参加旁听第一次对阿宏的公审后,澄江并不像好子所希望的那样宽恕阿宏。只是出于可怜好子,并不那么憎恨阿宏罢了。因为她想,阿宏虽然是杀害初子的凶手,但毕竟是好子腹内6个月胎儿的父亲。如果一味恨阿宏,那会使好子感到委屈的。

但是当检察官谈到阿宏是为了杀害初子而买小刀时,她感到头脑发胀,话都说不出来,尤其当法庭出示女儿的血衣时,她想还是不来旁听为好。

然而一看到法庭上阿宏那光头时,她对他的憎恨又减弱了,他毕竟是孩子呀!

阿宏退庭时,目光看到澄江,负疚地深深地低下了头。这种态度给澄江留下好感。

可是当和大家乘公共汽车回家途中,当她脑海里浮现法庭上出示初子衣物的场面时,她又恨起阿宏来了。"哎呀,这可不行,对不起好子了!"这样一想,澄江真不知如何是好。

微呈金黄色的稻穗在9月的秋风中摆动。花井在这田间小路上走向澄江家。

相模川那边像玩具般的一排排厂房沐浴在秋天夕阳下,闪烁着亮光。远处的丹泽山衬着即将落下的夕阳,它的上空飘浮着染红了的晚霞。

澄江家所在的小村庄,位于一条从东边丘陵流出的叫作田边川的河边。这条河围绕着建有纪念太平洋战争战死者的忠魂碑的小山包流过时形成一个小小的水泊,于是这个村庄就被叫作"淀"。

忠魂碑周围的樱花树的树叶,早已开始变成红色。面对着忠魂碑的石阶,有座与碑同时建成的木桥,过了桥就是淀村了。

此时,有四五个从中学放学回家的学生,扶着栏杆往下俯视着,有个孩子已跳入水里。

孩子们一看是花井先生,都脱帽问好。

"逮什么呀?"花井问道。

"鲫鱼。"

河里那个手拿网的孩子是花井所教的初中二年级学生。

"别玩了，小心拉肚子。"

花井教上田宏时，上田宏也像这些学生一样的年龄。

"那么老实的孩子，怎么会干出杀人的事来？"

事件发生后，花井不知发出多少次这样的感叹。此刻，他想起阿宏在学艺会上讲演林肯生涯获胜得奖时的情景。

花井修改过阿宏的演讲稿是事实，但是对所有参加讲演的学生的讲稿都作修改了，而对阿宏的稿子，只不过在个别词句上改动改动罢了。尤其是阿宏在谈到林肯如何因为北部企业家的自私利己主义而感到烦恼时，其概括性则显示出了一个中学生罕见的理解能力。那一次阿宏的出色演讲使花井先生在同事面前也感到光采。

"我真不理解，不理解。"花井感叹道。

花井知道部分家长对他站在罪犯一一边感到意外。他在内心里不管用什么理由来为自己辩解，那也不能抹杀自己为一个杀人犯卖力这一事实。他甚至感到有些畏惧了。

"你难道能够不正视这一事实吗？一个活生生的人倒在血泊中失去了生命的这一事实吗？！"

这种内心的痛苦，随着走近澄江家变得更加剧烈了。

澄江家的房子建在堤坝的旁边。堤坝是战后因这条河台风泛滥而修筑的。和金田镇街道连接的道路，原来是穿过村庄，可是由于堤坝上的新路宽阔笔直，所以公共汽车，过往行人都爱走堤坝上的新路。

竹丛中拴着一只羊，走过羊旁边，离道路约两米的低洼处就是澄江家的后门。

"打搅了！"

花井叫道。

"请。"一个清脆的姑娘声音传出，花井马上听出是好子。

"是先生呀！"

她从厨房走出来，挺着怀孕已 6 个月的肚子。她看来就要成为母亲了。眉毛修整得很细，笑着露出洁白的牙齿，她显得那么年轻。

"你母亲在家吗？"

"在家。可是……"好子颇为惊讶地望着他。5 个小时前，刚刚在横滨地方法院和他道了别。于是沉静地说："请到前面去吧！"

花井从堆放着草席绳子的房子侧面走到宽阔的前院。前院有个堆放农具和梯子的小屋，屋前有两三只鸡在来回啄食。

从这间小屋到邻居的榉木树丛之间，种着一片早稻。由于今年旱情严重，稻田处于半干枯状态。本来稻子可以收割了，由于澄江因女儿被害伤透了心，无暇顾及。

花井踏进门槛，走进套廊，看到澄江从里面走出来。她把头发结成垂髻，身上穿着普通花布衣服，外面套着劳动服，像是个 50 多岁的老太太。她手按着走廊，低头向花井问候：

"您来了，谢谢您的关照。"

"不要客气了。"花井道，"我也并非特别为了你家的事来的。我只是担心您或许对今天的审判不满意呢。"

"哪里的话。我也希望对阿宏减刑。既然已经发生了不幸，即使对阿宏判重刑也无法挽回初子的生命了！再说，还要为好子就要生下的孩子着想着想……"澄江道。当她说到阿宏的名字时，嗓子好像被什么堵住似的。

"难得您有这样的好心肠。"花井顿时有了勇气，"另外，菊地律师还托我问您：据说初子的酒店有了买主，她原来的营业状态怎么样？有没有存款呢？"

坐在走廊坐垫上后，花井立即谈到主题。澄江的表情马上变得沉重起来。花井再次感到不知如何对待被害者的家属为好，特别是因为他处于为犯罪者辩护的立场上。有时当他清晨醒来时，脑海里就掠过这样的疑问：阿宏果真仅仅为了"除去障碍者"而动刀子吗？自己如此为他辩护出力是否有价值？

"初子小店的经营好坏难道和什么问题有关系吗？"澄江问。

"菊地先生只是说有关被害者的什么事情都想尽可能多多了解。"

花井说着转过头望了一眼旁边的好子。她端来茶以后，就坐在花井旁边。

"姐姐哪有什么存款？她还欠人家钱呢！"好子冷冰冰地说道。澄江狠狠地瞪了她一眼，似乎责备她不该把死者不光彩的事抖出来。

围绕好子应该不应该把孩子生下来，姐妹之间发生了争执，这种争执随后成为初子被害的重大原因。此刻花井从好子的话中还可听出她对姐姐的不满。花井想，姐妹间的矛盾现在又要造成澄江与好子母女之间的对立了。

"是呀！那种生意也不是好做的呀！"花井以调解的口吻说。

"不是的。初子干得不错，生意也蛮兴隆，只是……"澄江说到这里停住了口。花井抬头望着澄江，只见她低着头，侧面鬓发许多已变白色，神情显得十分寂寞。

花井开始后悔接受菊地的委托来到这里了。他至少不该向澄江打听，而应按最初打算，把好子叫出来，只向她了解。他把目光转向院子里，静静地等待着澄江的回答。

这里一般拥有一町两三反土地的农家都在走廊边搞一个小小庭院，利用右边的高处土地，配置上从相模川上游运来的石头，种上草木。在庭院后面还种上从静冈县运来的茶树。这些茶树所产茶叶足够一家人饮用。现在花井喝的煎茶，就是澄江自己种的。不仅茶叶,金田镇居民几乎不向商店购买蔬菜、鸡蛋和牛奶。镇上的食品店只有肉铺和鱼铺。

"初子那个店铺是借钱开办的。"

澄江终于自言自语地答道。花井第一次听到这样的话。

"可是,我听说她是用在东京赚的钱开的店铺。"

"她也是这样对我说的。当初我信以为真。她死了以后,我才知道不是这样。"澄江难过地说道。

"是打算把店卖掉时债主找上门的吗?"

"是的。债主还出示了证书。她向人家借10万元,还不包括利息呢。另外,还欠酒坊、鱼铺的钱。这个店的东西全都卖掉也不过20万,刚够还债。这孩子怪可怜的。那样辛辛苦苦地干活,死的时候,全部财产就是那手提包内的3千元。"

说到这里,澄江再也忍耐不住,用手掩住了脸。

"妈,您别伤心!"

好子说着,也用手帕掩住脸呜咽起来,惹得花井也流下泪来。

"因为姐姐劝你去做流产,你们就恨她。可是你如果做流产,她是一定会给你交纳手术费的。可你还说她的坏话,这样你会受到老天爷的惩罚的。"

"姐姐并没有说要给我钱。"好子反驳道。

"虽然没有说,她会替你交的。因为谁都知道,你们没有钱。"

"阿宏有5万元的存款,如果我们决心不要孩子,自己出得起手术费的。"

"这是赌气。6年来妈妈一个人培养你们姐妹长大成人,很了解初子的为人。她既然劝你们,就一定会给你们交纳手术费,哪怕去借钱。"

"姐姐没有说这样的话。"好子拿下手帕,满脸泪痕地说。

花井很明白好子的心情。她并非不相信她姐姐会给她掏钱交手术费,只是埋怨姐姐没有说出来。姐姐如果说出这样的话,阿宏或许不会那么恨她,因而也就不会向她捅刀子了。姐姐,你为什么不早说出来呢!此刻好子心中这样悲苦地叫道。

看到澄江母女的悲痛神情,花井心里也很不好受,他把眼光转向茶园。

其实,在第三者看来,初子也未必一定会给好子交纳手术费。死者家属由于怀念亡灵,总把死者往好的方面想。

面对母女相对流泪情景,花井不知所措,等母女停住哭声时他又问道:

"初子究竟向谁借了钱呀?"

这是个重大的问题。

"是宫内。"澄江答道。

"宫内,是那天初子去长后向之收款的宫内辰造吗?"

"是的。"

"那天姐姐说向宫内去收回欠款,肯定是撒谎。"好子从旁插嘴,"恰恰相反,她一定是去还他钱的!"

"也就是说是宫内辰造出钱让初子开店的啰?"花井问道。他心想,菊地要是听到这个情况,一定会很高兴的。

"不,店名义上还是初子的。她给宫内开了10万元的借款条。另外,宫内是初子的……"澄江说到这里稍稍犹豫后决然地说,"情夫!"

"我听说过他们有这样的关系。"花井说,"不过,却没听过有关初子向宫内借钱的事。"

"宫内不仅把店铺,甚至连初子的衣服都拿走了。"澄江说着向后望着房里道,"她留下的东西只有桂在那里的浴衣,裤子和那个化妆镜台了。"

"太不像话了。"花井叫道,"要是早一点告诉我,我会请教菊地先生的。他是阿宏的辩护律师,所以他对有关案件的所有问题都很关心,什么都可以和他商量的。"

"不,这没必要。其实,初子也不把行李放在家里。看来她从东京回到家乡是错误的。"

"令人奇怪的是这个宫内却被作为检察方面的证人出庭作证。说是 6 月 20 日阿宏和好子去'味美'时,他当时也在那里。"

"我记起来了。"好子道,"他坐在里面的小房间里喝酒,而我们坐在门口的凳子上,说话声音又小,他一定听不清我们谈些什么的。"

"那可能是初子事后告诉他的。"

宫内仅仅是作为当时目击者出庭作证,至于他和初子的关系,却没有摆到法庭上来。

据花井所知,宫内辰造是从东京流浪到厚木的流氓。他和初子原在厚木租用流氓群居低级街道的房子一起同居。后来不知为什么他又搬到长后。

"您知道他们是什么时候认识的吗?"

"是她在新宿的时候吧。别的她不告诉我。"

"宫内是和初子一起来到厚木的吗?"

"好像比初子晚些时候来的。"

"您相信宫内真能拿出 10 万元借给初子吗?"

"我怀疑钱是姐姐自己的。"好子从旁插嘴道,"所谓的借条可能是姐姐提出要和他断绝关系,他强迫姐姐写的。姐姐赚的钱,有一部分肯定被他拿走了。"

"初子认识这样的男人,是极大的不幸呀!初子有没有发过什么牢骚。"

"她不想说。我一问到宫内的事,她就满脸的不高兴,后来我就不问了。"

"姐姐最近脾气变得暴躁,说话变得很尖刻。"

"那也不奇怪。她一个女孩子经营一家酒店,哪能像你这么省心。"

看到母女又要吵起来,花井站起身说:"谢谢你们。我把你们的话告诉菊地先生,他一定会很高兴的。好了,我要到初子灵前供上一炷香。"

本来,走进这家门就应该先到死者灵前供香,刚才之所以没有意识到这一点,可能因为初子是个女招待且过去的经历又有污点的缘故。这样一想,花井内心感到一种哀悼之情。

听到花井说要给初子供香,澄江脸上露出满意的神情,"谢谢您!她在九泉之下一定会感到高兴的。"

初子的骨灰盒放置在里屋的灵堂上。好子想,在阿宏没有判刑之前,妈妈是不会把初子的骨灰盒放进墓地去的。如果生孩子时,骨灰盒还不拿走,那会大煞风景的。所以好子在横滨问菊地什么时候可判决,当听到说在年内时,她放心了,因为她的预产期是明年一月份。

八、证人

翌日，学生放学后，花井去宫内辰造家。从金田镇到长后，坐公共汽车约需 15 分钟。

汽车在相模川和境川间丘陵公路上奔驰，扬起阵阵灰尘。花井有好长时间没到这一带了，对于这里的显著变化惊叹不已。

原来的森林砍伐后，平整成可望见一公里之遥的工地。远方地平线上，耸立着高大楼房施工中的钢筋骨架，推土机在其间往来爬动。而与之对照的是汽车公路旁边的情景：世世代代住在这里的奶牛养殖户，用木栅栏围起一片片草地，花斑色的奶牛静静地俯卧在草地上。

穿过水稻田的低地，道路蜿蜒而上，长后镇就在山上的平地上，车站就在街头。

菊地先生告诉了花井宫内家的门牌号码，并说是住在 2 层。离车站 20 米的十字路口有一个叫"米子"的杂货店，里面摆着蜂窝煤、肥皂、纸张、衣服夹等日常用品。店旁边有一个窗口，专卖香烟。

"买一包香烟。"

花井叫道。一个 40 岁左右的人从里面走出来，冷淡地从窗

口递出香烟,抬头斜着眼光在花井脸上扫来扫去,使得花井感到有点畏惧。但他给了烟钱后,装作若无其事地问道:

"您知道,这里有没有一个名叫宫内辰造的人?"

"他住在2层。"

"谢谢您。我是……"花井说着,想拿出名片来。

"可是他不在家。"那人回答道。

"不在?哎呀,白跑一趟了。"

花井情不自禁叫出了声。那人回头向店里面走去。

"您知道他去什么地方了吗?"

"不知道!"

"是被人叫到法庭作证去了吧?"花井随便问道。

"是的。好像因为什么案件。"

"是金田镇杀人案件。是被害人的母亲请他去作证的。"

"……"

这时2楼传来开窗声,花井后退一步往上看去。从"米子"商店横门匾旁的玻璃窗户露出一个只穿着长衬裙的年轻妇女的上半身。

看不出这女人的实际年龄,但可看出,她是大和市周围常可见到的一类妇女。

她微张着涂着浓浓口红的嘴唇,从2楼窗户往下俯视着花井。

"宫内先生在家吗?"花井问道。

"你是谁呀?"女人反而粗鲁地问道。

"我姓花井,是金田中学的教员。"

"噢,原来是学校的老师,失礼了。您找宫内有什么事?"

女人的语气虽稍变温和,但仍很生硬。花井想,她一定是宫内的情妇。初子已经死去3个月,他这样的男人,又有了新的情妇是不足为怪的。反之，要是没有新情妇，倒是奇怪的。或许在初子活着的时候，他和这个女人就有了瓜葛。

"见到宫内先生，您就知道了。"

"可宫内不在家呀！"

"去什么地方了？"

女人听罢，又沉下脸来：

"去什么地方是他的自由。"

"请您告诉我他去什么地方，我要找他。"

"有什么重大的事，非要追住他不可吗？"

"是的。有关审判的事。"

"我不知道他去了什么地方。"

女人盯着花井的脸斩钉截铁地说。

"您是宫内先生的亲属吗？"

"说是亲属会让人笑话，当然这样说也可以吧。"

"是一块儿住在这里吧？"

"讨厌！"女人厉声道，"住什么地方你管不着！为什么你们要刨根见底地问这些。什么刑事呀、什么调查官呀，轮班跑到我们这里，千篇一律地问这些问题，真是烦死人。你是学校的教员，我更没有义务回答你。"

的确，对于花井来说，他是没有理由强迫别人回答他这些问题的。何况有关阿宏日常的表现，已在家庭法院审理阶段调查过了，并且家庭法院还调查了花井本人。辩护律师已申请将他的证词和家庭法院的审判调查书作为辩护方面的证据提交法庭。

花井总想多收集一些对阿宏有利的证词，如中学时代阿宏的言行，阿宏的良好家庭环境等等。但这些究竟对减轻阿宏的判刑能否起作用则令人怀疑。而花井确信，自己像侦探似的努力，一定能很有效地帮助阿宏。

"大概被检察厅叫到横滨去了吧？"

花井故意这样说，想以此套出对方的话来。宫内辰造将作为检察方面的重要证人在下次公审中出庭作证，所以有可能被冈部叫了去。但是昨天第一次公审刚结束，今天就被叫去的可能性很小，只是花井出于对女人生硬态度的愤慨，故意说出带刺激性的话。

女人的表情果然变得凶狠起来。

"你说什么？你太不礼貌了，宫内干了什么坏事，要被叫到那里去？！"

"他大概还经常光顾警察厅吧？"

"你还是趁天还亮着赶快离开这里吧！"

女人说罢，呼的一声把窗户关上了。

"喂，请不要在我的店门口大声喧嚷！"

被这一喊，花井才发觉刚才那个杂货店店主站在身旁，斜着眼瞪着自己。不仅如此，对面电气商店门口也站着四五个人在望着自己。花井感到十分尴尬。

"失礼了，宫内先生回来后请代问他好。"

花井自我解嘲似的喊了一声，拔脚就走。果然这些人是不好打交道的。自己的举动未免可笑。花井暗自埋怨自己。

从暴力集团势力范围来分，长后的暴力集团属于南方藤泽系统。宫内从东京流窜出来，那肯定有什么原因，在东京混不下去了。后来又从厚木转到长后，那也是有原因的。他会清楚，在厚木他所能干的，只是从一些小流氓那里分别敲诈一些零钱，即便如此，警察还会找他麻烦的。

花井原来的学生、金田镇的一个农家子弟，因犯法而被"保护观察处分"。宫内常对他摆出兄长的架子，天花乱坠地吹谎自己在东京的生活。

宫内为什么不在厚木待下去,花井还问过另一个人——多田三郎。

"大家都相信宫内是初子的情夫。"多田答道,"宫内常常坐在初子店内不走,对她过于亲昵了。"

多田是厚木市对岸正在建设中的玻璃工厂的工人。他下班洗了澡就去厚木玩。花井就在他下班时,在他宿舍旁和他谈了20分钟。

多田二十三四岁,是个身材魁梧、脸色黝黑的青年。他性格开朗,和人谈话时,小眼睛始终微笑着望着对方。

"宫内在店铺里,顾客中谁要对酒店发点牢骚,他就要和人吵架。久而久之,由于他的缘故,人们就不喜欢去初子的酒店了。6月27日晚,我去'味美'。我有半个月没去了,我从门外看宫内不在里面,就进去了。初子见到我很高兴,问长问短。她的服务态度很好。由于在东京住过,在接待客人方面很有分寸。就在这时,阿宏走了进来,和初子就喊喊喳喳地谈起来。好像要谈什么微妙问题,初子就对我说:'三郎,我给您介绍一下,这是我的弟弟。失礼了,我和他出去谈一件事,马上就回来。'说着,他们就走出去了。"

多田不知不觉地说了很多。在案发前一天,他在"味美"遇到阿宏,因而将被作为检察官方面的证人。

"不,我闭口不谈。警察把我叫去,就像对待犯人一样刨根见底地问,使我感到沮丧。"

"最初,许多人都认为这是个殉情案件。所以你们这些'味美'的老主顾受嫌疑了吧?"

"可我不是老主顾。我是5月份开始在这家工厂工作的。去'味美'不过10次左右吧!老实说,我很喜欢初子,但没想过要追求她。"

他说的这些,并非是花井想知道的。

"那天晚上,阿宏和初子的谈话内容,你真的没有听见吗?"

花井不抱多大希望地想从多田口里得到对阿宏有利的证词。

"一点也没听到。因为我没注意他们谈话。这我已经在瞥寒署和检察厅谈过了。"

"阿宏当时显得很激动吗?"

"我没注意。他好像和初子走出店门后就回家了。后来返回店里的只是初子一个人。"

"其间间隔了多少时间?"

"10分钟或者15分钟吧。我记不太清了。"

"是啊!谁也不会去认真注意和自己无关的事。"

"对,我只是想去那里喝杯酒,而不是去调查初子和什么人吵架的。"

"他们两个人真的吵架了吧?"

"我已经告诉您了,我不知道。初子把阿宏带到外面去谈,显然是不想让客人听到他们的谈话内容。"

"客人除了您以外,还有别人吗?"

"只我一个人。本来晚8点左右是酒店生意最兴旺的时候。可是最近'味美'却萧条冷落了。初子有时拿着那个账本独自发愣。"

"什么账本?"

"是一个小横格本。里面好像记有我们这些赊账人的名字。我们要是没带钱,她也赊酒给我们喝。就这样,不少人都欠了她的钱。"

"那么,里面记有'味美'老主顾的名字了?"

"嗯。"

花井第一次听说有个小账本的事,这可称得起是个了不起的功劳。如果说初子去长后的目的是为要回赊出的帐,那么,她身上一定带着这个小账本了。检察官之所以没有把这小账本列入证据目录,肯定是因为没有意识到这个小本子的价值。

事实上,后来菊地律师果然从这小账本里找到对阿宏有利的材料。当然,花井现在还未意料到这一点。

"'味美'办不好的原因,你认为是由于宫内的缘故吗?"花井又问多田道。

"嗯……不过,是不是还有其他原因呢?"

"可是,如果像你所说的那样,初子是一个待人和气的人的话,除了宫内之外,就不会有别的原因造成酒店濒临倒闭了吧?"

"您说的有道理。可是……"

多田欲言又止,表现出异乎寻常的慎重。

"不管怎样,宫内是个地方上臭名狼藉的流氓。"

花井自言自语道。

从今天访问澄江和去找宫内的经历,花井已经能大体想象出初子生前物质和精神两方面的状态了。

过去,他以为初子是一个能干好强的女人,为了过舒心的生活,用在东京挣来的钱,回到家乡开一个酒店。现在看来她并非如此,倒像是旧时代的受情夫摆布的一个艺妓。

由于"味美"濒临倒闭,以致很多人由于同情而忘记初子的身份——一个让主妇们见了就皱眉头的女招待。大家都说:"她可没干过什么不好的事。"因而对阿宏的行凶,都十分憎恨。

"宫内也并非像你所说的那么坏……"多田答道。

"那么,他来长后是为了帮助初子?"

"他常常去'味美',大概还保持着那种关系吧?"

"实际上,我刚才去过宫内家。"花井简单地谈了当时的经过,"你认识那个女人吗?"

"我怎么认识呢?"多田苦笑道,"宫内结交什么样的女人,我都不会感到奇怪的。他那样的男人,意外地得到女人的青睐。"

"他为什么来长后呢?"

"据说,他诓骗了从相模川上游的农村来厚木卖牛的人的钱,被告发到警察,因而在厚木待不下去了。"

这件事,花井也是第一次听到的。他想,检察厅方面竟然用这样的人作为证人,无疑这对菊地律师是有利的。

秋天的太阳落得格外早,已经可以看出远处街道上汽车前灯闪动而过。多田三郎要去厚木玩,表现出一副焦急的神情。

"谢谢你了!说不定什么时候还要打搅你。"花井说着,和多田告了别。

翌日,花井又去了阿宏家和大村家,但并没有了解到什么新情况。

3天之后,他鼓起勇气又去一趟宫内家住处,但他却搬了家。

"我不知道他搬到什么地方去了。"

楼下杂货店主人毫不客气地对花井说。

九、询问

检察官的主询问结束后,谷本审判长催促道:
"辩护人,请进行反询问。"
于是菊地律师站了起来,开始了询问:
"那么,请问证人,你说在晒泽的入口处碰见被告人时,他的脸色很不好。可是,在那之前你见过被告人吗?"
"是的,见过好多次。他还是娃娃的时候,就到处跑着玩耍,还到我的店里来买过糖呢。"
"你在这之前最后一次见他是什么时候?"
"这个嘛……"大村吾一仰视天井,陷入思考。

他站在证人席上,有生以来还是第一次,所以一开始心里有些发毛。但冈部检察官投过来鼓励的目光,使这个55岁的老人渐渐恢复了与年龄相称的沉着。由于检察官的询问没超出供述书的范围,他回答得也毫不含糊,干脆利落。他出具了证词,说:6月28日案发当天的傍晚5点多钟,他在晒泽下山口与阿宏相遇。当时,阿宏的脸色不好,衬衫上没有沾上血迹。他还就7月2日进到杉树林深处发现初子尸体时的情形作了证。大村第一次被传到检察厅供述情况时,就被郑重叮嘱:"也许会让你出庭作证，到时你能完全按照这份供述书回答吧。"此外，检察官还就便教给他如何从精神上准备应付辩护人的询问。检察官说：

"也许辩护人会问一些容易露出话柄的问题，但你可不能发慌。你只要说真话，看见了什么就说什么，怎么想的怎么说，这样就可以了。如果问得过于荒唐，在庭检察官会提出异议、迫使辩护人作罢的。所以你不用担心。"

冈部检察官对这位目击证人是完全放心的。

"我再重问一遍，在那天之前，你最后一次是什么时候见到被告人的？"菊地律师重新问了一遍。

"想不起来了。那是……什么时候呢？"大村老人托着腮，眼光落在地板上。

"是那么久以前吗？竟使你想不起来了。"这是诱供，但在反询问中这是允许的。尤其像这种场合，为了帮助证人唤起记忆，那就更是可以的了。

"没那么久。总之，我记得老见到他，一个镇上的人嘛……"大村向冈部检察官投去求救的目光。

"好吧。"菊地说，"就是说，在被告人长大成人之后，证人并没有怎么见过他。是吗？"

"也许是这样。"

"这就是说，你并不知道被告人平时脸色如何。因而，你并没有什么根据断定那天在晒泽见面时被告人脸色不好。"

"我有异议。"冈部检察官站起来说，"辩护人的询问本是为听取证人意见的。但辩护人的上述推理却与此毫不相干。"

"这个问题涉及证人是否可以信任。待我再稍作询问，问题就会明朗化了。"菊地律师作了答复。

"驳回异议。但反询问也不要过于琐碎。脸色不好，在一定程度上是绝对的事实。本审判长认为无须同平时的脸色作比较。"谷本审判长平静地说。

作为证人传讯大村,是为了证明案发时阿宏在作案现场附近,而当时阿宏的脸色好坏与否并不重要。

菊地的反询问逻辑性强,机智。可法庭毕竟不是戏院,所提问题如果不是实质性的,只能引起证人的反感,给审判官留下轻薄的印象。谷本审判官对经验颇为丰富的菊地似乎没有注意到这一点,感到不解。

菊地朝正庭微微点了一下头,便又转向证人:

"那我就问一下别的问题。证人说,当时被告人的服装没有任何异常,衬衫上没有沾上血迹,这些都确实吗?"

"是啊,听说只是裤子上沾上一丁点儿血迹,可我没注意。"

"证人只需回答所问的事项就行了。"菊地不知不觉又操起当年作审判官时的语调来。他慌忙做了一个捂嘴的手势,接着说,"证人虽然与被告人久未见面,但毕竟面熟,所以对面走过时,互相打了招呼。对吗?"

"是的。"大村老人越发令人感到呆板。

"据说证人问了句'上哪儿啊?'阿宏回答'去长后。'这都没错吧?"

"没错。"

"你当时没有感觉到被告人是在撒谎吗?"

"怎么会呢?那条道本来就是去长后的近路。"

"谢谢。就是说,被告人把自己的行动老老实实地告诉了你。"

"除了杀死初子一事,其他事儿他都直说了。"大村脸上露出了厌恶的表情。

大村的这番回答与菊地提的问题答非所问,菊地有意地未予理睬。

"见面时，你与被告人说了多长时间的话？"

"大概一分来钟吧。"

"没停下来说话吧？"

"没有。两人都是走着说的。"

"你问'上哪儿啊？'被告人就答'去长后'？"

"是的。"

"就说了这些吗？"

"是啊，嗯……"大村稍事考虑，接着答道，"就是这些吧。"

"对面走过时说的，两人都没停下。"

"是的。"

"你与被告人的交谈不是一分钟，而是二十秒左右。你不认为是这样吗？"

法庭内响起了嘈杂声。大村老人表情严肃地环视了一下法庭的天井。他不愿意承认自己的感觉是错误的，便向冈部检察官投去求援的目光。当他看到检察官低头不语，便回答道：

"或许是那样吧。"

菊地律师继续进行着反询问，道：

"你在晒泽途中与阿宏对面走过的地方，路面有多宽？"

"大约一米半的样子吧。"

"那么，这宽度是可以骑着车下山丘的啰。"

"是的。"

"可被告人却是下车推着走的。你当时没有觉得奇怪吗？"

"大概是他杀了人，膝盖还在发抖吧。"

法庭上又一次骚动起来。谷本审判长道：

"提醒证人注意！你只需回答所问的情况即可，不应加进自己的主观色彩。"

坐在旁听席上的花井武志感到了不安。他担心,如此细问,怕是只能暴露出对阿宏不利的细节,适得其反。

"你对被告人心怀恶意呀。"

"我有异议。"冈部检察官站起身来,面含微笑。他对菊地问得不得体感到欣喜,更为菊地提的问题能使他提出异议而高兴。"询问证人本人的意见和感情是不恰当的。"

"异议成立。请更换问题。"

谷本审判长瞥了一眼手表,意思是对辩护人的询问过于冗长提出警告。

菊地辩护人看了看挂在审判官背后的大钟。这个动作表示,他也并非没有考虑时间。

"本辩护人原想询问一下该证人在法庭上言行异常的原因的。不过,既然如此,那就换一个问题。证人与被告人擦肩而过之后,回头看过没有?"

"我想我没有回头。"大村老人略微考虑一下,然后答道。

"光说'我想'之类的同就难办了,请实事求是地回答。"

"没有回头。"

"那么,你看到被告人并与他交谈,都只在这擦肩而过的20秒钟之内啰。"

"不。打老远我就看见阿宏走过来了。"

"有多远?"

"那块儿的路是弯弯曲曲的,所以……"大村望着天井,努力回想着。"阿宏是从对面10米左右的地方走出来的。"

"这10米你走了多长时间呢?"

"当时没算。不过,我估摸着有10秒或15秒吧。"

"两个人从两边往一起走,时间恐怕要短得多吧。总而言之,你是在不足30秒的时间里见到了被告人,并看清了他脸色不佳,衣服没有异常情况的。对吗?"

"是的。"

"而且走过去之后,你没有回头去看?"

"是的。"

"那么,就算被告人衬衫背后沾上了血迹,你也注意不到了。"

大村老人无言以对。法庭上再次骚动起来。3位审判官的脸上都泛出了迷惑不解的神情,不知菊地辩护人要提出什么样的结论来。

然而,菊地却立刻改变了问题。

"下面,我想问一下7月2日你发现初子尸体时的情况。"

前面已经交代过,大村吾一是初子尸体的发现者。他是在案发4天后到自己家的晒泽山丘南面杉树林里去的时候,发现了横卧在悬崖下的初子的。

关于死后96个小时的尸体情况,已经有验尸报告和鉴定报告。检察官没有详细询问,菊地辩护人也没有深究。菊地所要落实的是其他问题。

"你一看见尸体,马上就认出是初子了吗?"

"不,当时尸体已经面目全非,我根本没法认出来。我只看出是个女的,就马上报告派出所了。"

"你怎么看出是个女的呢?"

"衣服虽然脏了,但那连衫裙毫无疑问是女人穿的。而且,"大村老人皱着眉头,显出不愿意回想的样子回答说,"女式凉鞋就掉在旁边,手提包也扔在地上。"

"你以前认识被害者吗?"

"嗯,她小的时候就到我店里来买糖果、煎饼什么的,满地里跑,所以我认得她。"

"关于被告人你也是这么说的。"菊地边微笑边说,"你好像跟镇上的孩子们都挺要好的呢。"

"是啊,金田镇上的孩子,我差不多都认识。"大村颇感得意地回答,"近来他们好像都往汽车站前头新开张的糖果铺跑了。可以前老是上我这儿来买朝鲜糖块、咸煎饼。我们没孩子,所以我老伴儿也喜欢招孩子们来。"

"好了。那么,你见过长大成人之后的初子吗?"

大村脸上掠过一阵踌躇之色,答道:

"见过。这姑娘从东京回来,住在她母亲家里,常从我家门前过,打扮得花枝招展,很引人注目。"

"你没去过初子在厚木开的'味美'酒店吗?"

大村又犹豫了一下,然后答道:

"去过。"

"去过几次?"

"两次,或是3次吧。"

"请说准了。到底是两次还是3次?"

"5次左右。"

"去了5次?什么时候去的?"

"我有异议。"冈部检察官站了起来,"辩护人还在翻来覆去地讯问毫无关系的问题。辩护人从刚才开始就一直在重复一些与检察方面通过证人所要论证的事项毫无联系的询问,浪费了宝贵的时间。"

谷本审判长转向菊地,表情有些为难地问:

"辩护人究竟想向该证人询问出什么来?"

"我在问证人对被害者的熟悉程度。这在该证人看到尸体后是否立刻就认出是被害者来这一点上,与检察官的论证意图有关。"

"但是，传讯该证人是为了证实被告人在作案时间里在现场附近，尸体的确认并不那么重要。这点已经重复多次了。至于证人是否认识初子，那是无所谓的。总之，证人是立刻就报了案的。关于尸体是初子这点，不存在任何争议。"谷本审判长望着菊地，好像在催促他似的。很显然，他认为检察官的意见是对的。

"本辩护人也很清楚，这是在浪费法庭宝贵的时间。同时，这也是在白费辩护人自己的时间，对我来说并非事不关己。我也知道，我要从该证人那里问出的情况，恐怕会超出检察官主询问的范围。如果是这样，本辩护人希望根据规则第199条第5款，对该证人进行主询问。请审判长予以许可。"

谷本审判长脸上现出惊愕的表情。

辩护方为省却再度申请的麻烦，可以征得审判长的许可，把检察方申请的证人当作辩护方的证人，就反询问的机会，直接向其询问新的事实，以支持自己的主张。这样做是允许的。在这种场合，辩护人的询问被看作是主询问，其后，检察一方将获得反询问的机会。

但这是例外的程序。谁也没想到，现在证据调查刚刚开始，菊地律师就诉诸这一手段。这一程序有打乱询问顺序、给对方以突如其来的打击之虞。毋庸置疑，对方，在这里就是检察方是没有时间准备反询问的。

这种做法，是与当事者通过事前准备并在预先熟悉论证主要内容的基础上，再上法庭的所谓"集中审理"的原则背道而驰的。不过，这里所谓"支持自己的主张的新事实"，既与主询问完全无关，目的又不在于争取证人的供述的证明力的情况是罕见的，它询问的范围可以说是格外狭窄的。

谷本审判长问道：

"辩护人打算询问该证人以论证什么？"

菊地律师答道：

"该证人是被害者初子经营的'味美'酒馆的常客，对初子十分熟悉，这一点过去的证词已经证实。但这并不妨碍他 7 月 2 日发现尸体时没有立刻认出是初子。可以认为，死后经过了近 100 小时，尸体已经处于连熟悉的人也难以辨认的状态。然而，证人为什么对自己是'味美'的常客这一事实迟疑不言？！辩护方认为，有把握论证 6 月 28 日，即案发当天被害人是预定造访该证人。"

旁听席上的骚动空前大作。报社记者们和主管审判官野口候补法官忙不迭地做着笔记。证人席上的大村老人张口结舌，愣睁着眼望着菊地律师的脸。菊地接着说下去：

"根据起诉书及检察官'冒头陈述'第 3 条中关于杀人事实可知，在丸秀运输行前，被害人求被告人说：'如果是回金田镇，就带上我吧。'被告人便胡乱猜疑，以为她是要回去把好子怀孕的事实及离家出走的计划告诉被告人之父或被害人之母，于是下定杀死被害人的决心。然而，本辩护人将要证实，初子去金田镇另有目的，那就是造访该证人。"

谷本审判长脸上露出怀疑神情，望着菊地。因为根据直感，他并不认为论证的内容会像菊地不厌其长地说明的那样重要。像大村吾一这样的老者，在一些与本案核心无关的事情上被卷进辩护人的反询问，结果不得不在大庭广众面前公开自己的私生活，当然是不情愿的。考虑到这点，谷本审判长问道：

"检察方意见如何？"

听语气，他甚至希望检察方提出足以驳回菊地的许可申请的反对意见。冈部检察官闻声笑着站了起来。

"辩护人期望向该证人澄清隐瞒至今的如此重要的事实,确实令人出乎意外。不过,既然提出了愿望,那么,辩护人可以按照自己的意图进行主询问,本检察官没有异议。我希望辩护人不要抱着其他目的而纠缠不清,干干脆脆地开始询问。"

菊地辩护人显然是注意到旁听席,尤其是报社记者们的。他的发言从时间上看也是考虑到时机的。

这一天,法庭也是在规定时间 10 点开庭的。大村吾一是第一个站到证人席上的证人。冈部检察官的主询问按预定时间 30 分钟就结束了,所以现在是 10 点 45 分。如果再有所延迟的话,那么,作为法院的报道,就有赶不上晚刊之虞。

第一次开庭没有什么引人注目的进展,因而只上了地方报的头版头条,而在东京的报纸上,仅占了社会版面的一个小角落。

日本的律师没有能力收集证据。他们通过反询问获得令人意想不到的事实,是极为罕见的,这一点已多次指出过。正因如此,菊地律师以大村老人为线索所展示的令人喝彩的演技,更有可能引起最近特别关心审判的读者们的注意。

菊地认为,案子当然应该纯粹在法庭上争论判决才对。如果顾虑宣传媒介,就会滑上邪路。但新刑诉法渗透着"当事人主义"精神,在这样的情况下,财力匮乏的律师为了与检察方对等相争,就得不择手段了。

近来,辩护人普遍都有一种倾向,就是进行辩论时更多地考虑的是旁听席,而不是审判官。这就是所谓"回头辩论",它甚至常使法庭变成辩护人和被告人的讲演会场。尤其是公安案件的法庭,这种情况更是屡见不鲜。这种情况虽然引得一些有心人生厌,但更多的人则持不同意见,认为随着现代的社会结构变革,这一现象是不可避免的。

内阁成员在舆论宣传上是低姿态，国民即使不知道法务大臣和最高法官的名字，但对争得无罪释放案件中的辩护律师，通过他自己写的畅销书，却是十分熟悉的。这种现象经常发生。松川案的审判长宣称要写一本"经得住国民批评的判决"，因而博得喝彩。

菊地律师凭着经验，深知审判是严厉的。因此，当审判官的时候，一直认为这些风潮带有一种令人难以舒心展眉的苦涩味。然而，当了3年律师之后，菊地切身彻骨地感到了律师的软弱无力。

仅仅进行正确无误、冠冕堂皇的辩护是不够的。首先需要了解判案的审判长。审判官也是人，他的判决总带有个人的偏向。熟知这种倾向，通过辩论对其心证形成加以引导，这是一种法庭上的技巧。

有些旧式审判官，职权主义倾向严重，根本不听取检察官和辩护人的主张，而专好一意孤行，武断行事。面对这样的审判官，决不能使自己的主张形成咄咄逼人，强硬不阿之势。即使材料齐备，完全可以再深入一步，有时也还是需要有能进能退的弹性的。

冈部检察官已经看破了菊地的这种战术。所谓菊地的"其他目的"，毫无疑问，用意就在于"为了引起旁听者的注意"。冈部之所以停留在讽刺几句而已，并不认真反对，就是因为菊地按这个意图进行反询问，在某种意义上含有值得欢迎的一面。他认为，菊地的论证内容有自相矛盾的地方。

冈部在"冒头陈述"中说，阿宏听到初子要回金田镇时，便认为她要去把出走横滨的计划告诉自己的父亲。阿宏在第一次开庭时也是这样供认的。

在这里，问题不在于初子实际上打算去哪里。真正的作案动机，不能不是被告人阿宏唯恐被害者将自己的出走计划告诉自己的父亲。如果辩护方主张伤害致死，就更得强调这点。否则，就会坐失论证阿宏是过失杀人的良机。

根据冈部的判断，如果证实初子确实打算去大村老人家要钱的话，那么，初子有可能是在途中把自己的去向告诉阿宏的。这样，阿宏杀初子就与她的去处没有关系，这同时也就证明了阿宏早有杀人动机。而菊地不惜诉诸例外的程序，以限定初子的去向，这只能是作茧自缚。冈部不顾谷本审判长的暗示，未对菊地向大村老人进行主询问提出异议，原因就在于此。

然而，菊地却另有真正的目的。

"那么，允许辩护人对该证人进行超出检察主询问范围的询问。"谷本审判长与主管审判官野口候补法官交换了一下眼神，然后兴趣索然地说。

菊地轻轻地点了点头，然后转向证人席上的大村吾一，问道：

"证人最近去'味美'是什么时候？"

"记不清了。不过，那时还穿着夹袄，我想是4月份吧。"大村老人回答得不太自信。

"能再说确切点吗？"

"我记得，那是去厚木的牲畜饲料店去商量购买饲料回来时去的，确实是4月底。"

"以后就再没去过？"

"没有。"

"为什么不去？"

"为什么？没什么特别的原因。"大村老人有点脸红，"去不去厚木的酒店，我从来就没有要找出点什么理由再去。只是听说坂井家的姑娘开了店，不时顺道去坐坐而已。"

"这你刚才可没说啊。"

"你没问,我也没说。我不愿让镇上的人说我跟着坂井家的姑娘屁股后头转,而且老伴儿又会疑神疑鬼,唠里唠叨。"

旁听席上发出一阵低低的笑声。

"你喝酒算账是付现金吗?"

"嗯,这个,一般是付现钱的。不过,"大村老人结巴了,"也记过账。"

"到初子死亡时为止,你还欠着他2520元,不是吗?"老人脸上露出了惊恐之色。

"为什么连这个都……"他未能一口气说完这句话。

"请回答问题。"菊地辩护人用例行公事的语调说。

谷本审判长脸上显出注意的样子。菊地举出了2520元这个精确的数字,挑动了他的好奇心。

"截止到6月28日,证人是否欠着'味美'的帐还未付?"菊地又问了一遍。

"也许初子是那么想的。"大村老人好像破罐子破摔的样子。

"金额是2520元吗?"

"有多少我不知道。没记得喝过那么多。"

"可是,初子不是告诉过你,欠了2520元的账吗?"

"我有异议。"冈部检察官站了起来。"这是诱供。初子是否把金额通知给证人,不过是辩护人的推测。"

如果是反询问,是可以的。但菊地已经变为主询问了,因此引诱证人,使他说出对于询问者有利的证词,原则上是不允许的。

"异议成立。"谷本审判长道。

于是菊地说:

"该证人回避陈述自己与初子的关系,因此本辩护人认为,根据规则第 199 条第 3 款,可以进行诱供。金额记录在被害者携带的手提包里的笔记本上。原件已由检察官收存。本辩护人将征得检察官的同意,作为辩护方的物证,申请对之进行调查。权请检察官也拿一份申请报告副本。"说着,菊地叫过庭吏,让他把一份事先准备好的打字件拿到检察官席上去。

"笔记本是宽 10 厘米、长 12 厘米的小手册,里面圮着被害者凭信用赊出的账目。第 8 页反面有'大村吾一:2520 元'的记载。小田快车线长后站工作人员神原伊助的 850 元记在第 9 页反面,因案发那天已经付清,所以这一笔被一条横线抹去了。大村吾一的帐未被抹去,所以显然尚未清账。"

"我从不记得喝过那么多!"大村老人说道。9 月 29 日,时已入秋,法庭里凉气畅通。尽管这样,老人还是冒了一脸汗,他也没想擦一擦,接着说了下去,"初子的店只卖二流酒,喝 3 壶加些下酒菜,她竟要我 2520 元,真是岂有此理!我说决不给那么多,于是撂下 500 元就出来了。所以,不该还剩那么多。"

"你收到催付通知了吗?"

"账单在信里寄来过,但我觉得没必要再付了。"大村老人顽固地不认账。

"你认识宫内辰造这个人吗?"

大村吾一听到菊地辩护人的话,条件反射地回头去看旁听席。宫内辰造是初子的情夫,作为检察方证人,预定于当天下午出庭作证。但现在,他还没有出现在这里。

这一天传讯的证人除大村老人外,还有 4 人。他们是:

1. 千岁村杂货商店女老板筱崎兼,48 岁。她看见案发那天 4 时许阿宏在自行车后座上带着初子,"一边斗嘴",一边朝金田镇骑过她的店门。

2. 居住在长后镇的无业游民宫内辰造,33 岁。他在案发一周前,在"味美"听到阿宏与初子发生了口角。

3. 长后镇丸秀运输行的少老板富冈秀次郎,19岁。他是阿宏的朋友,案发当天,阿宏正与他商量借车时,适逢初子经过。他听到了初子与阿宏之间的对话。

4. 清川民藏,34岁。6月28日案发当天,阿宏去买登山折刀的刀具店老板。

这些证人均预定出庭1个小时,由检察官进行主询问,辩护方进行反询问。实际上上午就是大村和筱崎2人,下午是宫内、富冈、清川3人。

当证人之一已在出庭作证时,不让其他证人进入法庭,这是日本法院的规则,为的楚防止听了其他人的证词而使本人的记忆具有了某种倾向性。因此,其他证人一律待在走廊里,因为日本的法庭还没有亲切到专为他们设一个证人室的程度。走廊里一般都有凳子,也放着烟灰缸。那些可怜的证人,被以300元的日津贴和旅费借调来,待在这里,被庭吏白眼相看,无所事事地等待着出庭。

预定下午出庭的证人基本上可在中午时分到达法庭,但上午要多传一个人来。因为一人安排1个小时是假定的,有时1个人半个小时就可能结束。而且,有时还会出现证人生病或因其他事故来不了,需要预定下午出庭的证人上午就上证人席的情况。

有时或者也会像大村证人这样,辩护人的反询问延长。结果,甚至还可能使排在最后的证人被挤出计划,编进下次开庭。虽然在走廊上等了半天,结果还得被再次传讯,这不合道理。但法官却认为一无遗漏地进行审判才是第一重要的。甚至可以说,他们根本不去考虑证人的出庭计划会被打乱之类。

事实上,只要看到这天大村老人被菊地律师逼问得团团转的劲儿，无论谁都会有万千感慨，决不愿卷入审判充当什么倒霉的证人的。然而，证人的传讯通知是法院强制性发出的，没有正当理由，是不能拒绝出面的。

最明智的办法是不与那些可能受到指控的人交往。可谁又能预料自己在什么时候会成为素不相识的人犯罪行为的目击者呢?!

当大村老人听到"你认识宫内辰造吗?"的询问时，整个儿反应就是一句话——"完了，暴露无遗了"。所以当他犹豫了一下之后，喃喃地回答说"认识"时，谁也没有觉得有什么不可思议的地方。

"是作为'味美'的客人认识的，还是因其他关系有所交往呢?"

"只是在'味美'见过。"

"宫内知道你欠着2520元的账吗?"

"我有异议。"冈部检察官站起身来说，"检察方并不想提出异议来妨碍审理的进行，但本检察官认为，这问题过于枝叶末节，不着边际。本法庭已传宫内出庭作证，这问题问他更为合适。"

冈部检察官对菊地律师到他的检察官室里抄去了初子的记录，又如此用来整他的证人的做法，感到恼火。

检察官可以仅就自己向法院申请进行调查的证据给律师提供阅览之便，这是新刑诉法的原则精神。但自松川案以来，检察官一般总给人以隐瞒证据的印象。因此，只要辩护人提出要求，就力所能及地出示有关材料，这已成为一般所采纳的方针。

更何况像阿宏这样简单的案子，本来是不会有问题的。所以，当菊地律师于本次开庭的前两天，来到横滨地方检察院检察官室时，他高兴地从身后文件柜里给菊地取出了所要求的所有材料。

"菊地先生，我可还没有好好地看过这些材料，别探出些新的事实什么的来吓唬我哟。"他开玩笑地说，"你究竟打算论证些什么？"

这是最高法院所鼓励的事前准备一个环节，又不是当着审判官的面进行的，所以，不用担心会给审判官造成"预断"。

菊地完全没有根据来拒绝提供信息。他在第一次开庭前以繁忙为借口拒绝了在审判官室举行三方会晤的程序，是因为最高法院事务总局官僚们的意见认为，无论怎样强词夺理，在第一次开庭前进行事前准备都是违法的。

根据修正规则，应由书记官担任联络。可是从现在的书记官地位和性质上看，决定审判日程和出庭证人，靠书记官的联络是不可能解决的。这在专家中间不过是常识而已。书记官不过是条文的傀儡，一切都不过是最高法院事务官僚们的理想主义、方便主义的表露罢了。因此，菊地当时只是说，第一次开庭之后，随时都将参加事前准备工作。

然而这时，他只把冈部检察官的这番话轻描淡写地敷衍而过，道：

"不，我也不知道会出现什么样的情况，得回去好好查阅一番……"

话虽如此，菊地当时就已有打算，准备在今天对大村证人的反询问中放出笔记本上的记录这把杀手锏。对此，冈部早已看在眼里。

谷本审判长似乎也感到菊地辩护人的询问冗长了些，问道：

"辩护方想论证的如果是案发当天，初子去金田镇的目的是为了会晤该证人，那么，可以认为证人与宫内辰造的关系是与之无关的，这点如何解释？"

菊地辩护人好像早就在等着这个问题似的，说道：

"本辩护人打算论证，该证人由于2520元的欠账和其他一些事受到了宫内证人的恐吓。"

旁听席上又起了骚动。冈部检察官终于按捺不住激动，提高了嗓门儿道：

"审判长，辩护人这是要陈述自己的推测，是偷换论证主题。检察方要求将刚才的发言从记录中删去，并且希望禁止辩护人进一步询问该证人。"

谷本审判长深思远虑地看了看菊地的脸，又向大村老人的脸上望去。

老人面对事态意外的进展和3位官员激烈的对话，一副目瞪口呆的样子，脸朝正前方，好像一块石头落了地，放下心了似的。

审判长沉默片刻，开口道：

"检察官的主张，我认为是理所应当的。不过，即便不这么说呢……"说到这儿，谷本审判长微笑起来，"再听听证词如何？请辩护人不要离开论证主题，继续询问。"

这一裁决无异于驳回检察官的异议。审判长当然不会知道菊地去横滨地方检察院抄录引起问题的笔记本时与冈部检察官进行的对话。而且，从刚才开始就觉得检察官的异议太多了些。

证人调查根据"当事者主义"，由检察方、辩护方交替询问进行，这是新刑诉法的基本精神。而审判官在法庭上的指挥，实际上是对这些询问进行监视，使之不致践踏规则，起着仲裁的作用，同时，应以谋求审判顺利进行为原则，此自不待言。

然而，实际上，法院捕捉实质性事实的意识颇强，并不那么重视当事者的利害。审判长总是不愿放过能够发现事实的机会。正因如此，在日本的审判过程中，检察官与辩护人之间是不会发生激烈争执的,不像电视剧所演的那样。

所有发生的这一切,菊地辩护人早就算计到了。他相信,只要暗示一下宫内恐吓了大村老人,就足以刺激审判长了解真相的欲望。

冈部检察官也寻思,如果再提异议,审判长肯定会说他自己要亲自询问。于是讷讷地说:"你们看着办吧。"说罢紧咬嘴唇,坐了回去。

"这案子菊地律师办得真漂亮。"冈部检察官暗忖道,"菊地大功告成了,巧妙地使下午应到庭的宫内证人丧失了信誉。没准儿,报纸又该津津乐道地大加渲染了。"

要在平时,记者们早该跑回记者室,发出简单的第一份报道,开始打起麻将牌什么的了。可是现在,各报社的记者还坚守在旁听席的前排,飞快地动笔做着笔记。看着他们那副忙碌的样子,冈部继续想:

"事到如今,都是因为搜查部干得不踏实。大概是阿宏的坦白太头头是道了,以致他们没有进行有关的调查。可酒店的女人牵扯到她的情夫,这种事的发生岂不是理所当然的吗?!"

冈部今年45岁,作为这类简单案件的出庭检察官,稍嫌年长些。说实在的,他这年纪满可坐上地方检察院的第二把交椅。可是,战后他曾放弃了检察官之职,跑到民间公司干了4年,履历上出现了空白,因此晋升就慢了。

在战时立法的时代,冈部所采用的调查方法是相当粗糙的。现在,如何恪守昭和23年修改的新刑事诉讼法中规定的死板诉讼程序,还没有适应过来。

过去,检察官和审判官都是在天皇的名义下对罪犯进行起诉的法官,跟审判官一样,坐在更高一级的席位上高临法庭。而在新刑诉法中,检察官只是个"当事者"而已,还得与被告人和律师进行对等的争论。

战后，检察官生活艰苦，仅靠工资是难以维持的。当时想索性改行的检察官不只冈部一个人。凑巧，他的一位军界朋友，乘战后经济混乱之际，办起一家霓虹公司，他便以法律顾问的形式进了这家公司。然而，他多年来一直是以权力为后盾进行工作的，跟毫无靠山的民间公司又有不同之处。

旧金山和约缔结之后，这家公司倒闭了。以此为契机，冈部又回到了老本行，成了所谓归队的新兵。他过去一身都是旧刑诉法弹劾主义的躯壳，又因是新归队的老兵，总有一种痼疾，把新刑诉法的规则解释得有点具有斗争性。他频繁地提出异议，原因就在于此。

冈部用沮丧的眼光望着证人席，耳朵里钻进了大村老人苍老枯涩的声音：

"是的。宫内说我给初子送秋波，缠上了我。当时并没发生什么大不了的事，最后还和好了，一块儿喝了几盅才散的。那2520元，他们说是我那次没付的账，可也不该那么贵呀！喝的只是二流的酒，再喝也喝不了那么多钱。后来宫内到我家来，要挟我说：如果不付上就得加利息，那可就越来越多了，你得掏5000元。所以，我才觉得还是趁早付2520元就算了。"

"你是什么时候决定付初子钱的？"为了使大村老人的证词切入案件的核心，菊地律师插问了一句。

"6月27日。"

"初子应该哪天去你家取钱的？"

"6月28日。"

"这可是案发的那天哟。"

"是的。我说送到厚木的店里去，可她却讲没准儿店不开门，要来取。"

"你们是怎么这样商定的?"

"她打电话来的。谢天谢地,正好老婆子不在家。如果初子到我家里来,那可就糟了。所以决定在晒泽山丘下见面了。"

旁听席上响起嘈杂声。审判官的表情也紧张起来。

"你是说,6月28日你是为见初子才到那儿去的吗?"

"是的。镇上的人不大去那里,我想去那儿可以不会被人看见。"

"约的是几点钟?"

"5点。"

"差不多就是作案的那会儿啰。"

"是那么回事。"

"你是说你跟被害者相约在晒泽见面,时间正好是她遇害身亡的时间,而且你也去了那里,对吗?"

"是的。"

法庭上鸦雀无声,说明审判官和旁听者的注意力全都集中到证人的证词上了。

冈部检察官对没有搞出这么重要的事实来充实供述材料,再次感到愤慨。他在心里愤愤地骂道:

"怪不得人家都说近来检察官吊儿郎当。搞的都是些老爷式的调查,竟放过了如此重要的情况!"

他想,等一下自己不得不彻底地追问一下这个证人。他希望菊地辩护人尽早结束询问,给他留下点儿时间。

"请你把到达晒泽山丘下的时间说得准确些。"

"我没带表,记不清了。不过,我是5点差一点离开家的,到晒泽山丘下应该是5点整。因为初子还没来,所以我又开始往丘顶上走,就在这时,阿宏从上面下来了。"

"你对检察官说是5点10分见到阿宏的。"

"阿宏是这样说的，没错吧。"

"你是从检察官那里听说阿宏讲的5点10分吗？"

"是的。"

"你实际上见到初子了，难道不是吗？"

冈部检察官抬了抬臀部，想要提出异议。但当他看到谷本审判长一副严峻的面孔，便知道就是提了也是白提。

"爱怎么着就怎么着吧。"冈部心里咕哝着，坐了下来。

让很多有关的人在案发时间出现在现场附近，这是推理小说作家用来迷惑读者的惯用伎俩。但大村老人确实具备了所有的合理条件，与现场牵扯到了一起。事后有许多推理作家在周刊杂志上对本案加以解释，甚至有人说真正的罪犯就是大村老人，原因就在这儿。

这些情况引起了社会的瞩目，在可以从各个角度关注案子这一点上，事情是朝着对辩护方有利的方向发展的。但很难断言所有这一切也都在菊地律师的算计之中。

事后，菊地对花井说，至少，那天他提出大村吾一是否见到了初子这个问题，是为了争取众人同情的，对证人来说是有点尖刻了。大村老人似乎也感到自己置身其中的事态的严重性。他摇着头，提高了嗓音答道：

"问到哪里去了。后来我是在杉树林中发现初子的。在这之前，根本就没见着她！"

"确实如此吗？"

"确实。"

"你既然跟初子约好要见面，那么，跟阿宏分手之后你仍然留在晒泽吧？"

"跟阿宏错过以后，我就往晒泽上面走，来到丘顶。那儿是一片旱地，看四周不碍眼。南边，高尔夫球场正在扩建，听得见推土机的隆隆声。"

"你以为初子会从那个方向来吗?"

"不。那边是山路,窄得很,不通公共汽车。我以为她会从镇上主要干道那边上来呢。我想,说不定她在我先前来了,已经走到上面去了,这才上去看看的。"

"作案现场就在南面50米处,你没去那里吗?"

"没去。"

"你没进杉树林吗?"菊地辩护人加重了语气。

初子的尸体也是在大村老人的杉树林中纵深50米的地方。虽然无疑是人们不常去的地方,但金田镇的孩子们却成天在这一带遍野地戏耍。因此有人认为,在这种情况下,在那里停尸5天,竟没有一个人发现,简直令人奇怪。

"问得好没道理。我是接到厚木木材店的订货才去杉树林里察看的。"

"什么时候接到订货的?"

"7月1日。这你问一下厚木木材店就清楚了。"

"我的询问完了。"菊地突然说了这么一句,就坐了下去。

冈部检察官一脸扫兴的样子,望着菊地的脸。没一会儿,谷本审判长就催促道:"检察官,反询问呢?"于是,冈部闻声站了起来。

由于辩护人改变反询问为主询问,给予了检察官反询问的机会。但没有非进行不可的义务。

菊地律师达到了目的,论证了案发那天初子与大村老人相约,要在晒泽见面。

但是,大村受到宫内的恐吓情况,并不像菊地一开始声称的那样确实,是否涉嫌犯罪还令人难以确信。对此,冈部检察官松了一口气。这样,他就没有什么需要询问的了。

"证人说是 7 月 1 日接到厚木的木材公司的订货的。那么，是书面订货，还是口头订货呢？"

"口头的。公司职员打来的电话。"

"你是头一回和这家木材公司做生意吗？"

"不。以前已经卖过好几次那山上的杉木了。从店老板父亲那辈开始，我就和那家做过买卖。"

"这么说，你和公司职员也都面熟，他们随时可以做证啰。"

"当然。如果需要，他们会做证的。"

"订货的日子准确无误吧？"

"准确无误。订货单确实是 7 月 1 日发出的。一个叫井上的职员打的电话，然后又上我家来了。"

"就是说，6 月 28 日，你还没有任何理由进杉树林呢，对吗？"

"当然。没事儿我根本不去那种地方。"大村老人听冈部检察官的询问是善意地向着自己的，所以明显地镇定了下来。

"那么，你那天白白等了初子半天，就没觉得奇怪？"

"我只是想，大概有什么事了吧。姑娘家的事，没个准儿。"

"后来你干了些什么？"

"又走上晒泽，看初子还不来，就下来回家去了。5 点 40 分到的家。我看了钟，没错儿。"

"后来你没去初子的店里吧？"

"没去。她不来取，我才不会专门给她送去呢。"

"最后问一下，"冈部改变了语调，"那天你在晒泽，还碰到了其他的人没有？"

"除了阿宏，没碰见别人。"

"肯定吗？"

"肯定。"

"就是说,在6月28日下午5时许,即作案时间,在犯罪现场附近,你只碰见了被告人,对吗?"

"是的。"

"完了。"冈部的语气充满自信,一坐下就看着菊地的脸。那表情好像在说,任凭你辩护人显示自己精妙的反询问技巧,可阿宏是在现场附近被目击的唯一的人,这一事实你却无法动摇。

"询问到此结束,辛苦你了。"

听到谷本审判长的这句话,大村老人长吁了一口气,无精打采地耷拉着脑袋走下了证人席,由庭吏领着向通往走廊的门走去。他弓着背,一副筋疲力尽的模样。过去,他可不大在大庭广众之下讲过什么话,这次加上法庭的气氛,明显地消磨着他的神经。再被检察官和律师交替询问上一个多小时,他的的确确地感到自己的身心都已被消耗殆尽。

尤其是牵扯到初子,平常不会向人说道的一些事实也被公开了,他觉得以后在今天来旁听的这些金田镇人们的面前是无地自容了。他暗自庆幸:

"幸亏没让老伴儿来旁听。即便事情总会传到她耳朵里,但没被她看见我在律师的逼问下,不情愿地进行交代时的那副寒碜相,总还是值得庆幸的。"

大村心里涌起一股无名火,对自己不幸卷入这个案子感到愤怒。他没有注意到走廊里坐在长凳上等待出庭的其他证人。当他走到窗户跟前,看到身着西服,从法院前面那条两旁栽着银杏树的路上走过的年轻女人,感到她们简直就像是住在另一个世界上的人。

一种冲动攫住了他,他想破口大骂她们一番。但一想到自己还在法院里,便强压着胸中的怒火。他捏紧了拳头,朝窗框上砸了几下,以稍解心头之恨。

这段时间,法庭临时休庭,谷本审判长跟坐在右侧的野口候补法官低声交谈着。冈部检察官怀着惴惴不安的心情抬着头看着这一情景。他原预料审判长要对大村吾一进行补充询问,不想审判长什么也没说就让证人退了庭,因而感到有点意外。

由于菊地辩护人反询问的拖延,现在已经 11 点 20 分了,超过了预定的时间。按调查顺序,下一个是千岁村杂货店的女老板筱崎兼,但审判官一直没有传她进来的意思。这使冈部感到不安。

过了一会儿,谷本审判长转过脸来对着冈部检察官,道:

"本法庭希望改变一下询问证人的顺序,接下来调查与大村证人有关联的宫内证人。他到庭了吧?"

冈部检察官条件反射地弹了起来,嘴里只发了声"那……"就僵住了。一股无名火油然升起,使他再也说不出话来。

菊地最终还是成功地把大村和宫内联系到了一起,但并未论证恐吓一事。可审判官却要传宫内,莫非是想助辩护人一臂之力?

在法庭之外与证人进行商量,包含着复杂的问题。辩护人一般总是声称自己不勤快和繁忙,为的是不想自找麻烦,开庭前去见什么证人。因为他们考虑到,一旦有所疏忽,就会被人误解为教唆证人做伪证,从而弄巧成拙,给法院留下不好的心证。缺乏辩护能力、只能靠审判官去发现检察方主张中的缺陷的那种所谓"依赖型"律师,就更不干这种事了。

在新刑诉法的当事者主义看来,即使开庭前与证人进行商谈,也丝毫无妨。尤其在英美法中,证人是各当事者,即检察官或辩护人传讯的,因此事先商定证词内容乃邀理所当然。但在日本传讯通知由法院发。过去,证人是法院以天皇的名义传讯的天皇的证人,被认为是与天皇一样神圣不可侵犯的。这种旧刑诉法的残余,仅靠修改修改法律条文是远不能根除的。

检察官开庭前与证人见面,作为所谓弄虚作假的阶段,被认为是干坏事。事实上,在许多案子里检察官也确有动员有前科的人和有关人员做伪证的嫌疑。然而检察官事先与证人进行商定这件事本身,在法律规定上决不是件坏事。毋宁说,这种做法在流行的集中审理方法中倒是受到奖励的。

但对像宫内这种有问题的证人,如果让审判官怀疑事先与他商定了证词,哪怕是一点点,都将对检察官不利。如果当时随便说声"宫内还没来报到。"也未必蒙混不过去,但却不能不考虑,一旦露出马脚,以后可就麻烦了。想到这些,冈部检察官说:

"宫内辰造按理该到了。不过,我还是请求将调查摆在下午。大村吾一出了点麻烦,已经没有时间了。反正上午完不了……"

说到这儿,他望了望法庭上的大钟。谷本审判长好像早已料到冈部会这么说,微微一笑说:

"反正筱崎兼的询问不是上午也完不了事吗?作为法院,若可能,还是想接着调查宫内。"

冈部检察官紧咬嘴唇,心里暗想:"这审判官实在对辩护方偏袒得厉害。"他一边竭力克制着愤怒,一边低下了头。就在这时,他耳朵里传来菊地律师出人意料的话:

"恕我多嘴,作为辩护方,我已经有所准备,将缩短对筱崎兼的询问。如果检察官能予以合作的话,我想整个询问有30分钟也就够了。"

冈部检察官在心里嘟囔了一句:"猫哭耗子——假慈悲!"不过,倒确实可以就这个建议来个顺水推舟。

"检察方的主询问20分钟可以结束。"

"辩护方有15分钟就足够了。"

法庭的大钟时针指着11点25分,所以,法庭看来可按预定正晌午时开始休息了。

筱崎兼是个48岁的寡妇,在连接长后镇和金田镇的路上开了个杂货店。镇上风言风语说她与镇上消防队队长相好,可谁也不了解确切的情况。不过的的确确,她让儿子儿媳小夫妇俩挨着自己的店开了一个叫作"车柜"的自行车铺,过着深居简出的生活倒也自在,整天坐在店里,注视着过往的行人。

比如,在附近玻璃厂上班的镇上姑娘早退了,不大会儿,张三李四家的三小子也像是从水泥厂早退出来,骑车朝同一方向去了。诸如此类,大凡是镇上出的事,只要经过这条邮局、望火台、理发店集中于此的大街,都逃不过筱崎兼的眼睛。

她基本上按照供述书的内容回答了冈部检察官的询问。她说出了一些情况:那天4点10分左右,她像往常一样在店里做活时,阿宏和初子路过了她的店;初子侧坐在车子后座上,从后面搂着阿宏的身子,阿宏显出很害怕的表情;两人路过店前朝金田镇方向去时,不知什么缘故,还在口角,声音很大,连她在店里都听得见,等等。

"证人还记得他的脸吧?"

"那当然啦。"

"他在法庭上吗?"

"就是被告席上的上田宏。"

"你也还记得初子吧?"

"是的。我看了检察厅出示的照片,就是她。"

"证人是说,6月28日下午4点10分,被告人用自行车带着被害者初子,边斗嘴边路过你店前,朝金田镇方向去了,对吗?"

"是的。"

"我的询问结束了。"

于是菊地站了起来,问道:

"你当时没有戴眼镜,视力可靠吗?"

"才开始老花,"筱崎兼表情有点愠怒地说,"不过,不戴眼镜照样看报。"

"噢,报纸的每个角落你都看吗?"

"当然看啦。"

"那么,你也看到初子被害一案啰。"

"当然。地方版面上登得很详细。"

"你看这些内容都没戴眼镜吗?"

筱崎兼的态度犹豫了一下,说:

"戴着眼镜看的。"

"可你刚才不是还说看报不戴眼镜吗?"

"我一个女人家的,不了解详细内容也一样,就看个标题,知道写的是什么事儿就行了……"

"就是说,不戴眼镜你只能看清标题啰。"

旁听席上响起了笑声。

"反正我是个乡巴佬,复杂的内容也看不懂,顶多看个标题呗。"筱崎兼用咄咄逼人的眼光瞪着菊地回答道。

"这里有7月3日,即发现初子尸体后第2天的报纸,上面登了初子的照片。你看这照片也没戴眼镜吧。"

"是的,当然是没戴眼镜看的。"筱崎兼气恼地回答。把眼镜当成问题,这刺伤了她作为女人的虚荣心。"照片之类,一两米外也看得出。"

"当时你一看照片马上就认出她是28日路过你店前的女人

了吗？"

筱畸兼又犹豫了一下，回答道：

"没有马上认出来，但觉得像。"

"28日坐在自行车后座上的那个女人面朝哪边？是朝右坐的，还是朝左？"

"脚是放在左边的。"

"所谓左，是相对前进方向而说的左吧？"

"是的。"

"你的家在从长后通向金田镇的公路北侧，即右面，没错吧？"

"是的，不过有点偏西。"

"就是说，从长后去金田镇的人，应该从左向右地路过你家门前啰。"

筱畸兼总算注意到了问题的重要，傻了眼，盯着菊地的脸。"就是说，初子路过你家时，应该是背向着你的。这样，你又怎能看清她的脸呢？"

筱畸兼的店铺位置，菊地已经托花井作了调查。供述书里只有"带在自行车后座上从门前经过"一句，可一般的人为了能用右手紧紧搂着骑车人的身子，基本上都是从车的左侧坐上后座的。他又问道：

"你是在报上看到被告人用自行车把初子从长后载到了金田镇的报道之后，才觉得自己看到过他们俩的吧？"

"不，没那事儿。是警察拿着阿宏和初子的照片来到我家，问我这两人6月28日有没有路过我家门前时，我才想到的。"

菊地用不无讽刺意味的眼光看了看冈部检察官，继续道："被警察提醒后才注意到的吗？我还以为你是主动报告警察，说自己看到过他们俩的呢。"

"怎么会呢？谁会专门跑去说这些呢！就是为了那句话，我才被拖到这种地方来，什么年龄啦，眼镜啦问个没完，把人当猴耍，我算是领教了。"

"是吗？你是受人之托才不情愿地出庭作证的吗？"

"是的。"

"为了对不太确切的情况出具证词……"

"不，不能说是不确切。"筱崎兼再次以挑战的口吻说，"那女人的脸，你这么一说，我也觉得确实没看清。可那男人的脸我是看到的。就是在那儿的那个人，没错。"说罢，筱崎兼就回过头去看被告席。

"清楚地看了？这是什么意思？"菊地律师问。

"没什么意思。看了就说看了。"

"你的意思是说，一眼就认出来是被告人了吗？"

"是的。"

"可是你当时并不认识被告人。只是后来看了警察出示的照片，才认为是同一个人罢了。不是吗？"

筱崎兼丝毫不想掩饰焦躁的感情，道：

"搞得那么复杂，我不懂。不过当时骑自行车带着个姑娘经过我家门前的，就是上田宏，确确实实。你想掩盖，也不成呀。"

菊地微笑了。审判长探出身子，想提醒一下注意用词＊可是，菊地却先发制人似的开了口：

"我没有什么要掩盖的，不过是想请你回忆得正确些而已。当时自行车的速度有多快？"

"就是普通的速度。"

"经过你店门前，花了多长时间？"

"不知道。"

"一秒，或是更短，难道不是吗？"

"不知道。"

"算长点也就两秒吧。这段时间里他俩是在吵架吗？"

"看上去是那样。"

"看上去？没听见声音吗？"

"阿宏一边骑车，一边说着什么。"

"后来初子回答了吗？"

筱崎兼没有立即回答。

"吵架是由两个人以上用语言来相互争执。在这一秒，最长两秒钟里，你一定听见他们俩之间激烈的口头争执。你听到阿宏说了些什么以后，接着就听到了初子回嘴，是不是？请答是或不是。"

筱崎兼用求救似的目光朝冈部检察官望去。冈部检察官低着头。

"没听见。"

"没听见初子说的话啰。"

"虽然没听见什么，但他俩的样子像是在吵架。我觉得怪，就多看了一会儿。所以，我看见他俩的时间，并不像你说的是一秒钟。全部加起来，有5秒钟左右。"

"有道理。"菊地笑着说，"但5秒钟后，自行车走远了，怕是听不见声音了吧？"

"也许是吧。"筱崎兼见自己说的5秒钟得到承认，显得高兴起来，但却忘了坚持初子回了嘴这一至关重要之点。菊地一面向筱崎兼投去感激的目光，使她消消气，一面不失时机地说：

"总之，你只看到阿宏表情恐惧——你所说的'恐惧，是什么样的表情，我并不知道——并且还听见他说了些什么，但没听见初子回答。所谓吵架，莫非是到你家来的司法警察说的？"

"不知道。"

"最先提到吵架的是警官还是你?"

"忘了。"筱崎兼似乎对警官本能地抱有恐惧。

"我有异议。"冈部检察官站了起来。"辩护人的询问对警察的搜查作了不正当的推测和非难,并把这种印象强加于人。我认为,这在法庭上是不合适的。"

谷本审判长看了看菊地辩护人,问:

"辩护人是想否定证人所看见的就是被告人他们吗?"菊地律师微笑道:

"还不致于此。这里只是在确认该证人的可信程度。被告人从长后把初子带到了晒泽,这点被告人在法庭的陈述中已供认,是无可置疑的事实。证人看到的也许就是被告人。但我认为,说他们在吵架,则不外乎是推测。本辩护人并不像检察官所说,有意使搜查机关丧失信誉。相反,对警察不辞辛劳、奔走调查,是应当报以极大敬意的。本辩护人只是认为该证人没有资格出具所谓一边吵架一边骑了过去的证词而已。"

冈部检察官插嘴道:

"如果您希望这样,那么本检察官也不打算在这一点上硬执己见,就算是被告人花言巧语哄骗初子,把她带到了现场,也不会改变本检察官所要论证的犯罪事实。"他话中不无讥讽,"说不定他们俩还是谈笑风生同赴现场的呢。您也可以认为证人把被告人的笑脸错看成了'恐惧的表情'。但是,证人看到的的的确确是被告人。在他身后坐着的人即便背对这边,但只要是女的,那必定是初子无疑。我认为这没有怀疑的余地。"

谷本审判长道:

"好啦,别再争论了,马上就要到时间了。在无须看重该证人这点上,我认为检察官、辩护人都是持相同意见的。如果辩护人没有异议,我倒想就此休庭……"

法庭的大钟这时正指在 11 点 55 分。

"那么,最后再问一个问题。"说着,菊地重新转向证人席。"你对他们俩特别注意了一下,是不是因为他们俩的样子有什么异常?"

这可以说是个旨在澄清事实的公平问题。

"不。是因为自行车后头带了一个人。"筱崎兼答道。

"哦,骑车带人就那么少见?"

"是的,那是违反交通规则,就是在我们村这样的乡下,近来也不多见,就算骑车带人,也只是在村子里溜溜。而一个外乡人满不在乎地带着个女人打这走过,这就少见了,因此,多看了两眼。"

"完了。"

菊地律师一边挠头,一边坐了下来。紧张的气氛缓解了,大家都松了一口气,喘息声在法庭里流动。

谷本审判长道:

"现在,本法庭休庭一小时,下午 1 点继续开庭。"

3 位审判官站了起来,使法庭里所有的人都随之起立,目送他们消失在身后的门外。

旁听人都站了起来。被告人席上的阿宏一边伸出手来让法警重新戴上手铐,一边把脸扭向旁听席。他仍旧剃着光头,面色不佳。但在花井老师看来,他的表情却很爽快。这也许是花井的主观印象吧。

上午的审理结果,似乎使花井感到有了点希望。为了打听菊地的想法和推断,他大步流星地来到走廊,朝辩护人席那边的门口跑去。

十、休息时间

　　横滨地方法院的食堂在一楼的西南角。12席大小的饭厅里摆着3排粗糙的桌子。这里虽然跟普通的官厅食堂没有什么不同，但当地风味的中国菜倒挺可口。至于黄鳝和泥鳅，则是东京地方法院的名菜了。

　　40年来，承包这个食堂的一直是一家老横滨菜馆。第二代厨娘经常做一些炒饭、烧卖、什锦面条什么的供给职员和来访的人，真是物美价廉。

　　审判官带头，法院的干部大都把饭菜端回自己房间去吃。谷本审判官午饭不吃食堂的拿手菜，而挑了一份竹笼荞麦面条，这大概是因为他生来胃虚的缘故吧。这样就害得两名陪审的审判官也陪着他买了竹笼荞麦面条。不过，年纪最轻的矢野候补审判官经常是一份竹笼荞麦面条吃不饱，陪完谷本后，还要下楼去食堂吃一份炒饭。

　　律师、被告人的家属也可以到这个食堂用餐。但那里总是挤满了边吃饭边商量公事的法院职员，似乎多有不便。于是，他们更多的还是到法院旁边公共汽车道上的午餐铺去用餐。

　　即使谷本审判官不专门订饭，但只要他往位子上一坐，竹笼荞麦面条就会端上他的桌子。谷本审判官用女事务官打来的茶水漱一下口，就开始吃那盛得满满的竹笼荞麦面。这就像信号一样，使两位陪审审判官也都开始吃起放在各自面前的竹笼荞麦面来。

"今天菊地先生干得真够漂亮啊。"野口候补审判官打探道。

"嗯。"答得好没兴致。

野口候补审判官一边看记录，一边继续道：

"菊地先生究竟想要论证什么？真令人难以琢磨。不过，即便攻击检察方证人，由于阿宏的供述清清楚楚，我想也不会有太大的效果。莫不是认为罪犯就是大村老人吧。"

"主张有无罪的可能，这是辩护的一般做法。"年轻的矢野候补审判官插话道，"很快怕就会落实到具体情况上来吧。"

"情况，也只是关于被害人初子的，而关于被告人的情况，一点儿都还没调查出来。"野口道。

"关于宫内这流氓的情况事先没有查清，这可是检察方的疏漏。就连大村吾一，没准也跟初子发生了关系。"年轻的矢野驰骋着丰富的想象力。

"可关于结果，阿宏已作了供认。"野口候补审判官像是说给自己听似的。

在审判的最初阶段是忌讳触及交代内容的。只有在抓住其他确凿的证据之后，最后再拿出坦白材料，才会有效果。

对坦白调查书保持警惕，这是审判官的常识。坦白毫无破绽，而真正的罪犯却在被告人死在狱中后才被拿获的案件，从战前开始就屡见不鲜。虽然近来美国、法国盛行拷问，但日本的警察和检察官的讯问技术也是巧妙之极。连同警察的逮捕令执行期在内，可将被告人扣押 23 天进行调查。因此，可以把他逼入任何一种心理状态。

尤其对少年来说，可以说完全是随检察官心之所欲。尽管审判官会注意到根据是否充分，但旧刑事诉讼法时代的那种"坦白交代是证据之王"的一般观念是很难根除的。"本人都如此交代了，再确切不过了。"这也是常识。菊地主张的是伤害致死，可见辩护方也是承认阿宏是真正的罪犯的。

然而野口候补审判官想起了自己作为主管审判官在法庭做笔记时，听到菊地从大村老人口中问出案发当天他与初子相约在晒泽会面的事实所受到的冲击。

菊地的反询问是野口以往所听到的反询问中最漂亮、最巧妙之一。起初野口还认为，菊地最终不过是澄清目击证人的不准确性这一初步问题而已，与犯罪事实本身关系不大。然而，单单是大村老人于作案时间在现场附近这一事实，就是事关重大的。

"我觉得菊地先生在'冒头陈述'中似乎要主张无罪，你的看法呢？"野口窥视了一下谷本审判官的脸。

"哼，硬要这么想那也没办法。"谷本答道，"一开始就胡乱猜疑，是当不好审判官的。还是老实认真地听听下午宫内辰造的证词吧。这个证人怕是也要被菊地君好好收拾一番吧。"

"检察方出的证人可真够糟的。"

"宫内是初子的情夫，还有前科吧。澄清他跟初子合谋进行了恐吓，就会降低他的证词的价值。"

"揭露出这点，可以说是辩护方的成功。"矢野道，"但因此就主张上田宏无罪，又会怎样呢？我摸不透菊地先生的方针。"

"不到最终辩论，他是不会公开的吧。菊地君和我一样，是京都大学毕业的。他的做法我知道。归根结底，他是正统派类型。像搭积木似的，不厌其烦地一点点积累证据，最后再下结论。即使单看其中某一个环节，也把握不住整体。只是到现在他还没有去掉当审判官时的意识，态度上表现出对检察官的蔑视，这是要吃亏的。不过，和那些平庸的懒怠律师不同，他对事实的调查好像是十分出色的。"

"为什么会那么热心呢？这又不是那种能挣大钱的案子。"野口候补审判官说。

"即使是不赚钱的案子，但只要可能被舆论界报道，也得办。这是律师的第一课。你们最好也能记住这点，以备将来改行当律师之用。"

谷本审判官的话中不无讥讽之意。矢野候补审判官缩了缩脖子。

近来，菊地律师一直是在公共汽车道旁的一品餐馆的二楼同花井武志一起吃咖喱饭的。

上午休庭后，菊地刚来到走廊就被3个报社记者围住了。

"菊地先生，您对此案如何估计？"

"没什么估计，还要看今后的审判。"

"那个叫宫内的是什么人？"

"这个问题检察官清楚得很，还是请问冈部先生去吧。"

要是在东京，菊地也许会被拉进记者室去。但这案子也不是那么重大的案子，只有地方报纸还关心一下，东京各报社的横滨分社差不多都回去了，只留个代表。反正这会儿弄到手的报道赶不上晚刊见报，记者们总是估摸在开庭结束时再来。

菊地对此了如指掌。他一边摆手，一边说：

"回头谈，回头谈。"

话音未落，他便在人群中找到老井，走了过去。他把一楼食堂指给了老老实实聚集在走廊里的家属们，然后领着花井来到这家餐馆。因为书记官和其他法院工作人员都在食堂用餐，在那里跟花井谈话,他一定会感到不方便的。

"实在感谢,证人站不住脚了,真让人高兴!"花井兴奋地说。

"没什么!"菊地边笑边说,"这多亏了你为我做了调查。"

"可是,你是怎么知道宫内敲诈了大村吾一的?当初我去的时候,可一点没看出破绽呢。"

"那只是我运气好些罢了,瞎猫碰上了死耗子,猜的。我总觉得,他那种满身恶习的家伙,不可能不敲诈大村老人的。因为对'味美'来说,收2520元的账,数目太大了。""检察官给你看了笔记本,现在后悔了吧。"

"其实,没有申请用于调查的物证是应该在适当的时候还给死者家属的,但检察官有个坏习惯,非到公审结束后才还不可,以备补充申请之用。"

"给你看了笔记本,真是帮了大忙啦。"

"松川事件中隐瞒了诹访笔记,结果成了确定无罪的杀手锏。打那以后,检察官都十分谨慎。本来,冈部君是高枕无忧的。第一次开庭,我方的问题是有无杀人动机。可这是个主观因素,所以冈部君以为只要有坦白交代就足够了。"

"可是,我想,您大概还要进一步追问大村老人吧。那老头真有点形迹可疑呢。"

"没那么严重吧?"

"比方说,这种推理能成立吗?初子负伤以后,掉下悬崖,还在痛苦不堪。这时大村老人来了,又补了一刀,结果了她。"

"哈哈哈……这种玄虚之说要被审判官嗤笑的。伤口只有一个呀。"

根据菊地的反询问,有一位小说家按这条主线对案件作了推理。他是一位新手推理小说作家,旁听了这天的开庭,编造了独特的推理情节，写了一个短篇小说，在第2次开庭后的两个星期发表在"推理周刊"杂志上。

根据他在小说中的推测，大村被敲诈的不是2520元，而是10万元。初子与宫内狼狈为奸，于6月20日窜入大村家进行了恐吓。而且约见的地点不是晒泽，是杉树林里的作案现场。因此，见到阿宏的时候，大村是胆战心惊的。与阿宏分手后，他便马上钻进了杉树林，认出了正在痛苦挣扎的初子，于是又补了一刀，造成了第二处伤口。阿宏所刺的伤并没有到无可挽救的地步。但大村害怕事情捅出去，他原以为宫内也会一起来，因此准备好了刀子。他相信只要一刀结果了初子，自己就可以从麻烦中解脱出来。他以为行凶人肯定是宫内。尽管刺死初子后，他将凶器扔进了相模川的沙穴中，但作案现场却被宫内从树荫里窥见了。于是宫内开始了更大的讹诈。大村被逼入困境，便开始计划第二次杀人。宫内没有出庭，阿宏即将被判有罪，但在杉树林里进行实地验证的审判长根据地面新挖的痕迹，发现了宫内的尸体。阿宏只被定为暴力伤害罪，缓期执行，与好子走上了新生之路。

当然，小说中地点、人物都已加以改变，但这份周刊杂志所做的宣传，仍能使人联想到这桩案件。因此虽然博得好评，却激怒大村老人。他要控告作者和这家杂志毁坏了他的名誉。因为这位作家曾在报社记者的招待会上说，他认为真正的罪犯另有人在。如果不是判决下得快，也许大村已经提出起诉了。

花井的想象力虽然没有推理小说作家那样丰富，但推理小说他还是看的。而且出于想救阿宏一把的心理，他怀疑真正的罪犯就是大村吾一。

菊地辩护人笑而不语。人们用这种眼光来看待这桩案子，也是正合他意的。总之，只要宣传媒介对本案加以张扬就行。

这样一来，可以出现许多情况。他希望能有尽量多的情况传到审判官的耳朵里去。

菊地的辩论方针并不在这里，这点他连花井也没告诉。毋宁说，他很希望花井沉浸在这种推理小说似的空想之中。

而且实际上，菊地的计划成功了。因为通过这天下午对证人宫内的反询人们开始用崭新的观点来看待这桩案子了。

初子这个女人当时所处的境况已被公开。同时，金田镇这个紧靠城市的村镇整个生活情形，作为本案的背景已清楚地呈现了出来。这正是菊地所希望的。

谷本审判官和另两名候补审判官在审判官室里吃完了饭。菊地律师和花井在公共汽车道旁的餐馆吃完了咖喱饭。阿宏这时已在法院地下室的临时看守所吃着从拘留所带来的盒饭。

这里是横滨地方法院西北面与修车厂毗邻的一个角落，尽管建筑物本身归法院所有，但却由笹下拘留所进行管理。在押被告人出庭时由拘留所负责看守，随庭的看守人员也都是拘留所的职员。在押的被告人从早上乘车离开拘留所直到傍晚被带回为止，实际上与整天关在拘留所里并无不同。

被告人被押进铁格门之后，看守们就给他摘下手铐，给他一个木制饭盒。看守们也只是在这段时间得以从监视义务中解脱出来，坐在走廊里的长凳上，悠悠然享用着盒饭。

拘留所的生活十分单调。尽管插进这么一天稍有变化的日子，阿宏的内心依然难得舒畅。

从笹下拘留所到横滨地方法院有 20 分钟路程。坐在颠簸的警车里，透过小铁窗望到的沿途景色并没有什么特别新奇的东西。商店富丽堂皇的装饰、街上川流不息的车辆、人行道上过往的行人，所有这一切中间都有着一种早已和阿宏无缘了的

"自由"。被送进拘留所以后,阿宏才有生以来第一次悟到了能在高兴的时候去想去的地方的意义。

被关押已有 3 个月,阿宏在这个封闭的世界里机械地重复着每天单调的生活。他已经开始习惯了。一天的审判不断地刺激着他,而他的心情竟不能丝毫开朗一点。

虽然菊地辩护人从大村老人嘴里问出的证词对阿宏是有利的,但把初子当时的情形描述得十分悲惨,使他心中黯然。

"可怜的初子!"他在被告席上听着证词,心里无数次地叹息着。"早知如此,当初真不该跟你吵架的!"一阵揪心的悔恨攫住了他。他感到大村老人也怪可怜的。

"这么说来,老人在那种地方踅来踅去是挺奇怪的。"他想,老人大概是来察看山上杉树林的。说不定他会发现现场。实际上,阿宏往坡下走了 20 来米,站了下来,窥视了一番大村老人的行踪,看看他是不是要进杉树林。当看见老人很快地向坡顶走去后,阿宏才放心地回来的。

老人没有进杉树林,阿宏是知道的。但一直也没被问及这件事,所以他没有机会说出真情。他打算下次见到菊地辩护人时一定要告诉他。

路过千岁村筱崎兼家门前时,阿宏确实感到有那么一个人在店里。而且,在此之前,他和初子的口角就已经开始。

"你借那辆车,是想离家出走吧?"当时,初子说。

"别瞎说。人家托我修理,我只帮了把手。"

"胡扯。要是修理,他们比你还在行呢。"

接着,初子又主张让好子去堕胎。这时刚到千岁村。因为这里商店群集,人多眼杂,所以两人停止了口角。

他们好一段时间都没开口,可筱崎兼却说听见他们吵架了,这太不可思议了。不过,大概两个人是有些不同寻常的地方,所以，筱崎兼觉得奇怪也在情理之中。无奈经律师一盘问，她的答话反倒显得奇怪了。

菊地辩护人的询问方式使阿宏想起了在警察署、检察厅被调查讯问时的情形。当时他的心情很坏。所以现在毋宁说他颇为同情被菊地追问不舍的筱崎兼。

上完厕所，吃完饭，时间就要到了。阿宏再次被戴上手铐，由看守领着，又一次登上楼梯。因为下午的开庭时间已经临近。

走近法庭时，辩护人席后面的钟已经指到 12 点 55 分。旁听的人都已就座。阿宏也已经进来了，在进法庭的时候能够用眼神向父亲和好子打招呼了。

金田镇来旁听的人比以前少多了，已经看不见澄江的身影，剩下的只有父亲喜平、好子和花井 3 人。相反，阿宏所认识的人却多了起来。

最前排座无虚席，就座的人好像都是报社记者。这些座位第一次开庭结束时都是空着的。阿宏心里觉得，自己好像在被拉出示众。

正前方可以看到审判长的脸。那张脸阿宏已经不感到害怕了。他甚至宽心地觉得，两旁的年轻审判官有点像学校里的老师。

冈部检察官也是，跟搜查部审讯他的检察官相比，目光也和蔼，看上去像公司里的上司。阿宏竭力想理解他与菊地律师之间的对话，但更多的地方是他所不能明白的。阿宏把那些法律术语反复多次地记忆在脑子里，想回头去请教一下菊地律师。

他已经开始自己解决自己的事。在他看来，菊地律师是位了不起的人。他曾两次来到拘留所，在没有看守的情况下与自己谈过话。他还对自己说"要照事实说才行"。所以，阿宏把自己认为是事实的情况都说了。可是阿宏看到进行反询问时的菊地律师时，又觉得他是位令人生畏的人。

当法庭里的钟敲过 1 点时，正门把手便咔嚓咔嚓地响了起来，预示着谷本审判长就要进入法庭来了。

"要开始了！"阿宏紧张了起来。

十一、午后的法庭

"证人宫内辰造!"

随着法警的传叫声,刚才一直站在通向走廊的门前并惶恐不安地注视着法庭的一个男子胆怯地走上证人席。他30岁出头,脸色极坏,个子不高,大约1米63左右。从背后看上去,这人相当削瘦,颚骨外张。

他身穿灰色薄西服,系着一条茶色条纹领带,很不谐调。他的头发乌黑坚硬,尽管抹着厚厚一层发蜡,脑后仍有一绺头发高高翘着。

"证人姓名?"

"宫内辰造。"

"住址?"

这些都是由审判长进行的证人认定讯问。宫内用沙哑的、但却格外清晰的声音回答道:

"东京都新宿区大久保百人町1850号绿风庄105室。"

主管审判官野口注意到,这个住址与检察官的证据申请书上记录的不一样。

证人偶尔也会在检察官向法院提出证人申请后搬迁,但检察官并不一一通知法院。按惯例这些都是由证人认定讯问来予以确认的。

"年龄？"

"33岁。"

"职业？"

"无职业。"

"马上就将向你询问一些情况，请你如实回答。对可能使你被认为有罪的问题你可以拒绝回答，但其他问题请你如实回答。如果说谎，你就犯了伪证罪，因此请你注意。"

宫内挺直了背，低声道，"明白了。"

"检察官？"

在审判长的催促下，冈部检察官站了起来。他一边拿起供述书，一边问：

"你和坂井初子的关系？"

宫内辰造立即大声回答道：

"有过所谓肉体关系。"

供述书里没有这个记录。在菊地辩护人于第一次开庭前到检察厅去时抄录下的供述书里，只记录着他是"味美"的常客。通过上午的审理，他与初子发生过关系的事实已不容否认。因此，在中午休息时，检察官与他商定，让他明确公开这一关系。

"请简单地说说，是从什么时候开始发生关系的？"冈部检察官用公事公办的口吻说。

宫内辰造是为论证阿宏有杀人动机而传讯的证人。但既然他与初子的关系也是个问题，检察方的方针似乎也是要把这点查明的。

"我和初子是昭和32年在新宿的酒馆里认识的。"宫内辰造开始出具证词，那声调就好像是在宣读供述书。"后来初子回到老家，在厚木开了一家酒店，叫'味美'，所以我们好一阵子没有见面。后来，我也到了厚木，住在一个名叫猪熊秀吉的朋友家，与初子恢复了关系。她常来找我商量经营等方面的事儿，有时还托我为她照看酒店。她也曾托我向没有付账的客人要账，但我从未恐吓过谁。"

"请等一下。"冈部检察官打断了他的话，"你是说，你并未对'美味'的常客大村吾一说过让他付账，再不付就让他掏5000元之类的话啰。"

"我确实去他家要过账，但从未说过让他付5000元。"

旁听席上有人"呜"地发出一声压抑的呻吟。他就是上午做完证后，现在坐在旁听席上的大村老人。

在宫内辰造说到不曾恐吓大村老人时，坐在旁听席上的大村老人差一点喊出"扯谎！"来。但他听说旁听者不许随便交谈和说话，因此忍住了。于是这喊声就被压抑下去，变成了一声呻吟。

然而，尽管声音很小，但在鸦雀无声的法庭上，却真切地传遍全庭。

当然，这声音也传到审判官的耳朵里。它虽不致直接影响审判官的心证，但若因之使宫内害怕起来则将难以收拾，冈部检察官用严厉的目光瞪了一眼旁听席，复又转向证人席上的宫内，换了一个问题：

"这么说，你常去'味美'啰。"

"是的。"

"昭和36年6月20日晚上，你在'味美'吗？"

"是的。从傍晚6点左右一直待到9点多。"

"那么，7点前后被告人来时你也在场啰。"

"是的。我在里面雅座一个人喝酒的时候，他和初子的妹妹好子一起进来的。"

"你以前就见过被告人,是知道他的长相的啰。"

严格地说,这是诱供。但为了使不熟悉审判的证人说出适当的证词,这种程度的诱供被认为是需要的。因为这样问可以节约时间。而且,对这种诱供——提出异议的辩护人,会被审判官讨厌的。

"是的,知道。因为是初子的妹妹好子的男人什么的,在'味美'见过两三次。"

"那么,请你把当时所见所闻谈一谈。"

"是的。外面还没黑,是7点左右。"

宫内辰造换了个语调,开始说了起来。一开始似乎是想一个词说一个词,话虽完整,可不时停顿。到了这会儿,大概是适应了法庭的气氛,冈部检察官温和的态度又使他放下心了吧,越说越流利了。

"起初,他和好子两人好像是溜跶着进来的。我也听说,好子怀了孕,初子劝她做流产。初子劝他们说,两个人都还年轻,养不了孩子,可他们就是听不进。初子抱怨说,'就为了那毛孩子似的男人,搞得我们姐妹吵嘴。'"

宫内看着审判官席下面打着速记打字机的速记员的手,继续叙述着证词。

"我听说,那天晚上是初子叫好子和阿宏来的。初子说,他们俩怎么说也不打掉孩子,真没办法,还得再说他们一次。还说,母亲澄江和阿宏的父亲好像都不知道,所以得告诉他们。她说,无论如何也要让他们停止来往,不能让那种前途莫测的男人和好子在一起。"

"我提出异议。"菊地辩护人边说边站了起来。

这句话与上午冈部检察官所说的"我有异议"略有不同。

"提出异议"是正式的法律用语,但最近尤其是年轻律师喜欢简单地说成"有异议"颇有不恭。这是从左翼的讨论会混进来的说法。而年轻的律师在处理公安案件时必定使用这种说法,从抗衡的角度出发,年轻的检察官也使用"有异议"的说法,以示申斥。

45岁的冈部检察官惯用"我有异议",这是"有异议"的缓和说法。而菊地辩护人的"我提出异议"则是更加郑重其事的旧式说法。可以说,这是旧刑事诉讼法时代的残余。在那个时代,审判官和检察官身着法官服,坐在高一台阶的席位上,而律师则与被告人一起,位于阶下平台。因此,律师使用粗俗的语言损坏审判官的心情,是得不偿失的。

在那个时代,菊地律师还身着法官服,高坐台阶之上。而改行当了律师之后,也无心改变自己已经听惯了的郑重说法。虽然过分的郑重反会变成失礼,但菊地仍旧喜欢彬彬有礼的措辞。

"刚才的证词全部都是传闻。我想请求限制询问。"

宫内似乎未能理解菊地律师这番话的意思,神情呆滞地望着菊地的脸。因为他不过是按询问要求说了自己的所闻而已。

冈部检察官胸有成竹地反驳道:

"但是,证人不过是在讲述自己直接经历过的事实,不适用传闻法则。"

"可是,证词的一部分,如阿宏和初子坚决拒绝堕胎的所谓事实,是传闻的传闻,显然对被告人不利。因此,我想请求从记录中删除。"

"不过,就算像辩护人说的那样,也不妨再往下听听。因为这是在说明直到6月20日的事实的经过。怎么样?"冈部检察官自信十足。

所谓传闻法则是个微妙的东西。在日本的审判中，它涉及除了在法庭上的供述材料外，是否可采用法庭之外的供述材料问题。严格地说，检察官做的供述书也属于传闻证据。

最近，法务省发表了刑诉法修改纲要，其中有放宽传闻法则一项。其依据是：日本的法庭是由职业审判官而不是 12 人陪审团进行判决的。因此，无须像英、美、法那样严加限制。这一修改颇有与过去的书证主义背道而驰之虞，但从实际问题上看，现在的法庭并不严守书证主义。

因此，谷本审判长听了冈部检察官与菊地律师关于宫内辰造的证词进行的对话后道：

"驳回异议。请证人继续作证。"

这个裁决还是妥当的。

菊地辩护人轻轻地点了点头，笑着坐了下去。他并未指望异议一定要被认可。他的目的在于通过提出异议来牵制证人。这是法庭战术的 ABC。

而且，对此审判长、检察官也都大体有所察觉。在法庭上施展这种手腕并不那么常见，但不熟悉审判的证人却往往被打乱阵脚。

在冈部检察官的目光催促下，宫内辰造想继续说下去，但又像忘了台词的演员似的，一个字也说不出，只是一个劲地嚅动着嘴角。

"被告人和好子进到店里后坐在哪儿了？"冈部通过把注意力转到事实上来帮助宫内作证。

"啊，是的。他俩挨着靠门口的柜台坐下了。我在里屋喝酒来着，离他们 3 米左右。好子坐的是前面那张椅子，阿宏坐的是靠门口的那张。"

一旦注意力被引到有关事实上，就变得没完没了，琐碎无聊,这是外行人的通病。所以事先就有必要就证词商量一个大致的轮廓。

"就是说,这个距离能够完全听见说话声啰。"冈部检察官补充道。

"是的。"

"那么你说说都听见了些什么。"

"他们低声谈了好一阵。可没大会儿,阿宏就斥责起来说:'为什么这么不相信我!我已经不是小孩儿啦!'对此,初子好像笑了一下,小声回答了句什么。于是阿宏又说:'要那么干,我可不答应。'是威胁人的语调。初子朝我瞟了一眼,递了个眼神,好像在说:'看见了吧?所以才叫没辙呢。'"

宫内也许读过点小说,对场面的描写十分在行。也许是在跟冈部检察官谈话时,不知不觉地把场面编得跟小说一样了。

在审判中,口供实际上近似小说。尽管是叙述事实,但人们往往把经历的事情记忆得像小说一般,又像小说一样地讲述出来。正因有这个共同点,小说家广津和郎氏才得以从松川案的被告人和证人的口供中辨出谎言。说广津君的作家眼光实际上是评论家的眼光,根据也就在此了。

宫内继续讲述着故事:

"阿宏用威胁的口气说不答应那么干。初子又看了我一下,递了眼神,所以我知道了,原来是那件事。"

"那件事,是什么事?"冈部检察官问。

"初子说,如果阿宏不同意打胎,就告诉他爸爸。这事以前就听初子说起过……"说到这儿,宫内踌躇了一下,好像想起了菊地关于传闻提出的异议。但他立刻打消顾虑,补充道:

"那天晚上,阿宏他们回去以后,初子告诉我的。"

"被告人说'要那样干,我饶不了你!'这话中的'那样',

初子跟你说就是指把好子怀孕告诉他父亲一事了吗？"

"是的。"

"你说说6月20日那天在'味美'后来怎样了？"

"初子很沉着，还给我递眼神了嘛。她回答道：'好啦，算啦，别那么愁眉苦脸的啦。'边说边给他们俩上茶。好子说：'姐姐；我也想生出来呢。'初子怜爱地望着好子，说：'得啦，你还不懂。就听我的吧。'然后转向阿宏说：'嗯，你也别心血来潮，再慢慢想想怎么样？这事儿你俩可受不了。'阿宏说：'你少管，不会给你添麻烦的。回去，回去。'说着站了起来。好子也一声不响地从凳子上站起身来，可她的脸从我这个方向看不见。初子大声喊道：'等等！'阿宏和初子怒目相视，站了好一会儿。过了片刻，阿宏开口道：'怎么样，你敢胡说八道，我可真的不客气。就这么着！'连我都觉得'阿宏这小子不对劲儿'，不由自主地往起站。就在这时，好子来到两人中间，推着阿宏的胸脯，朝门口走去。然后回过头说：'姐姐，再让我们想想。'说着，推着阿宏朝门外走去。因为是6月20日的傍晚7点左右，外面还亮着，门是敞着的。阿宏是脸朝我这边儿被推出去的。临出门看了我一眼，表情真叫凶。我不禁在心里想：'真够险的。'"

"'真够险的'是什么意思？"冈部检察官打断问。

"我只是觉得够危险的。厚木那一带，到处都有许多流氓打架。阿宏说'我饶不了你'时，表情就像那些年轻人一样。"

"就是看上去好像在说'我杀了你'的意思吗？"

"我提出异议。"菊地辩护人站了起来，"我认为这是关于犯罪事实的严重而危险的诱供。"

"异议成立。"谷本审判长裁定道，"检察官，不准提那种问题。"

谷本语调温和地劝诫了一句。冈部检察官一边挠头，一边把头低了下去。他估计菊地会提出异议，也想到审判长可能会同意异议。询问这一问题是下了大决心才提出来的。但即使考虑到所有这些，他仍旧有必要在法庭上使用"我杀了你"这一措辞。

被告人阿宏最初是在什么时候开始产生杀人动机的，这是一个重要的争论焦点。自第一次开庭以来，人们就预料到了这一点。在搜查部检察官所写的起诉书中没有明确写出具体时间。6月20日这个时间，是冈部检察官在菊地辩护人要求阐明的情况下说出的日期。

到目前为止，宫内的证词与搜查部的主管检察官记录的供述书同出一辙。关键就在于是否认定阿宏所说的"我饶不了你"这句话中含有杀人动机这一点上。

当然，关于这一点阿宏的坦白已做成调查书。但正如多次说过的那样，只有等审判进入最后阶段才能调查被告人本人，而在此之前是不准引用坦白内容的，必须通过被告人以外其他人的口供从侧面加以证实。

要是在旧刑诉法时代，关于那天阿宏说了"我杀了你"的话，就会采取修改口供调查书，直接向宫内取证的惯技予以证实。但现在，就算这么做了，也只能搞坏审判官的心证，因此一般已不采用。作为检察官，冈部充其量只能通过明显的诱供来暗示杀人动机的存在。

这些法庭上的战术是否具有实质性的效果，令人怀疑。因为用得太滥，就会冲淡其对从事实际审判工作的人所能产生的效果。

也许形式主义者会说，既然有决定排除证据这么一道手续，这些伎俩都是毫无意义的。然而实际上，是否在法庭上使用

"我杀了你"这句话，将会产生微妙的差别。

至少，作为当事人，检察官认为这是把这句话灌入审判官的耳朵里前进了一步，他很难从这种幻想中完全摆脱出来。因为当事人的所谓诉讼行为，就是这样一点一点地积累证据。

然而，连谷本审判长都温和地申斥说"不能提那样的问题"，冈部检察官不能不承认，自己的提问并未产生什么效果。因为谷本审判官的笑容告诉了他，在审判长的眼里，他的法庭战术不过是些雕虫小技而已。

有种意见认为，在诉讼过程中，审判长不应表露出自己的心证。许多审判官都持这种意见，从而出现了所谓审判官的"冷脸"。无论法庭上呈现出多么凄惨的景象，审判官都要不动声色，冷静地听取双方的陈述，形成心证，这才是一种正确的态度。在判决之前不使当事者双方产生任何期望，也许可以说是慈悲。

不过，最近也不断出现一些审判官，认为还是明确表露出自己的心证，从而引导双方确定作战方针为好。如果心证时刻都在变化，那么，随时将它表现出来，就会促使当事人考虑切实有效的论证。

冈部早就知道谷本审判长是"冷脸"论的反对者。正因如此，当谷本温和地申斥他的时候，他就感到"砸了"。于是他换了一个问题：

"总之，被告人就这样与好子一起走出'味美'了吧？"

"是的。阿宏还想说点什么来着，但被好子推着，到外面去了。"

"而且，就此再也没有回到店里了吗？"

"是的。"

"你在'味美'待到9点多，向初子问了跟阿宏吵架的内容就是要不要把好子怀孕的事告诉阿宏的父亲了吗?"

"是的。初子说，日子一长堕胎就难了，得尽快定下来。"

前面已经多次提到，检察方之所以申请让宫内辰造出庭作证，就是为了论证阿宏是从6月20日开始产生杀人动机的。

但他同时又是初子被杀前两小时去造访过的人。即6月28日下午2点15分左右，初子在长后火车站前下了公共汽车，向火车站职员神原伊助收了850元后，顺道来到住在同一条巷子里的宫内家。在那儿收了1350元。然后在路过丸秀运输行门前时见到了阿宏。

被害人在死亡当天的行为与作案犯罪有重大关联，所以人们估计，在就阿宏6月20日在'味美'的言行作证之后，冈部检察官当然会向宫内询问初子28日的言行。然而，冈部却忽然说："我的询问完了。"说罢就坐了下去。

菊地律师对此颇感意外。整个法庭也鸦雀无声。直到谷本审判长转向菊地道："请辩护人进行反询问。"才打破了这片沉寂。

对冈部来说，再往下问也确实棘手。关于28日初子来到长后宫内家时的言行已有供述书了。但这当然是在阿宏坦白了之后草成的。因此，作为作案原因，痴情这条线索已不复存在。询问纯粹成了走形式而已。

正因如此，通过上午对大村进行的反询问，把初子与宫内的关系公开化，便使冈部检察官一筹莫展了。所以，当然得想到，菊地还会通过反询问来"车裂"宫内。

宫内有3次前科，都是伤害恐吓。但只要其与本案无涉，就不在法庭里提出，这是日本审判的好的一面，与英、美、法不同。

因此，冈部不用担心菊地会追究宫内，使他陷入混乱。但宫内与被害人发生过肉体关系，还曾做过初子的掮客，以及本人有前科而不得不出具一些迎合检察官的证词的处境，这些都是事实。因此，无论如何无法回避对这些事实有所暗示的询问。

出于这个考虑，冈部检察官向宫内问出可以理解为"我杀了你"之意的证词"我可不答应"后便打住了，没有再进一步引出决定性的证词"我杀了你"。

现在，冈部检察官觉得产生杀人动机的日期可以再往后推推。

关于初子 28 日的言行，供述书中有简单的记载。但冈部没有触及这点就煞住了询问。他是把希望寄托在"反询问应该就主询问中所出现的事项进行"这一规定上了。

"听说证人是昭和 32 年认识被害者的，请你说说当时的情况。"菊地辩护人开始了反询问。

"好的。那会儿初子在新宿字见酒馆做事。我作为普通的客人常去么，慢慢就熟了。后来，在大久保初子的公寓里和她同居了。"

"那是什么时候？"

"记得是昭和 33 年的 3 月份前后。"

"当时你的职业是什么？"

"无职业。"

"就和现在一样啰。"

"是的。"

"那么，你是依靠初子在酒馆里做女招待的收入生活的吗？"

宫内的眼睛忽闪了一下，道：

"我虽然没有职业，可也是个男子汉，总有办法搞到钱，用不着让个女人来养活……"

"就像你对大村吾一所做的那样，干些向初子的客人收账之类的事吗？"

"我有异议。"冈部检察官站了起来，"辩护人的询问与本案犯罪事实毫不相干，而且严重地损害了证人的名誉。"

"异议成立。"谷本审判长立刻裁定道。

"被害人初子昭和35年4月回金田镇老家，6月开始在厚木开了'味美'酒店。在此之前她一直是和你同居的吗？"

"是的。"

"那么，从昭和33年3月到35年4月，你们同居了大约两年时间啰。"

"是的。"

"你们俩一直待在一起来着吗？"

"是的。"

"没错吧？你可得说老实话哟。"

"中间有一段时间没在一块儿。"宫内的回答似乎有点儿痛苦。

"所谓一段时间，大概有多长？"

"一年左右。"

"那么，你并没有跟她同居两年，而是有聚有散啰。"

"是的。"

"分别的一年中，你在哪里？"菊地冷不防提高了嗓音，问得很尖锐。

于是，冈部检察官立刻站了起来，道：

"我有异议。这个问题与本案无关，而且有损证人的名誉。"

"现在问的是与初子分别的这段时间他在哪里，我觉得与证人的名誉没有什么关系。"菊地笑着回答。

"尽管如此，与犯罪事实无甚关联。这是在白费时间！"

"异议成立。"谷本审判长有点不耐烦地说。宫内多次进过刑务所，不说谷本也知道。

于是，菊地换了一个问题：

"初子昭和35年4月回金田镇时，你跟她同居了吗？"

"没在一块儿。"

"那么你是在初子在厚木开了'味美'酒馆之后才追到这儿的啰。"

"并不是什么追来的。那是11月，厚木的一个叫猪熊的朋友邀我说是不是来玩玩，所以我就来了。"

"可是，初子在厚木开了'味美'，你是知道的吧？"

"知道。"

"来了以后跟初子见面了吧？"

"当然。"

"然后发生了关系吧。"

"当然发生了。"

"可你今年4月搬到长后镇去了。这是为什么？"

"出了点儿麻烦事儿……"

"麻烦事儿，具体是什么事？"

冈部检察官站了起来。

"我有异议。辩护人的询问与本案无关，又有损证人的名誉。对此，本检察官刚才就已多次提出异议。"冈部检察官死死盯着审判长说。这表情显示出了他一步也不再退让的决心。

"检察官的异议本庭都予以同意了，可辩护人为什么还要提这类问题呢？"谷本审判长转向菊地，平静地问。

菊地也以决不向冈部检察官示弱的强硬语气说：

"辩护方的意见认为，该证人与初子的关系所牵扯到的情况，与构成本案的犯罪有重大联系。关于这点，本辩护人将会在'冒头陈述'中阐述。但在对该证人进行反询问时，也想澄清这点。"

"这点本法庭也想听听。检察官,怎么样?"

"辩护人为了替被告人进行辩护而要搜集一些情况是自然的。对法院发现真相的热情,本检察官表示敬意。但从刚才的经过看,询问过于久远而又与本案无关的事实和损伤证人名誉的问题太多了。"

"这关系到证词的可靠性,与证人的名誉无关。"菊地敏捷地插了一句。

"刚才的反询问中没有一个是关于可靠性的问题。"冈部检察官瞪着菊地的脸反驳道。

"检察官说得不错。"谷本审判长平和地说,"可是本庭想更多地了解该证人与被害者的关系啊。"

审判长的话虽然措辞温和,但却带有一种坚定的语气。

限制传闻证据也好,禁止询问无关的问题也好,主要都是战后把英、美、法引进刑事诉讼法以来才被突出的概念。但是,遵守传统的大陆法系的审判官依靠职权发现真相的做法不可能一下子就销声匿迹,它和检察官的盘问不休的做法一起,仍然遗留在审判的实际业务中。

法规是死的,而法规的运用在于活生生的人。那些在旧刑诉法时代受教育并颇富实际经验的人的秉性改造,不是一朝一夕就能完成的。审判官依靠职权发现真相的欲望强烈,通过指挥法庭形成独特心证的倾向是难以根除的。因而在现在这样的法律混乱时期,最终还是审判官的个人能力管事。

上午通过对大村吾一进行反询问已经弄清,初子与宫内辰造的关系是本案的重要背景。但这与阿宏杀死初子的行为无关也是事实。如果审判长无心了解这些情况,同意检察方的异议,限制辩护方的询问的话,那么事情到这儿也就完了。然而,谷本审判长的见解却不是这样。

"想更多地了解啊。"话虽温和，可谷本审判官的脸上却呈现出坚决的表情。对此，冈部检察官看在了眼里。如果固执己见，审判长就可能根据自己的见解进行直接讯问。冈部见此阵势，便打退堂鼓了。

"适当办吧。"冈部说着轻轻地点了点头。但他没有忘记马上补一句，"检察方希望，辩护人的反询问至少能与6月20日的事实有关。"

"辩护人！"谷本审判长朝菊地点了点头。

"6月20日傍晚，你仍旧是从长后家里去的吗？"菊地重新面对证人席问。

"嗯，是的。"

"几点到的'味美'？"

"6点左右。"

菊地拿起桌上的笔记，道：

"照这样，阿宏和好子是7点进来的，所以那时你已经在'味美'待了一个小时啰。"

"是的。"

"这段时间你一直在喝酒吗？"

"啊，是啊。还吃了下酒菜。"

"喝了多少？"

"记不清了，我想不是两壶就是3壶。"

"你很能喝吗？"

"不如以前啦。但没准还算能喝的吧。"

"喝几壶日本清酒才会酩酊大醉？"

听了菊地这种呆板的问题，宫内低下头，忍住笑，答道：

"五六壶吧。当然还要看是什么酒。"

"这么说，6月20日阿宏进店的时候你已经接近烂醉啦。"

宫内辰造咧嘴一笑，道：

"没有。才两三壶，还没醉。记忆也清楚，别人说话声也听得很清楚。"

"可你听到被告人对初子说'我饶不了你'时就没上火？"

"是啊，心情是不好。"

"你刚才说，当时觉得'真够险的'，尽管如此，你仍旧坐着没动？"

宫内显得有点踌躇，道：

"我当时想，如果他要撒野，我就得去拉一下。可是没想到，阿宏被好子推着，老老实实地出去了。所以，我本想站起来，可只稍稍抬了一下屁股，就又坐下了。"

"嗬嗬，真够听话的。可是，你重新又坐了下来以后，就再也没有站起来追出去？"

宫内试探地看着菊地的脸，然后又将视线缓缓地转向冈部检察官。冈部检察官微微地摇着头。

"怎么样？请如实说，你有没有追出去？好子可是也在场哟。"

听菊地这番话的语气，好像在说，即使你扯谎，好子也会作证的，终究会被戳穿的。就在冈部检察官刚要站起来提出异议时，宫内答道：

"是的，我到门口看了看。"

"当时，被告人和好子还在那里吧？"

"是的。他们站在店前说着什么。"

"你对他们俩说话了吧？"

"是的。"宫内破罐子破摔地说。

"说了些什么？"

"我的话基本上是'老老实实听初子的话,一类的意思。阿宏听了以后瞪着我,一句话也没说。于是我就走过去对他说了句'注意点。'"

"这是什么意思?"

"没什么意思。反正是让他别用那样眼光看我,问他知道我是谁。我当时真想揍他一顿,可一想,他是初子的妹妹的男人,就饶了他。"宫内说着说着,似乎心里痛快起来。

"原来是这样。"菊地笑着,接着问,"当然,你并没有真心想揍阿宏吧?"

"那当然。跟那种毛孩子斗,会有损我宫内的名声。我想,稍微吓他一下,他就不会跟初子顶牛了吧。"宫内越说越得意。

"后来被告人怎么样?"菊地辩护人问。

"口气再大,也还是个小孩嘛。经这么一吓,马上就蔫了,嘴里咕噜着,朝停着公共汽车的那边儿去了。一到关键时刻,就成了胆小鬼。"

"就是说,阿宏没敢跟你顶撞啰?"

"像狗一样,夹着尾巴跟自己的女人一起走了。"

"就是说,阿宏在'味美'说'我可饶不了你,是虚张声势啰。"

宫内一听愣了,挺了挺脊梁,看着冈部检察官。

"我有异议。这是在征求证人的意见。"

"异议成立。"审判长立即决定道。

"那么,这样问吧。'我饶不了你'的说法,在地痞流氓之间并不常用吧?"

"嗯,是的。"

"被告人对初子说这话时,语调也不那么轻吗?"

"怎么说呢?"宫内表情略带恶意,"他说的时候倒是格外一本正经的呢。不管怎么说,对方是个女人,而且阿宏后来也确实把她杀死了嘛。"

旁听席上的花井觉得,菊地追究得太深。就是按他的外行想法看,再追问这些没准的情况,也不会有什么结果。相反,他感到这样只能引出一些对阿宏不利的话来。

"我请求将证人刚才的意见从记录中删去。我尚未就犯罪行为提出任何问题。"菊地说。

"请证人只就所提问题进行回答。"审判长提醒道,"不允许加进自己的意见。"

"当时阿宏的语气不轻吗?"菊地又问了一遍。

"我不认为很轻。那语气与平时有点不一样,很认真。所以我才觉得很危险……"

"这我已经听你说过。你怎么想无所谓。……嗯……"菊地仰脸看着天花板。他刚才也注意到了,这个问题问得不好。他换了个问题。

"你酒喝得多吗?"

"刚才已经说了,五六壶差不多。"

"你当时真的没醉?"

"只喝了两三壶,没醉。"

"去'味美'之前没喝?"

"没有。那天白天没喝。到了'味美'才开始喝的。"

"这么说,你有时白天也要喝啰。"菊地突然改变了语气,尖锐地问,"6月28日案发前两小时,初子来到你家的时候,你是在喝酒吗?"

宫内没能立刻答上来。因为问题提得带有跳跃性,宫内似乎被问得出其不意。他嚅动一下嘴角,求援似地朝冈部检察官望去。

"我有异议。"冈部检察官站了起来,"辩护人的询问不仅与犯罪事实无关,而且问到了检察方主询问中没有出现的事项,因此违反了规则第199条第4款的精神。"

谷本审判长显出觉得奇怪的表情。他征求意见似的回头看了看野口候补审判官。因为他记得过去问到过初子在被害那天曾顺便去过长后宫内家的情况,可又想不起来是在哪里问的了。

野口的记忆也一样。既然这是事实,再说检察官的主询问中没问到过,那就奇怪了。正当他匆忙查阅桌上的记录时,传来了菊地辩护人的话音:

"主询问中是没有,但证人在检察方的供述书里有。"

"但你不是不同意那份供述书的吗?该证人是关于6月20日被告人的言行的证人。关于6月28日初子的言行,丸秀运输行的少爷亲眼看见初子和阿宏一起骑上了自行车。至于初子顺便到过该证人家里之类,并不重要。"

"可是,这个事实在检察官的'冒头陈述'第三'关于杀人的事实'之一中有所述及。"菊地也毫不让步,"其实,这一事实本来必须由贵方予以证实。但贵方没有这么做,所以我才替贵方问了。"

"请等一下。"谷本审判长插了进来,"检察官所言也有道理。不过,既然与案发当天被害者的言行有关,那么,法院就想了解了解。"

"可是已经花费许多时间了。"冈部一边说,一边看了看法院里的大钟。时钟指着1点55分。"听了刚才辩护人提的问题,好像辩护人很介意十分琐碎的事。"说到这儿,冈部露出了颇带讽刺意味的笑容。"连证人当时是不是在喝酒也要问的话,那可就没底啦。"

"本辩护人准备马上就论证这一情况与犯罪事实的关系。"

菊地回敬道。

"总之作为本庭，决定驳回检察官的异议。"谷本审判长作出了决定，"不过，请辩护人询问得再切实一些。"

菊地放下心来，舒了一口气，向审判长行了一个礼，便又转向证人：

"根据检察官的'冒头陈述'，6月28日2点半到3点半，初子在你家里。在这么长一段时间里，你都在干什么？"宫内低着头，稍稍考虑了一下，然后道：

"在喝酒。"

冈部听到这个答复，不禁"呃"地叫出了声。他刚要讽刺不要问喝没喝酒之类无聊的问题，可还没容他开口，宫内就回答道"在喝酒"了。整个法庭为之惊讶。对菊地辩护人的这种千里眼，旁听席上"哦"地响起一片赞叹声。而冈部检察官则"呃"地发出了一声呻吟似的声音。

谷本审判长和野口主管审判官疑惑地望着宫内的脸。"喔，在喝酒。就是说是和初子一起喝的意思吗？"菊地律师问。

"是的。"

"喝了多少？"

"啤酒两瓶。不，是3瓶。"

"3瓶啤酒两个人喝了一个小时？"

"是的。"

"跟你平时的酒量比，3瓶啤酒不是太少了吗？"

"是的。也许喝得更多些，可能是4瓶。"

"请明确一下，究竟是3瓶还是4瓶？"

"是4瓶。"

"两个人就喝了4瓶啤酒吗？"

"我有异议。"冈部检察官站了起来，"辩护人的询问与本案无关,而且粗暴地涉及了证人的个人生活细节。"

"辩护人需要这么问吗?"谷本审判长看着菊地的脸问。

"辩护方很重视证人和初子那天的言行。例如,假若初子当时已经烂醉,那么作案时的情况必将在相当程度上有所不同。"

"那么,就请你问这点。本庭认为那种个人生活的细节与犯罪事实无关。出于这个见解,本庭同意检察官的异议。"

"明白了。"

菊地略一点头,便再次转向宫内:

"初子酒量大吗?"

"是的,要是应酬客人,多少也能喝。不过平时不大喝。"

"唉!"菊地故作惊讶道,"那天初子一点啤酒都没喝吗?"

宫内一边窥视着冈部检察官的脸,一边犹豫地回答道:

"不是一点也没喝,但几乎没怎么喝。"

这句证词显然否定了菊地认为初子烂醉的推测。于是菊地语气略带粗暴地道:

"那么,就不是两个人喝的啰。你一个人在一个小时里喝掉了4瓶啤酒?"

"要喝几瓶是我的自由!"宫内脸上流露出反抗的神情。

这种反应是在冈部检察官提出的不要涉及个人生活的异议的暗示下产生的。证人就是这样一边接受暗示一边作证的,可结果却失去了自然的态度。这样,便会有意无意地给意在发现绝对事实的审判长造成值得怀疑的印象。

"初子一点儿也没醉,而你醉了,是吗?"

"没那么严重。4瓶啤酒醉不了我。"

"啤酒是谁买的?"菊地漫不经心地问。

"是我出钱买的呀。"

"你的房间里总放着啤酒吗?"

"我家又不是酒馆，虽然摆着些烧酒之类，但没有啤酒之类价钱很高的酒。第一，我不爱喝啤酒……"说到这儿，宫内恍然大悟似的闭上了嘴。

"哦，你买来了不喜欢喝的啤酒？"

"是初子从店里拿来的。"宫内小声答道。

"不许撒谎！有人看见初子在长后火车站前下公共汽车时只拿着一个手包。到底是谁买的啤酒？！"

宫内求援似的朝冈部检察官的脸望去。当他看到冈部低着头脸色阴沉时，便绝望地道：

"还有一位客人。"

"为什么不早说？"

"因为没有关系。"

"那客人是个女的吧。"

宫内一声没吭，点了点头。

"请你回答，28日下午2时半，初子顺道去你家时，在你屋里的是个女人吧。"

"是的。"

"那么，你并不是跟初子，而是跟那个女人一起喝了4瓶啤酒的啰。"

"是的。"宫内有气无力地答道。

"那个女人是在初子死后跟你同居的女人吗？"

"是的。"

"请你说说，那天在那个女人、初子和你3人之间发生了什么事？"

冈部检察官抬了下腰，但好像从谷本审判长的表情明白了提出异议也是白搭似的，又坐了下去。就算不是这样，他也因这天提出异议的次数太多而违反了日本法庭的习惯。

宫内又去看冈部检察官，可冈部露出了一副无能为力的神情。宫内似乎觉得一阵孤独感向他袭来。他垂着肩，无助地低声讲述起来。

旁听席上的花井从刚才开始就兴奋地听着询问。在长后的宫内家中有一个年轻女人，这是花井发现的情况。花井对自己的发现在这儿用上了感到十分高兴。

"京子那天早上就来玩了——樱井京子，是那个女人的名字——啤酒就是京子从隔壁酒店订好拿来的。我们正在喝着的时候，初子来了。"

"初子来，是事先约好的吗？"菊地问。

"没有。她是突然来的。"

"她来有什么事吗？"

"我想她是来告诉我去见大村吾一的。"宫内的回答似乎很痛苦。

"就是说，她告诉你，那天她接着就要在晒泽与大村吾一见面收账了吗？"

"是的。"

"这就是她到你家来的目的吗？"

"好像是的。"

"你在检察厅的供述书上讲，初子是为收钱而来，你付了她1300元。这是假话啰。"

"啊！是的！那钱是目的。我给了她钱。"

"究竟哪个是目的，请明确一下。"

"她是来要钱的。"

"是收账吗？"

"是的。"

"可是你跟初子有肉体关系，一点账还不拉倒了？"

"没那事儿。初子在钱财事情上可丁是丁卯是卯的。玩儿归玩儿,钱归钱嘛。"

"可是,账就没有马虎过去?可不能扯谎哟。"

"不扯谎。确实付了。"

"可是,听说你在处理'味美'时,出示了初子写给你的10万元借据,从遗嘱那里要走了钱,这是真的吗?"

"对,是真的。"宫内低声回答。

"要是这样,就等于你向初子贷着钱。尽管这样,你却还得付她赊账吗?"

"贷是贷,赊是赊,两码事儿。"

"怎么就两码事呢?"

"借给她的钱本来就约好了,要在出卖铺子的时候一下收回的。"

"真不可思议。10万元说起来可是一笔巨款了。这钱你是什么时候交给初子的?"

"那是初子要开'味美'的时候。不,是在回金田镇之前,作为将来开店的资金借给她的。"

"可那时你没和初子在一起。昭和35年4月,你是外出旅行去了,又怎么能把钱交给初子呢?"

宫内没有马上回答,菊地辩护人接着说:

"这里有遗嘱交来的字据,日期是今年4月。这当然是开了'味美'之后,而且是你刚搬到长后来的时候。"

"这是过去我为初子的各种花销的钱。写这张字据,意思是一旦要卖铺子什么的,就让她还钱。"宫内低着头,好像很痛苦似的回答说。

"别撒谎。难道不是作为断交钱要的吗?"

"岂有此理!绝交钱?我宫内辰造还没堕落到向女人要那玩

意儿的地步呢!"

"这怎么说呢？这里有初子装在手包里的笔记本抄件，里面记录着赊给你的账共计 24000 元。这笔账特别地记在笔记本的最后，还没用业已收回的记号划掉。"

宫内低声嘟哝着什么。

"唉，说什么?! 请说清楚。"

"这家伙太毒！我说她真是个死不改悔的女人。"宫内火冒三丈地说。

"请你措辞慎重些。"菊地辩护人微笑着说，"可不能说已经死去了的人坏话哟。"

"可我并不知道她把我喝的酒都一笔一笔地记上账了。"

"如果你真的借给她钱了的话，她可能是想用记账的方法来还债的吧。"

"可是我搬到长后以来，没怎么去'味美'呀。真正像样的客人几乎只有我一个人。其他一会阿宏来一趟，一会好子来一趟，都是些亲戚，老这样下去，这店迟早非垮了不可。"

"所以你就想收回钱，跟新交的女人一起回东京去了？"

"以后的事还没想过。"

"初子来见你和别的女人一起喝啤酒后，说了些什么？"菊地尖锐地问。

宫内没能立刻答上来。

"初子知道樱井京子和你的关系吗？"菊地又问了一遍。

"我想她是知道的。"宫内的回答呆板生硬。

证人在回答询问时一般是看着提问的人的。可是宫内的视线却不断离开菊地的脸，从正前方的审判官席到检察官席不住地移动。这当然是担心自己回答得拙劣的不安表现。

"说什么我想之类，意思不明确啊。初子究竟是知道呢，还是不知道呢？你过去没有告诉过她吗？"

"告诉过。"

"那么，她是知道的啰。"

"是的。"

"初子过去见过京子吗？"

"那天是第一次。"

"尽管如此，她还是表现得满不在乎吗？"

"是的。因为我反正已经和初子分手了。初子可不是那种尽说傻话的女人。"

"是吗？她即便表面上如此，其实恐怕不然吧。"菊地逼问。

"也许是。但初子却只说了一句'啊，这就是京子小姐吧。'说起来真恼人，我不得不把所有的钱一个不剩地拿出来付给她，连京子也帖了钱呢。"

"原来是这样。总算搞清了你付钱的经过。"菊地说着笑了起来，"后来怎样了？"

"就这些。后来我说'来一杯吧。'她说，'谢谢，我口渴啦。'说完，就一口气喝了一杯啤酒。喝完她说，'好了，我现在还得去大村老人那儿去。'说完就回去了。"

"她没有什么不同于往常的样子吗？"

"没有。回去的时候可开心啦。我抬头看的嘛。"宫内有点得意地回答说。

"是吗？但就这些就用了一个小时？"菊地认真的表情毫无变化。

"什么一个小时，根本用不了那么长。也就是15分钟吧。"

"但检察厅调查时你说她是3点30分左右回去的。她是2点30分左右来的，所以在你的房间里待了一个小时。这点如何解释？"

183

宫内求援似的看着冈部检察官的脸。

作为冈部检察官，也许他很想通过某种暗号指示宫内，让他拼一拼，否定以前的供述。然而，作为申请该证人的人，在法庭上采取这种行动，将会给审判官造成恶劣的心证，颇有适得其反，产生相反效果之虞。因此，他故意把脸扭向了一边。

宫内豁出去了，说：

"我决不撒谎。初子收了钱，立刻就回去了。"

菊地律师极其温和地说：

"可是，在检察厅调查时你说初子待了一个小时，过去你又未曾在本法庭上对此加以否定。如果说假话，只会给以后造成麻烦，作茧自缚哟。"

"那一定是哪儿搞错了。初子实际上只待了15分钟左右，所以我是不可能那么说的。"宫内强词夺理道。

"这就奇怪啦。初子2点20分左右与长后火车站职员榊原伊助分手，3点30分才路过丸秀运输行门前。这段时间里除了你家，她是无处可去的。"

"你怎么知道!? 没准她顺便去了别处，也可能在茶馆歇着来着，不是吗？"

"我不想跟你辩论。你家和丸秀运输行都在长后镇的主要干道上，而且只隔50米。有不少目击者呢。"

要是推理小说，则很可能写成才干超群的辩护人，使用精明能干的私人侦探，事先就向楼下的杂货店主人或附近的人了解好情况了。然后在这里，让决定性的目击证人出庭驳倒宫内辰造。写成这种场面也未尝不可，但在日本的审判中实际上不这么做。

原因有各种各样，辩护方没有钱，私人侦探并不优秀等，但最重要的还是，在法庭之外如此做对方证人的手脚，反会在法庭上处于不利地位。

证人是法院传讯的神圣者，这种观点根深蒂固。法院还有偏见，认为不知律师会为委托人的利益干出什么事来。至少法院认为，不考虑这种可能性，就不能进行正确的审判。

而辩护人只能依靠法庭上专门技术，向证人问出有利的证词。可这并非易事。

证人是很顽固的，不会收回证词。即便在一般日常生活中，人们对一旦说出的事也是希望坚持的，这是自然的人之常情。在法庭上，证人就会变得越发顽固。

用伪证罪去吓唬证人，这是另外的问题。一般辩护人充其量也只能像菊地所做的一样，温和地说一句"有人看见啦"，来敦促证人反省。

菊地虽然仍旧面含微笑，但实际上却遭遇到了一大难关。

对他来说，在这里论证宫内、初子、京子之间发生了争执，影响了初子后来的心理状态，这对为阿宏的罪行进行辩护来说，是有必要的。然而，宫内却很固执，坚持说初子对他屋里有个新交的女人并不激愤，相反极其爽快，待了 15 分钟左右就离去了。

但是，宫内最初对地方检察院检察官所作的供述中说，初子待了 1 个小时，而不是 15 分钟。其他情况也表明了这一点。如果不在他那里待上 1 个小时，初子出来以后直到 3 点半为止的这段时间，在狭窄的长后镇上是无处可去的。

可是，初子那天的踪迹，警察、检察厅都没有详细查询过。可以说，这点完全被忽视了。因为，起初人们怀疑是情杀，开始追查了初子与男人的关系。但在调查宫巧之前，阿宏就被捕了，并且立刻作了交代。

1 个小时也罢，15 分钟也罢，好像怎么样都无所谓。但如果是1个小时，那么，作为顺便去收账的时间，就太长了。很难想象，正在宫内跟新交的女人喝啤酒的时候，初子来了，而且又心平气和地走了。因此，可以推测，在宫内家发生了一场争执。

在法庭审理的对象面前搬出"你以前不是这么说的吗？"也不失为一个手段。在这种场合，经常适用刑诉法第321条第一款第2项。这一条款规定了可以把被告人以外其他人的供述书作为证据的场合情况。

"在检察官面前供述记录的书面材料，当在预审或公审日期内又作了与以前供述相反或实质上不同的供述时，原书面材料仍可作为证据。但仅限于前者比后者更为可信的特别情况时。"

这条规定对检察官来说是一件强有力的武器，可对辩护人来说，却不是万能的。在公审中证人改变口供时，检察官如果直接把以前完成的供述书作为证据加以申请的话，根据法律规定，基本上都会被采用。但同样的便利辩护人却得不到。因为辩护人所持的检察官的调查报告是抄件，而不是正本，所以作为证据申请调查是极为困难的。因而所处地位令人十分不安。

宫内窥测了一下冈部检察官的脸色，好像发现了肯定他的举动的一点微妙表情，于是越发坚持自己的证词：

"随便你问谁都没关系。反正她确实从我的房间里出去了。"

"这么说当时是2点45分。"

"大概是吧。记不清了。我又没——看过表。"

"可你为什么在检察厅说初子是3点30分左右回去的呢？"菊地又叮问了一遍。

"我记不清。也许因为以前听说初子是3点半左右拐到丸秀运输行见到的阿宏，所以我想，要是这样，她大概也就是那会儿回去的吧。所以就那么说了。"

"要是这样,她可就是 3 点以后来的你家啰。"

"也许是。反正又没看表。"

"最后我再问一个问题。"

菊地律师大声说着,第一次瞪着宫内的脸。他去掉了律师温和的假面,露出了过去的审判官面目。他把作为预审审判官面对面地对嫌疑犯进行多次调查的经验老手的那可怕的目光和话锋,怀着敌意正面对准了证人。

"你后来没有见过初子吗?"

宫内似乎没能理会问题的含义,满脸迷惑地回视着菊地辩护人。

"我是在问,那就是你最后见到初子吗?"

宫内有点拖泥带水地说:

"当然了。钱已经付了,已经没有其他事了。"

"可是,你知道初子 5 点要向晒泽向大村吾一收钱。根据刚才大村吾一的证词,金额比你要的 5000 元要少许多。你对此没有不同意见吗?"

宫内的脸上现出了恐怖的神色:

"岂有此理!刚才已经说了,我从来没有对大村老人说过让他付钱的事。初子收老人多少钱,我怎么会知道!"

"是吗?在我看来,大村吾一可比你更可信呢。初子与你的意思相反,大概是同情大村吾一了,觉得收回一般的赊账就够了。可是你对此却大为不满。听说初子要见大村吾一,你就没跟踪到晒泽去?"

"岂有此理!"宫内叫道。

宫内没有跟踪初子去晒泽吗?这个问题简直就意味着问:难道宫内在作案时间里不在现场吗?

旁听席上响起了嘈杂声。

"我有异议。"冈部检察官站了起来,"辩护人不断任意强迫该证人说出对辩护方有利的证词。刚才的问题是威胁证人,不仅为法庭道德所不容,而且纯系毫无关系的推测。凭什么证据说该证人跟踪初子到了作案现场?"

冈部检察官好像真的激怒了,满脸涨得通红。然而,菊地律师也毫不退让。

"谨向审判长申述:本辩护人认为,从该证人的态度、询问的经过来看,很明显,该证人不仅没有如实作证,而且企图隐瞒事实。因此,作为辩护方,也不得不诱供出真实情况。辩护方的意见认为,关于犯罪的情形尚存有诸多不明之点。如果证人没有任何值得内疚的事,最好是干干脆脆地从实回答。证人究竟是跟踪初子到晒泽去了,还是没去?回答只能二者择一,只要回答去了或没去即可。"

此刻,菊地的态度已经无视审判长的看法,在发现真相的道路上突飞猛进。

谷本审判长一直慎而又慎地观察着菊地的态度,过了一会才开口道:

"检察官提出的异议也有一定道理,不过本庭还是想听听证人的回答。请证人回答。"

"我向天地神明发誓,没去。我那天下午一直和京子待在屋里,没有外出一步!"

菊地十分注意地看着宫内的脸,道:

"你自昭和32年以来,一直就是初子的所谓拉皮条的,靠着她赚的钱过活。她忍受不了,逃回老家,开了酒店。可你最终还是跟来了。你喝的是店里当商品的酒,成天盘踞店里,妨碍'味美'的营业。你惹是生非惊动警察,与别的女人暗中往来,甚至用上了向初子索要断绝关系钱的卑劣手段。关于初子最后一天的情况，你难道就没有一点同情业已死去的人，说出真情之心吗？"

宫内的额头上冒出了汗珠。

"真情我已经说过几遍了。我一直在家。根本没有跟踪初子什么的。"

菊地仍然看着宫内的脸，对他的证词可信程度，已经形成某种自信。他再次转向审判长，说道：

"基本上到此结束了。但今后我想申请让该证人作为辩护方证人出庭作证，请予谅解。此外，我还想请求作为证据，对检察官完成的供述书进行调查。宗旨将在'冒头陈述'中申述。"

谷本审判长把脸凑近了野口主管审判官，小声地和他交谈了两三句，然后面对前方道：

"本庭决定：是否作为辩护方证人再次传讯该证人，是否作为证据采用检察官做的供述书，容后再定。"

这番话给辩护方带来了相当的希望。检察官没有询问宫内初子28日的行动，是很不利的。

"检察官，还有什么？"审判长问。

这个问题是确认是否对菊地的反询问当场再次进行主询问的。

"作为检察方，在本法庭可随时讯问该证人。因此，暂无要询问的情况。"冈部检察官回答道，脸上浮现出一丝讥讽之色。

"那么，证人可以回去了。辛苦了。也许还会请你出庭，住址等等有变更时，请别忘了通知法院。"审判长说。

宫内松了一口气，行了个礼，走下证人席。在法警的引导下，朝通向走廊的门口走去。冈部检察官连看也没朝那边看一眼。

"反正在他下次作为辩护方证人出庭之前，得好好问问他。"

冈部暗忖道。

"下面，请传讯证人富冈秀次郎。他原来是被告人在茅崎的工作单位的同事，是 28 日下午 3 点半左右被告人与被害人相会，并骑一辆自行车去金田镇的目击证人。不过，关于那天初子的行动已向宫内辰造问了许多情况，所以，这个证人不太重要。因而想简单些。时间也已过去不少了。"说着，他用眼睛扫了一下法庭里的大钟。

其实，菊地对宫内辰造的反询问花了很长时间，远远超过了预定的一个小时。现在时针已经指到两点半了。

"证人富冈。"

随着法警的一声呼唤，秀次郎从走廊里进来，看了一眼被告人席上的阿宏，便胆战心惊地走近了证人席。

他和阿宏同年，19 岁。他下穿粗糙的斜纹呢西裤，上着棉布工作服。他似乎怯于在大庭广众面前露面，就连宣读千篇一律的誓文时，手也在发抖。

冈部检察官用例行公事的语调问了他的姓名、住址、年龄。秀次郎的回答和阿宏一样，生硬呆板，就像在回答学校老师提问似的，拼命掩饰自己的慌张。

"下面，请你说说被告人到你店里来借机动三轮车的经过。"

十二、杀意

冈部检察官对富冈秀次郎的询问，纯属事务性的。很显然，他对这个证人不感兴趣。

富冈只不过是在事件发生那天被害人和被告人相遇时的目击者。冈部检察官认为，刚才在对宫内辰造的反询问中所谈到的有关被害人初子死前的心理状态，反而对辩护方有利。所以，在这种情况下，再要盘根究底是不明智的。

谷本审判长对宫内没有留下一个好印象和好的心证，因此，当结束询问时，还特意叮嘱宫内："如变动住所时，请通知本法院。"这表明审判长不相信宫内，认为他连一个稳定的住所都没有，和流浪汉一样。

冈部检察官所指望的证人，并不是富冈秀次郎，而是还未出庭作证的清川民藏。他是长后刀具店"福田屋"的店主，也是能证明阿宏存有"杀意"的重要证人。因为28日那一天，阿宏就是在他店里买的登山用刀。冈部认为辩护方总拘泥于事情发生的实际情况，所以他决心这次要设法弄清罪犯的"杀意"和"犯罪事实"。

富冈秀次郎，19岁，与被告阿宏同龄。看上去有一种年轻人的纯朴感。他滔滔不绝地向法庭叙述了同被告阿宏结识的经过。他们俩是在茅崎自行车装配厂认识的，去年他退职后，曾告诉阿宏自己决定回家继承家业，协助父亲经营运输行。由于他与被告以"哥们"相称，所以当阿宏想问他借三轮摩托车时，他满口答应。28日下午3时左右，阿宏为了和他商量具体借车的日期，骑着自行车来到他家。

"被告的态度，看上去有什么反常吗？"闪部检察官问道。

"没什么异常。"

"你没问，借三轮摩托车干什么用吗？"

"没有。按说阿宏家里也有，可他说他的车去修理了。"

"你没想过，去被告人家里核实一下吗？"

"当然用不着！"秀次郎稍带意外的表情说道，"父亲叮嘱我，做生意的工具不要随便借给人家。可因阿宏是我的好朋友，所以我请求父亲这次就借给阿宏用一下。"

"你对他一片好意，可被告人却瞒着你，借车为自己私奔用。"

"这……"

秀次郎有些支支吾吾。

"我认为阿宏是个好人……可没料到，他借车是用来干那种事的。"

冈部检察官改变了语气问道：

"3点左右，初子出现的时候，你和阿宏都在商行门口，是吗？请你把当时的情景叙述一下。"

"3点左右，初子出现的时候，我和阿宏正在检查三轮摩托车上的蓄电池。这时，有人问：'阿宏，你在这里干什么呢？'我们才发现了初子。当时阿宏显得吃惊的样子，他回头只说了句：'噢，是你呀？！'就不再搭理，把脸又转到摩托车上。"

"这么说，从你这儿正要借车的阿宏，突然被初子碰上而显出很尴尬的样子啰？"

"我有异议！"菊地律师站起来说道，"这是诱供，冈部检察官这是在听取证人个人的主观意见，而不是证人的见闻。"

"同意被告律师意见。"

谷本审判长马上做出了决定。可脸上却流露出一种不耐烦的神色。似乎告诉被告律师：我会根据具体情况作出判断的，不须你一一提出异议。

他抬头看了一下法庭的钟。由于刚才被告律师在对宫内辰造的反询问时费了工夫，这次对富冈秀次郎的主询问时，律师又提出异议而耽误时间，审判长感到不太痛快。

冈部检察官改变了问题。

"那么随后阿宏和初子两人还说了些什么呢？"

"初子仍原地不动地站在那儿看着我们俩。我和阿宏肩挨着肩，脸朝着车。我问阿宏：'这是谁呀？'阿宏答道：'是好子的姐姐，老是纠缠不清。秀次郎君，这个，请给我保密啊！'我并没完全领会阿宏说的'这个'到底是指什么。可我猜想大概是让我别声张借摩托车的事。所以，说了声'OK'，就站了起来。这时，我发现初子正以异样的眼光看着我们。"

"我稍打断一下。你说的异样的眼光，到底指的是什么？"冈部检察官问道。

"只是异样的眼光，很难解释。"

"这里的异样是不是指一种怀疑你们的目光？"

按理说，这也属于诱供，可菊地已不想再提出异议。因他自信，谷本审判长上午就已得到一些证据，而这些证据对自己是有利的。另外，菊地认为这个证人也并不重要。

他看过的供述书中，证人秀次郎并没有对检察官提供什么重大线索。所以他要求传讯证人本人，是想趁反询问之际，再了解一些情况。

秀次郎答道：

"照你这么说，也许有道理。因为阿宏立刻转过身，摆出一副爱理不理的样子。"

"总之，阿宏越想隐瞒自己借摩托车的事，反而越使初子起疑心，是吗？"冈部检察官问道。

"嗯。"秀次郎低着头，轻声答道。似乎为自己承认了这一事实而感到羞愧。

"接着又发生了什么呢？"

"初子招呼道：'阿宏，你马上回金田吗？'阿宏头都没回地说了声'嗯'。'那就顺便让我坐在车后回去好吗？'初子请求道。阿宏听初子这么一说便站起来问道：'回家吗？'初子微笑道：'这个……怎么说呢？'说罢，初子接着又问：'让我坐吗？'于是阿宏说：'那，好吧。'"

"初子没说要去金田镇的哪个地方吧？"冈部检察官问道。

"好像没听她说。"

"那么，以后呢？"

"因我已和阿宏约好，他第二天晚上来取车，另外，车身也检查好了，所以阿宏也该走了。他推起自行车，一边说'再见'，一边向我使了个眼色，就带着初子走了。以后所发生的一切，我一无所知。"

"使了个眼色，具体地说是什么意思？"

"闭上一只眼睛，挤了挤眼，我猜想是叫我别把他借摩托车的事告诉别人。"

"那么，两人都若无其事地就这么骑着车走啦？"

"是的。"

"请把初子当时的装束说一下。"

"初子穿着涤纶的花色连衣裙，打着白色太阳伞，黄色高跟鞋，手里还拿着浅蓝色的塑料手包。"

冈部检察官这么问，是为了确认一下初子当时的打扮同发现初子尸体时的打扮是否一致，也是为了证明初子是否和阿宏一起离开长后镇的。"

"初子和阿宏是几时离开的?"

"下午4点左右。"

"自他们走后，你当天再没碰见被告阿宏了吗?"

"没有。"

"以后被告人几时来你店的?"

"第二天，也就是29日那天。天已黑了，阿宏如约来取车了。"

"阿宏看上去有什么反常吗?"

"看不出。"

"那么，看上去有没有忧心忡忡的样子?"

"也没有。"

"你是说，被告人和平常完全一样?"

"是的。"

"完了。"

秀次郎的证词证明了阿宏在事件发生后仍然若无其事，冈部检察官对此证词感到满意，于是结束了询问，回到了座位上。

"你以前见过被害人初子吗?"菊地律师的反询问开始了。

"不，以前没见过。"

"从刚才的叙述中，好像那天初子并没同你打招呼?"

"那是因为阿宏并没给我介绍给她。"

"你认为她是怎样的一个人?"

"这个嘛……"秀次郎很为难的样子，望着天花板。还未等他回答，菊地律师紧接着又问：

"我是问你，以前你当然已听说过初子是个什么类型的女人，而当你见到她本人的时候，你是怎么想的？"

"长得很漂亮。"

旁听席上发出哧哧的笑声。秀次郎的脸顿时通红。

"漂亮？就仅仅是这样吗？你刚才不是说，你和被告人正头冲着车前的时候，初子以异样的眼光看着你们，这么说来，她岂不成了一个与众不同的女人了吗？"

旁听席上又喧哗起来了。

"到底怎样，我也说不清。对于比我大的女人，我不了解。"

"你是说她内心在想什么，不可捉摸？"

"可以这么说吧。"

"对于借车一事，被告人让你别告诉别人。当你答应他的时候，心里不觉得奇怪吗？"

"我一贯讨厌藏私作假。"

"这么说来，是由于你心里不踏实，才觉得初子的眼神异样，而实际并不是这样吗？"

"我也不知道。"

"好吧。不过你同被告人是旧交，对他应是了如指掌吧？"

"我想大致可以这么说吧。"

"当初子问阿宏，能否带她去金田镇时，阿宏有否显出不耐烦的神色？"

"好像看不出。"

"那么，是否很乐意的样子呢？"

"也不是。"

"当受人之托时，一般有两种心情。一种是愉快地接受，另一种是予以拒绝。被告人是属于哪一种呢？"

"是啊……"

"当时从被告人脸上看上去像哪一种呢？"

"似乎哪种都不像。只是显得心不在焉，可也找不出什么适当理由去拒绝她。"

"也就是说，对于初子的要求，他并不是很乐意地去接受。"

"是的。"

菊地提高嗓门接着问：

"也就是说，当初子要被告带她去金田镇时，被告阿宏并非是高兴的啰。"

坐在旁听席上的花井，最初摸不清菊地葫芦里到底卖的什么药。这时才明白，原来菊地是为了证明阿宏并不是早已怀有杀人动机而在等待时机的。

菊地接着又问：

"初子是从哪个方向来的，请仔细回忆一下。"

秀次郎以前是阿宏的同事，从刚才提供的证词看来，他是同情被告人的。所以，他有可能作出对被告有利的证词。

"我记不清了。我们正在捣鼓着机器，听到叫唤声，回头一看，她已站在那里了。"

"可是……"菊地微笑着继续问道，"如果她是步行到你家的话，从她站的方向和姿势，大约能知道她是从哪个方向来的吧。你好好回忆一下。即使她站在道路中间面向着你家店门的话，正在步行的人，一下站下时，总会有点朝着她原来前进方向吧。"

"噢，我想起来了，是朝着车站的方向。"

"也就是说，初子正朝着长后车站走去，不料发现了阿宏和你俩正在摆弄着三轮摩托车，于是就和你们打个招呼。"

197

"我有异议!"

冈部检察官站起来说,"辩护人提出的问题与犯罪事实无关。被害人也许已从证人处经过后才发现,然后折返回来与他们搭话的。证人见到的被害人当时的姿势,并不能反映她的前进方向。"

"但也不能断言一定没反映出来吧。"菊地反驳道,"我只是问证人目睹的事实而已。"

"当时被害人前进方向竟如此重要吗?"谷本审判长问菊地。

"这同宫内辰造的证词有关。因宫内的家和秀次郎家的店都对着同一条马路,离车站约50米,并正好是相反方向。而且,当时初子走路的方向,将表示出她离开宫内家的时间。如果初子是准备去金田镇的话,那么,朝车站前的公共汽车站走是很自然的。但按照检察官的意思,如是朝相反方向,那就令人费解了。"

谷本审判长沉默了一会儿,说道:

"如就这些的话,询问到此可结束了吧?"

"基本上完了。不过还有一点……"

"检察官,同意吗?他似乎马上就完,那就让他再问一下吧。不过,请辩护人简单些。"

菊地行了一礼,又转向秀次郎。

"你知道杂货商米子吉成的店铺吧?那店铺的二楼是宫内辰造借住着的。"

"这个,我知道。离我家大约50米,跟车站正好是相反的方向。"

"可以说,这就是初子当时来的方向吧。"

"是的。"

"你说当时你正专心地在工作,听到招呼声才发现初子已站在旁边，而在这之前，你并没有注意米子杂货店的方向，即初子来的方向吧？"

"我记不清了。"

"请仔细想一下。你没发现初子从宫内家出来，然后朝你家方向走来吗？"

秀次郎正考虑着，冈部检察官似乎又想站起来的样子，他两手用力地按着桌子，但窥视了一下谷本审判长的脸色，似乎觉得再提出异议也是徒劳，所以又坐下了。

冈部检察官这个决定算是做对了，因秀次郎的回答很干脆："我实在想不起来了。"

菊地律师好像还不死心，看着秀次郎的脸，注视了一会儿，然后又仿佛改变了主意似的换了话题。

"好吧，我问些其他的问题。阿宏是几点去你家的？"

"3点过一些。"

"也就是初子来之前的20分到30分钟吧？"

"是的。"

"当时，阿宏看上去有什么反常？"

"和平时一样，轻松自如。"

"他从哪个方向来的？"

"从车站的方向。"

"你一定知道跟你家面向同一条道路的福田刀具店吧？"

"知道。从我家朝车站方向走去，在第10家门面的左侧。"

"就是说，福田刀具店就在你家店铺和车站的中间，是吗？"

"是的。"

"并且，阿宏是从车站方向来的，这没错吧？"

"没错。阿宏进来的时候，我正好在店里。"

"阿宏就是在那天在福田刀具店买了登山用小刀，你没见到他买的那把小刀吗？"

这是个很关键的问题，秀次郎也好像意识到了这一点，他表情紧张，想说又未说。证人的这种态度对于辩护人菊地来说是很不利的。

"到底看见了还是没看见？这很简单，回答看见或没看见就是了。"

"没看见。"秀次郎到底还是回答了。

"你是说，阿宏 28 日下午 3 点过后来到你家店铺的时候，并找有拿着像登山用刀之类的东西，对吗？"

菊地又叮嘱了一遍问。

"是的。手上什么也没拿。"

"也没看见他兜里装有刀子那样的器物吗？"

"嗯。"

秀次郎歪着脖子，暧昧地答道。

"那正是夏天，阿宏一定没穿外套，就穿一件 T 形衫，而且也没戴帽子吧？"

"没错。"

"放在裤兜里倒不易被看见，可如果放在衬衫兜里就可以看见了。"

"唔，对了！是放在衬衣胸前的兜里。"

听了这话，菊地暗暗吃惊。因为他去拘留所讯问阿宏时，阿宏反复对他说："当时因为摸裤兜发现了小刀，才无意中想用刀吓唬吓唬她的。"

在检察厅的供述调查材料中，明确了阿宏是"怀有杀意"才取出小刀的。也正好与刀子放在裤兜里这一点相吻合。

如果这时可以反问证人"那就怪了，阿宏说是从裤兜里掏出来的。"疑团就可以解开了，但前面也曾强调过，被告人所交待的材料只能在审判的最后阶段提出。在这之前，遥禁止引用的。

菊地询问的目的，是想暗示一下，也许当时阿宏根本就没有持刀，而且如果能证明福田屋刀具店主人卖给阿宏刀的证词是记错的话，那么凶器究竟是谁的，就是个谜了。说不定是初子的，或是其他第三者的。

秀次郎所提供的刀的插在胸前兜里的这一证词，不仅使辩护人菊地的上述希望成为泡影，而且还证明了阿宏以前作的都是伪供。菊地后悔自己对证人追问过分。不过，这次整个的审判，菊地都得参加，因此，完全没有必要认为从此而导致失利的地步。

秀次郎接着说出的证词，不仅菊地，就连法庭上也未意料到。

"噢，我竟忘了，阿宏上衣胸前兜里装着的是晾衣夹子。"

"晾衣夹？不是小刀吗？"

"我没有发现刀，可装着晾衣夹是肯定没错的。一打铝制晾衣夹，用厚纸包着，放在胸前兜里，上面稍露出了一点，所以我才知道。"

"奇怪，怎么带着这种东西？"

菊地边说着，边扫了被告席上的阿宏一眼。因在跟阿宏的谈话及阿宏的交代中，都不曾提及晾衣夹一事。此时，阿宏向菊地点了一下头，可以认为这是事实。

"起初，我也觉得奇怪，但我们接着就开始检查车身了，所以也没想问个究竟。总之，我所发现的，那天阿宏所带的东西，就是晾衣夹。"

"你是指铝制的晾衣夹吗？"

"是的，是极其普通的那种。"

"那么,这些晾衣夹一直揣在阿宏的兜里啰?"

"是的。"

"阿宏带着初子去金田镇的时候,还仍然揣在衬衣兜里吗?"

"是的。"

菊地考虑了一会儿,突然说:"完了。"便坐了下来。

菊地的询问突然终止,旁听席上的人不免有些惊奇和扫兴。因他们正期待着菊地进一步追问铝制衣夹与杀人案件到底有何关联。

冈部检察官站了起来,带有一种"无味的询问还是赶快结束好"的戏弄语调说:"检察方没什么要询问的了。"

这反映了他对这些鸡毛蒜皮的小事是不屑一顾的。

接着将要出庭的是今天最后一个证人,叫清川民藏。他就是被告阿宏买登山用小刀的在长后的那家福田刀具店主人,是个可以证明阿宏是否怀有杀意的关键人物。

富冈秀次郎以极其复杂的感情,向被告席上的上田宏扫了一眼,然后退庭。这时,庭吏冲着走廊高声喊道:

"请证人清川民藏出庭!"

随着喊声,清川民藏迈着稳定步伐走入法庭。他34岁,穿着一身灰色西式套装,乍一看,其外表与神态与其说是刀具店主人,倒不如说像个公司职员。

他毫无恐慌之态,神情自如地走上证人台,并立即回答了检察官对他的姓名、职业等等一套惯例询问,宣读完了宣誓书,从其态度上充分反映出他那种"我与此案毫无关系,只是偶然卖给了被告人阿宏一把小刀而已"的神色。

冈部检察官让他描绘一下28日下午2点半左右,上田宏走进刀具店的神情。对此,他回答说:阿宏看上去心神不安的样子,对着摆在那里的小刀,他拿起来挑了又挑,看了又看,最后终于选了一把,并还把里面的刀刃特意拔出来,放在手指上试试快不快,最后才付了850元。

对于这些细节,搜查课具体负责此案的检察官断定阿宏买刀时就怀有杀意,并在这一指导思想下已经审问过。再一次确认这些事实,对于正确审判的进行是必要的。

"公审时也许请你出庭作证。那时请你按照供述书的内容讲。"检察官在结束对他的传讯之前,又这样叮嘱道。

对于清川民藏来说,即使没有对检察官讲过的那些情况,在此地也决不能改变。如有改变就好像自己做了错事,有失身价。而且,既然言之有理,就会使人们感到是千真万确的事实,此亦是人们共同的心理,什么真相不真相!

就这样,怀有杀人这个可怕动机的少年买了刀这样一个画面就形成了。并且清川民藏是个精明的人,当然可以按照供述书的内容清清楚楚地把这一场面描绘出来的。

对此,冈部检察官对于清川的态度和证词颇为满意,并确信,清川的证词足以立证阿宏怀有杀意才买了刀这一事实的。他坐了下来。

"你店每天大概有多少顾客?"菊地律师先从一般的琐事开始了他的反询问。

"这可没准儿。"

"那么,譬如说,6月28日那天来了多少顾客?"

"记不清了。"清川望着天花板,稍加思索了一会,然后答道:"大约30来个吧。"

"比平时多还是少呢?"

"与平时差不多吧。"

"这些顾客大多都住在长后镇的,也就是说,你大致都认识他们吧?"

"是的。所以被告人一进店，我马上就知道他是外乡人。"

"这么说，你对这个外乡人也没特意加以注意啰?"

"不，这人与众不同，所以特意注意了一下。"

清川很自信地说。像这种情况，证人一般都坚持自己的证词。

作为辩护人来说，如果询问与证人的意志相抵触时，是很不利的，这会导致与证人关系搞僵，从而引出对己方不利的证词，甚至会有更糟的结果。对此，菊地心中有数。他以温和的语气问：

"你刚才说上田宏手里拿了几把小刀比了又比，精心地加以挑选，对吗?"

"是的。"

"一般顾客都会把刀子拔出检查一下锋利不锋利吗?"

"是的。不过被告人检查得特别仔细。我几次为他把刀子拿上拿下的，他也三番五次地把刀子试了又试。"

"被告人买的登山用小刀价格是 850 元，这价格算贵吗?"

"比较贵。我家里也只有一把这样的刀子。我之所以记住他，是因为我觉得他买这把刀，似乎与他身份不相称。"

清川民藏说到底还仿佛是想强调自己的证词是千真万确的。

"那种刀，一般称为登山用小刀，是带瓶起子和小锯等一种万能刀吧?"

"是的。"

"刀刃长有 10 厘米左右吧?"

"是的。"

"这种刀子同一般小刀相比，是否特别锋利一些?"

清川脸上稍有犹豫之色。对于商品了如指掌的商人，凭其良心来说的话，当然不能马上判断出究竟哪种刀快。

"到底哪种刀快,这要看到底是用来切什么的,所以这很难说。但登山用刀是用来割绳子砍树枝的,所以是相当锋利的。"

"但虽然这么说,在你店里的所有刀具中,它算是最锋利的一种吗?"

"那倒不是,最快的是菜刀、凿子之类的。"

"这就是说,被告人并没有买你店里最快的刀具,是吗?"

"但这种登山刀也的确够锋利的,当然我并不清楚被告人是出于何种目的买登山用小刀。"清川有些不服气地说。

登山用小刀的确是很锋利的。所以,菊地认为,如再继续和证人争论下去反而造成不良后果,所以他改变了提问的话题。

"你店是专门经营刀类的刀具店吗?"

"那当然,从我祖父那一代起就取得了营业执照。"清川民藏有些不悦地回答。

"不,我并不是怀疑你有无营业执照,我想问的是你店里是否只卖刀具?"

"在长后这样的村镇里,只卖菜刀、刃具之类是不行的。店里还出售饭锅、炒菜锅等一般小五金制品,所以可以说是金属制品店。"

"什么?金属制品店?那么,这份检察官证据申请书上所写的'刀具店'是错误的啰。"

"写刀具店也行,写哪个都一样。"

"那么,你店也出售晾衣夹吗?"

"晾衣夹?"清川略显惊色,但马上回答:

"有。我家虽不是杂货铺,不过普通的铝制品还是有的,就是种类不多。"

菊地突然提高了声音问道:

"那么,28日下午2点半左右,你在卖给被告人物证第1号

205

登山用小刀的同时，也卖给他晾衣夹了吧?"

这时，旁听席上突然响起"啊"的叫声。因为旁听席上的人们蓦然感到：富冈秀次郎提出来的，那天装在上田宏衣兜里的晾衣夹对该案件有某种意义。另外，因为在检察官的申请书中只记载着清川民藏是"刀具商人"，而在冒头陈述中也记载着"福田刀具店"，这只能意味着这是个卖登山之类的刀具商店。

检察厅和警察只是由于它只卖登山用刀之类的刀具的，所以就称它为福田刀具店。而实际上，该店招牌是"金属店"，而且长后镇的人也都是这样称呼的。

有关所有审判的材料均与案件有关，有时也不免有些出入，所以菊地看材料时，自然也难以发现其中的错误。他发现这一差错是通过询问富冈秀次郎所提供的晾衣夹这一线索而推理得出的。在本案审判中，菊地一直出庭，实际上也就是为此目的。只是在法庭上，迅速抓住与这些事实有关的证据，正是菊地头脑机敏，反映迅速的表现。

要判断证词是否正确无误，重要的是注意证人当时的态度，同时，也必须观察被告人当时的反映。这犹如一面镜子，能照出其真假面目。

清川民藏考虑了一会说："对了，被告人还买了晾衣夹。"

清川刚刚说完这句话，坐在谷本审判长右边的主管审判官野口候补法官立刻看了被告席上的上田宏一眼。这时，上田宏由于长期缺乏运动而苍白的脸上突然通红，同时身子似乎向前倾了一下。他的这一举动和表情，进一步加深了野口对清川证词认为是正确无误的心证。

菊地律师也同样感觉到了。因他从富冈的证词中最初得知上田宏还买了晾衣夹时起，就直观地感到那晾衣夹一定是同刀子一起买的，因而认为这是事实。而此刻又为证人清川在法庭上证明了，他不禁心内一阵狂喜。此时，他又看了一眼上田宏的态度，就更确信证人清川没记错，一定是明摆着的事实。

"晾衣夹是先买的？还是后买的？"

"后买的。"

菊地继续追问，声音有力且含喜悦。因为清川的回答已陷入晕头转向的状况。

"后买的，具体是指什么意思呢？"菊地紧追不舍，"是指卖给他登山用小刀后又拿给他晾衣夹吗？从时间上说，不会相隔太长吧？"

"那当然。当他决定买小刀后，又立刻对我说，请把那儿的晾衣夹也给我拿一下。"

"就是说，可以认为：上田宏在你店并不是只为买小刀，同时也要买晾衣夹，是吗？"

"到底怎么说呢？别人怎么想很难猜测。可看来还是为了买刀子吧，因这刀子价格很贵。"

看来很难让清川的证词向着菊地所引导的方向转。

"在你店里，登山用小刀和晾衣夹哪个放在前面？也就是说，顾客一进店首先进入眼帘的是哪个？"

"小刀是摆在橱窗里的，而晾衣夹是用绳系着挂在那里的。"

"我是问登山用小刀和晾衣夹，哪个一进店就能看见？"

"那也许是晾衣夹吧？没错，那就挂在门口。他对我说：'请把这刀给我看一下。'然后，一边把小刀交给我，一边用下巴比画着挂在眼前的晾衣夹，说：'另外，请把那晾衣夹也给我'。"

"就是说，上田宏最初要买晾衣夹，进了店后，又发现了登山用小刀，于是试了一下快不快，然后才决定买，可以这么认为吧？"菊地律师步步进攻。

这是关系到上田宏究竟是出于谋杀的目的买刀呢，还是由于为布置新房才买的小刀的关键问题。所以，作为辩护人菊地来说，是必须查明的问题。

如上田宏在清川民藏店里不仅只买了刀子，仅从这一事实来看，对被告也是有利的。但是，菊地律师并不满足，而是想由此引出否定被告有杀意的目的。

"这，怎么说呢？"清川民藏沉思着，看上去有些焦躁，犹豫不定的样子。

"那正是夏天，店门敞开着。起先我并没发现他进来。后来，只见他在摆弄着那高价的登山用小刀，才走到他身边看了一下。"

"你是说，像被告这样的年轻人买这样的东西，是不是价钱太贵了？"

"最近一个时期，长后镇的年轻工人们也买起了小车，所以，不一定年轻人就没有钱。不过，被告看上去不像那种类型的人。"

"就是说，被告人看上去很新奇的祥子，或者说很想要的样子摆弄着那把小刀，是吗？"

"是的。"

"你刚才说，他拔出刀刃放在手指上试试是否锋利，对吗？"

"嗯。那小刀冲着门外，我还看见它一闪一闪地发光呢。"

"那是把带瓶起子、小剪刀和锯子的登山用小刀，对吗？"

"是的，是万能刀。"

"他把瓶起子和小锯也都拔出来了吗？"

"是的。凡上面带的东西全拔出来了。并且还从兜里掏出一张纸，用小剪子试了一下。"

清川民藏讲着讲着，自己也渐渐意识到自己证词的意义所在。他暗暗吃惊,并偷看了冈部检察官一眼。这是因为他想起了刚才回答检察官时说的"上田宏是为了杀人才买那把刀子的"这一证词。

与此同时,他发现在回答菊地的询问过程中,不知不觉地与自己原来要回答的旨意背道而驰了。

"就是说,被告人是以一般喜欢登山的年轻人同样的态度来挑选那把小刀的,是吧?"

"怎么说呢?我不能猜测顾客的心理。可是……"清川民藏支支吾吾地答道。

"你当然清楚,像这样的登山用小刀,已从你店里出售过几把啰?"菊地问道。

"卖给他的那把登山用小刀是我5月份进入夏季时买进3把中的一把,在这之前,已卖掉了两把。"

"那都卖给了什么样的人了呢?"

"一把是卖给车站前'弁春'食堂老板的儿子,另一把卖给对面的木匠源兵卫了。"

"他俩都是去登山的吗?"

"弁春食堂老板儿子今年好像登了一次谷川岳,源兵卫不能登山了,他已是67岁的老人了。"

"67岁的老头买登山用刀干什么?"

"不,那老头对于什么手表啦,收音机啦,凡是精致的东西,他都喜欢。他好像也喜欢各种登山用小刀之类的小物具,并喜欢摆弄随身带的小玩意。他还问登山用小刀为何不带指甲刀和耳勺……"

说到这里,清川突然停住不往下说了。他似乎真切地回忆起上田宏买刀子并不是为了杀人似的。他目不转睛地看着菊地的脸。从他的眼里可以看到对菊地能够引导自己说出这样的证词，甚至有一种感谢之情，并且还可看到对帮助他免于因记忆不清而造成陷害他人恶果的律师的一种感激之情。而这时的菊地恰恰期待着证人的这种心理状态。

"这么看来，被告人并不是想用登山用小刀对人干些什么，而是像源兵卫买刀只是为了玩弄一样，被告只是为了家庭上使用才买的刀子，可以这么认为吧？"

"可以。因为他还把瓶起子、小剪子都试了一下。"

"晾衣夹，一般男人是不买的吧？"

"那当然。"

"这样问，成了在征求证人的意见了。"

菊地辩护人改变了语调，他这么说是为了封住检察官的嘴，省得再提出异议，说他是在征求证人意见。这也是律师经常使用的一种手段。

"可以认为，被告人为了建立新的家庭才买的晾衣夹和刀子的吧？"

"是的。仔细考虑一下，好像是这样。"

清川民藏的话声似乎很高兴。

"完了。"菊地也满意地坐了下来。

"检察官，还有什么要问的吗？"谷本审判长一边说着，一边像是催促似的望着冈部检察官。冈部站起来，仿佛在说：这还用说吗？！

根据现行刑事诉讼法，规定对证人的询问有主询问、反询问、再询问，这前面已提到。

所谓主询问是申请证人一方为了引出对自己立证内容有用的证词而进行的一种询问。反询问则是对方即辩护一方以专门找对方证词的缺点或者使其证词丧失可靠性为目的的一种询问。

譬如：对于检察官一方的证人清川民藏，辩护人根据对他的反询问,知道了上田宏买刀并不是为了杀初子,而且还证明了被告人选择买登山用小刀并不是因刀子快可杀人,而是出于他孩子般的爱好带有瓶起子等其他小工具的刀子,并且为方便他同好子同居后的家庭生活。同时也弄清了这样一个事实:上田宏除了买登山用小刀外,还同时买了晾衣夹。

所有这些,当然是检察官所不喜欢的证词。因为如果辩护方的防御成功的话,那么,检察方就不能维持被告人怀有杀意的立证。因而给予检察官对反询问的再询问的机会,而再询问同样还有再反询问的机会。所以,双方在原则上可以一直进行到双方话都说完为止。只是,再询问并非什么部可以问,而是只限于反询问中所提出的问题。

在主询问中,因可让证人自由讲述事实,所以不允许询问者提带有启发性的问题。在反询问中,因证人是对方的,所以,可以巧妙地使证人讲出对己方有利的证词,或者使证人讲的情况前后矛盾。同样,再询问时,对于在反询问中出现的事项,第一次主询问中不允许的启发式的询问,却是可以使用的。

这是英、美、法的原则。可在日本法庭上,实际情况稍有不同:为了节省时间,一般帮助证人回忆、使其作出切实有效的回答等等,对这种启发式的询问,一般都睁一只眼闭一只眼。

冈部检察官以严厉的态度面对着似乎快要成为辩护人的证人清川民藏,问道:

"你说被告在买作案凶器登山用刀的同时,还买了晾衣夹,这是真的吗?"

"是真的,是我刚记起来的。"

"真是这样吗?是不是和其他人搞混了,好好想想再回答。6月28日那天,被告人是第一次去你店吗?"

"嗯,是第一次。至少在我看店的时候是这样。"清川民藏坚持说道。

"我是在问你的所见所闻，并不是问别人看店的时候怎么样。"冈部提醒清川说。他提出以上询问是想得到上田宏以前也去过清川店买东西这一证词，这样可给法庭这种印象，即证人可能把被告人这次买刀和上次买晾衣夹搞混在一起了。但是，清川干脆的否认，使他希望落空。冈部紧接着又追问道：

"你说被告人在买登山用小刀时，把瓶起子和小剪子都拔出来试了一试。可是，你在给检察厅所提供的证明材料中是没有这一点的，这是真的吗？"

"是真的，我刚想起来。"

"噢，是这样。可是他用刀上的小剪子剪纸这动作，当然是在检查了刀刃以后吧？"

"是的。一把刀，快不快是很关键的。"

"那当然啰。"冈部满意地点点头。

"被告人到你店的目的是为了买一把锋利的刀，这没错吧？"

"不过，我感到他是为了买一把万能刀才挑选了登山用小刀的。因为他把瓶起子、小锯、小剪子都拔出来检查了一遍。"

"但这只是你个人的感觉而已。"冈部特意将"感觉"一词加重了语气，并又重复道，"这只是你的感觉，而实际情况到底如何，你也不清楚吧？"

"但一般顾客的态度和神色我都有数。他不仅把刀子上所带的一个一个小器具都拔出来看了，而且还从兜里掏出纸来用小剪子剪。"

"噢？那是什么纸呢？"

"好像是擦嘴纸，不是，是手帕吧？是从左裤兜里掏出来的。"

"为了试一下小剪子快不快，是不是其他买这种刀子的顾客也都用这种方式吗?"

"那倒不见得。"

"这么说可以视为是例外?"

"也许是吧。"

这时冈部检察官脸上露出了得意的微笑,他提高嗓门问道:

"这么说来,可以认为这是被告人故意做出的动作。他买刀子的目的是杀初子,然而怕被看出破绽,于是故意检查那些小器具,还用小剪子剪手帕等,想伪装一下是吗?"

旁听席上发出一阵难以克制的声音。清川民藏显出惊呆的样子,沉默了一会,回头看了一下冈部的脸,不一会,低着头喃喃自语地回答说:

"不知道。我没从那方面去考虑。"

"你刚才说被告人用小剪子剪手帕,但手帕一般是使用时间较长的,并不是随便乱剪的。这难道不让人感到奇怪吗?"

"不,那好像是擦嘴用纸,而不是手帕,我也说不准。"

"你是说,到底是擦嘴纸还是手帕,想不起来了,是吗?"

"但,仔细一想,还是擦嘴纸,或者是像明信片那样的东西。"

"你实在是想不起来了吗?"

冈部边说着边目不转睛地看着清川的脸。一般从法庭规矩来看,如证人记忆不确切的话,就等于不存在那些事实。对于辩护火来说,连上田宏拨弄小剪子等情况都因记不清而不能确定的话是不太妙的。

这些事实,清川在向检察厅提供的供述书中没有,这是菊地在反询问中问出来的。冈部对此从反面加以利用,说被告人故意隐瞒杀人意图做出的小动作,引向有利于己方的起诉。在此,不仅可以维持起诉原因的成立,而且还怀有要击败辩护人的这种出于职业检察官的进攻心理。

"实在记不清了,那也没办法。"这时冈部的话声变得和蔼可亲,像在哄孩子似的。"但是,你刚才说被告人在买了登山用小刀后才买了晾衣夹,这没记错,并决不会跟其他日子混了,对吗?"

"是的,没错。"因询问的主题改了,所以清川脸上也放松了。

"你好像说过,你在把小刀交给上田宏后,他似乎忽然又发现了挂在那儿的晾衣夹,并用下颚指了指,接着说'另外,我还要这个。'是这样的吗?"

"是的。晾衣夹是用圆形或方形的厚纸包装着,每包三四十个。他要一打12个。我撕了一张长方形厚纸包好,交给了他。并问他:要不要和刀子包在一起?他说,'不,这单包吧。'说完,把晾衣夹插进衬衣上兜里,并把小刀放进裤兜里就走了。"

清川似乎是为了显示一下自己的记忆好,得意洋洋地详细叙述着。冈部检察官仍然微笑着听,等清川话一完,便接着问:

"被告人有没有给你进一步留下一种他不是为了买小刀而是为了买晾衣夹才来你店的其他行为?"

"我提出异议。很快要闭庭了。这个证人是今天预定的最后一个证人。"菊地站起来说着并望了一眼墙上的挂钟。时间已是3点45分了,离闭庭时间只有15分钟时间。"我为自己再次提出异议而浪费了法庭宝贵时间感到不安。但是,检察官刚才对证人的询问太过分了。不过是'怎么想的?'或是'怎样认为呀'一类问题的重复而已。有关被告买刀子时拔出小剪子等其他物件检查的情况,已得到证人确认。对此,检察官硬说被告是伪装,这实际是检察官自己的推测。这个推测,检察官可在以后论证中加以充分阐述。然而,检察官却把这一个人见解强加给证人,这只能搅乱证人的判断,使其证词失去可靠性。我希望检察官不要忘了:这是检察一方的证人。"

"谢谢辩护人的忠告。可是,最初问证人个人意见的不正是辩护人你自己吗!"冈部检察官不服气地反驳道,"你不是问证人,买晾衣夹、买小刀,这很像一般的家庭购物,那么,同你一样,我也只是就被告是否伪装这一点,向证人证实一下而已。"

"喂,等一下。"谷本审判长插了进来,"法庭不是检察官和辩护人争论的场所。"

也许受电视剧的影响,最近出现了检察官和辩护人在法庭上效仿英美法式的,双方相互攻击,争论不休的倾向。对此,谷本审判长是怏怏不快的。

"但是,作为法院想了解全面的情况,所以也想听听证人的意见。驳回异议。"

冈部检察官以胜利者的神色又转向清川,问道:

"你是否看出被告买晾衣夹,是为了掩盖买凶器作为杀人工具的意图?"

清川沉默好一会,没有回答。法庭上充满紧张气氛,寂静得连一根针掉在地上的声音也能听见。旁听席上人们也紧张起来,都一动不动地坐在那儿等待着清川的回答。

上田宏是杀死初子的凶手,这是毫无疑问的。从他把初子尸体抛在杉木林中,又与其妹同居等情节看来,可以认为他是个案情恶劣的犯罪分子。冈部检察官坚信:上田宏已充分具备构成杀人罪的条件。所以,他渐渐觉得:被告人买刀时有否杀人之心,如辩护人还要坚持争吵的话,也用不着跟他太认真了。

当然,他想推翻清川的证词,只不过是出于他的顽固心理而已。可是,对于菊地来说,却不这么简单了。如不否定有杀意，案件只是偶然发生的话，那么，伤害致死或是过失致死罪就没有成立的余地了。因此，必须一步一步掌握住证据，决不能退让。因而他紧张地等待着清川的回答。

法庭上鸦雀无声。一会儿，响起了清川低沉有力的回答声：

"我可以肯定地说：被告人买晾衣夹也好，拨弄附属小器具也好，都看不出来他是为了掩盖为杀人而买刀子的这一目的。"

清川两眼直盯着冈部检察官的脸，甚至含有一种挑战的目光。对于辩护人来说，最忌讳的当然是把证人的心理状态引导到这般地步上去。

对于检察官也应如此。可眼前这位战前处理过诸多案件、经验丰富、年方 45 岁的冈部检察官，对于证人的最初印象却是："这个混蛋！说些什么？太傲气了！"一个代表权力机关的检察官，有这种想法也是很自然的。但其实这种想法过于肤浅，至少，这次案件法庭审理的经过证明了这一点。

"噢？你能这么断言吗？我刚才问你：被告看小剪子，是不是在伪装？你的回答是不知道。这会儿怎么又改变看法了？"

"这并不是改变不改变的问题。我仔细回想了一下，慢慢地想清楚了。被告人在我店买了登山用小刀和晾衣夹后离去时的神情，决不是那种接着就要去杀人的样子。这一点我可以保证。"

清川民藏加强了语气说。从刚才的询问过程中，他知道了给检察厅所提供的证据材料中，作了有可能使上田宏陷入重大刑罚的证词。所以现在他决心要弥补这个失误。

证人这样在法庭上来回改变自己的证词，显然是不好的。但对于一般人的正义感决不能忽视。正因为这种正义感具有一种单纯的伦理观念，也就包含着一种单纯的真实。

在法庭上，最后胜利者就是真理，这种想法未免有些太乐观，但尽管这样，如要排除真实的审判，那在民主主义社会里也是行不通的。应当看到，有时真理具有约束审判官心证的巨大而无形的力量。

必须尊重清川民藏的关于上田宏买东西时态度的证词，然而，冈部检察官对此却采取了嘲笑的态度，问道：

"原来如此。但是，你以前说，一般买东西的顾客心理并不都能了解，这同你刚才的'保证'不是自相矛盾吗？"

一般对于证人来说，既说出口的话是不收回来的。所以，如问证人"你说的是真话吗？"是很不合适的。不如指出其证词内在的矛盾之处为好。然而，即便如此，也决不能把证人逼到窘境，如死追到底，就只能使证人固守原证。所以，要给证人留条后路是询问证人时的要领之一。

清川民藏推翻了自己在检察厅的供述，提供了对被告一方有利的证词。对此，作为冈部检察官来说，他所采取的态度和做法犯了两个错误：第一，正如前述那样，无视其证词中的真实性；第二，把证人逼到了窘地。

冈部检察官提出的"证人说过对顾客的态度不都是一一注意的，而现在对上田宏的态度却作了认真的观察，这不是前后矛盾吗？"这一询问，乍看似有道理，这是很明显的绝对的矛盾，正因如此，证人就更要坚持说明对上田宏的态度为何不同于一般顾客这一客观事实。

清川回答说："如果老是注意顾客表情，就不用做买卖了。但是对上田宏的态度我是注意了。"

"你在检察厅的供述中说，因为看到被告认真检查刀刃，所以才注意他了。"

"但仔细想来，不仅是这点。从他的那身打扮来看，买这刀子，价格有些太高，因我怕他买不起，所以就走到他跟前。这就是给我留下印象的原因。他在看登山用刀上的其他小工具时就像小孩子一样，一点没装装样子的迹象。他买晾衣夹共买了12个，令人有点奇怪。不过，我有了老婆后也有这样的经验，有时在外面店里碰到一些家用小东西时，也买。"

"被告作案后与被害人妹妹在横滨同居的事，你当然是读了报之后才知道的啰？"

冈部检察官不怀好意地问。

"嗯，我是读了周刊杂志才知道的。"

"是不是由于那份周刊杂志搅乱了你的记忆？"

"不，不是的。"清川坚持说，"我是目击者，很清楚。像他那样爽朗、快活的人是不会为了杀人才买刀子的。"

冈部检察官的脸色阴沉下来，问：

"既然这样，为何开始你不说？这意味着你对检察厅讲的是谎话！"

冈部拿出了据说是检察官的传家"宝刀"。即拿"为什么在检察厅不讲？"来加以威胁。实际上，他自己也不愿意拿出这一招。只是对于坚持证词的清川他实在无计可施了，这才不得不拿出这一绝招。

"不，我决不是撒谎。只是……"

"只是什么？"

"只是我今天才渐渐回忆起来的。"

"案件发生后不马上把事实真相告诉检察官，却在3个月后的今天才回忆起来，这是为什么？为什么你在检察厅的时候没回忆起来？这不是令人奇怪吗？"

"这个，实在对不起……"

"你说被告人在买刀子的同时又买了晾衣夹，是不是你受了某种暗示，才这么想起来的？"

"不，不是。那的确是……"

"既然这样，为什么在案件发生后不马上回忆起来，反而到今天才回忆起来呢？"

"我也不知道。"

清川民藏说完就低头不语了。

"完了。"冈部检察官说罢，坐了下来。他心想：这下可要申请把供述调查材料作为证据了。

所谓的供述调查材料，就是搜查部的检察官只从清川那儿得到的供述材料。同部当然要把这些材料作为证据，然而由于辩护人一方不同意，才叫证人出庭进行询问的。

清川只要出现在法庭上，供述调查的材料理应不必要了。但是，正如前面已提到，检察一方具有刑诉法321条这个武器。这条刑诉法本来是规定当证人因死亡或事故不能出庭时，可将供述材料作为证据。但日本的刑诉法竟还有这样一条规定，即：证人在法庭上即使推翻自己的前证，其前证同样具有作为证据的效力。

证人在调查室里对检察官所讲的情况和证人在法庭上宣过誓后所讲的情况，到底二者那个证明力更强？按常识来说，毫无疑义是后者。然而，法律往往是违背常识行事的。

例如，假设证人在检察官面前说，案件发生的那天几点钟被告好像没在办公室，而后来证人又在法庭上说，当时被告虽然没在办公室，但却看见他从会客室走出来。这两个证词究竟哪个是真的呢？这就得看法官的判断了。在松川案件等一些案件中，所以没采用对被告有利的法庭证词，就是因为上述条文的缘故。

一般来说，证人提供的证据材料的时间，离案件发生日期越近，其证据材料的真实性就越强。这有一定的道理。特别是被告人的交代，尽管只是在检察官面前的交代，在英美法里，其证据价值是很高的。应当说，它给陪审员的心证以决定性的影响。

但是，英美法里，关于证人提供的证据材料，却不像日本审判那样，认为具有罪证的威力，顶多可以作为判断该证人的信用性的材料，即所谓人格证据。对证据的重视，实际上是对过去旧刑诉法即凡书面材料都可提出来的留恋，也就是对过去所谓一味穷追究竟的留恋。

对于检察官的再询问，辩护方又可再反询问。菊地律师站了起来，并沉着冷静地问道：

"被告人在买刀子的同时，也买了晾衣夹，对此事实你没告知检察官吗？"

"嗯。"清川民藏略带歉意地点头。

"同时也没告诉他，有关上田宏买刀子时还查看了瓶起子和小剪子等附属器具的事实吗？"

"对，没错。"

"但是，当你在接受检察官的询问时，检察官有否问了这个问题？"

"唉？"清川似乎没理解菊地问题的真意，现出一种疑惑不解的样子。

"请你仔细听我的问题。"菊地辩护人为稳住对方，使其注意力集中，尽量以温和的语调说："刚才检察官问你，你在法庭上陈述的事实，为何不在检察厅讲。这是不是由于当时询问你的检察官并没有问及你这个问题？"

"是的，正是这样。"清川立刻回答说，但他并不知道这正是辩护人所期待的回答。菊地满意地笑着说：

"作为你来说，对于没有问的事情，自然不便回答，是吗？"

"那当然。"

"也就是说，询问你的检察官只问了你被告人是否在你店买小刀一事？"

"是的。"

"也没问被告是否看了刀刃和附属物件吗？"

"没有问。"

"当然也没问被告又买了些什么，对吗？"

"当然。"清川忽然又清醒过来似的回答道。

"作为你来说，只是因为没被问及，才未回答，是吗？"菊地为了慎重起见，又追问了一句。

"是的。"

"而且，你刚才说的被告人除详细看了小刀快不快，还仔细看了附属物件的情况，同时还买了晾衣夹走了，这确实无误吧？"

"没错"。

"而且，上田宏的态度看上去并不像检察官的推测那样，伪装做假，而是泰然自若，无可挑剔，对吗？"

"是的。他态度坦然明朗。"

"完了。"菊地辩护人说罢便坐了下来。

冈部检察官早已看到了谷本审判长催促的目光，但并没站起身来。自从菊地开始再反询问不久，他心里就想"这下糟了。"他责备证人为何不对检察官讲，从而拿出了作为检察官的最后一招，搬出了刑诉法321条。不过，在采用此办法之前，不一定必须从证人那里取得对己有利的证词。因为321条规定：证人原来的证明材料如与证人在法庭上提供的证词不同时，检察官可把原来的证明材料作为证据向法院提出。然而由于"因检察官没问，证人自然没说。"因此，这条法律对检察官来说也就失灵，不起什么作用了。

冈部心里当然清楚：由于辩护人的询问，得出一个"由于检察官没问，证人自然没有回答"的结论，这不过是辩护人惯用的手段。然而，他明知这些道理，还是掉进陷坑，他后悔自己的过失。因此，当审判长用眼神问他是否进行再主询问时，他已再没有兴致站起来了，只得无精打采地微摇了一下头，以示不询问了。

对他来说，唯一的希望是：尽管自己的询问拙劣，但审判长由此会得到了上田宏故作伪装这一心证。然而，他知道谷本审判长也好，野口审判官也好，都主张在审判过程中把心证公布于众。但从这两位审判官的态度上看，没有给予他什么希望。

"唉，算了！反正还有一次最终陈述。"他自我安慰道。可是，把希望寄托在最后的陈述书上，是最拙笨的做法，尤其在新刑诉法执行以后。看来，对于清川民藏这个证人，他已陷于穷途末路、应付无方的境地了。

时间已过4点。清川民藏是这天出庭的最后一个证人。法庭宣布闭庭后，冈部检察官以十分失望的心情，望着从门口消失的3位审判官的背影。与之相反，菊地律师和上田宏则怀着喜悦的心情目送着3位审判官。

十三、间奏曲

野口候补审判官下班后回到妙莲寺的家已近6点钟了。从横滨法院到樱木町走10分钟,然后从那儿坐东滨线火车,大约13分钟便到了妙莲寺车站。

对于大学生活是在东京度过的野口来说,用如此短暂的时间就能到达目的地,简直犹如做梦一般。他为自己能在横滨地方法院工作而感到十分满意。

"我回来了。"他一推开门就说。接着便有一个名叫纪子的小女孩一边叫着"爸爸!"一边从走廊里跑出来。于是野口一下把她抱起。当他嗅到3岁女儿身上散发出来的乳香味时,这才感到自己又回到现实生活中来了。也只有在这时,他才深刻体会到:自己身穿法官服,高坐在法庭法官席上,那是一个多么脱离现实的抽象存在啊!

同样,站在被告席上的罪犯或嫌疑犯虽然是现实中的人,但只要他在法庭上,面对审判官申述意见,认为自己被指控的罪行毫无根据或只是一部分有根据时,他也就变成一个抽象的存在了。

检察官也一定各有其私人生活。然而,只要在法庭上,他就成了一个不过是代表国家权力来镇压被告人的一种抽象的机器而已。

辩护人虽然在法庭上跟检察官针锋相对，但走出法庭，见了检察官还是拍拍肩膀，有说有笑，或者跟审判官兴致勃勃地打打高尔夫球。据说最近以来审判官还有打高尔夫球赢巧克力糖吃的事儿。

人们把法律界一般称为专家集团，在这个集团内学阀如林，联姻成风。律师的女儿嫁给检察官（这时，律师无疑就倾向于检察官），审判官的儿子娶法学博士的女儿，他们生下的儿子又进了法务省……

在审判官、检察官、律师中，有称为"二世"的精明能干的第二代。在法庭或接见记者时，他们装出一本正经的面孔，而在私下里却有着千丝万缕的私人关系，相互间说着只有朋友之间才说的笑话。

当然，处在这种复杂的人事关系中的野口候补审判官也不例外。他的妻子就是某私立大学法学系教授的女儿。而这位法学教授的妻子也是原大审议院审判官的女儿，在法务省和最高法院都有很多朋友和后辈。因此，野口候补审判官也渐渐感到自己已成了这些同行中的一个老人了。

野口感到：自己虽然处在这样一个闭塞的环境中，但活动起来就不像穿着审判官服时那样给人一种抽象的存在。不过，有时见到司法研修所的同学时，虽是有说有笑，但也会觉得有一种空虚感。可是，当他回到家里，和自己的妻子、女儿在一起时，这种空虚感就烟消云散了。这时候，他觉得自己是个活生生的人了。

过去，很多审判官有个习惯，就是有关审判之事，决不带回家与家里人谈论。但是野口候补审判官却主张：不论什么案件都对妻子讲。作为审判官，即使穿上了审判官眼成了一个抽象的人，但当他宣判被告时的心情并不是什么愉快的。因此，从古至今，审判官的性情一般都是内向的，不豁达的。而野口认为：在审判过程贯彻当事者之间口头辩论，使审判变为开放性方针的今天，这对于使审判官的生活意识开放化多少是有帮助。所以，像野口那样的，把审判之事告诉家里人，自然也没什么。

特别是他的妻子，光子从孩儿时就认识一些经常出入她家的法律界人士，算是一个门前小僧，对于刑法的一般知识都了解。她对于上田宏一案特别感兴趣，曾多次在饭桌上提及此事。她从一开始就认为，上田宏应属犯了伤害致死罪，其看法与律师菊地大致一样。

今天，她随着女儿纪子，边擦手边从厨房走出来，并走到西装衣柜前；站在丈夫身后，一边为丈夫脱衣服，一边问：

"怎么样了？"

以前，野口一回家，总是把审判之事痛痛快快讲给她听。可今天却不同，他没有立即回答，只是说：

"什么怎么样了？"

他脱下西服就自己从衣柜里取出西服架，又脱下裤子，一起挂上。换上了普通化纤料的裤子，到阳台上去了。

他这样年龄的人，还没养成让妻子帮着脱换衣服的习惯。不管衬衣也好，袜子也好，该不该洗都由他自己决定。他不愿意摆出一副男子汉大丈夫的架子，像过去纯日本式的丈夫那样把穿脏的衣服像表演曲艺那样往妻子身上一扔，并以此为自豪。

光子到他身后帮他脱衣服，其实是因为她想从他那里听听今天的审判情况。光子意识到：今天的丈夫同往常不一样，似乎不愿意谈这些。

野口对于今天菊地律师在法庭上进行的反询问，提问绝妙，使他感叹不已。只是对于这个案件，像他这样的律师竟花这么大气力去追究，其原因何在？他感到疑虑。

菊地曾当过 20 年的审判官，因而对于每个案件，都有一大致的估计。本案件，被告已作了坦白交代，并非如报纸上所报道的否定案件。即便是上田宏否认自己怀有杀意，但对犯罪行为是不可否认的。然而，菊地的反询问，好像要把案件本身也完全加以否认似的，而且还拼命为被告辩护，莫非菊地认为真正的罪犯不是上田宏？作为主管审判官的野口，似乎感到案件的内容与菊地的态度是如此的不协调。

他在法庭上做的记录放在刚才交给光子的皮包里，但回家之后他却没心思去看。

审判中收集的调查材料，无论速记官和打字员如何努力，也得两星期时间才能整理出来。上田宏一案间隔一天审理，也就是后天，10 月 1 日预定第 3 次开庭。明天是野口的在家的工作日，即不去法院而在家看文件。他今天带回家的文件材料中，除有关上田宏的外，还有其他如强奸、伤害、受贿等 20 多起，因此，下月的日程都安排得紧紧的。上田宏一案属涉及带有广泛社会性的少年犯罪案，加上菊地辩护人的四处活动，很有可能引起舆论界的注意。为此，野口心情很沉重。

不过，如果成为引人注目的案件时，一般审判长都会亲自出马，这样，主管审判官反而轻松自在，而且还能得到审判长的适当指教。可是，带有旧作风的谷本审判长只从教育的立场出发，却不明白表示自己的见解。闭庭后在审判室里休息时，野口有意试探地说：

"今天菊地的反询问相当出色，特别是对清川的询问，鲜明、干脆。"

然而，谷本审判长只是冷淡地回答：

"你是这样认为吗？"

野口摸不着头脑了。

"冈部虽未能立证上田宏怀有杀意，不过还有一个证人，他就是案件发生之前一天，在'味美'酒店听见初子和上田宏发生口角的多田三郎，如他也证明当时上田宏买刀子的情况就是这样的话，那冈部可就要绝望了。"野口说。

野口对证人清川留下了一个很好的心证。野口在法庭上几次窥视了谷本审判长的表情，他相信，谷本审判长也是如此。

"冈部虽然目前暂处于被动状态，然而只有审判结束才知道谁胜谁负啊。"

谷本的态度始终是谨慎的。谷本审判长一贯的做法是：先让主管审判官写好判决书，然后再谈自己意见。所以最终，野口候补法官还是不得不靠自己的力量完成自己所担当的任务。他由于不知菊地将会把审判引向何方而深感困惑。

他在阳台上坐了下来，并点了一支香烟。光子站在他跟前，用关心的语气问：

"你怎么啦？遇到什么不称心的事了吗？"

"不，没什么。"野口回答说。

"你脸色不太好。"光子担心地看着自己丈夫的脸。

"没什么。"

"真没什么吗？"

丈夫今天的举动使光子感到奇怪。平时，丈夫总是一回家就会告诉她审判的情况，然而今天有点反常，甚至光子主动搭话，他都有意避开。

过了一会，野口马上明白了妻子的心事。于是笑着对她说：

"真的没什么不高兴的事。如你也听了菊地的辩论，就会感

到痛快、兴奋。"接着,他把菊地在反询问中提问的情况详细地讲述一遍。接着又说:

"该案件的审判情况,大概明天地方报纸会宣传一下。总之,作案时,肯定有一个证人是在现场附近,而当时也许还有另一个证人也在场。这些素材对于新闻记者和推理小说家来说是极感兴趣的。"

光子两眼出现了光彩:"这么说来,对被告是有利的啰?"

"暂时还不能这么说。菊地只是做了个暗示,表示有可能性,但没有立证,而他究竟要立证什么,我也弄不清。"

野口说到这里,脸色阴沉下来,为自己没能摸清菊地的真实意图而困惑。他甚至怀疑,菊地是不是为博得新闻记者的喝彩才这么干的。他感到,对一个审判官来说,竟会对那种辩论发生兴趣,真是有失身份。

菊地当律师的经历只有 3 年,而当审判官却已有 20 年了,他亲自审理过许多大案件,具有丰富的经验。他这次只收了 5 万元就接受了这个案子,这是因为他的远门亲戚花井曾是上田宏的老师。这件事作为法律界的小道新闻也传到野口的耳朵里。仅仅因为这个,菊地是不可能如此热心和拼命为被告上田宏辩护的。所以,只能按一般常理认为这是为了扬名而已。

"后天,检察官方面还有个证人询问,接着就是菊地的'冒头陈述',届时一切都会明了的。"野口几乎是自言自语地说。

"检察官一方还有什么证人?"光子问。

"就在案件发生前一天,有位顾客在'味美'酒店看见初子和上田宏发生了口角。这个证人可能能够立证上田宏有杀意。但是,好像希望不大,不过,听了他的证词就明白了。"

审判官的"慎重"是一种职业病,野口也不例外,即使是跟自己的妻子谈话,他也是如此谨慎小心。

"是啊。所谓有杀意等，只要检察官认为不能立证，杀人罪便不成立了，这种想法和观点已落后于时代了。"

"怎么，你也同情这个少年?!"野口笑着说，"案件发生的前一天，被告和被害人见面时的言行是极其重要的。因此，必须了解一下。另外，上田宏交代了什么，我们还不清楚。"

"上田宏一定是想威胁她才拿出小刀来的……"

"审判官的妻子怎能说这种话？"野口阻止她说，"你说的都是周刊杂志上的，被告在检察厅供述的内容，审判与之无关。"

"这纯属一种形式而已。在警察和检察厅那里交代竟会出入那么大，不会这么复杂吧。实际这大体也能估计出来，尽管你也明明估计到了，可是，你只是……"

"根据检察官的'冒头陈述'，上田宏在案件发生的前一天晚上就产生了杀意，因此才到长后镇去买刀子。可是，从上田宏买刀子当时的神情看，毫无这种迹象，而且除买了小刀之外，还买了晾衣夹等家庭用品——所有这些，都是通过菊地的反询问才搞清楚的。"

野口把今天法庭的情况告诉了妻子。

"这样看来，杀人罪就不成立了吧？"

"这还难说。检察言最重视的是，今后将要出庭的，被告的公寓管理人和他在横滨工厂工作时的上司。他俩都是证明上田宏作案后行为的证人。"

"是说明他作案后5天内竟伪装不知，跟女人同居的事吧？这是案情吗？"

"也不能这么说。如是突发性的犯罪行为，一般从常识来讲，上田宏一定会想法救治初子的。但他却把初子推下悬崖，还满不在乎地同她妹妹同居。事情发生后，他既不感到一种良心上的谴责，又不去自首，还若无其事地每天照常上班，沉湎于同好子的热恋中。如情况真是这样的话，就说明他的犯罪行为事先是计划好的，只是及时付之行动而已。所以作案后他才毫不介意。以上事实对于认证犯罪事实是起着决定性作用的。"

"真复杂啊！"光子皱了皱眉头说。

上田宏犯罪后的行为，除作为分析一般情况的参考同时，还从反面可认证犯罪事实的存在。这种间接的证据，一般称为间接事实。就是说，上田宏杀死初子后，既不救护，也不自首，而是偷偷地和好子过着同居的生活。如果这是事实的话，那就可以认为犯罪不是偶然的，而是有计划的、早作了安排的。

"那是否可以这样认为：上田宏对于已发生的事情束手无策，因此只好昏昏沉沉地打发日子。"

"这个吗？无论怎么考虑都有可能。可实际上罪犯的心理不会是这样的。"野口安慰说。

"可是，上田宏还是个孩子。"

"但19岁按过去虚岁算法已是20了，都能讨媳妇生孩子了，可以说是一个堂堂的男子汉了。说他未成年，只能说法律上是这么规定的。"

"也许是的。不过，从这孩子的前段经历来看，我并不认为他是个成人男子汉了。不知在法庭上给人印象如何？"

"在拘留所待了两个月的人，一般都给人一种萎靡不振的感觉，所以根据法庭上的印象是很难来判断本人的真面目的。不过，今天他出庭时精神显得好多了。"

野口回忆起上次富冈秀次郎说到上田宏上衣兜里揣着晾衣夹时，他脸上泛起红晕的情景。上田宏这种孩子气的反映，给野口留下了一个很好的心证。

"我也认为这少年的犯罪并不是有计划的预谋。不过，不听一下后天的证词，还不能下这个结论。"野口以辩解的口吻说。

"是啊。不听一下菊地的'冒头陈述',还很难下结论。"

"该给纪子洗澡了吧?"

野口改变了话题。一边说着,一边朝正在客厅里玩积木的纪子望去。要是平时,他总是一换好衣服就去洗澡间洗澡。可今天却先去阳台,为此,他自己都觉得莫明其妙。

眼下已是9月底了,这一带山上树林里,有的树叶已开始变成深褐色。但是,结束了一天工作的野口却满身汗涔涔的。

"纪子,洗澡去。"野口走到纪子跟前,将她抱起,一边让小女儿摸着自己的脸,一边朝洗澡间走去。

"你喝什么酒?"

"啤酒。"野口一边大声回答,一边拉开浴室门。带着小女儿一起洗澡是野口的一大乐趣。

他喜欢在小女儿娇嫩的身上涂上香皂,仔细认真地帮小女儿洗澡。只有在这时,他才完全忘了自己是个审判官。

第二天,菊地律师在东京有乐街事务所特意让人买了一份《神奈川日报》,并和当天的期刊一起对照着看。

该案件在东京各报社会版上都未登载。对于这类案件一般只登第一次公审、求刑和判决。因此第二次公审未登也是菊地早就料到的。

在法庭一直坚持听到最后的只有横滨地方报纸神奈川日报的记者,而东京各报有关记者一般都兼其他部门的报道工作,所以只留下一位有代表权的记者,其他记者都干其他工作去了。总之,对该案件感兴趣的只有地方报纸的记者。

自菊地接下这个案件的辩护工作以来,一直在有乐街经营地方报纸的店里买"神奈川日报"。该报发售时间一般在午后。负责给菊地买公审后转天早晨东京各报地方版报纸及"神奈川日报"的是事务所女秘书大崎志那。幸好她住在蒲田的女冢,早晨去神奈川县川崎车站是顺路,所以就在车站的店里买了神奈川日报和其他各报。

菊地律师跟战前东京地方法庭的同事一起共同开办了战后第一家律师事务所。事务所面积只有49.5平方米,间隔成4个房间,还有两间共同使用的接待室。进门的地方放了一张桌子,这便是大崎小姐工作的地方。她是两位律师的秘书,兼任接待来客和电话员的工作。

菊地上午10点来到事务所,立刻阅读了大崎小姐放在他桌上的报纸。因为他在家里已看了东京各大报纸,知道没有登载有关审判的情况,所以他首先打开"神奈川日报"。

因为大冈警察署管辖区内发生一起全家自杀的事件,所以,有关审判的报道自然没有作为头条新闻来报道,但也登在头版中间的地方。其内容也正如菊地所预料的——集中在"真正罪犯在何处?"这一点上。

该报道把焦点集中在:大村老人在作案时间内,就在现场附近和初子约好见面以及宫内辰造跟初子有肉体关系,这些都已明确。但所有这些都与该案件究竟有何关系。并且也报道了在菊地反询问中,已暗示出宫内在作案时间内也可能在现场。

但该报纸却未报道菊地花费很大气力才询问出了上田宏在福田刀具店不仅买了小刀,并且也还买了晾衣夹这一事实。

该报只从"真罪犯到底是谁?"这点出发报道了这一案件。在东京各报上也只登了3行字,且其观点与此基本相同。

"嘿,又成了推理小说了。"

菊地喃喃自语着,并把一堆报纸推到一边。他认为:不管怎样,正在审判中的案件,各报作如此报道引起舆论界的关注,是一个好征兆。

菊地这一天,不能只顾上田宏的案件,后天,他将参加一桩已经手一年的某化学药品公司违犯关税法案件的第10次公审大会。这可以说是目前整个日本所有法院全在审理的漏税案中的一个。后天，检察一方的某公司会计课长将出庭作证。并且，下周他将因另外一件违反关税案件去大阪出差。除此之外，他还担任着违反公路交通法，即汽车事故案的辩护工作。总之，菊地律师的日程到年底一直是排得满满的。

在明天上田宏一案的审理中，检察官一方的证人询问结束后，便是菊地律师的"冒头陈述"。菊地昨晚为完成这篇稿子半夜才睡觉的，打字的话，需10页到11页，大概半小时能读完。其内容主要是根据一周前到金田镇从花井那里打听来的情况，其中也加上了昨天大村吾一和宫内的证词有关部分，因此，使原稿件更加充实完备。

有关上田宏作案后的行为，明天有人出庭作证，但究竟会提供些什么呢？由于菊地已翻阅了该证人的供述材料，对此有所了解，他也做好了反询问的准备。当然，这还没到庆贺胜利、得意忘形的时候，可是，他确信自己能够立证上田宏一案是偶然发生的。

大崎秘书也会日文打字，而且凡事务性的短信都由她打，但像"冒头陈述"这样的长篇大论，都要委托附近的打字印刷社。那家打字印刷社活计很多，所以今天上午交给他们，明晨才能完成。菊地律师准备在法庭宣读后，提交给审判长，并抄送检察官一份。

辩护人的"冒头陈述"，并不是非搞不可的。检察官的"冒头陈述"，是为让法院了解案件轮廓，并说明根据证据所要证明的事实，从而给被告一方提供充分防御的机会。这是在进入证据调查以前所不可缺少的一道手续。辩护人的"冒头陈述"，是刚开头的手续阶段，就承认不承认公诉事实有关联的问题，随意发表意见。也就是说，如主张被告无罪，就必须从事实上、法律上予以有根有据的论述。

但是，在检察一方的方针尚不明确的时候，作"冒头陈述"发表意见是要吃亏的。据说，即使为对付检察官的"冒头陈述"，在调查证据时发表意见和观点虽然适宜，但还为时过早。目前最普遍的做法是在检察官调查证据结束、把他手中王牌全摊开来之后再进行是最好的。

如今，日本法庭上的现状就是：检察官在最后的陈述，即一般所说的"求刑"中，极力谴责被告犯了滔天大罪，其言词之激烈，态度之冷酷，目的则是为了求刑。而另一方面，辩护人则在陈述中，声泪俱下，以此来感动审判官以求缓刑。

所以会出现以上情况，是由于目前法院所受理的百分之八十的案件中，被告都承认自己的罪行；而被告不承认其罪行的案件，却由于辩护人无能力收集材料来驳倒检察官所提出的证据。所以，只好靠"哭"术或"缠"术来感动审判官，以求宽大。所谓的"当事者主义""证据主义"的这些大原则，在法律界都已变为一句空话，人们称之为"理想主义"。

从昭和37年1月1日起，法院开始实行"集中审理"办法，但却出现一个新毛病：该办法虽由检察官和律师事先进行了洽谈，并整理好争论要点，安排好直到终审的日程表，使审判可顺利进行、迅速了结，但却不能充分彻底地进行审理，往往对被告不利。

像目前菊地辩护人所受理的漏税、违反选举法的案子，由于检察官怕销毁证据，一部分证据材料便不予公开。这样，就会造成事前准备不足，集中审理难以进行。

也许有人认为，搞漏税和受贿的人再倒霉也活该。但是，任何恶党坏人也只能绳之以法，这就是民主主义社会的一项基本原则。那些歪曲、蹂躏法律的官僚主义、独善其身主义和好人主义、见风使舵主义的观点；那种对别人的批评固执己见，专门为自己利益申述意见，以促成既成事实的观点，只能是引起社会混乱的根源。

菊地律师所面临的现实就是这样一个包含着这些复杂情况的法庭。但是，他知道审判官虽然是处在如此复杂的法律界中，当下达判决的时刻，还会是坚持正义、去恶除邪的。因此他坚信自己的辩论一定能够打动谷本审判长。

就在同一时间内，坂井好子正在横滨地方检察厅的检察官办公室里接受冈部检察官的质询。

在公审期间，检察官竟将已怀孕7个月的好子传到检察厅质询，这可说是一个例外之举。冈部检察官这样做，是因为从大村吾一和宫内辰造那里得到了意外的证词，所以有必要通过初子和宫内的关系来确定一下其证据。昨天闭庭后，冈部检察官采取了特别措施，向好子家附近的驻在所打电话，让巡查通过警察叫到好子。

一般来说，被告家属如果出庭作证是不会讲对被告不利的情况的，所以，检察官一方是以不让家属当证人为方针的。上田宏作案的当天，回家时的情况和他在横滨工作单位及公寓的情况一样，都可以作为确定其犯罪事实的间接证据。然而，冈部并未让被告的父亲喜平等出庭作证，正是这个原因。

作为冈部来说，他认为龙汽车工厂的车间主任及公寓管理人的证词就已足够了。一般说来，家属是作为辩护一方的证人出庭的。

冈部这次打破常规想听一下好子的供述，是由于大村和宫内的证词提到了意想不到的情况。另外，他不得不采取这种临时抱佛脚的应急措施，也是由于这个案件没经过"集中审理"

的过程。如果按照"集中审理"的办法,则直到终审日期以及出庭人数、询问时间都卡得死死的,根本没有机动的时间。

不管审理发生什么意外,在审判过程中,要求传讯新的证人,这一般是很少见的。不论是审判官,还是辩护人,日程总是安排得非常满,所以哪会有什么多余的询问时间?!而且作为事前准备的前提条件之一,就是不要给正常进行的审判增添麻烦。通过事前准备,把争论要点明确化,一旦公审开始,直到终审,就像火车头沿着铁轨向前行驶一样,到达终点。这就是集中审理派的理想方式。可有一种反对意见认为:如只摆出一些自己讨厌的理由——会使人留恋过去旧刑法时代,这样,审判就会向相反方向发展,而且有可能会导致刑诉法的修改。

要防止这一点,就必须加强具体的事务工作。

第二天的审判定在午后开始。检察官传讯的证人只有3个。因只有辩护人的"冒头陈述"和对3个证人的询问,时间是绰绰有余的。

这次审判,是没有经过事先准备的。所以冈部检察官已估计到让好子出庭作证是有价值的,所以他才让大和警察署传唤她。

坂井好子接到警察天野的传唤是在前一天夜晚10点以后,这时,她刚向母亲澄江讲完白天法庭的情况,躺下就寝。

她听到门口敲门声,心想:这么晚了,是谁呢?当她起床开门一看,原来是天野巡查,他正打着手电站在那儿。

"刚接到横滨地方检察厅冈部检察官来电话,让你明天辛苦一下,上午10点到他那儿去一趟。"

"明天?太仓促了,什么事?"

"这个嘛,我也不清楚。他只在电话里说让你去。可能有什么急事吧。"

"我不想去。"好子低头说。

有关上田宏一案,她在检察官和警察面前已讲过好几次,感到厌烦了。可是明天还得让她去横滨。她本想明天好好在家休息,可检察官传唤,不管愿意不愿意都得去。

"知道了。"

今天秋高气爽,上午 11 点,她来到了庄严肃静的横滨地方检察厅的会客室里,面对她的是冈部检察官。

冈部检察官的询问主要集中在 3 点上:

1. 初子和宫内的关系;

2. 有关金钱方面的情况;

3. 在初子死前一段时间,与宫内关系有否恶化。

这最后一项是为了弄清菊地律师提出的关于案件发生当天,这两人的行动情况。

冈部昨晚也传唤了宫内,但他不在家。从他的生活状态看,今天也希望不大,所以,只好找好子了。

但是,好子对自己的姐姐与宫内的关系并不清楚。这是因为初子把她看成是小孩,所以什么也没对她讲。对此,好子都一五一十地对冈部说明了,但同部还是反复询问了一些细节问题。直到 5 点才结束,最后还让她在证明材料上签了字。

"明天也许会让你出庭作证,望你务必来一下。"

冈部检察官在好子临走时这样叮咛道。他认为菊地辩护人是不会同意好子的供述的。

十四、新生活

横滨地方法院刑事第五部开庭日是十月一日。

午后将是上田宏一案的第三次公开审判。

下午1点以前,冈部检察官已提早来到法庭。当他看到坐在律师席上的菊地辩护人,便匆匆走过去,微笑着搭话道:

"我有点儿事想了解一下。"

"什么事啊?"

菊地满不在乎地笑着反问道。虽然是法庭上的对手,也正因如此,他们在争斗之前,相互之间的态度更是和蔼亲切。

"我取回了坂井好子的证明材料。我想今天在法庭上提出来,怎么样?您赞成吗?"

冈部知道菊地是不会同意的,所以,从一开始他就不打算问"你不同意吧?"

"哪个?让我看一下。"菊地边说着边接过冈部手里用检察厅专用纸书写的供述材料稿,一页一页地翻阅着,然后说:

"是昨天取的证吧?"

"有点匆忙。我的证人被你问得晕头转向,所以,我也得取得第一手材料。"

冈部边说着边朝墙上大钟瞥了一眼。

两人的对话都很随便，似乎在开玩笑。然而，他们的立场永远是对立的。冈部的神情似乎在说："还不快一点在审判官进庭以前，告诉我你的意见！"

"这我不能同意。我也有想询问的事。"菊地的话意味着把这种供述材料作为证据是不妥当的。因此，他想传讯本人进行反询问。

"我也正想申请好子出庭作证。这下，我们可以一起询问了。"菊地把材料还给了冈部，说。

"还是不同意啊。行，我知道了。"

不出冈部所料，菊地表示了不同意。当冈部回到自己座位上时，上田宏已入庭，坐在了被告席上。

不一会儿，正前方审判官席后面的门咔嚓响了一下，这声音好像是告诉大家：谷本审判长入庭了。这时，菊地和冈部立刻站了起来，接着法庭全体人员也随即站起。在众人面前，身穿法官服的3位审判官大步走进法庭。

"那么，现在开庭。"谷本审判长等大家重新坐下后宣布说。这时，冈部检察官站起来，说：

"在审理开始前，我有个希望。本来我想把坂井好子的供述材料作为证据在法庭上出示，但被告辩护人不同意。所以，我想还是询问她本人，今天她也正好在场。"

谷本审判长向菊地望去。菊地坐在那里没动，只是轻轻点了一下头。这表明检察官和辩护人在开庭前已就这件事协商好了。

"那么，先审问原定证人，之后再进行吧。"谷本审判长边低声说着，边向庭吏示意，叫证人出庭。庭吏机械性地叫道：

"证人，多田三郎到前面来！"

坐在与被告席并排椅子上等待呼唤的多田三郎站了起来，走向证人台。

多田三郎是厚木市，也就是相模川对岸的海老名镇的工厂建筑工地工人。他下身穿条布裤子，上身穿着一件夹克衫。全身装束都显旧了，但像是刚洗过的，很干净。这样的场面，对他似乎是第一次，所以他看上去有些紧张。当他接过宣誓书时，两手发抖，不料竟把宣誓书掉地上了。为此，他愈显不安。在读誓词时，他几次停了下来。在回答冈部检察官的询问时，也由于紧张，话说一半就停顿下来，晒黑的脸上涨得通红。

多田三郎供述的内容，同菊地委托花井先生到海老名镇访问他时所记载的内容一样。也许，有些读者对本小说中不断出现的法庭上主询问和反询问感到厌烦了，现只将多田的证词概要记述如下。

多田三郎是在案件发生前一天，即6月27日晚上，在"味美"酒店上田宏和初子碰头时的目睹者。他在供述材料中说，上田宏和初子俩发生了口角，可根据花井调查到的情况是：多田三郎当时只听到他俩说了几句话，至于具体内容不清楚，这是因为当时初子马上把上田宏带到外面去了。

其实，上田宏的交代材料说这时已坚定了杀意。但这一点在审判这个阶段时还不能作为审理内容。这是因为他在"冒头陈述"中又否定了以上所交代的事实。

上田宏在否认了杀意之后，自我交代材料当然还有效。但是，多田只是茫然地供述了他俩好像发生了口角而已。所以，可以认为这个证词是在冈部检察官的诱导下供出来的。

但是，多田的证词，却补充了上田宏自我交代材料这一部分，即：他作为目击者，亲眼看见了上田宏6月27日去"味美"酒店，并和初子谈话之后，离开了酒店这一事实。

菊地律师对于上述这一点，没有进一步追究。在反询问中，他只问了一下口角内容，而当他知道多田对此不记得了时，便感到非常满意。

"我想问你一个别的问题，你知道被害人的情夫宫内辰造这个人吧？"

这个提问实际上是离开了冈部检察官的主询问范围。这在英美法里自然是提出异议的对象。但在日本法庭上，只要是为了证实事实真相，是不加以严格追究的。对此前面已经提过了。

"噢，认识。"

"在'味美'酒店见过他吗？"

"他常坐在里屋喝酒，倒是见过。"

"像这样的男人在酒店里，让人讨厌吧？"

"嗯。老实说，是让人不痛快。"

"听说宫内经常对纠缠初子的顾客或是付款时发牢骚的顾客找碴儿，你是否也被他找过碴儿？"

"总算幸运，对我倒是没有过。不过，我听说很多人都受过他的威胁。"

"初子的酒店据说最近顾客稀少，冷冷清清。你认为这同宫内老待在店里有关系吗？"

本来，这个问题也属于是听取证人本人意见，按说，检察官完全可以提出异议。然而，冈部检察官却未加争执。其原因是多田三郎本不是什么重要证人，况且，他认为：根据上田宏买刀子那家福田刀具店主人的证词，上田宏"怀有杀意"的可能性是微乎其微的。

"是的。我也认为'味美'酒店经营不景气，原因就在于无论什么时候去，那个坏男人总是在的缘故吧。"

下一个证人是案件发生后只跟上田宏同事3天的龙汽车工

厂的车间主任有田光雄。他今年 28 岁，小白脸，戴一副轻度近视眼镜，像一个车间的负责人。他以爽快的态度回答了检察官的提问。先讲了自己的履历和目前担任的职务，然后讲述了上田宏经过一般招工手续进厂的经过以及 7 月 1 日上班后的工作表现。

有田光雄是为了立证上田宏作案后并没有受良心谴责，反而坦然自若，在新的工作岗位上认真工作这一事实。

他接着说，上田宏在一个工友的指导下正给一辆车祸损坏的车重涂油漆时，他走到上田宏跟前，告诉他报纸上报道的初子被杀消息，而当时上田宏看上去若无其事，不慌不忙的样子。

"因我知上田宏是从金田镇来的，所以就想，也许上田宏认识被害人。可上田宏却说不认识。我还告诉他报上开始报道了好像是情杀。并似问非问地说'罪犯是谁呢？'上田宏说：'现场虽在金田镇，但她是厚木的酒吧女人，我不认识这个人。不过，死因可能不会是情杀吧。'说这话时，他面不改色，显出漠不关心的样子。"

从以上有田说话那种沉着的表情可以看出，他对上田宏并不带偏见。这证词之所以重要，是由于上田宏说了："这死因恐怕不是情杀吧。"因从这话可以论证"此案与他无关"。

菊地辩护人并未进一步对此加以深究，只是指出：上田宏之所以看上去无所谓的样子，是不是上班前他就已看到了报上这一报道了。

"被告人说死因不是情杀，而 7 月 3 日的各家报纸也并未断定是情杀。也就是说，真相还是不明的。上田宏的话，说它是争论问题也许有点夸大，是不是在你们议论过程中说出来的呢？"

"这个嘛，也可以这么说。我记得，当时我也认为，因死者是酒巴女郎,所以马上就联想到情杀上来,但这对不对呢?"

"你这想法是在上田宏说那句话之前说的吗?"

有田考虑了一会儿,说:

"我实在记不清了。"

对于这一点,菊地也未追问。无论追问不追问,反正上田宏说过"这不是男女情杀"这一事实是不会改变的。但是他对下一个证人,即上田宏和好子同居的那所公寓管理人杉山信夫,他是准备要详细盘问的。

杉山四十二三岁的样子,小矮个,神态有些呆傻。他穿着一件普通布制夹克衫。当庭吏唤他出庭时,他毫不掩饰自己的困惑神情。他以低而平的声调,读完了宣誓书,并似不耐烦地回答了审判长提出的姓名、年龄、职业等问题。对于冈部检察官的询问也尽量少回答,好像在求救:快让我离开法庭吧。

杉山原是个经营古玩的古董商。因战争中房子被烧毁后,他便带着一家回到他妻子老家新潟。4年前,他哥哥在矶子区原镇盖了一所公寓,于是,他夫妇搬了进去,并担任那儿的管理人。当他讲述这一经历时,显得很不愿意。接着他讲述了上田宏最初是6月20日一个人来看房子,本来2楼厨房前的1间3席的房间预定6月29日腾出来的。由于上田宏给他看了龙汽车工厂录用通知书,所以就跟上田宏谈妥押金一万元,房租每月3千元,决定租给他。他们两人是6月29日夜晚搬进来的,这是因为白天空房还没有腾出来,事先已跟阿宏打了招呼,晚上搬来也不觉有什么奇怪;而且,预先也已说明,上田宏跟一个女人一起住。

关于上田宏和好子住进公寓后的情况,杉山说:"他们并没有什么异样现象,也未发现好子已怀孕了。作为如今的年轻夫妇来说,他俩倒很老实。虽在公寓只住到7月3日,公寓里的人，对他俩反映很好。"

杉山说："我真没想到上田宏会做出那种事。不过，公寓一共只有20个房间，主要出租给附近街道工厂的职工和其他工人，人员流动也不大，所以，对房客也没特别加以注意。"

"在初子尸体被发现的那天，他们有没有什么反常的现象？"冈部问。

"现在回忆起来，好子似乎有些精神恍惚，说是在金田镇的母亲最近挺忙的，自己要回去四五天，要我照看一下他俩的家。10点左右，她便拿着一只包走了。上田宏跟往常一样，大约7时半左右上班去了。"

"当时上田宏的表情怎样？"

"我也没太注意，似乎有些消沉的样子。因平时我俩都少话，除要紧事外，一般不打招呼，所以对他也没太注意。"

"有没有烦恼的样子？"

"当我听说警察在工厂把他逮捕时，我大吃一惊。因他看不出有烦恼的样子。"

"你说，看不出有烦恼的样子，具体说来，是指的什么呢？"菊地律师站起来进行反询问。

杉山似乎没理解菊地所提问题的意思，他反问道：

"什么具体的？"

"譬如说，他脸上显出怎样的表情？你见过烦恼的人的表情吗？"

"我没什么学问，深奥的东西不懂……"杉山对菊地那样打官腔的说话口气似乎感到生气，"愁没钱花的人的脸我见过。就像照在镜子里的我自己的脸。"

"噢？"菊地微笑着说，"这是你知道的唯一的一种烦恼的人脸吗？"

"不，那也不至于。譬如电影、电视中出现的那种烦恼的脸我也见过。"

"那是演员的演技，而不是现实生活中烦恼的脸。也就是，被告人是不会显示出那样的脸的。"

"是的。"

"你在5天之内大约见过多少次上田宏的脸？"

"只是在大门口出入的时候见过，并不经常碰见。说是5天，其实只有3天半，一天进出两次，总共加起来也不过五六次吧。"

"要是大多早晚碰头打打招呼的话，那在一起的时间很短吧？"

"是，是这样。"

"就是说，一次算1分钟的话，也就是五六分钟。在5天内，你和被告人也就见了5分钟的面，对吗？"

"也许是这样吧。"

"这么说来，在其他时间里，被告是什么表情，你就不知道了吧？"

杉山似乎这才领会了菊地问话的用意所在，看上去他有些窝火。

"公寓里其他人也见过他。我老婆在走廊里也碰见过他。说他总是毫不在乎的样子。"

"那是你听来的，不是你目睹的。我希望把证人刚才说的从记录中删掉。"菊地望着谷本审判长补充道。

"可以吧。"谷本审判长示意书记官说，"证人只能讲自己的见闻，其他的不算。"

杉山的脸涨得通红。不过，这时的脸红，并非表示羞耻，而是反映出他一种难以克制的愤怒情绪。菊地死盯着杉山的脸，过了一会儿说：

"你说从未见到过上田宏烦恼的脸，这就是说，你所见到的上田宏的脸，只是一张极其普通平常人的脸，对吗？"

"反正，我没见过他烦恼时的脸。"

"但是，上田宏在自己屋里的脸，当然你是不知道的啰？"

"那当然。如你要知道他在房间里的脸，请问那个女人吧。"

"完了。"菊地突然中止了询问，坐了下来。关于上田宏和好子的生活情况，他虽想再仔细问一问，但凭他的经验，他知道：像这样古怪的证人，还是不再问下去为好。

坂井好子走上了证人台。她是前面所有出庭证人中仅次于宫内辰造的一个十分重要的证人。刚才证人的询问都用时在30分钟左右，而对于她，则在时间上是充裕的。她只有19岁，是被害者的妹妹，又是被告人的非法妻子。因此，她的出现，给法庭带来了异常紧张的气氛。

好子的腹内已埋下被告人的种子，她怀孕7个月了。虽然她爱着被告，但她又不能不对他杀害自己的姐姐而倍加怨恨。这个矛盾，在这个只有19岁的姑娘心里，将怎样取得平衡呢？她还年轻，具有青春的活力，眼睛闪烁着少女的光彩。然而，从她那稀疏眉毛上，可以看出她已是个孕妇了。她在读宣誓书时，声音略带颤抖。

好子回答了检察官的提问，把和上田宏认识的经过及和他私奔到横滨的情况讲了一遍。她说：

"阿宏家是不会答应我嫁给他的，所以，从一开始我就死了这份心。但自从怀孕以后，一切都变了。虽然我19岁，但按过去虚岁算，已是20岁了。是我先对阿宏说，'如果你双亲反对，那我们就自己找个地方一起同居吧。'姐姐劝我打胎，不同意的也是我。当然阿宏也对我说不要打胎，要把我俩的孩子生下来。

这一点我俩始终没改变过。20号那天,姐姐说,如再不打胎,就告诉母亲。但尽管如此,也不可能为此而把姐姐杀死,这种可怕的想法是不可能有的。"

好子似乎在争辩似的对着谷本审判长说:"这种可怕的话,我们之间从未提起过。我并不知道阿宏27日那天去姐姐的酒店。那天晚上9点,我在我家后园竹篱笆下和阿宏会面,商量去横滨的事,但根本就没提及那种事。如真与姐姐发生口角的话,他一定会告诉我的。"

这一点正是搜查部的检察官不论怎样强调阿宏就是杀死她姐姐的仇人,劝她讲出真实情况,但还是不能改变好子的供述。因此,检察官怀疑她已完全被上田宏迷住了,对于杀死自己亲生姐姐的事实,她都毫不在乎了。

好子继续回答冈部检察官的询问。

"6月28日夜晚下着雨。7点半左右,我和阿宏在家后面的园子里会面,他好像有点兴奋,那是因为明天就要离家远走高飞了,我也并不觉得惊奇,因我也非常兴奋。他说,明天夜里10点,他用三轮车到我家门前大道上来接我,让我把东西都事先准备好。这天夜晚我们就这样分手了。直到第二天约定相见时间之前,我俩都没碰面。我那天在店里还办完退职手续,准备第二天在家休息。因为瞒着我母亲收拾行李,所以非常紧张。

"从那以后,阿宏的态度如何,我没有注意。可以说我们都沉浸在兴奋的海洋里。因为我将离开我母亲,心情很难受,新生活对我又是一个考验,很害怕,那几天我都快发疯了。到横滨后,为使狭窄的小屋增添一些光彩,我必须购买一些必需品,所以,每天忙得团团转。可我万万没想到,由于姐姐的死,我和阿宏的同居生活就此中断。看来,我们选择这条路是错了,竟会导致这样的恶果……"

好子似乎认为她和阿宏不能同居，并非由于阿宏的被捕，而是由于姐姐之死才造成的，这点引起了菊地的注意。

好子的证词说到一半停住了，于是，冈部检察官催问道：

"由于当时你处于一种忘乎所以的状态，所以才没留心上田宏的神情，这也可以理解。可是夜里睡觉时，他有没有突然惊叫或突然坐起这类现象？"

这类情况一般被视为有罪的证据而引人注目。在这种场合，从检察官对该案件的看法来看，估计证人会作出否定的回答。这就可说明，连这种迹象都没有的话，可见其犯罪意识之淡薄。从而还证明了犯罪不是偶然性的，而是有预谋的。

对于冈部的提问，好子回答说：

"我没注意。我倒是被他唤醒过。因有一天，晚上我做了一个梦，梦见我母亲摔倒在浴池里，所以我在梦中惊叫被他推醒。"

"你一开始就强烈意识到离家出走是不对的。可上田宏呢？他是否也有这种感觉呢？"

"他根本不提离家出走的事。我想也许他知道我的心情。"

"原来如此。"冈部说完，看了看手上的供述材料。他这时才觉得到底不能让家属出庭作证，竟然明目张胆地说着与材料上完全不同的证词。于是他换了个话题：

"当被告在报上看了初子尸体被发现的这一报道时，他的态度如何？"

"我当时对他说我必须回家一趟。可他不但没阻拦我，反而说：'那你走吧！请代我向家里人问好。'当时我觉得如果我回家的话，那我们在横滨的住地一定会被发现，这样，我们俩今后又不能生活在一块了。我把这个想法也告诉了他。但他仍然对我说：'你回去吧。'似乎对我回去的事心中有数。最后他还说：'无论如何，我是不能回金田镇了。'说罢就上班去了。"

"你是说，对于尸体发现，他还是有所考虑的，对吗？"冈部问。

"后来我去拘留所看他时，他告诉我，自从到横滨后，他心情一刻也没有安宁过。"

"我不是问以后他的心情如何，而是问他读报以后的态度。"

"我已说几遍了，他抱着头呆了一会儿。"

"也就是说，他意识到自己的犯罪，对吗？"冈部尖锐地问道。

"我想这是肯定无疑的。因为他也是个有血有肉的人。"

"尽管如此，但他还毫不在乎地跟你同居，这又怎么解释呢？"

"我们是为了生下我们的孩子才这样住在一起的。"

"只为这个吗？还不是为了两个人自由自在地生活吗？"冈部的话里带有讽刺的口气。

"可当时我正好怀孕3个月，必须特别注意。上田宏对我说，就是为了我方便，才找了一套厨房靠卧室的房子。他还嘱咐我不要跌跤。因此，饭后洗碗等家务活他都干。下班后还为我洗衣服。"

"原来是这样。不过，最终你们生活在一起还是很快活吧？"

"你所说的快活，到底指什么我不知道。如果是指那事，那你可说错了。"好子脸红了，最后她鼓起勇气说道："当我们有了孩子后，就不在一起了。"

冈部以绝望的表情看着倔强的好子的脸。

"我再问一下你姐姐的情况。"

冈部改变了话题。因为他深知，如再进一步追问下去的话，只会对被告有利。"有关初子和宫内的关系，我想打听一下。你当然知道他们二人的关系啰?"

从冈部检察官的语气里,似乎有一种不容她做否定回答的气势。从现在开始的提问,都是他昨天得到的材料的中心问题。好子似乎被他那种语气所慑服,耷拉下眼皮,低声说:

"是的,我知道。"

"是初子自己告诉你的吗?"

"她也告诉过我。我从母亲那儿也听到过。"

"请你把知道的内容说一下。"

她说,她自己对初子回家是很高兴的。但听说姐姐要在厚木开酒店她并不赞成。而且她母亲还告诉她,当听说宫内掺和到初子的酒店来后,感到很难办。好子说她并不知道姐姐有一张10万元的借条在宫内那里,而且姐姐从不对妹妹讲跟宫内最近的关系以及店里的事,所以她不知道。在案件发生前,她去"味美"时,并没有发现宫内和她姐姐要分手的迹象。因为她和母亲都在盼着他俩分手哩。所以如有这种迹象,是不可能发现不了的。

总之,好子的供述,没有什么实质性的东西,只是给人一种茫然的印象和大致的推测而已。冈部检察官费了不少力气,还出动了地方巡查叫好子出庭作证,其结果却是无济于事。

辩护人菊地以安详的目光望着好子,开始了反询问。之所以对好子射去亲切而温和的目光,是因为他觉得好子要回答自己将提出的问题是会感到为难的。

"我打听一下6月27日的情况。"菊地首先限定了问题的范围,"你刚才说,那天上田宏一个人到'味美'酒店,跟初子说了什么话,有关其内容,不,就他跟初子见面这一事实,在同一天晚上9点你和上田宏见面时,他没跟你提及此事,这是事实吗?"

"的确没有讲。"

"从那以后,你与上田宏同居了5天,你也没听他说吗?"

"他什么也没对我说。只是讲了初子劝我打胎之事。这还是我后来去拘留所看他时他对我说的。"

"刚才证人的证词是传闻,所以请从记录中删涂。"菊地辩护人望着谷本审判长说。本来,这就是法庭规定。所以,不等谷本审判长回答,菊地接着问道:

"说到底,你并不了解上田宏去酒店的真正目的,是吗?"

"是的。"

"可以前,你和上田宏却经常去'味美'酒店,为了说服初子别让你去打胎,这是真的吗?"

"是的。我一心想要个孩子。"

好子怀孕已7个月,很是显眼。她在证人席上特意挺了挺身子,显示出自己的大肚子,自豪地说。

"好。你考虑过没有,你姐姐为什么那样坚定地劝你打胎?"

"我想,大概是认为我们还年轻,没有能抚养起孩子的固定收入和经验。有了孩子只能使我们手忙脚乱。"

"你姐姐要是已经承认你们俩的关系,会是那样劝你的。但是,如你姐姐不赞成你们结婚,或者认为保持这样情人关系不好的话,你姐姐的劝告,会不会含有其他意思呢?"

"你是说……"

好子似乎没理解菊地问题的意思,她睁大了眼睛,望着菊地的脸。

"也许这问题会使你不愉快。我是问,如果你有了孩子,你姐姐是不是会认为你和上田宏的分手就麻烦了?"

为了不让冈部提出异议,菊地匆忙补了一句。

"一定要让我回答这个问题吗?"好子说。好子低头脸冲着地，从她神态看来，似乎在说：请饶了我吧！这一点别让我回答了。

菊地辩护人以安详的目光望着好子，但语气加重地说：

"我理解你的心情，但这是审判杀人犯，你必须讲出真情。"

好子抬起头，望着菊地。菊地盯着她的眼睛问道：

"初子是在妒忌你和上田宏的关系吧？"

"是的。"好子终于作了肯定答复，然后又把目光投向前方地面上。

"可是，并不像镇里人传说的那样，是因为姐姐和上田宏有关系（好子说这话时，声音似乎在喉咙里），而是在嫉妒我们的幸福。姐姐一直过着不幸的生活，所以渐渐地性格变得乖僻起来。我认为，她也许妒忌我们将得到的幸福生活，所以有点故意阻挠我们。"

"关于这一点，你姐姐还说了些什么？"

"倒没有明说。但经常从劝我打胎的眼神、语调，使人感到是这样。"

"所有这些，你认为是你姐姐目前所处境遇使她变为乖僻而形成的吗？"

"是这样。"

"或者可以认为是对你们幸福的一种妒忌？"

"我不知道。"

"究竟是哪个？是乖僻？还是嫉妒？"

好子有点吃惊似的望着菊地。她脸上露出一种疑惑的样子，仿佛在说，我把难以开口的问题都讲出来了，你为何还这样逼我呢？特别是对于菊地竟提出嫉妒这一新的推测，其真意不可理解。

"也许都有吧。"

"就是说，从她的说话态度及眼神，可理解为乖僻，也可理解为嫉妒，对吧？"

"是的。"

"这么说来，真的因为初子偷偷爱上了上田宏，所以嫉妒你们，也并不奇怪，是吗？"

好子心里终于明白了菊地为何把话题一个劲地往这上面拉。在她心里猛然产生一个疑问：难道真像大家传说的那样，姐姐跟上田宏有关系吗？就像条件反射似的，她把身转向后边，看了看被告席上的丈夫。这时，只见被告席上的上田宏一个劲地摇头，虽然没说话，但一直盯着好子的脸，而且直到好子把头完全转向正面，才停止了摇头。

从上田宏的眼里，似乎在说："请相信我，我绝没做过这种事。"对此，好子是相信的。

但是，对于拥有丰富经验的审判官、检察官和律师等人来说，他们是不会轻而易举就相信的。因为他们对于没有事实根据的交代和犯了罪的人的狡辩是很清楚的。

他们判断：仅仅从上田宏的态度上是看不出事物的真相来的。这是当然的。但是，菊地要从好子口里引出那种证词用意何在？就连野口候补法官都摸不着头脑。

因为如果说初子、好子和阿宏之间确实是三角关系的话，就等于证实了阿宏具有杀死初子的强烈动机。仅仅说害怕怀孕的事实被告知父亲作为杀人动机是极无说服力的，就可能被判为伤害致死罪。但如果阿宏真的和初子有关系，那么，这就很显然，"除掉绊脚石"这一说法便可成立。刚刚立证了买刀时的情况的菊地辩护人为什么非要把检察官不了解的这种动机在法庭上全盘端出，从而使自己处境陷入被动呢？

野口大惑不解。而他所担心的，正是冈部检察官所高兴的。

这个三角关系的出现,对他来说,就意味着获得了维持有意杀人这一诉讼根据的有力支柱。虽然他对老练的菊地律师为什么要作这样的询问、给自己掘下坟墓,感到一丝不安,但他还是摩拳擦掌,喜滋滋地观望着法庭上的进展。他故意摆弄着桌子上的文件,装出一副事不关己的样子,但嘴角却仍抑制不住得意的微笑。

终于,好子回答道:

"我认为阿宏和姐姐没有发生关系。我相信这点,并非因为姐姐的态度,而是由于阿宏的态度。如果发生了什么的话,我应该是知道的。"

她似乎在硬摆出那种干脆果断的态度。但辩护人菊地指出:

"可是阿宏并没有告诉你 6 月 27 日晚他与初子见面了呀。"

"是的,我没有问他,这我已经说过好多次了。"好子像是叫了起来,"只有阿宏知道,你问他去。"

菊地律师十分注意地审视了一番好子的态度,好一会儿才开口道:

"好的,我不再了解这一点了。不过请不要忘记,我是为了弄清事实才问这些的。"

这段话有些不符合法庭的习惯,但为了平静一下好子的心情,他还是说了。菊地很清楚,使证人产生敌对情绪乃是大忌,而他已经到达了此界限的边缘。

"现在,我问一下令姐与宫内的关系。你刚才回答检察官的提问时说详情不太知道,这确实吗?"

"确实。"好子生硬地答道。她确实也不喜欢这个问题。

"但你曾见过宫内吧?"

"见过。"

"见过几次?"

"记不清了。不过每次去'味美'酒店，他基本上都在那里，所以……"

"印象如何？"

"老实说，不喜欢。"

"不喜欢他什么地方？"

"觉得他老脸皮厚，流里流气。"

"关于宫内的职业你从令姐那儿听到过些什么？"

"听说不是'地痞'，就是'流氓'，反正是那类人。"

"于是你对宫内在令姐的店里并不高兴啰。"

"当然。"

说说宫内的坏话，好子好像挺开心，渐渐情绪好起来。作为这一连串对话的效果，这是菊地所期待的。他进入了问题的核心：

"那么，宫内和令姐之间有没有分道扬镳的兆头？"

"从姐姐的嘴里没听说过，不过苗头倒是有的。"

"你心里总装着令姐，所以是很敏感的啰。"

"是的。姐姐的事我始终放在心上。"

"你听说过樱井京子这个女人吗？"

"没有。"

"她是——可以认为是宫内的新情人。上次开庭时宫内的证词你没听到吗？"

"是出事那天，姐姐顺道去长后宫内家偶然遇到的那个女人吗？"

"是的。你以前没有听说过她吗？"

"以前不知道她。"

"宫内还有别的女人的事儿你也一点儿没听说过？"

"没听说。"

"怎么样？宫内不曾用奇怪的眼光看过你？"

这又是对好子一个不堪入耳的问题。她望着菊地的脸。他的表情出人意料的认真。他像寻求什么似的凝视着好子的眼睛，一动不动。

在最近新建的东京地方法院，首次尝试将证人席按英美式设立在审判官席的旁边。而在过去的法庭上，证人和被告人都是在同一站台上与审判官对面而立。证人得先扭过脸来听检察官、辩护人的提问，然后再正过脸来面对审判官进行回答。这动作对证人来说很麻烦，一人对付两面，极易疲劳。因此像东京地方法院那样，在审判官席旁边给一张椅子，要来得痛快得多。尽管有人说这样证人看不到审判官的脸，回答问题会不认真，但这样可始终与提问人保持对话的形式，无疑对话起来要容易得多。

好子只是在接受提问时才扭脸对着菊地辩护人。随着问题的深入，她渐渐明白了他的真意。

影射阿宏与初子曾有关系，这使好子大为不快，菊地立即停止，换了一个问题。但这又是关于宫内新交女人的，同样使她心中厌烦。不过，问到宫内是否曾对她本人做过媚眼这样深入的问题，使她隐约感到，里面掩藏着某种减轻阿宏的罪行所需的情况。

"是的。有一次宫内捏过我的手。"

这是事实，不违背誓词。

"噢，在哪里发生的？"

"5月中旬在'味美'酒店。我去送别人给的布料时，他趁姐姐转过身去的功夫抓住了我的手，说：'这个星期天我带你去东京吧。'我当时抽回手，瞪了他一眼。"

"那么令姐注意到了吗？"菊地问。

"我想没有。因为姐姐面朝货架正在打扫,我们坐在垫子上,离得远了点儿。"好子答道。

"宫内被你瞪了一眼后怎么样呢?"

"一边嬉皮笑脸地笑着,一边……"

说到这里,好子停住了,似乎想到了什么。她把视线死死盯在正前方审判官席上,直勾勾地一动不动。

"宫内边笑边说了些什么?"

好子呆呆站着没有回答。

"有什么就照直说!"菊地催促道,"你已经宣了誓。请不要忘记,这里只重事实。"

好子开口答道:"用不着说那些。宫内当时说,'你不知道阿宏已经迷上初子了吗?'"

旁听席上一阵骚动。检察官冈部脸上又泛出笑容。看菊地律师深究证人而为自己挖掘墓穴,恰似在欣赏一处令人心旷神怡的美景。他思忖着,对被告的询问就集中在这一点上,对此上田宏可能会否认,但至少能在求刑时强调出这点来。

然而,菊地丝毫不慌,接着问下去:

"原来如此。那么,关于阿宏和初子的事,你不仅是通过街谈巷议,而且还从初子的情夫宫内嘴里亲耳听到了啰。"

"是的。不过我……已经忘掉了。"

"忘掉了?就是说你很相信阿宏,未把别人的中伤放在心上啰。"

"宫内的话不可信。"

"当然。没有人会相信在那种情况下说出来的话。"菊地好像挺同情似的说,"更重要的是,宫内知道了那些风言风语,或者他自己还深信不疑呢。最后我再问一下,"菊地改变了语调,"宫内说的确实是'阿宏迷上了初子'而不是相反,'初子迷上了阿宏'吗？"

好子稍事考虑，不一会儿便断然说道：

"说的是阿宏着了迷。"

"是啊，这么说自然些。因为他想勾引你，当然要说阿宏的坏话。"然后，菊地抬眼看着审判长说，"我的问话完了。"

法庭大钟才3点10分，离规定结束时间尚早。根据当天安排，此后计划由辩护人进行辩护陈述。谷本审判长本打算宣布休庭10分钟，但辩护人菊地却仍站着未动，他接着说：

"因证人调查取得了意外进展，本辩护人希望取消陈述。"

已经多次说过，辩护人的"冒头陈述"与检察官的不同，不是非进行不可的。检察方公开自己将要论证什么，这在给辩护人以防御机会的意义上来看是义务。而辩护方则尽量隐蔽自己的方针才有利。一般，辩护陈述至少应该在检察方结束证据调查后进行，但多因案情简单而取消。菊地本来打算在这个阶段阐明自己的基本方针，以唤起审判官的注意。但根据好子的证词内容来判断，他意识到，现在说话不慎会导致今后陷入被动。

对谷本审判长来说是无可无不可的。他说：

"那么，关于本案你不打算进行陈述了吗？"

"我想是那样。我请求从下次开庭起调查辩护方证人，特提交申请书。"

菊地说完就让庭吏把正本、副本分别交给了审判长和检察官。菊地申请了3个证人。

宫内辰造，他作为检察方证人已经接受了调查。但辩护方还有许多地方需要了解，他是个事关重大的证人。

上田宏之父上田喜平及中学老师花井武志，这两人都是量情证人。菊地虽然只打算对宫内的询问中明确决定性的几点，但为慎重起见，才又提出这两人出庭作证。下次开庭日期定在一周之后的 10 月 8 日。

"那么，本次开庭到此结束。"

3 位审判官站起身来，从后门消失。法庭上顿时开始骚动起来。冈部检察官依然面带微笑，整理文件。这时，上田宏戴着手铐被从边门押了下去。他的目光与好子的目光相遇，他的眼神在说："相信我吧。"好子用眼神在回答："相信你！"

第 3 次开庭结束了。

十五、新事实

上田宏被指控杀人弃尸一案第 4 次开庭于 10 月 8 日在横滨地方法院第 5 法庭举行。检察官申请进行的证据调查到上次开庭为止业已结束,从本次起,开始听取辩护方证人的证词。

第二次开庭作为检察方证人的宫内辰造,经申请这次成为辩护方的第一个证人。他是被害者初子的情夫。初子在 6 月 28 日被害当天下午曾顺道去过在长后的他家,并邂逅他的新情妇樱井京子,这一情况已被证实。

初子从他家出来后路过丸秀运输行前偶遇阿宏,随后便遇害身亡。她死前两小时在宫内的房间里与他的新情妇遭遇,这无疑将表明案发时她的精神状态。辩护人菊地主张:阿宏的犯罪并非预谋蓄意行为,而是事出偶然的。对他这一立场来说,上述情况具有重大意义。

另外,10 月 1 日第 3 次开庭时好子的证词使风传的阿宏、初子、好子之间的三角关系变得突出起来。尽管好子对此矢口否认,可当事者之间有什么瓜葛,除了上帝还有谁能知道呢?阿宏刺向初子那一瞬间的真情如何?天晓得!

三角关系的情况对阿宏并不利,可为什么菊地辩护人却在法庭上主动提起来呢？令人不解。从迄今为止菊地所作的巧妙反询问来看，他的确有某种设想，但他回避了用"冒头陈述"来阐明自己的方针。

然而，地方报纸的报道却集中在这个新的三角关系问题上。该案还被《实话周刊》杂志大加报道，再度引起了社会的关注。宫内辰造就是在这样的情况下，作为辩护方的第一个证人在第4次开庭时出庭的。

开庭20分钟后，宫内才到，给审判官留下一个不好的心证。明文要求于10月8日上午10点以前到达法庭的传讯单在上次开庭后两天就由法院发出，确已送到宫内之手。尽管这样他还是迟到了20分钟，这表明他不愿出庭作证。

耗费半天时光来领取每天300元的补贴，无论对谁都不是件好事。但一旦成了杀人案中的证人，他的证词每一句每一个词可以说都关系着被告人的命运。回避作证本身就会落个把柄，让人感到他心中有鬼。尽管宫内辩解说东（京）横（滨）线电车出了故障晚点了，可是却没有人相信他。

谷本审判长等3位审判官在规定时间还未到时就集中在审判官室了，但宫内一直未来，迟迟不能开庭。10点20分得到宫内到庭的通报后，谷本审判长这才站起身来。

20多天的时间，法庭的景象出现了微妙的变化。没有人再穿白色翻领短袖衬衣了，黑色穿着占了多数，法庭里也使人感到秋意已浓。

宫内穿着跟上次一样的西服，衬衫、领带也都一样，所不同的是脸上显露出了几分胆怯的表情。例行宣誓之后，菊地旋即开始询问。

"我接着第二次开庭时间的问题问你。你说28日初子在你家待了15分钟，但在检察厅供述的却是一个小时，供述书已被用作证据。"菊地以略带威严的语调说。他觉得,从宫内的态度判断,采取这样的语调会更为有效地问出真情。凭着当预审官时的经验,他知道,像宫内这种类型的人,一旦被击溃,就会像房倒屋塌似的全面崩溃。

"为什么要撒这样的谎?"

"我没撒谎。"宫内老老实实地回答说,"顺其自然,我随口说的。其实,是一小时还是一刻钟,我也记不清了。"

"那么,呆了不止一刻钟啰?"

"没看表,不知道。不过,也许呆了更长时间。总而言之,刑警来的时候说,长后车站的工作人员讲,初子是2点20分回去的。那么到我家该是2点25分。据说她是3点半路过丸秀运输行的。所以无论如何从我家出来的时间也得是在那会儿。既然刑警说,'是3点半左右离开你家的啰。'我于是就答了声'是的'。我当时压根儿没想到事后竟会出现这样的问题。"

"那么就是说,你承认初子在你的屋里也许待了一个小时啰。"

"是不是待了一个小时我不知道,但确实不止15分钟。"宫内不再抱有幻想,好像要真心叙述实情似的,"因为大吵大闹了一番,把时间给忘了。"

"吵闹了一番?"

菊地律师不免夸张地做出一副惊诧的样子。

"前次的证词说,京子在那儿,初子并未介意,临走还挺开心地笑了。难道这是谎言?"

"不是谎言。事实是她克制了心情,嫣然笑着回去的。可这之前是吵了一阵儿。"

无疑,这些已在实质上推翻了上次的证词。上次开庭时,任凭菊地那样的追问,宫内还是声称初子只待了15分钟,没有争吵。而今天却变得要真心说清实情了,说到底,只能归因于"此一时彼一时也"。

在日常生活中经常会发生这样的情况:说出口的事即便当场不改口,事后也会写信更正或在下一次见面时认不是,说"上回搞错了"之类的话。宫内也是这样。

"原来如此。那么,说一下争吵的情形吧。"

菊地辩护人没有深究宫内的不是。本人已要真心说出实情,就没有必要搬出过去的事来扫他的兴。倒不如采取既往不咎的宽宏态度,造成一种更容易使证人开口的气氛要来得明智。

"起初初子的样子好像没在乎京子在,这也是真的。但喝着啤酒,越来越没趣,看京子的目光也变得凶起来。突然,她说了句'付我1350元的账!'"

"等等。上次问过,你欠'味美'的2万来元,初子都记在账上了,你曾还过她一部分钱吗?"

"没有。我不知道初子给我记上了账了。"

"所以,当时她突然让你付当月的赊账时,是很奇怪的啰。"

"当然怪啦。尴尬得很。她这是说给京子听的,要我难堪。"

"说给京子听?这是什么意思?"

"初子以前说过,我有新的女人对她倒是好事。还说,我跟京子一起回东京,就帮了她的大忙。她只要一个人守着店,做好买卖就行,落得较松,再好不过了。既然有言在先,那见到京子也不好再说什么。可是看到我们大白天的就一块儿喝酒,肯定会吃醋的。于是就想找点儿碴儿,可又抓不到把柄,这才提出了要账。我觉得就是这么回事。"

"初子提出要账,你认为是给你难看,这是'醉翁之意不在酒'啰?"菊地律师问道。

"我觉得是这样。我发火了,冲她说:"嚷什么?现在是要账的时候吗？找气！'"

"这么说，初子去你家并非为了要账啰。"

"至少过去没来要过账。"

"但那天初子确实是四处收账来着。"

"好像是。因为她说回头还要去晒泽找大村老头要账的。近来'味美'不景气，所以初子也一心一意想把赊账讨回来。"

"既是这样，就算她向你要账，那也没什么可奇怪的吧？"

"照理应该是这样的。但怎么说呢，她的语气没法形容，话里带着一股火。"

"你便认为那是对你怀有恶意的了，是吗？"

"是的。"

"可是，你的新欢樱井京子在场，初子产生恶感，不也是理所当然的吗？"

"那倒是。不过要真是这样，满可照直说的嘛。"

"啊，那更不会称你的心呢。后来你是怎么回答她的？"菊地律师用通俗的话语，也是为使宫内叙述时心情放松。

"我说，'别逗了，没钱！'初子便说：'怎么会呢？大白天就一直喝，有钱买这么多啤酒，难道这1350元就……'说着眼睛就朝京子那边翻，这下京子给惹恼了，说：'好吧，我付。'说着就从手提包里掏出两张一千元的票子放在了榻榻米上，于是就闹开了。"

"闹?！怎么个闹法？"

"初子冷不防把啤酒浇了京子一身。"

"是手上杯子里的啤酒吗？"

"是的。大半杯啤酒没头没脑地浇到京子身上，从胸脯到膝盖满身部是。京子也不示弱，伸手就去拿杯子。这时初子扑了过去，一把揪住京子的头发，想把他拽倒。嘖，大打出手啦。"

宫内洋洋得意地描绘了两个女人争斗的情景。

"在这段时间里，你都做了些什么？"菊地律师平静地问。

"当然是给他们拉架了。"宫内答道。

"拉开了吗？"菊地笑着问。

"初子拉着京子的头发就是不放手，所以，我就揍了她。"

"这可根本不是拉架啰。这不是向着京子拉偏架了嘛。"

菊地仍然笑容可掬。看到宫内谈兴大发、口若悬河，他心中暗喜。

法庭虽然是伸张法律上抽象的正义的地方，但总会自然而然地通些人情，一般来说，对死者是尊重的。因此，宫内对死者初子的暴行，不管理由为何，都不能不引起法庭的反感。尤其是当着新情妇的面，对自己多年的摇钱树初子横加暴行，这本身就是一种难以名状的丑恶行为。宫内似乎没有感到这点，仍然得意洋洋地讲着，越发显出丑恶。

"后来初子小姐怎么样了？"说到"初子小姐"这个尊重称呼时，菊地特地加重了语气。

"她放开了京子的头发，冲我猛扑过来。我就狠推了她一把，她撞到壁橱上，'哼'了一声。"

"你对已经去世的她，"菊地用更加郑重的语气来称呼初子，"总是这样要打就打、要摔就摔的吗？"

对菊地郑重的语气，宫内似乎感到尴尬。他看到正前方3位审判官脸上露出不快之色，这才好像意识到自己说的话十分拙劣。

"不，不常这样。这次是因当时我在气头上。"

"生气的该是初子小姐吧？她看见你和新欢卿卿我我地一起作乐而没有任何想法，那反倒不对头了。"

"这个，呃，倒是那么回事。所以我也手下留情了。初子小姐说，"宫内也开始加上"小姐"一词了，"'我这么年轻就叫你给甩了，受得了吗?! 我绝不跟你分手!'我说：'是吗？那就让我们坐下来心平气和地谈谈，直到你心里服气为止，怎么样？'"

"喔，初子说绝不分手来着？"菊地提高了嗓音。询问似乎逐渐走上了他所设计的轨道。"你是说，被害人说不跟你分手吗？"菊地辩护人又细心地叮问了一句。

"是的。我跟她的事已经了结了，她是没事找事。"宫内答道。

"已经了结这话怎讲？"

"我跟她早就说好了，所以……"刚说到这里，宫内又把话咽了回去，沉默不语了。

"所以，你竟向她要了10万元的借据，是这意思吗？"菊地律师抓住机会，咄咄逼问。

宫内缄口不答。

"你上次在本法庭说，10万元的借据是为你以前替初子垫付的款子而索要的。借据的日期是今年4月20日。这大致与你移居长后的时间一致。你所谓的'早就'，是指这段时间吧？"

"基本上是那段时间。"

"这钱莫非是你盘算着跟初子分手而向她要的断交钱吧？"

"什么断交钱！我一个男子汉不至于小气到向女人讨绝交钱的地步。"

"何以见得？事实上你不是已经凭着借据，在初子死后向其家属索取了变卖'味美'的钱了吗？你交给初子家属的那张借据，本法庭已采用作为证据。"

"那是我原先借给她的钱。"

"就算是，你在谈定与初子分手之际，将之立为字据，实质上这不就是绝交钱吗？"

"可是,那玩意儿根本没用。因为初子实际上并没有钱呀!"

"然而她拥有'味美'酒店的所有权。你现在不是已从初子家属那里拿到了那笔钱吗?"

"懂了,我已经拿了钱,没辙。随你说它是绝交钱也好,还是其他什么也好,我管不着。"宫内不服气地把脸扭到了一边。

"谢谢。"菊地微笑道,"那么,如果说这10万元是绝交钱的话,初子小姐不跟你分手,借据就该是无效的啰。"

"这又是怎么说的呢?管他分手不分手,借据就是借据嘛!借据里又没有说是绝交钱!"

"当然。"菊地点了点头,"但话回到28日下午,初子小姐没说不跟你分手了,所以让你把借据还给她吗?"

"没有。"宫内不安地答道,"说不分手本来就是没事找事,因为没有站得住脚的理由嘛。何况,还钱不还钱什么的,压根儿就没提到。"

"就算是没事找事,初子小姐在这里还是明确表示了自己的态度的。"菊地律师穷追不舍,"而且如果说10万元是绝交钱的话,当然就成问题啦。现在请你明确回答,初子小姐当时有没有说让你交还借据?"

宫内有点犹豫,摸着脸站着,一言不发。好一会儿才不情愿地开口道:

"提到了钱的问题,但没说让还借据,只是说:'说甩了我就甩了我,交上新女人还让我出钱,我可没那副好心肠!'"

"你认为这是因为不愿与你分手才说的吗?"

"是的。真是讨厌。初子本来是知道我交上了新女人京子的。我搞不明白她为什么一开口就突然说出这样的话来。"

"但是,谁的心情都会有变化的时候。总之,可以确认:6月28日案发那天下午,被害人宣布不愿与你分手,并说不愿出绝交钱,即使未说要回借据,但她还是说了自己并不是情愿给你钱的老好人。"

"是她不愿意跟我分手才这么说的。"

"你搬到长后之后仍然常去'味美'。6 月 20 日被告人和好子到'味美'去的时候,你也在店里喝酒。你并没有与初子小姐干干净净地分手哟。"

"是的。因为初子说让我常去玩。"

"关系还没有彻底断绝呢。就是说,当时你同时与两个女人保持关系啰。"

"嗯,就算是吧。"

"当然,你对新情人京子格外爱恋,更有感情啰。"

"那也未必。我当然也爱着初子。"

"噢,是吗?"菊地故作惊诧道,"那么说初子对你说不愿分手,你还感到挺高兴的吧。"

"感觉怎样,由我自己。"宫内不高兴地说。

"那么,你也并不高兴啰。"

"我的心情很复杂。"

"难道你不认为糟糕?只要初子活着,那 10 元万就别想拿到手吗?还是说老实话为好啊!"

看见宫内被菊地律师问得焦头烂额,冈部检察官并不高兴。本来,宫内是他为了证明阿宏有杀人动机而作为己方证人申请出庭的。然而,菊地硬是在第二次公审法庭上,通过巧妙的反询问弄清宫内与本案有着意外深刻的联系。结果,才使宫内这次作为辩护方证人遭到如此穷追不舍的询问。

不过,这次进行的辩护方的主询问,是不允许诱供的。但方才菊地的询问中诱供倾向很严重,致使引出了对他有利的证词。如果检察方这么问,当然辩护方要提出异议的。

然而一如多次提及的那样，日本的法庭并不那么严格地恪守这些英美式的限制。尤其是没有搜寻证据能力的辩护人申请的证人，一般多为案情证人，多少带点诱供性，只要不涉及犯罪事实，也尽量避免提出异议而浪费时间。

冈部检察官觉得，在与初子的关系方面，不管宫内说出多么难以启齿的情况，只要不涉及杀害初子的事实，就没有什么大不了的。因此，他没把菊地的询问放在眼里。因为后面冈部还有反询问的机会，他打算到那时再询问阿宏与初子的关系，引出对辩护方不利的情况来。

可是，宫内卷进了金钱问题，显得十分狼狈难堪。

"事情确实是因为初子死了，结果我才拿到了10万元。但我压根儿没理由认为初子死了才好。你要那么说我，可就冤枉好人了。"

"当然。听说你还在爱着初子哩。"菊地不无讥讽地说，"但你十分喜爱金钱是事实吧。"

"那还用问，哪有人不爱钱的！"

"初子与金钱，你更爱哪个，这还是个问题啰。"

"这种话没意义，请你别说。这两者难道能相比吗？"

"好吧。不过恕我再啰嗦一句，你知道初子无论如何不愿与你分手，从而得不到钱后很失望吧？"

"有代么可失望的，我就知道初子的话不是那么认真，因为她已经迷上了上田宏了。"

菊地表情僵硬了一下，见此，冈部检察官暗自露出一丝得意的笑容。

"被害人初子恋上了被告人阿宏，这倒是头一次听说呢。"菊地胸有成竹地说，"根据上次开庭好子的证词，你对好子说阿宏迷上了初子。那么究竟哪个说法对呢？"

"啊，这个……"宫内张口结舌，"那么，就是他们互相着迷了吧。"

宫内顺口胡诌地接着说：

"反正是初子迷上阿宏了。女人钟情时眼神不一样。阿宏一进'味美'，初子眼神就不对劲了嘛。"

"可你是初子的情夫，不能说是公正的第三者吧。"菊地平静地说，"当然你是嫉妒的，有可能误解初子小姐眼神的意思，对吧？"

"我和初子交往好长时间了，基本上了解她。初子的轻浮根本不是昨天今天才开始的。在新宿时起就……"

"是吗？她除了你以外，还常常向其他男人送秋波吗？"

"可以说是常常送吧。所以即使我新交了女人，她也完全没理由冲我吹胡子瞪眼的。"

"这么说，初子对阿宏也只是轻浮一下而已，并无深情。难道你不这样认为？"

菊地抓住一点点语言上的毛病不轻易放过，竭力想动摇和摧毁宫内的主张。如果阿宏与初子间的关系是初子的单相思，那就不会跟犯罪事实有多深的牵连；但若跟好子形成了三角关系，则有可能导致认定在"剪除绊脚石"意义上，阿宏早有杀人的动机。

"怎么说呢？初子的性情本来就已经很古怪了，妹妹和阿宏同居，她好像很不乐意呢。就算她没有明确的想法要从中阻挠，但成心插上一杠子的心情恐怕还是有的吧。"

"这不是从初子小姐嘴里听到的，恐怕是你的推测吧？"

"也难说。因为我拿这事开过她的玩笑。她的表情有点不自在，说：'瞎说！他还是个毛孩子呢。'"宫内毫不退让。

"这不正表明初子小姐的情意是极其淡薄的吗？"

"怎么讲呢？嘴上说的是一套，心里想的又是一套，她老是这样的。"

"这里不是谈论恋爱的地方，再听你自己的推测也无济于事。总之，被害者说过'他是个毛孩子'属实吧？"

"是事实。"

再这样追问下去也于事无补。于是菊地换了个问题：

"回到6月28日。你说初子小姐那天最终是破涕为笑，高高兴兴地走了。那么，请你说说，你们是如何收场的。"

"这就难说啦。也许那天并不是那么太高兴的……"

宫内重又吞吞吐吐起来。他自己好像也感到：自己站在京子一边打了初子，初子最后又笑嘻嘻地回去了，这两者之间很难联系到一起。

"当时，说起来还是京子站出来劝解才平息的。她拉住了我……也许在紧要关头，女人总还是向着女人吧。她说：'干吗这么狠，算啦算啦。'我也觉得大白天打架，不好对楼下的人交代呀。既然知道初子说的也是气话，光发火也不是办法。我就对初子说：'你呀，别尽说傻话啦，有话好说嘛。'真没想到，初子竟也老老实实地点了点头，还帮着京子擦啤酒浇湿了的衣服呢。她帮京子擦衣服那光景，真像是个大姐姐哩。不过，榻榻米上那两千元，初子倒是收到自己手提包里去了。"

"原来如此。这番情景你描绘得挺美。那么，初子说不愿与你分手的问题怎么办了呢？"

"不了了之啦。"

"不了了之？是初子收回了自己的明确表态，还是说决定与你分手了吗？"

"话没说得那么清楚。反正，那事儿是稀里糊涂地过去了，所以……"

"这就怪了。初子小姐是独自开店,性格干脆,凡事总要说个明白。尤其是那一场严重打斗,过后竟糊里糊涂地按照你的意愿行事,这真令人难以置信哪。"

"可事实如此嘛,我又有什么办法呢。看来,初子在我家待了不到一个小时吧。尽管不是 15 分钟,但顶多也就是半个小时吧。"

宫内不停地说着,菊地紧紧逼视着他的目光,问道:

"事情就这样彻底了结了吗?"

"是的。时间一点点过去,心情也渐渐好转了。而且最后她拿走了两千元,我也没让她找钱。"

"不许撒谎!"菊地大声道,"如果是圆满了结了,那你为什么还要跟踪初子小姐?!"

为什么还要跟踪初子小姐?! 一听到这里,宫内的脸色唰地一下就变了。

在法庭上,有关人员的脸色对审判官取得心证是十分重要的。甚至有人说,在法庭上做"黑证"(假证)的人,脸色会变"白"。在许多著名案例中,脸上突然失去血色,往往不仅决定了审判官,而且还决定了旁听的新闻记者们的心证。

宫内在本次开庭之前曾被冈部检察官叫去,就 28 日下午的行动情况作了详细的询问。他之所以能对菊地辩护人的询问对答如流,是因为这以前就跟冈部统一了口径的缘故。

上次在对宫内进行反询问时,菊地问过:"你不是跟踪过初子小姐吗?"当然宫内一口否认了这一点。所以,冈部曾执拗地向宫内作了调查。宫内断言道:"绝对没有跟踪。"尽管一切都万无一失地与冈部商量妥了,但在法庭上经菊地如此这般地一问,宫内站在证人席上还是铁青了面孔。

"岂有此理! 你有什么根据这么说?!"宫内叫了起来。

"这可以传你楼下杂货商米子吉成和樱井京子前来作证!初子走后你是否立刻跟了出去,是否像你所说的,你一直是跟樱井京子在一起,只要一问他们两人马上就会水落石出。那条街是长后镇的主要干道,因此,会有许多人看见了你。在法庭上说谎,很快就会露出马脚。那样对你只会越来越不利哟。"菊地不断地进逼。

宫内惨白的面颊上沁出了虚汗,从额头一直淌到下巴。那汗水道道就连菊地在辩护人席上都看得一清二楚。

"我有什么必要跟踪初子嘛?!"宫内喃喃地说。从本人嘴里说出"没理由的事就不会去做"的话是毫无意义的。跟踪了或是没跟踪,只有本人自己知道,所以答案照理只有两个:跟了或者没跟。这里很显然,宫内不过是在寻找退路而已。

"你在上次的证词里说,初子告诉你,她已约好当天下午要在晒泽跟大村吾一见面。可是听了你刚才的叙述,初子小姐好像没有时间跟你说这些呀。是不是一进屋就吵开了的?"

"噢,原来是问这个。"宫内松了一口气,"您没问,我也就没说。初子临走时说来着,她马上去晒泽见大村。"

"是临走时想起来了才说的吗?但是上次开庭时你说,初子小姐造访的目的就是告诉你要去晒泽见大村老人的。这一点如何解释?"

"记不清了。但初子临走时说的,这是事实。"宫内答道。

"那么,你也没有多想些什么吗?"

"初子想见谁,那是她的自由嘛。"

"尽管如此,你没觉得她说在晒泽见面有点奇怪吗?大村吾一和初子都已不是10多岁的少男少女了,在野外约会不合适吧?"

"因为大村老人不愿让老婆知道这事吧。"

"哦，你是说大村吾一不仅不愿让老伴知道他在'味美'赊了帐，而且不想让老伴怀疑他因为是对初子有意才往'味美'跑的。是这意思吗？"

"呃，是的。"

"就算是这样，你难道没感到，在晒泽见面很蹊跷？"菊地重复地问了一遍。

宫内犹豫了一下，然后断然道：

"没觉得怎么奇怪。"

"怎么样，刚才你说初子小姐生性轻浮，迷上了阿宏。那她是否也对大村吾一送过媚眼？你莫非正因这点才跟初子过不去的吧。"

"她开酒店，说些顾客中听的话，那是为了做生意。"

"可又都不是小学生了，在外面约见，难道不奇怪吗？"

宫内又一阵踌躇，显然他也认为这点很奇怪。菊地提高了声音道：

"说出真情来吧。初子把你撇在一边而和大村吾一来往，你是不愿意的。于是你就企图在大村避开别人耳目与初子幽会时袭击他们一下，诈骗些钱财，难道不是吗？不正是为此目的，你才尾随初子小姐出的家门吗？初子偶然碰到阿宏，坐上他的自行车走了以后，你又一直尾随到现场为止。难道不是这样吗？还是讲真话的好，对你自己也有利呀！"

在证人席上，宫内的肩膀不禁颤动了一下。旁听席上响起一片嘈杂声。

"怎么样？跟踪了吧？"菊地律师问。在这种情况下，如果问："跟踪了还是没跟踪，请用是或否来回答。"而让对方二者择一的话，反而会给对方形成否定的暗示。不如采取检察官式的态度，只给一条路，逼问"干了吧？老实坦白！"压倒对方。

"我有异议。"冈部检察官站了起来,"辩护人的询问根据推测,而且作了不适当的威胁。"

但是,谷本审判长却目不转睛埋盯视着站在证人席上汗流满面的宫内。

"检察官的异议也有道理,但审判官想听听本案证人的回答。请证人回答。"

这简直近乎审判长亲自审讯了。宫内一声不吭地站在证人席上,额上冒出越来越多的汗也顾不上擦。少顷,喉头便不住地上下滑动(这是罪犯坦白交代前所常发生的肌肉反应)。

"跟踪了。"宫内终于承认道。

旁听席上又响起一片嘈杂声。冈部检察官不由自主地向前探出身去。他想说点什么,但又像死了心似的,颓然坐了下去。

"初子小姐一走,你也立刻跟出了家门吗?"菊地律师穷追不舍地问。

"是的。"

"那你看见初子小姐在丸秀运输行前跟阿宏说话了吧?"

"看见了。"

"在什么地方看的?"

"在20米开外的梅屋电器店旁边的一条小巷里。"

"听见他们说话了吗?"

"没有。"

"他们俩发现你了吗?"

"我想没有。他们没朝我这边看。"

"你一直看到阿宏让初子上车骑走了吗?"

"是的。"

"然后你做了些什么?"

"回家,和京子一起喝啤酒。"

"此话当真？不说实话可要倒霉的哟。"

宫内又缄口不语了。他的额上仍归挂着汗珠。

"我原以为她要去见大村老头儿，不料跟阿宏一块儿走了，所以我也就没再跟下去了。"

"不许说谎！"菊地厉声呵斥道，"要传京子出庭作证吗？"

"可人家是骑自行车，我是徒步的……"宫内吞吐其词了。

"你会骑自行车吧？"

"不会骑。不，会骑。"

"你马上回到家，向楼下的米子吉成借了自行车继续跟踪。要传米子先生出庭作证吗？"菊地话里带有一种强硬的语气，不容宫内说个不字。宫内被那语气压得透不过气来，答道：

"又跟踪了。"

"阿宏在自行车后座上带着初子骑走之后，你也骑着自行车追了上去。即使起初离得远点儿，但他们是两个人，一个骑一个坐，所以你很快就追上了他们，对吗？你是在什么地方追上他们的？"

"我在千岁村过去不远的地方看见了他们俩。"

旁听的人跟不上菊地的询问，但却能迅速地理解了接二连三地出自宫内之口的新的事实。

"当时，他们距你有多少距离？"

"100米左右。"

"他们俩发现你了吗？"

"我想没有。"

"初子和阿宏二人都没有回头向后面看过？"

"是的。"

"你跟他们保持100米距离，一直跟到了晒泽，是吗？"

"是的。"

"那么就是说,你也看见阿宏刺死初子的现场了?"

"是的。"

"那么,就请你详细叙述一下你当时的所见所闻。"菊地大获全胜,自豪地说。

整个法庭鸦雀无声,弥漫着一种紧张的气氛。大家都对宫内出人意料的证词感到震惊,期待着能从直接目击者口中听到犯罪的经过。3位审判官以及法庭内所有人们的目光都不约而同地投向了证人席上的宫内。宫内用手无力地抹了一下脸,咕嘟一声吞下一口唾沫,然后,他好像不愿再隐瞒了似的,竭力用一种平静的声音开始讲述:

"在山丘弯曲的路途上,我一直保持100米左右的间隔跟着他们。穿过高尔夫球场工地旁的树林,就是丘顶上风景可观的田地。一来到这里,他们的自行车就在朝晒泽去的下坡路口停下来。我怕被他们看见就糟了,于是也停下车,钻进路边的树林里盯着他们。"

"距离仍然是100米左右吗?"

"我觉得更近了点儿。因为他们停得急,所以,我才慌忙把车停住的。"

"有80米左右吗?"

"不很清楚,大概也就那么远吧。"

"停住车后,他们两人下车了吗?"

"阿宏还跨在车上,初子下来了。她下车后朝左手方向走去。"

"哦,是被害者先下车走的吗?"菊地律师有意大声地问道。

这是对被告方有利的证词。因为他所主张的过失致死所受攻击之一,就是说阿宏把初子带到远离大路的僻静处。

"是初子先下车走的。也就是说,是初子把阿宏领到那边去的，对吗？"菊地慎重地叮问道。

"是不是领去的我不知道。"宫内脸上露出警惕之色，"因为离得远，听不见他们说话。"

"但无论怎样先下车走开的是初子。"

"是的。"

"阿宏是跟在她后面走的，是吗？他骑在自行车上没下来吗？"

"不，从自行车下来，推着车走的。"

"是左手推的，还是右手推的？"

"记不清了……"宫内仰面望着天花板，像是要竭力回忆起的样子，"我想，是用左手推的。"

"那么，初子走在他的右边还是左边？"

"她走在前头，不好说是在哪边。"

"她大约走在前面几步远的样子？"

"两三步远。"

"后来就一直这样走到现场的吧？"

"好像走了有五十来米。"

"这段时间里，他们俩说了些什么吧？"

"越走离得越远，所以说话声没听见，但好像是边走边谈的。我向前走到了能看见他们的那片树林的尽头。"

"这时相距多远？"

"仍就有七八十米吧。我从那儿的青冈栎树荫下看着他们。"

"从你所在地方听得见他们俩说话吗？"

"听不见。离得远。"

"他们俩看上去像是在争吵吗？"

"看上去不像。"

"你认为他们是去干什么的？"

"是啊,我没法了解他们俩的心情。不过,好像是想干点什么……"宫内踌躇了。

"你是不是以为他们要拥抱,干那种事呢?"

"是的。我也这么想来着。因为初子已经迷上阿宏了嘛。"

"总之,他们和和睦睦地走过去的,对吗?"

"看上去是那样。"

"而且走了50来米。"

"是的。"

"他们一直走,没休息吗?"

"是的。他们没歇,一口气走得很快。"

"这段距离大约走了多少时间?"

"不大清楚,大概一两分钟吧。"

"这段时间里,他们俩一直是保持两三步的间隔向前走的吗?"

"是的。后来初子停下了,转过身来。"

"是初子转过身来了?怎么转的?"

"怎么转的?就这么站住转过来了呗。"

"看见她的脸了吗?"

"看见了。"

"表情如何?"

"离得远,看得不很清楚。不过,看上去好像在问着什么,表情有些奇怪的紧张。"

"问着什么,这话很含糊。是在逼问的意思吗?"

"也可以那么说。"

"总之,最先表示敌意的是初子啰?"

"我有异议。"冈部站了起来。他一直想提出异议,已是迫不反待。但他考虑到作案的目击者在作证,叙述当时的情况,这时提出异议，会把审判官的心证搞坏，所以忍到现在。"辩护人的询问是诱供。因为涉及犯罪事实，所以请求从记录中删除。"

"异议成立。"谷本审判长立刻作出了决定，"请辩护人改换问题。"

菊地微微点了一下头，问道："总之，初子转过身时表情紧张，这确实吗？"

"看上去是那样。"

"这时阿宏仍然推着车跟在她后面，隔两三步远吗？"

"是的。"

"阿宏的表情没有什么异常吗？"

"记不大清楚，"宫内仰头望着天花板，像是竭力要回忆起的样子，"是啊，在此之前两人间没发生什么，只是走来着。可初子站住了，所以，造成了一点紧张吧。"

"假如认为他俩莫非要接吻什么的，会不会是出人意料的呢？"

"那倒也不一定。我以为初子终于要开口求爱了呢！"

菊地律师露出不以为然的表情，心想，糟糕！如果当时的紧张是爱情引起的，对他来说就大为不利了。

"但你刚才不是说，初子好像是在逼问阿宏什么似的吗？"

"是的。但初子已经迷上阿宏，而阿宏却想着跟好子私奔呢。初子心里当然不好受啦。"

证词没有朝菊地所希望的方向发展。

"不过，简而言之，他们俩就像一对恋人到人迹稀少的地方去的样子啰。"菊地律师问。

"是的。给人一种是情侣之感。所以当阿宏把自行车放倒路边，后退一步拉开架势时，我还吃了一惊呢。"

旁听席上响起嘈杂声。

"等等。"连菊地律师也掩饰不住脸上狼狈之色,"所谓拉开架势,是什么意思?"

"意思很普通。就是稍稍低头,右手放在腰上,手里握着刀的架势。"宫内在证人席上把右手往腰间放了放。菊地定睛细看了这一姿势。

"你知道被告人已经自己供出刺死初子了吗?"

"知道。"

"你是不是已经有先入观了?"

"'先入棺'是什么意思?!"

"因为你已经知道阿宏刺死了初子,所以才认为阿宏拉开了刺人的架势。难道不是吗?"

"什么知道不知道的,我是亲眼看见他戳的。我想一步一步地叙述当时的情况。"宫内的话里使人感觉带有一种喜悦,一种使刚才把自己整得惨兮兮的菊地陷入窘境的喜悦。他好像沉醉在复仇的快感之中。

"当时的情况我终归是要问的。在这里我先问问你,你为什么要把这些情况隐瞒到现在呢?请你把理由谈谈。"菊地毫不示弱,"你为什么不出来救救初子?又为什么不立刻就去向警方报案?我也要一步一步地询问。"

这回该轮到宫内慌神了。他的视线从审判官移到冈部检察官的脸上。这些人的表情没有一个能给他鼓劲打气的,他的目光跌落在地上。

"事情太突然了。不管怎么说我又……"他开始吞吞吐吐。

菊地摆了摆手,打断了他的话,说:"这些问题我以后会慢慢问的。更重要的倒是得确认一下,当时阿宏的姿势确实像你刚才做的那样吗?我再问一遍,你能断言,阿宏当时的姿势确实是那样吗？你可是从 50 米开外看的哟！"

"当然不能断言。不过好像是那样。"

"你真的看到阿宏的手里握着刀了吗？你是从被告人左侧后方看过去的，又怎么能看到他手里的刀？无中生有，你可要吃亏的啊。"菊地追问道。

"我有异议。"冈部检察官站了起来，"辩护人企图通过对证人进行恐吓而获得对自己有利的证词。"

由于牵涉到了犯罪事实，检察官提出异议的次数也变得频繁起来。

"异议成立。"谷本审判长作出决定，"把询问中最后一句话从记录中删除。但是请证人澄清事实，你是否看见被告人手里拿着刀。"

这一天，审判长已经是两次直接向证人发话了。

通常审判长在主询问、反询问之后，要亲自作些补充询问。但这次开庭，检察官、辩护人的询问都进行得很充分，已经没有这个必要了。谷本审判长不时同意检察官提出的异议，但同时又直接向证人发话。这样，实质上就是拥护、支持辩护方。

宫内冷不防被审判长这么一问，顿时六神无主，条件反射似的答道：

"没看见刀。"

对于宫内这类性质的人来说，坐在更高一级的台阶上穿着威严的法官服的审判官，倒是更具有威慑性效果的。而宫内的这一回答，无疑正是菊地律师所求之不得的。

"谢谢。"菊地情不自禁地舒了一口气说道，连他自己也觉得好笑。为了掩饰心头喜悦，他故意摆弄着桌上的宗卷，悠然从容地开始了第二阶段的询问。

"就是说，对初子停住脚步，阿宏的态度是有警惕的啰？"

"是的。"

"所谓他当时握着刀拉开架势,不过是你的想象而已。"

"再怎么说,离得还是挺远的嘛。"宫内有点不服气,但他立刻接着说,"对了,确实当时还没有拔出刀来。刀是过了一会儿才拔出来的。他从裤兜里抽出右手,在肚脐上下慢慢地亮出了刀刃。"

"什么?你说你看见阿宏亮出刀刃了?"

"当然看见啦。"

"离50多米远还能看见刀刃?"

"刀刃闪了一下嘛。"宫内不怀好意地说。

辩护方的困难还是很难克服的。

这个案件中,对被告人最为不利的就是,阿宏所持的刀刺入了初子的身体,从而改变了她身体状况。

人在其身体自然状态下追求幸福的权利是受宪法保障的,因此靠改变他人肉体条件,即伤残、致死等来阻止他人享受幸福的人必须受到惩罚。然而,即使在法律上不构成犯罪,也可以凭借金钱及其他势力毁灭他人的社会人格,破坏其幸福,致使受害者悲呼"不如干脆杀了我吧!"明治以来的小说多以此类问题为题材。但不论怎么说,对使用暴力改变他人的身体状况的行为予以惩罚的法律本身并不错。

阿宏把刀刺进初子体内,改变了她的身体状态。对此,阿宏供认不讳,菊地律师也不想争辩。他只是主张这是一起过失事故。但他这个主张有个致命弱点,这就是:在凶器是登山小刀的情况下,导致事故的前提是必须把刀打开,而把折刀打开本身就是有意识的行为。

在争议焦点是故意犯罪还是过失犯罪的案件中,一般争论的都是当时是否拿起了菜刀砍人,还是用插在刀鞘里的日本刀去戳人，结果刀鞘顺劲脱落而刀出鞘后使人致伤。

　　菊地认为，通过对福田屋刀具店主人进行反询问已基本澄清：阿宏并非为了杀人目的才买的刀；而且宫内关于在去晒泽的丘顶道路上提议拐到小路上去的不是阿宏，而是初子的证词也对被告方有利。不过，宫内声称看见阿宏慢慢亮出刀刃的证词，老实说，对菊地是个打击。如果可能的话，他想套出新的证词，证明当时是阿宏把刚买的新刀拿出来给初子看，在他手上的刀已经打开刀刃时两人发生争吵，结果偶然失手使初子受到了致命伤。

　　"当时是傍晚4点半左右吧。"菊地漫不经心地问。

　　"走出长后镇的时间是3点40分的话，当时也就是4点半左右吧。"宫内回答。

　　"那天白天天气挺好，但晚上下雨了。"

　　"我记得当时太阳还挂得老高。"

　　"但现场的西面是大村先生的杉树林，所以现场已经处在树林阴影下了，不是吗？"

　　"不，杉树林在崖下，没那么高。所以现场根本不在树荫里。"

　　"那刀确实闪亮了一下吗？莫非只是你个人的感觉而已？"菊地律师问。

　　梅雨季节里到了下午4点半左右，即便日头还高，也该落在偏西北的方向了。何况又是从侧后方看过去的。说这刃长10厘米左右的刀刃被太阳照得闪晃耀眼，十有八九是在胡诌。

　　但是，辩护人询问证人不能像检察官那样，耗很长时间，面对面计锋相对地进行调查，以探明事实，而只能靠在法庭上的询问时间使证人说出真情，因此，需要用复杂的技巧来达到目的。

这时，宫内的心里始终隐藏着一个意图，企图隐瞒自己不但当场看到阿宏刺死初子而未立刻报案，甚至一直沉默至今的真实原因。尽管他开始作证了，这点很好，但他却对辩护方怀有敌意，这就给菊地造成了难以逾越的困难。

"就算刀没闪亮，从当时的架势也看得出来。地痞流氓打架我见得多啦。"宫内道。

"原来如此。就是说，你是根据姿势认定他们是在吵架的啰。"

"刀刃确实晃了一下嘛。"

"好了。既然如此，你为什么不立即上前劝阻？"

这是宫内的一个弱点。他沉默了一会儿，喃喃地说：

"因为我没料到他们会吵得那么厉害。"

"没料到会吵？可你刚才不是还说看见阿宏打开刀刃了吗？"

"那，那个……"宫内答不上来了，"也许本来就不清楚是不是确实拔出了刀。"

"本来就不清楚？这就怪了。难道你说的刀刃闪亮是谎言吗？"

宫内的脑门儿上又冒出虚汗。不过，对辩护方来说，如此逼问证人实在是很危险的。宫内虽然一时哑口无言，但不一会儿便仰起头来，眼睛里充满挑战的神气，说道：

"不是谎言。"

"既然不是，你为什么不出来阻止呢？"

"根本没那功夫。因为一眨眼间阿宏就扑到初子跟前，噗地就捅上去了。"

"啊！"旁听席上响起了惊叫声。

宫内的话不仅对旁听的人，就是对菊地，也是一个冲击。他凭着做预审检察官的经验，完全清楚这是宫内为自己没有立刻上前劝阻进行辩护所编造的谎言。一切都可以从宫内说话时的表情和声音判断出来,菊地的第六感不会错。

若是预审,就可以慢慢质问,很快地剥下他的画皮。但辩护人却不能用这种手段,而只能靠在法庭上的询问澄清事实。菊地的希望,唯一就寄托在审判长和他具有同样的心证上。他条件反射地看了看谷本审判长。谷本审判长不是那种所谓"不上表情"的审判官。前面已经说过,他认为,在法庭上应尽量时时刻刻把自己的心证表现在脸上,以便于当事人制定自己的方针。

谷本审判长的眼睛看着被告席上的阿宏,菊地也看了看阿宏。阿宏好像被惊呆了。

"哦,因为阿宏很快地扑了过去,所以你连走上前去的时间都没有。这理由有些奇怪呢。要是阿宏立刻就扑上去的话,假如我在场,我会更迅速地上前阻止呢。"

"初子随后就倒在了地上,像死了似的。我想,反正已经晚了,就……"

"不许信口开河!"菊地冷不防地大声道,"离50多米远,如何知道死活与否!你希望初子死掉另有原因。因为初子说不愿与你分手,这使你感到棘手。本来,你若立即上前劝阻也许还来得及,可你却躲在树荫里,袖手旁观。怎么样?还是从实讲来吧!"

"我有异议。"冈部检察官站了起来,"辩护人的询问,仅仅根据推测……"

"驳回异议。"谷本审判长道,"希望听完这位证人的全部回答。请证人回答辩护人的问题。"

审判长的话又是直接冲着宫内来的,宫内的表情又僵住了。

"我没那种想法。因为我想反正已经来不及了,再说也没什么大不了的……"宫内语无伦次地说着。

"你认为没有什么大不了的?"菊地辩护人责问道,"这是什么意思?!你为什么会这样认为?你说这话的意思,是说你既没看见阿宏刺了初子,甚至连刀在阳光下闪亮也没看见吗?"

用没有时间劝阻来掩盖自己看到杀人现场却不上前劝阻的卑劣行径,从道理上看还是说得过去的。但是,仅以这点来辩解是不够的,反而会引起别人怀疑自己。宫内意识到这点后,好像改变了自己的说法,他补充说:

"可是,我压根儿也没想到会造成如此严重的后果呀。"

"就算说是没想到会造成严重后果,可你刚才不是说,你看见阿宏拔出刀了吗?"菊地有意识地使用一种不客气的语言威胁地问。

"所以我感到对不起死者,向她道歉。"宫内有口难言,道,"其实,我压根儿没看见什么刀不刀的。阿宏跟初子是在争吵些什么,可我没料到真的会用刀刺人。"

"那么就是说,你以前说的全是谎言了?"菊地瞪着宫内,嘴里问着,心里如释重负。如果直到犯罪行为发生一瞬间为止,阿宏与初子二人间并不是剑拔弩张的势态,这对菊地来说,不能不说是有利的情况。

"我没说全是假的。"宫内又冒起虚汗来,"从初子回过身来时,阿宏拔刀拉架势那儿开始都是假的。不,虽然我没看见刀,但阿宏有所准备地向后退步是真的。"

"在这一点上你已经订正了你最初的证词了。"菊地宽慰地说。既然证词已经开始对菊地有利,他也有必要缓和一下宫内的心情,使他便于开口。"那么,请你把他们二人当时的动作从头至尾如实地讲出来。"

"好吧。初子站住脚,回过身来说了些什么,阿宏就向后撤

287

了撒身。这是事实。然后，初子朝阿宏跟前走，阿宏又向后退。"

"当时阿宏手里没有拿刀吧？"菊地像是避免疏漏似的叮问了一句。

"具体情况怎么样不太清楚。我想，初子是在说服阿宏。尽管我肯定是要和初子分手的，但多少还有点醋意，要是他们有什么出格举动，我就想奔过去吓他们一家伙。后来，他们好像又谈了一会儿，但谈着谈着，初子冷不防扑到了阿宏的身上。"

"你是说，是初子主动拥抱的吗？"菊地平静地问。

"是的。她扑得出人意料，我也略吃一惊。扑过去以后，初子就靠着阿宏的身子滑落到地上。我又吃了一惊。这样，我也没理由去拉架什么的。"宫内的证词，总的一句话，就是始终在为自己为什么没有露面劝阻进行辩解。不过，他作为目击者详细谈出了发生杀人行为那一刹那的情况，这对菊地律师来说是很重要的。

"你说是被害者主动扑上前去的，这点确实无误吗？"菊地慎重地问。

"没错儿。所以我才觉得没什么大不了的……"

"你怎么想的，我已经知道了。"菊地打断了宫内的话，"初子倒下去之后，情况怎样？请把你所看到的如实谈一谈。"

"阿宏愣愣地看着躺在地上的初子，站着没动。这时，我才看见阿宏握着刀。"看来，宫内无论如何是想让阿宏手中持刀了。

"阿宏是怎样握着刀的？"

"这样握的。"宫内做了一个把刀压在右侧腰际的姿势给菊地看。

"再往这边来点儿，让大家都看清楚了。"

宫内从右侧走下证人席，做了一个同样的动作，并把眼睛朝着地板盯着，保持了一会儿这个姿势。菊地偷眼看了看被告席上的阿宏。

阿宏向前探着身子，眼睛瞪得老大，动也不动地凝视着宫内的姿势。他那表情也可认为单纯反映出他的好奇心而已，菊地有点暗自惊讶。他思忖着，阿宏的脸上未露恐怖之色，也许是由于从这时起，就已经进入了阿宏自称对具体情况"已经不记得了"的阶段了。

"事到这一步，你还是没有走过去吗？"

"没时间过去。是啊，现在知道那是刀了，可当时我还以为是不是晕过去了呢。不对，初子才不是那种动不动就昏过去的女人呢。总之，我确实不知道是怎么回事。"

"请你说说阿宏后来又干了些什么。"菊地催促道。"他向四周望了好一会儿，沉思着。然后拿定了主意，朝着来的方向走去。我还以为他要走掉呢，没想到他又走了回来，像是变了主意。然后，他拖着初子的尸体……"

"不一定是尸体。你当时所在的位置是不能确认初子当时是否已死的。"菊地律师打断了宫内的话，然后转向审判长，继续说，"请求将刚才这句话从记录中删除。"

"可以同意。"谷本审判长决定道，"证人只要客观叙述亲眼所见就可以了。"

宫内手足无措地站在证人席上，表情困惑不解，但他终于明白过来：在法庭上屁大的事儿也得啰嗦来啰嗦去。他算服了，无奈地说：

"晓得了，说初子的身体总成了吧。阿宏抓住初子身体的两只脚，嚓嚓地往路对面的草丛里拽。等尸体，不，初子的身体完全掩蔽起来之后，阿宏就把掉在现场的手提包和阳伞也都扔了，然后又朝周围环视了一遍，这才扶起倒放地上的自行车，推着走了。"宫内似乎对菊地屡次打断他有些恼火，讲得很快，简直是一口气说完。他那冷漠无情的语言，可说已经惊人地真实描绘出了阿宏是如何处置初子尸体的。

宫内说完后，整个法庭沉浸在一片可怕的寂静之中。

"你就一直这样悄悄看着这一切的吗？"菊地律师问。

"哪能那样！我马上就走了出来。"宫内得意地回答，"我穿过田地，到隐藏初子尸体，不，初子身体的草丛那边儿去看了。"

"当时阿宏在干什么呢？"

"他已经朝晒泽方向走下丘顶了。"

"他骑上自行车了吗？"

"不，一直是推着走的。莫非是两腿打抖发软，骑不了车了吧。"

"你没想着去追他吗？"

"我又不会分身。我得先看看初子怎么样了呢。"宫内愈发得意起来。

"是啊。那么到了现场你看见什么了？"

"路边有一摊血。我想，这下刺得可够狠的呢。我再向草丛一看，才发现下面就是悬崖。看到初子的尸体，不，身体趴在下面十几米的杉树林里。我试着叫了声'喂，初子！'但是毫无疑问，她一点反应也没有喽。血迹染得草上到处都是。当时我就想，她被刺死了。我觉得，杀了人，还要摔到悬崖下面去，干得可真够狠毒的。不由得心头起火。"

揭发别人干的坏事，心里好像挺痛快似的。宫内越发得意起来，讲起来滔滔不绝。

"但是，被害者当时是否真的死了还不清楚呢。"菊地指出道。

"可流了那么多血,又被摔下悬崖……"

"等等。是不是摔下去的还不知道呢。你只看见阿宏把初子拖到草丛里了而已。也许初子是被放进草丛之后滑下去的。从路到悬崖边有多远?"

"嗯,我没去量,大概有四五米吧。"

"这点只要做个实地验证就清楚了。下面请你讲讲后来你干了些什么。"

"我想,总得想个办法才是啊,可又不知道该怎么做才好。总之,我回到原来放自行车的路上……"

"哦,你看见了初子当时的情况,却没有马上到她身边去吗?"

"是的。这实在……"宫内吞吞吐吐地说,"就是想下去,附近也没个下山的道儿,而且不知该怎么办才好。所以,还是先取了车……"

"是啊,自行车是向楼下借来的,当然要紧喽。那么,你骑上车以后寻找到下边去的路了吗?"

"是的。我本来是打算找路来着。可是……"宫内说到这里犹豫了一下,"因为有人来了……"

"有人来了?"

"有人从晒泽那边上来了。我仔细一看,原来是大村老人。"

菊地律师看着宫内的脸,一动不动地说:

"往晒泽的路上,半道有眼泉水。阿宏用那泉水洗了手,在坡道上与大村吾一擦肩而过。这时是5点多。大村老人登上丘顶必须是更晚些的时候。这中间,时间过得太久了吧。"

"具体怎么样我不知道,反正我刚想骑上自行车时,大村老人就上来了,这是事实。"

"这倒是啊。那么,你怎么办了?"

"我想要是被他看见可就糟了……"

"好奇怪呀!干坏事的又不是你。大村老人来得正好,你可以趁此把初子被扔到崖下的情况告诉他,一块下去料理她。这难道不是理所当然的吗?这点如何解释呢?"

宫内沉默了一会儿,开口道:

"因为我害怕得很呢。"

"你怕什么?"菊地问。

"我定睛一看,发现不知什么时候,我的裤子上鞋子上都沾上了血迹,手也弄上了,肯定是踏进草丛时沾上的。要是就这副样子出去和他说,肯定他要怀疑就是我干的了。"

"但你亲眼看见了阿宏的作案经过,只要如实坦白地讲出来,应该是无妨的,不是吗?"

宫内又沉默了一会儿,少顷抬起了头,两眼直勾勾地盯着菊地的脸,豁出去似的说:

"我有前科。我也知道,在厚木人们也不说我个好字。所以,我觉得,我说的话得不到别人的信任。我想,假如阿宏说不知道是谁干的,大家会更相信他的。"

"但是当时初子还不一定已经死掉。不管怎么说,首先应该救她一命。难道你不认为,人命关天的大事不比自己被人怀疑与否更为重要吗?"菊地逼问道。

"可是,初子已经死了呀!"

"你怎么知道?!你不过从十几米高的崖上往下看了看罢了,不是吗?"

"我多少见过打架杀人的。那就是尸体嘛。"

"所以,你就认为抢救也无济于事了。是这意思吗?"

"是的。不过,也许真的没死。现在想起来,我觉得当时没跟大村老人说就悄悄回家，这确实太不好了。不向警察报案也是不该的。但当时我想，肯定会有人发现的。没想到老没见报纸上登出来，我心里就更加担心起来。尽管如此，事到这个地步再去报案，更加会被人家怀疑了。前科犯才心虚哩！这种心情只有有前科的人才会理解。"宫内的表情少有的认真。

菊地仍旧十分注意地观察着宫内的表情，突然说了声："我的话完了。"但随后补充道：

"本辩护人拟就该证人所作的证词请求进行实地验证。请对现场的情况、尸体所在的位置，以及有关距离等进行调查。同时希望指定该证人为验证见证人。在现场附近适当的场所，本辩护人希望对证人进行庭外询问。"

这道手续所依据的是刑诉法第128条。既然宫内出具了意料之外的证词，这道手续就不可缺少了。而传宫内来当见证人也是理所当然的。此外，在现场附近借用当地的派出所、警察署或是小学校等地进行询问，也是有先例的。从菊地辩护人的询问经过来看，这个申请可以说是正当的。

谷本审判长点了点头，随后把目光转向冈部检察官，好像在问他是否有异议似的。

"没有异议。如果进行实地验证的话，检察方也希望在现场附近询问该证人。"

"可以。那么，日期……"谷本审判长一边说，一边翻着桌上的"日程簿"。的的确确，半个月内没有时间。看来对检察方、辩护方双双合适的日子只有10月24日了。

"既然如此，本检察官就不再进行反询问了。"冈部检察官说道。

他这么一说，谷本审判长才意识到，自己忘了问检察官是否要进行反询问了。这一方面是因为此次审判的进展异乎寻常，实属特例；另一方面也因为谷本审判长深知，这种场合，检察官与其在开庭时囿于各种烦琐限制来进行反询问，不如利用午休时间把证人带到检察官室去询问来得更为有利。

这样，上午的开庭比规定时间提前10分钟结束了。

检察官们午休方式五花八门。如果那天只是些简单案子，他们就回到检察官室，一边跟同事聊天，一边吃着从食堂取来的午饭，如此而已。但像今天上午这样，一旦出现了意外的证词，那可就忙了。

下午开庭只是对酌情证人阿宏的父亲喜平和花井老师进行调查。但如不事先向转眼之间重要性倍增的证人宫内问个水落石出，作为检察官要维持公诉就难保万无一失了。所以，冈部决定把宫内叫到检察官室进行询问。

在法庭上进行反询问，是根据新刑诉法的精神新增的程序。但那些残存着靠盘诘进行调查旧习的检察官们，还是更喜欢把证人带到检察官室这块他们自己的领地。这样还不满足，还要让证人等到下午开庭结束后，再带回地方检察院。这天，宫内就是晚上7点多以后才被放回家的。

检察官午休还有一种不能允许的方式，那就是到审判官的接待室去玩，跟审判官聊有关的案件。在闲聊中捕捉审判官的心证，当场提出证据申请。这种恶习现在仍然每每残留在地方法院中，阻碍着公正地进行审判。彻底根除这种恶习，已是人们所殷切希望的。

当然，谷本审判官是不会允许这种情况的。冈部检察官自本案开庭以来从未涉足审判官室。横滨地方法院对指控上田宏杀人弃尸一案的审判，可以说进行得基本上理想。

当天下午对喜平和花井武志进行的询问，由于案情取得了意外的进展，现在已经不太重要了。这里就没有必要再去详细赘述了。

　　喜平满脸疲惫地走上了证人席。他说，两三年前阿宏就已对他表示过反抗的态度。但对阿宏发展到杀人作案的地步，他感到做父亲的没有尽到责任管教好自己的孩子。他说，6月28日发案那天的傍晚开始，直到第二天，丝毫没有看出阿宏有什么异常的样子。他主要只是就阿宏的精神状态作了证。他说：最近他把土地卖给了工厂，家里的经济情况发生了变化。从那以后，阿宏就开始对他表现出了反抗的态度，云云。

　　花井老师谈到，阿宏在中学时是个十分老实的孩子，成绩优异，还担任过班委，集体劳动时他也总是干在别人前头。他还作证说，阿宏毕业以后，他们也常常见面。随着最近金田镇一带工厂的建设，阿宏的家庭环境发生了变化。他对突然之间发了大财的父亲态度开始反感，这可以看作是他过分天真。但是，阿宏对一般青少年变坏犯罪是一贯持批评态度的。最后，花井老师补充说，这次阿宏悄然离家出走，也许就是他的这些不满和郁愤突然爆发出来的结果。

　　总之，这两人提供的证词，只能供作参考，不涉及案件的核心，一切将取决于实地验证的结果和对被告的审讯。对这两人的询问，也只是由于事先安排的，不得不进行询问，以完成这一程序而已。

　　这样，10月8日的第4次公审到此即告结束。

十六、实地验证

所谓实地验证,就是对于刑事案件在法庭之外所进行的证据调查。审判官通过自己的感觉检验有关物体的形状、性质以及有关现象,以此获得证据资料。这就是实地验证的目的。验证结果一旦记载到验证报告中,即具有证据效力。

检察官一般是一个人参加验证。被告人阿宏由看守押送,乘拘留所的汽车来到现场。菊地律师从世田谷的住宅坐车到现场。宫内知道近路,在长后站下了车,坐上公共汽车就到了现场。此外,大和警察署派出的一名最初起草实情见闻调查报告的司法警察和发现尸体并于作案时间在现场附近与阿宏路遇的大村吾一也来到了现场。这是10月24日下午两点,是结合6月23日下午4点半作案时的大致情况而选定的。因为本案不是深夜作案,所以没有必要再去计算月亮的形状位置。只是大概估计了一下日落的时间,就定了下来。

时隔4个月,大自然已完全改变了模样。4个月前,丘上曾是绿叶葱茏,梅雨乍晴,阳光普照,万物生辉,光耀人眼。而如今,那番景色已被晚秋气象所笼罩,满目萧瑟,叶落纷纷,四野更觉空旷。天空晴朗,万里无云。放眼望去,相模川流域尽收眼底。映入眼帘的只有工厂。设计得像玩具一样的白色广房排列井然有序,沐浴着一片深秋的阳光,远处,甲斐、丹泽、箱根诸山群叠叠,随着日头的西斜,抹上了一层越来越浓的阴影。

验证是从发现初子尸体的地点,即大村吾一所有的杉树林开始的。从晒泽下来 100 米左右,然后沿左面田埂小路走过去就可到达。这个地点的验证,大村老人是主角。他既是尸体的发现者,又是杉树林的所有者。

"请脚下留神哪。"大村一边照料着专程从横滨前来的大人物们,一边引导着他们一行走过秋收之后赤裸裸地露着黑土的田间小道。

杉树林周围是一片叶子开始发红的杂木,一直到悬崖跟前为止都埋没在一片墨绿之中。林子里没有路,只能在一踏上脚就像软垫一样陷下去的枯朽落叶上走过去。主管审判官野口候补法官左手拿着警官写的实地调查报告,一边走,一边对照着周围的地形。

初子尸体的位置,在进入杉树林 50 多米靠近悬崖的一块洼地上。由于 6 月份林子里的草十分繁茂,加上又没有多少人走崖上的路,一连 4 天尸体都未被发现。但从与悬崖的相对位置来看,可以认定,尸体是从崖上自然滑落到这个位置上来的。

这里,并没有什么值得审判官敏感地去观察的东西。验证从这里开始,只是因为构成犯罪的重要物证尸体是在这里发现的,走走形式而已。

尸体的最先目击者现在已经不再是 7 月 2 日发现尸体的大村老人,而是宫内。案发后他随即就从崖顶向下看到了尸体。这会儿,他看上去好像有点做贼心虚似的,总是躲在别人的身后。

"你从崖上往下看时，尸体确实在这里吗？"

听到谷本审判长问话，宫内这才向前挪了挪，走近了尸体的位置。他用颇为干脆的口吻答道：

"是的，就在这儿。"

大村老人用平静的语调，讲述了他接受了厚木木材店的订货，来林子里察看要砍伐的木材而发现了尸体时所走过的路线。

当他们一行12人走出杉树林时，在沿晒泽北面山脚的乡村道路上，看见了花井老师、好子及其家属和金田镇上的居民20来人朝这边走来。这些人中，家属和花井老师是上次开庭那天知道今天要进行验证的，而其他人都是从派出所巡警的老婆口中听到消息后赶来看热闹的。

因为并没有法律禁止观看实地验证，所以，这些人远远围在现场四周，好奇地观望着西服革履的审判官在10月底晴朗的午后跑到野外来四处折腾。可是，这些官员的作为并无趣味，不大会儿，他们就三三两两地散去了，最后，只剩下家属和花井老师了。

大村老人指点着跟阿宏对面走过的地方，随后又用跟案发那天一样的速度走了100米的距离来到丘领。他虽然已上了年纪，但金田镇的人，步伐要比想象的快，走上来总共用了不到两分钟。然后，他还确认了那天他上到顶上后等了初子10分钟，一度下丘去晒泽，半道又折回丘顶又等了10分钟，加上最后断念不再等待并决定下丘的时间，总共大约是25到30分钟。当然，他说他没有发现前方树荫里的宫内。这样，大村吾一的事儿就算完了。

"你辛苦了，可以回去啦。"

听了谷本审判长的招呼，大村如释重负，可以超然而归了。但他却没有离去，而屈跟花井老师、家属们一起，观望起验证来。

一行人终于来到杀人现场。这里从去晒泽的下坡路口沿崖上羊肠小路向南走50米即可到达。这里右边茅草茂密，悬崖就在下面，杉树林的树梢紧擦着悬崖。左边是一片菜地，种着大蒜、萝卜，绿叶葱葱一直铺到50米开外，就等着12月份收获了。再往前，就是宫内藏身的树丛了。

这里行人稀少，但视野广阔，并非检察官所说的"杳无人迹"之处。能使法院认识到这点，菊地辩护人很是高兴。

菜地南北很长，朝南走上300来米，有一片杂木林，林子那边就是新建的高尔夫球场。在大村的杉树林的尽头，可以眺望甲斐、丹泽错叠的山峦。

"请指出初子停下来的地点。"谷本审判官催促宫内道。

"就在这块儿。初子正好是在这棵树前突然转过身来，好像瞪着阿宏似的。"宫内颇为得意地站在那个位置上，模仿起初子的动作来。

当时，地方报纸的记者带着的摄影人员也在场。一见宫内开始模仿，他们就急忙凑了过来。但被告人阿宏也在场，这样的场景是不好让他们拍照的。

书记员同记者商定，等验证结束后，审判官、检察官都站在现场，让他们拍照。

"后来，初子大致就是这样扑过去抱住阿宏的。"宫内得意地一个人扮演着两个角色。谷本审判长只是"原来如此""后来呢？"不时插话，让他自由表演。

在此期间，野口候补法官左手拿着实地调查报告比较着宫内听说的"现场"和报杳中记录的位置。矢野候补法官则根据审判长的暗示，走到宫内隐蔽观望的青冈栎树下，去核实与现场的距离关系和从那里看现场的情况了。

树木都已落叶，现场当然清晰可见，而且还能隐约听见说话声。俱这还得考虑秋天空气清澄，传音好以及风向等因素。

宫内说阿宏拖初子尸体的那路线，茂密的茅草已经开始发黄。经确认，从那里到悬崖的距离确如宫内所说，是四五米，这里恰是发现尸体位置的正上方。这些都与宫内的证词大体一致。这样，就一步步证实了宫内的证词是相当可信的。

谷本审判长转向阿宏，问道：

"被告人对证人的话有什么想法吗？"

谷本一双大眼，目光锐利，一动不动地注视着阿宏，好像要把他心底看穿一般。在谷本的逼视下，阿宏犹豫了一下，回答道：

"他既然这么说，我也觉得是初子冲上来的。但前后经过我还是记不起来了。"

但是，检察厅对阿宏作的调查报告中，这一段却相当详细。调查报告中说："他想，事到如今，只有干掉她。于是朝她左胸部猛刺了一刀。他很清楚，这样做的结果也许会使对方丧生。"

对此，阿宏在开庭时矢口否认。宫内的证词在这点上是对阿宏有利的。谷本审判长愈加慎重地凝视着阿宏的脸，但没有进一步追问。对被告人的讯问应在审判的重要阶段在法庭上进行，这是原则。尽管这时采取的是询问阿宏对宫内证词的意见形式，但实际上就是调查，如果过于深刻，则可认为破坏了审判的公正。

就这样，一行人又朝宫内观望作案情况的树林走去。矢野候补法官已在那里，对与现场的距离关系作了笔记。

宫内走到他当时藏身的树后，摆出了他当时的姿势。

"你说没听见说话声，这就有点怪了。现在已经是西北风了，还听得见说话声。6月份是西南风，朝这边刮的，你却说没听见。"在听取了矢野候补法官的意见后，谷本审判长提出了这个问题。

"不，我只是说没听出他们说的什么，但听到了他们的说话声。"

"你在法庭上说了，什么都没听见。"

"我是想说没听明白他们在说什么来着。"

"初子倒下去的时候，没有发出喊叫声和呻吟声吗？"

宫内想了一会儿，答道：

"什么都没听到。"

总的一句话，他的证词是编的，中心就是，当时现场并没有发生严重事态非让他跳出来上前阻止不可。

现在正好4点，是日落前两小时，恰好相当于6月28日下午5点左右。虽然日头高低不尽相同，但亮度可说与发案时基本一样。

阳光暖洋洋地洒在树上、田里，把浓黑的阴影投射在地面上，又一次使人切身感到，当时真是一幕白昼的惨剧。

一行人随后来到金田镇公民馆。菊地辩护人和检察官就预定在这里询问宫内。

职员们为这一群官员倒茶上点心，忙得不亦乐乎。他们还煞费心机，阻止镇上人围着建筑物，从窗户向里窥视。

不到10个人就把接待室挤得满满的了。因为是简略形式的询问，所以，只有3位审判官占据了窗边的沙发，其他人便各自适当地在桌前、墙边找凳子坐了下来。

正是这样，产生了一种法庭上所没有的宽松的气氛。宫内例行公事地宣誓之后，谷本审判长说了声："那么，辩护人请。"于是，菊地律师在自己的座位上，隔着桌子注视着宫内的脸，开始询问：

"我想首先从作案情况开始澄清事实。你刚才为我们模仿了一下初子拥抱阿宏的动作,准确无误吧?"

"是的。我是照我看到的那样学的。"宫内坐着回答。

"好的。那么,我想听听你的意见。根据你的摹演,似乎只能是在初子倒过来的同时,阿宏手里的刀有意无意地刺进了初子的胸部,这点怎么理解呢?"

宫内没有立刻回答,他求救似的把眼光投向了冈部检察官。宫内在上次开庭那天,接受了冈部检察官的调查。关于为什么目击了现场却隐瞒至今这一点,足足被盘问了两个多小时。

虽说是检察官,但只是不分清红皂白地维持公诉并不算能耐。他应该具有发现真相的热情。冈部检察官通过午休的半小时和闭庭后的一个半小时的询问作出了判断,认为宫内仅仅是目击者而已,确实没有参与犯罪。他认为,菊地辩护人不过是使用"扰乱"战术获得了意外的进展而已。至于是被害者主动扑上去的啦,或者是故意还是过失啦,均属宫内的个人意见,并不重要,无关大局。因此,当宫内投来求救目光时,冈部检察官只是佯装不知,冷漠处之。

冈部曾把回答的要领教给了宫内。但宫内在法庭上已经多次领教了菊地的厉害,现在被菊地一问,好像很紧张,不知所措。他小声回答道:

"你问我,我也不晓得。真的。"

"不会不知道吧?"菊地紧紧逼问,"作案经过你都看见了。那么,我这样问你吧:初子一扑到阿宏的身上马上就倒下了,对吗?"

"是的。靠在阿宏的身上,软软地往下瘫,先跪在阿宏的脚下,然后就挺直了。"

"这些都是一瞬间发生的吧。"

"是的。后来阿宏马上就离开了,可又折了回去,把初子的身体拖进了草丛。"

"真是马上离开的吗?难道他在离开之前,竟没有蹲下去,救救被害人,或者干些什么吗?"

"怎么说呢?我是在远处看的,事情又来得突然,说不准。"宫内有点恶意地答道。

"阿宏在草丛里没有蹲下去吗?"

"不,没有蹲。"

"确实吗?"

"确实。那里草并不深,阿宏的身体自膝盖以上都看得见。"

这也许足看到现场的杂草并不繁茂后想出来的答案。实地验证就是这样,既有帮助证人回忆的一面,同时,也有使证词朝错误方向发展的一面。

"这就奇怪了。你当初可是说过,被告人摸了摸被害人的脉搏,确认了她已死了。"

"怎么说呢?反正就我看到的情况来说,阿宏没有蹲下过。"

毫无疑问,宫内感情用事了。这也是菊地在证人席上狠整了他而产生的逆反效果。菊地对着宫内的脸看了一会儿,突然说:

"我的话完了。"说罢,转向谷本审判长,低头鞠躬。这态度仿佛是说,再问也只能得到同样的答复,那么就请审判长去判断吧。

"这里有该证人新的供述书。"冈部检察官一边往外拿出一沓薄薄的横格稿纸,一边说,"如果辩护方同意,本检察官希望申请将此作为证据,今天就不再询问了。不知意下如何?"

毫无疑问,这就是上次开庭那天午休时和闭庭后的询问记录。

对冈部检察官来说，只要辩护人不同意，他就不得不进行询问。可审判官们已经在现场奔波了半天，筋疲力尽了。这种时候提出这个建议，也许他们也都会希望辩护人能够同意。于是，冈部瞧准了现在的机会，提出了这一建议。

对菊地律师来说，既然宫内不想出具证词证明阿宏救护了初子，再深究下去也毫无用处。一切都将视刺伤的部位、形状及其他解剖鉴定的情况而定了。现在法庭已预定日后传询各鉴定人。作为辩护人，现在提出了过激的主张，到时却被鉴定人的证词推翻，那就弄巧成拙了。因此，最明智的就是采取一任审判官去作判断的立场。

初子是自己扑向阿宏的——从宫内嘴里掏出这样的证词应该是知足了。于是，菊地律师说：

"请允许我拜读一下。"

说完，就从冈部检察官手中接过宫内的供述书，嚓嚓地翻阅了一遍。其实，他一开始就打算同意的。

他知道上次开庭那天，检察官午休时把宫内带到检察官室去了。因此，料到会对这样的材料。他只看了看其中确有初子在先来到现场、并且主动扑向阿宏的记载，便马上把材料还给了冈部，说了声：

"同意。"

然后，谷本审判长作了两三个补充询问，这里就不必详述了。

律师中间常说"条理"。这个词是从专家们的经验中自然产生出来的，难以准确地下定义。一般是这么使用的："这个案子合乎条理。"或是说"这个案子不合条理，不能接受。"等。

所谓"合乎条理"的案子，是指那些即便未必合情合理，但被告人的行为或辩解中却含有令人颔首之处的案件。除了那些胡搅蛮缠的律师油子，再热心精明的律师，只要抓不住这"条理"，都将无从辩护。这样，律师的工作就不能不是去发掘那些甚至连被告人本人都未注意到的"条理"，并整理出有关证据。

关于上田宏一案，菊地律师正是直观地认为案件"合乎条理"，才接受的。虽然他针对检察官的"故意杀人"主张提出了"伤害致死"的"条理"，但这"条理"同样有着各种棘手的难题。

阿宏都19岁了，当真会只为初子说要把好子怀孕的事告诉父母们的一句话，就产生杀死她的动机吗？单凭这点断定阿宏是"故意杀人"，动机理由不够充分。但要主张这是偶然事故，却有以下4个难点：

1. 阿宏为什么要把初子带到杳无人迹的地方？
2. 阿宏是什么时候打开折刀，亮出刀刃的？
3. 阿宏为什么不立刻救护初子，就藏匿了尸体？
4. 阿宏为什么没有自首？

其中第一点已经因宫内证词而不复存在了，但其余3点依然存在。作为菊地来说，正在试图逐点予以克服。他觉得，就一般情况而言，只要能够证实阿宏与初子之间有着某种强烈的感情上的纠葛，所有这些难题便可一举消除。而要做到这一点，并不是没有可能的。

审判长的补充询问结束之后，菊地律师又特别要求对宫内进行询问。虽然顺序有点不当，但还是被允许了。

"我问一下。初子小姐曾对你说过'想死'的话吗？"

调查完毕，刚刚松了一口气的宫内，对菊地的询问有点反感。他只是形式上装出一副思考的样子，回答道：

"这个嘛，没有记忆。"

"初子小姐在与你的关系上绝望了。按你的说法,她爱上了阿宏,又一直在嫉妒他与好子的关系。加上酒店经营不顺利,莫非她已经厌世了吧?"

"到底怎样我不知道。反正,'想死'之类的话没听她说过。"

"就问这些。"菊地重又转向谷本审判长说道。

当天的实地验证,就此全部结束。

十七、审讯被告

在旧的刑事诉讼过程中，审讯被告人是开庭审理的中心环节。但在昭和23年修改的战后刑诉法中废除了这道程序。修改的精神是：承认被告人的缄默权，限制坦白交代材料的证明力，以及尊重人权、防止误判。

然而，前已述及，这一切都是表面文章，传统的"坦白即证据之王"式的观点犹存，根深蒂固，形成一股潜流而残留着。被告人如果是任意供述，那审判长就可随时要求他就必要事项进行回答。而且，陪审员、检察官、辩护人也都可向审判长打个招呼，讯问被告人。

当然，在这种场合，不能忘记被告人是当事者一方。那种对被告人搞逼供信的态度，必须严加避免。但实际上又怎样呢？毋宁说，都弄得以听被告人解释为主了。尽管如此，在新的刑诉法中被告人无须宣誓，即便作伪供也不受罚。只是过于对己有利的供词，恐有不为法庭置信之虞罢了。最后，对被告人的讯问便带上了极为含糊不清的性质。有时碰到职权意识强烈的审判长，他还会根据自己从在此之前的整个审判经过中获得的心证，对被告人进行比检察官还要检察官式的讯问。

只修改了法律,照样遗留下一些无法变动的程序。因此,一切都得等到时光流逝,法律界所有人员的结构改变了之后。否则,是不能指望纯粹按法规进行审判的。

实地验证后的3个星期,即11月15日的下午,对上田宏本人进行讯问。过去,此案的审判基本上都隔两个星期左右,而这次由于验证调查报告赶不出来,延长了间隔时间。

尽管书记员、速记员拼命赶活儿,审判调查报告一般在下次开庭之前也总是做不出来的。然而,实地验证是在法庭之外搞的证据调查,因此,在被做成调查报告提交法庭之前最不能具有证据能力的。从实地验证到下一次开庭间隔3个星期,理由即在于此。

因为宫内承认了跟踪初子跟到晒泽,所以辩护方撤销了已经申请的证人樱井京子、米子吉成。对菊地的主张来说,伤口的状态是一个要点,因此,他申请进行尸体解剖的法医出庭作证。11月15日下午的安排,就是首先对从神奈川县警察署出差而来的鉴定人进行询问,接着对被告人阿宏进行审讯。

鉴定人说,初子的伤是致命伤,刀已刺到心脏。毫无疑问,这伤就是登山用折刀刺的,刀现已成为物证。但难以断定这伤究竟是被告人主动刺入所致,还是被害者主动扑身向前所致。

对鉴定人的询问,一个小时便告结束。休息了10分钟之后,就开始了对被告人本人的讯问。谷本审判长对站在证人席上的阿宏说道:

"下面,审判官、检察官、辩护人要向你进行各种审讯。不过,你如果不愿回答的话,不回答也可以。但是,一旦作了回答,那么回答的内容就将成为证据。因此,你在回答时应当注意才是。"

审判第一天被告人陈述意见时,审判长就作过这样的提醒。

在这个阶段就未必非再重复提醒一遍不可。但由于审判长念及阿宏尚属少年，才又关怀地重复提醒了一下。

"明白了。"

阿宏清清楚楚地回答道。在审判的各个阶段上，阿宏的态度始终是心神不定、坐立不安的。但现在，他已意识到审判已近尾声。他做好了精神准备，只说自己想说的，准备接受裁决。

他一开始就不曾否认过杀死了初子，因此，当然他做了打算，准备接受应得的惩罚。开庭前3天，菊地律师到拘留所来跟他商讨时，他就把自己的这种心境原本地告诉了菊地。反倒使菊地对阿宏打算坦率说出一切产生了不安。

"我希望你回答时尽量简短些。也许你认为只要说的是实话就行了。可是一旦被人抓住一丁点话把，事情往往就会被莫名其妙地引上歧途，不可收拾。像你这样的年轻人，血气方刚，我已经难以强迫你注意到这些。所以，只要你回答时注意简短些就行。记不起来的事只要回答记不清了就可以了。千万不可勉强回忆，把情况说错了。"菊地为了能在最终辩论中自如地展开辩论，觉得还是说几句，不让被告人回答出差错是完全必要的。

冈部检察官向阿宏讯问的第一点是：如果说作案那一瞬间的情形已经记不清了，那么，为什么在警察署和检察厅却作了那么详细的交代？其实，冈部做过多次供述调查报告，经验颇丰富，内中原委不问也知道。但既然阿宏现在推翻了交代，他也就不得不在法庭上予以讯问了。反正他打算提出申请，把供述调查报告作为证据。因为报告的内容承认了对被告人不利的事实，根据刑法第322条，当然具有证据能力。冈部检察官问：

"你在法庭上陈述说，你并没想杀人。既然如此，你为什么又在调查官面前说，买刀就是为了要杀人呢？"

"因为谈话时越说我越觉得,如果自己不那么说,他是无论如何不会放过我的。"

"放过你?这是什么意思?"

"我觉得,只要我的话不对他的路,他就会没完没了地问下去。"

"你在本法庭上讲,刺杀瞬间的情形已没有记忆了。可你对检察官却详细地叙述说,你是用左手搂着初子的身体刺的,为的是不让血喷到自己的身上。没有记忆的事为什么却能说得这么详细?"

"因为我的衬衫上没沾上,几乎没沾上血,他就问我为什么。我问答时,说着说着就说成了那个样子。我说了多次我不记得了,可他老说不会不记得的。"

"但是,你是看着初子死掉的。这点你还记得很清楚吧。"

"等我缓过神来,初子小姐已经倒在了我的脚下了。打这儿往后我都还记得。"

"真会记呀,恰恰从对你合适的时候开始想得起来了。依你说,好像是调查官对你进行诱供,你才供述了作案细节的。那么,你说说调查官究竟是怎样讯问你的?"

有时调查官进行诱供,来附会调查报告的文理,这是人尽皆知的事实。但被告人在法庭上公然揭露出来,作为在庭检察官,总不能"是吗""是吗"地打个马虎眼退下阵去的。

况且,出现了一个目击者宫内,在法庭上出具了与调查报告大相径庭的证词,实在令人难堪。在此之前,冈部检察官不知咒骂过多少次搜查部负责调查阿宏的检察官。但他还是在宫内出具了证词的第二天,把宫内叫到自己的办公室,找机会发了一通火。

既然在法庭上的供述与供述调查报告的内容相左,人家当然会说是检察厅调查检察官的诱供所致。而且在审理被告人全盘否定犯罪事实的法庭上，几乎可以说必然会导致无休止地令人不快的争论。

菊地辩护人在与阿宏会面时，已经对阿宏讲过，不要说诱供不诱供的，免得麻烦。他说：

"你就是不说，调查报告的字里行间也明明白白地反映出了诱供。而且，审判官都已知道，你就不必担心啦。"

果然，阿宏没有使用诱供一词，可是结果却是一样的。在这种场合，检察官总会说：那么你说说看，是怎么诱供的，他都说了些什么？这也是检察官们对付被告的套话。

上田宏似乎有点气馁，望着冈部检察官的脸，好像被强烈光线晃了一下似的，眨巴眨巴眼睛。过了一会儿，他说：

"我只记得，他问了我好多好多，可……"

"不会记不得吧。"冈部检察官不容抗拒地说，"现在是事关你是否犯了杀人罪的紧要关头，不是你说声记不得就可以推脱了事的。"

"可我真的记不得了。反正当时我脑子里是一团乱麻，身体也累得很，所以……检察官先生一问，我就回忆起当时的情形，越发感到自己做的事情可怕，就连回答了一些什么，我也记不清了。"

这话答得与菊地事先教好的一模一样。菊地很满意阿宏终于想起了自己的苦心教诲，脸上露出了微笑。同时，冈部检察官也看透了，被告人肯定会这么说，菊地会这么教他。冈部的脸上也浮现出微笑，不过那是一种讥讽的笑。

可是即使再追究下去，被告人也有不说对自己不利情况的权利，甚至可以保持缄默，对所提问题全然不予答复。

"噢，就是说你醒悟到罪行的可怕啰？可你杀死初子之后，竟能一连5天不动声色，与被害者的胞妹同居呢——最后我再问一下，你究竟为什么没有想着去救护一下倒在地上的初子呢？"

"因为我认为她已死了。"阿宏垂下头答道。

"你一点也没想，如果救护一下，也许她就有救了吗？"

"没有想到。"阿宏的回答颇含痛心之苦。

"我的讯问完了。"冈部检察官说完就坐了下去。

菊地辩护人的方针是不过多向阿宏提问，但有些事又不得不从阿宏的嘴里问出来。

"我有两三点必须问的，不过你可以不勉强回答。"

菊地一改以前对证人的态度向阿宏问道，语调亲切，就像在对比阿宏的实际年龄还小的少年说话一样。当然，这是为了给对方解除紧张，使他得以轻松地回答问题。

"忘记的情况，你说声忘了就行。宫内辰造的证词已经证实，是初子扑到你身上，才刺到她的。那么我想请你回忆一下，当时你手上就没有感到什么异样的感觉吗？"

阿宏低着头。问到那一刹那的情形，对他来说是个痛苦。

"我什么也记不得了。"他低声回答。

"如果记不得了，我是不会强人所难，硬让你去回忆的。不过，初子抱住你的时候，你大吃了一惊吧？"

"这我也不晓得。不过经你这么一问，我倒是觉得，她的脸是从远处靠拢过来的。"

"从这时往前，你都记得吧。"

"在她靠过来之前，她一个劲儿地发火，说我跟好子私奔是不知天高地厚。可她的表情忽然变了，还冷不防向我扑过来，我吃了一惊。"

"表情变了？这是什么意思呢？你以前可是从未说起过呀。"

这并不是菊地在法庭上耍弄手腕儿,实际上,阿宏过去确实从未提到过初子表情的改变。

当时那一刹那,初子脸上的嘲笑之色烟消云散,代之以稚童般的天真,这实在是不可思议的。这景象深深印在阿宏的脑海里,多次出现在他的梦中。不,就是醒来,一个人独守牢房时,也会莫名其妙地突然想起。

"唉、唉、唉。"阿宏情不自禁地叹息着。

这样奇妙的记忆,真不知该如何向别人说明才好。正因如此,才连菊地也没有告诉过。

"我真不知该怎样说明才好……她一直在发牢骚,可我觉得,当时她不是发牢骚的表情。"阿宏小声地说。

"能不能说得明白些?"菊地鼓励道,"就是说,被害者的心情看上去是当时突然改变的吗?"

"初子小姐的心情究竟怎样我不知道。大概说,她是一个我不能理解的人。"

"不过,她的表情看上去异乎寻常,这点是肯定的吧。"

"是的。"

"事实上,那不是憎恶你的表情,而是爱你爱得不能自拔的表情,难道不是吗?"

"什么表情,我不知道。"阿宏涨红了脸,又低下了头。

"怎么样?把这点说得明确点儿吧。我知道这是难于启齿的,但你如果明确地说了出来,那么关于你的过失(菊地说到'过失'一词时提高了噪音)就会真相大白了。你看呢?当时初子有没有更主动地对你表示些什么?譬如她没说'跟我一起出走吧'之类的话吗?"

这些话,菊地和阿宏会面时也没问起过。现在突然在法庭上直接讯问,多少有点儿冒险。但作为菊地,他想让审判官直接看到阿宏的原始反应,从而使他们获得明确的心证。

这下阿宏着了慌,血顿时涌到脸上,面颊涨得通红,然后又突然失去血色,变得一脸苍白。

"那种话,初子小姐才不会说呢。"他喃喃地说。

"你最好不要隐瞒。初子说要把你去横滨的计划告诉父母,这多半是真的吧?但初子不可能只对你说了这一句话。她肯定有什么不便让好子知道的事,难道不是吗?你在案发前一天去初子的酒店一事,也没有对好子说起过。你去干了些什么,谈了些什么呢?你特意走出店外跟初子谈了些什么内容?"

"她劝我们去堕胎。"

"这话我已经听了好多遍了。初子20号那天也劝你们堕胎过,而且案发当天她坐在你的自行车后座上,从长后到晒泽,一路上又不停地规劝你。她为什么非得这么苦口婆心地劝你不可呢?只要你们说声不干,事情本来是可以就此打住的,难道不是吗?如此唠唠叨叨地劝个没完,按初子的性格看,难道不是太蹊跷了吗?"

阿宏低着头,沉默不语。说还是不说,举棋不定的踌躇好像已化作一种紧张,牢牢地攫住了他的整个身心。

"如果不愿说出来,不说也可以。不过,讲出实情,可于己于人都有好处的哟。"菊地律师又问了一遍。

阿宏终于抬起了头,好像下定了决心。他把视线投在比谷本审判长还要高的位置上,僵硬地说:

"初子小姐劝了好多次堕胎,这是真的。不过她还说,跟宫内闹了些别扭,想关掉酒店,干个正正经经的工作。她没说跟我一起出走,但她说,如果我去横滨的话,她也想去那里。"

"这是什么时候说的?不是案发前一天,27日说的吗?"

"是的。"阿宏回答得很痛苦,"可我并没有当真呀。"

"要是这样,你为什么要把这事瞒着好子小姐呢?"

"因为我觉得这是节外生枝,没必要说。"

"28日,在晒泽的山丘上,初子是不是又提起这事了?"

"她提了。"阿宏似乎不打算再隐瞒什么了。

"初子小姐都说了些什么?请你回想一下,尽量照她的原话说。"

"她打看到我摆弄三轮摩托车时起,就一直问我,真的要去横滨吗?什么时候去?我没回答真话。可是在晒泽山丘上,"阿宏顿了顿,接着说,"她对我说:'我再问一遍,'"阿宏像是在背台词似的追述着初子的话,"请你明确地回答我,你是喜欢我,还是讨厌我?我才不是那种傻瓜呢,非去追逐不爱我的男人到处跑。"

旁听席上传来低沉呻吟声,这当然是好子发出的。这呻吟立刻就反映到了背着她站着的阿宏的脸上。他扭曲了面孔。

"那么你是怎么回答的?"

"我明确地说:讨厌。于是,初子小姐就用眼睛狠狠地瞪着我说:'原来是这样,不喜欢就拉倒,但你们可就甭想去横滨了。你们光顾自己舒服,把我困在这种乡下小镇上,惨兮兮的,我才不干呢!'可说到这儿,她的表情突然变了……"

"她抱住了你。以后,你就记不得了,对吗?"菊地辩护人接过了阿宏的话。如果让阿宏过多叙述犯罪详情而不加注意,恐怕就会被冈部检察官抓住话把,因此,菊地必须加以适当引导。

"最后一点,你在被初子抱住时当然是吃了一惊。你还记得你是想挣脱她,还楚想推开她的吗?"

"不记得了。"

"我的话完了。"菊地辩护人突然坐了下去。

"稍等。"冈部检察官向谷本审判长点头打了一个招呼,就站起身,逼视着阿宏的脸问,"你的刀应该是在被害者抱住你之前就已握在手上了。在你刚才所说的过程中,你是在什么时候拔出刀的?"

冈部检察官一开始就打算问这个问题,只是想看看菊地讯问的情形再说,于是保留了下来。而现在,菊地根据宫内"看上去初子在说服阿宏"这一证词,把杀人现场编成了一部恋爱闹剧,而且成功在即。就在这当口儿,冈部抓住时机,问了这个问题。

为什么阿宏拔出了刀?这对辩护方来说甚至是个致命弱点。趁阿宏还在考虑,冈部检察官又问了下去:

"你对调查官说,打开刀刃是想吓唬她一下。这又是什么时候的情况呢?按你刚才所说的,你不是完全没有必要拿出刀来吗?"

"我本想警告她,别拿人当傻瓜……"阿宏词穷了。

"对方年纪再大,再不好惹,可毕竟是个女人嘛。你又何必拔刀呢?"

"可是,我当时是真的害怕初子小姐了。我心里没谱,不知道她会拿我怎么办……"

"还能干什么?她可似乎是爱你爱得不能自已了。她总不至于把你拿来吃掉吧。"冈部讥讽道。

"可是,我是真的怕了。"阿宏坚持说,"我想,她要是撒起野来,不知会干出什么事来。不拿刀吓她一下,我们的幸福就会泡汤了。"

"你们的幸福就这么容易告吹吗?就算怀孕一事被告诉了双方的家长,你们两人都不是孩子了,总会有办法吧。"

"可是结果我俩肯定要被拆散的。而且,我们又都想把孩子生下来。"

"仅此而已吗？初子不是说要把跟你的关系告诉好子吗？"

"跟我的关系？这是什么意思？"

"你别装蒜了。就是一般的肉体关系。你明确地回答我，你与被害者有过肉体关系，还是没有？"

"别逗了，绝没有那种事。"阿宏毫不迟疑地回答。

"你是说一次也没有吗？"

"是的。"

"我的话完了。"冈部坐了下去。那态度分明是在说，再问也只能是这样，所以作罢了。

"案发那天，在晒泽山丘上，初子逼你跟她发生关系了吗？"

"没有。"

"我的话完了。"菊地也很干脆地坐下来，毫不示弱。

检察官和辩护人各起来讯问了两次，这样由当事人方面直接进行的被告本人讯问就基本结束了。下面就是审判官是否进行补充讯问的问题了。作为主管审判官，野口候补法官也有问题想问。他向谷本审判长递了个眼神，征得同意后，便转向阿宏问道：

"作为审判官，我有些地方想问一下。"与冈部和菊地不同，他的措辞不即不离，"你说当时你认为初子确实已经死了。那你又是如何确认的呢？"

"我已经对检察官先生讲过，初子当时淌了好多血，而且一摸她的手腕，已没有脉搏了。"

"你就没想到，她还会侥幸活着？"

"也许本来是该这么想的，但我感到闯下了大祸，早慌了神儿。"

"可是你就没想到，如果把被害者扔到悬崖下面去，会加重她的伤势，使她真正死去吗？"

"这个也没想到。"阿宏稍事考虑，回答道，"反正我当时只是想不能让别人发现……"

"那里的草丛从路边到悬崖有 4 米远。你知道那里是悬崖吗？"这个问题，野口在实地验证时就想问了。

"我不知道紧挨着的就是悬崖。"

"可是崖下的杉树林的树梢离那里已经很近了，应该看得出紧挨着的就是悬崖，不是吗？"

阿宏显出困惑难解的表情，略作思考之后说：

"想起来了。一开始我想把她藏到那片草丛里来着。可是我把初子小姐拖到那儿后，意外地发现脚下竟是悬崖，我有些站立不稳，于是我就松开了初子小姐的脚，结果她一下子就滑了下去。"

"这么说，你一开始并没有想把尸体扔到崖下去啰？"

"现在回想起来，当时只是想往草丛里藏。"

"但就在路旁，就算藏了起来也是不保险的。难道这也无所谓吗？"

"反正我觉得不能撂在路上不管。"

"确实如此吗？"

"确实。"

问到这儿，野口候补法官松了一口气。作为他来说，案情真伪姑且不论，但能从阿宏的嘴里获得了连较自己年长 10 岁以上的冈部、菊地都未注意到的情节的有关供述，这就足以使他心满意足了。

"可笑！所以说现在靠人情审判的审判官真没办法！"冈部检察官心想，"流了一升血，怎么能就马上把尸体拖进草丛掩藏起来了呢？"

野口候补法官继续问：

"那么，我再问一个问题。从被害者的情况看，流血相当多。但你身上却滴血未沾。至少在你作案后，于晒泽途中跟你对面而过的大村吾一没有注意到你身上有血。你没有在什么地方换过衬衣吗？"

这对辩护方来说也是一个难点。一般的刺伤，如不拔出刃器，只是血向内流，而没有外出血。但如情况像宫内目击的那样的话，那不仅是阿宏的衬衣，就连裤子也该溅满了血迹。可阿宏说后来注意到的时候，只有袖口沾了一点点血迹，在晒泽的路上用泉水洗手时，一块儿把它洗掉了。这个说法有点不对头。正因如此，检察官的"冒头陈述"中出现的"一边留神不使血溅到身上，一边……"的语句，才产生了一种逼真之感。

作为冈部检察官，本来可以进一步追问一下这一点的。但由于宫内辰造的证词，一旦供述调查书有否任意性的问题被揪住不放，那可就弄巧成拙了。所以，冈部才没有开口问。

"没那事儿。换什么衣服？压根儿就没带。其实，为什么没沾上血，连我也闹不清。那一刹那的情形，我怎么也回忆不起来了。"

在任何案件中，都不可避免地会多少遗留下一些不合情理之处。如果一切都清清楚楚，审判官的心证就无须有也就不必要了。那么，也就无须审判官了，只要用电子计算机从证据和证词中进行统计、澄清真相就可以了。

当审判官的都知道，"真相只有上帝知道"，尽管他们并不说出来。只是他们有义务决定是左还是右，于是才写出判决书。

在所谓误判案件中，只要对无罪方的主张详加研究，也会跟原判决一样，必定出现一些含糊不清的地方。正因如此，对"著名案件"的争论才持续不断。英国的"伊丽莎白·卡宁案"

便是一例。两百年后的今天，推理小说家仍然在推论该案的"真相"。

　　未经坦白交代或法庭的证据调查认定已无怀疑理由之前，便已真相大白的案子，是极为罕见的。绝大多数的案子多少都有遗留问题，只能在总的精神不错的情况下起草判决。

　　这样，11月15日通过审讯被告对上田宏进行的证据调查，虽然留下了许多疑点，但还是结束了。

十八、求刑

一星期后，冈部检察官于11月22日提出求刑，历时15分钟。对这种程度的案件来说，15分钟略嫌长些，但却表现出了检察方对此是十分重视。

尽管事实真相的细节因菊地辩护人的反询问和宫内辰造的证词等而有所动摇，但冈部检察官自信"杀人弃尸"的诉因不会瓦解。

求刑提要

横滨地方法院：
对于上田宏"杀人弃尸"一案，检察官求刑意见如下：
第一、有关事实
1. 争议
对本案公诉事实被告人否认存有杀人动机乃至施行暴力的意图，提出了辩解。声称原想吓唬一下被害者坂井初子，打开登山刀摆了一个架势，这时该女扑身上前，致使刀刃刺入该女胸部，造成了致命伤。因此，被告方主张只能定为伤害致死或过失致死罪。

鉴此，拟对以下各点进行考察。

2. 根据受伤部位和程度认定的作案中登山刀的使用方法。

a. 根据法医对本案的鉴定书，登山刀所刺伤口只有一处，系被害者生前形成。该伤为致命伤，由左胸部第5肋骨与第6肋骨间刺入，伤及心脏前部（右心室），深达6厘米。据刺入伤口及创伤角度看，可推定该伤为刀刃向上，该女直立姿势时由前方水平刺入所致。

根据法医的鉴定书及其在本法庭上的证词，可以认定上述刀伤确系被害者生前形成。

b. 被告人在本法庭上声称丧失了对作案经过的记忆，辩解说致命的刀伤系被害者扑向被告人时所致。然而，这一说法与被告人在检察官面前所作的供述内容相比极不自然，终究是不可信的。

根据法医的证词，上述刀伤系由相当强度的刺击所致，手可强烈地感觉到的。即使就像被告人所主张的那样，拔出登山刀摆好架势时被害者扑身过来，由于身体的阻力，刀上下或左右摆动的可能性极大，终究不能想象如鉴定书所述保持着水平的角度。

c. 应该说，在被告人所辩解的手持登山刀对被害者摆好姿势，被害者扑身上前的状态下，归根结底是不可能造成本案中的刀伤的。

3. 足以认定上述登山刀使用方法的其他证据。

a. 被告人被捕后，关于登山刀的使用方法对警察和检察官承认，是抱有杀人动机刺入被害者胸部的。即被告人承认，当他拔出登山刀威胁道："你敢把怀孕的事告诉父亲，我可饶不了你。"时，遭到了被害者的嘲弄，说："连这玩意儿都害怕，还能在新宿做买卖?!"被告人闻此勃然大怒,用左手按住被害者的身体,一边注意不让血溅起来,一边造成了致命伤。对上述情形被告人供认不讳,完全没有像现在开庭时声称的这样来进行辩解。

b. 被告人在本法庭上声称打开登山刀后就失去了记忆。但上述事实显然否定了这一点,证明被告人在起诉前检察官进行调查时,不存在这种情况。相反,关于造成致命伤的时间及方法,被告人作了详细明白的供述。从上述调查的经过看,被告人的辩解也是完全不能置信的。

4. 关于公诉事实:被告人为隐匿上述罪行,将被害者尸体拖离现场约4米,从高约10米的悬崖上扔到了大村吾一所有的杉树林中。对这一事实被告人在被捕后检察官进行调查时,并未否认。

被告人在本法庭上声称,原来想把尸体隐藏在崖上的草丛之中,不料尸体误落悬崖。然而,这一事实尚难断言已为在本法庭上出现的证词所证实。

5. 本案作案动机与杀人动机

a. 本案动机一目了然。即:去年8月前后,被告人与被害者之妹好子发生恋爱关系。今年4月前后好子怀孕。同时,由于被告人之父无论如何不可能同意2人的婚事,2人便共谋于6月29日出走,在横滨市矶子区借得公寓,企图非法同居。不料,好子怀孕一事被被害者觉察。鉴于两人均未成年的事实,被害者竭力说服劝其堕胎。但2人不听规劝。这时,被害者便说,将把此事告诉双方家长,以此阻止两人的行动。被告人闻此怀恨在心,担心同居的梦想不能实现,遂生杀死被害者的念头。在作案当天,被告人去长后镇,来到福田屋刀具店,伪装成购买其他物品的样子,买了一把登山刀。事后在丸秀运输行商量借用运送货物的轻便三轮机动车时，被偶尔路过的被害者发现。由于被害者看穿了被告人的出走计划，凑巧又托被告人把自己带到金田镇去，于是，尽管不应骑车带人，但被告人还是让该女坐在自行车后货架上，将其带到人迹罕至的现场，并且最终实施了自己的杀人计划，用所购登山刀刺入该女的胸部，造成了刀伤。鉴此应该说被告人是完全具有杀人动机的。

b. 被告人性情温和，在单位亦颇受好评，且未曾与同事斗殴打过架。因此，很难确认被告人用刀伤人是由于一时感情冲动所致。终究不能认为此次作案像被告人所声称的那样，是偶发性的犯罪行为。

c. 被告人在法庭上否认在本案中存在杀人的犯罪意图，但其被捕后在检察官进行调查时却已承认：自己是怀着杀人动机购买上述登山刀的。此外，被告人在本法庭上声称，上述登山刀是为搬迁及同居后家务之用而买的。然而，该刀是登山用的，极其锋利，不适合家务之用，终究不能认为是为家务之用目的而购买的。相反，该刀乃是足以杀人之凶器，根据客观物证亦可认定本案的杀人动机。

d. 根据作案过程的目击证人宫内辰造在本法庭的证词可以澄清：在现场，对话时被害者的敌对态度有所缓和，甚至可以说，被害者是以和解的态度走近被告人的。但是，尽管如此，被告人还是用相当大的力量把刀刺进了被害者的身体。创伤部位已至心脏，深达6厘米。且被告人嗣后没有进行急救，反而拖着被害者，将其扔下了10米高的悬崖，使其完全失去了复生之余地。综上所述，可以认为被告人为达到杀害致死之目的而有意识这样干的。

e. 如上，检察方认为，公诉事实一二均为本法庭所得证据充分证实。

第二、案情及量刑意见

1. 被告人作案时年仅19岁零4个月，尚未成年。被捕后痛悔自己的罪行，老老实实地交代了犯罪细节。这些都是对被告人有利的事实。然而，被告人在作案后却隐藏被害者尸体，在晒泽的路上用泉水洗去沾到手上和衣服上的血迹，将凶器深深插进田埂里，企图隐瞒葬证。可见被告人当时是保持着相当程度的冷静的。而且，作案后神情举止并未显出惊慌，甚至在晒泽路上碰到大村吾一时，还表现得坦然自若。回家后依旧与家人谈笑风生，若无其事。

2. 而且，隐瞒罪证的结果，使罪行未被及时发现。被告人为此深感庆幸，按计划于第2天29日偕好子离家出走，在横滨市矶子区的公寓中非法同居，直至被捕。其间，被告人在新工作单位龙汽车公司的工作情况一如平常，丝毫没有为后悔恐怖情绪所动摇的迹象。并且，也未因惧于罪行而投案自首。以上所述均为事实。

3. 在本法庭上推翻了在法警及检察官面前所作之前供，企图以丧失记忆之类不攻自破的理由进行蒙骗，隐瞒作案时的情况，这种态度的显露，也是事实。

4. 被害者坂井初子乃被告人与之同居的坂井好子之胞姐，其母澄江在长女惨遭杀害、次女孕后出走的情况下悲痛欲绝愤怒至极。

5. 尽管被告人作案时年方19岁零4个月，尚属少年，但已与好子相好近一年并使其怀孕，心身俱已成熟。且自4年前就已一边上定时制高中，一边在茅崎的工厂当徒工和临时工，有充分的社会生活经历。鉴于上述事实，不能免除被告人对上述犯罪行为所应负的法律责任。

6. 今天，青少年犯葬不断增加，特别是损害他人基本人权，危及他人生命安全的少年犯罪屡禁不止。从防止犯罪这一刑罚的目的看，本案的犯罪行为是不容轻视的。

7. 且被害者初子乃软弱无力之女子，若只为阻止其向家长告发，其他高压手段尽多，然竟为达目的而不惜剥夺他人尊严的生命，可谓将"扫除障碍者"之精神发挥到了极点。被告人在法律上虽然尚属少年，但不能认为这就足以直接减轻了犯罪的情节。

8. 因此，考虑到其他各种情况，本案应适用各有关法律条文。由于被告人是少年，本检察官认为，根据少年法对被告人处以8年以上12年以下有期徒刑为宜。

横滨地方检察厅　检察官

冈部贞吉

昭和36年11月22日

十九、最终辩护

辩护要点

横滨地方法院刑事第5庭：

  关于被告人上田宏杀人弃尸一案，辩护人谨提出辩论要点如下：

  第一，公诉事实及检察官所主张的事实提要（略）。

  第二，被告人对公诉事实及检察官所主张的事实的承认与否定和辩护人的陈述（略）。

  第三，检察官的求刑（略）。

  （以上系出于回顾审判经过，明确争论焦点，使审判官得以仅依最终辩护即可书写判决书的考虑而予记载的，但因其与前述重复，在此特予省略）。

  第四，辩护人的见解

  关于本案公诉事实一，在认定是否是（1）被告人故意杀人；（2）被告人无意杀人；（3）故意伤害致死；（4）无意伤害致死的事实上，争论分歧，尚存难以立即断定之因素。

辩护人确信，被告人并无故意杀人之动机和故意伤害之意图。并认为，被告人亦非过失杀人。其理由叙述如下：

1. 被害者坂井初子与宫内辰造的关系

初子在金田中学毕业后去厚木基地的驻军PX商店工作。其间行为不检点，与美军多人发生两性关系。以后离家到新宿歌舞伎町的蓟酒吧等处工作。其间结识了地痞宫内辰造，并发生关系，一直发展到宫内一度在初子的公寓中与之同居（参照宫内辰造在法庭上的证词和检察官对和子之母澄江所作的调查报告）。昭和35年3月，宫内因伤害罪进了东京拘留所。初子趁此机会决心与他分手，回到故乡金田镇，用过去攒下的钱为资本在厚木市厚木火车站前开了一家"味美"酒馆。但是，昭和35年11月，宫内一出拘留所，便追踪初子来到厚木，并在他的一个朋友家里与初子同居，又与初子恢复了关系。他一方面帮着向"味美"的来客收账，一方面常对顾客采取威胁的态度，致使"味美"的营业陷入了不景气的境地。今年4月由于恐吓一位顿客而与厚木市的无赖发生龃龉，随即移居长后镇，交结了藤泽市的地痞无赖，同时新交了该镇上的樱井京子，并与之发生关系。因此，初子交给宫内10万元借据一张，以图与他断绝关系。

然而，嗣后宫内辰造依旧到"咪美"吃喝不拘，而且并未停止向顾客寻衅等行为。这些均已为大村吾一在本法庭的证词所证实。

被害者初子与宫内辰造的这种关系，可以认为是新宿的地痞无赖与酒吧女招待之间关系的典型。可以认定初子对宫内仍然十分留恋。6月28日案发当天，初子在收账途中，顺便来到宫内在长后镇租借的二楼房间时，一见樱井京子与宫内同饮，就勃然大怒，欲对京子暴力相加，而且说决不与宫内分手，所以不会拿出10万元给他。从这些事实也可看出初子对宫内的留恋。

然而，宫内此时却有当着新情妇的面殴打初子的行为，双方争吵达30分钟以上。初子于3点半左右，怀着相当绝望的心情离开了宫内的住处。这种心情在初子其后于丸秀运输行前见到被告人，一起前往金田镇的这段时间里迄未稍减。这点必须予以正视。

2. 被害者初子与被告人的关系

被告人自幼就熟识好子的姐姐初子。多情的初子也本能地喜爱阿宏。另一方面，与自己的绝望处境相比，初子对妹妹好子与被告人之间幸福的恋爱关系产生了嫉妒之情。这点可以认定（参照宫内辰造在本法庭的证词和被告人的口供）。初子力劝堕胎，也不能认为仅仅是出于被告人和好子尚为少年，无育儿能力的想法而这样做的。执拗地逼被告人和好子堕胎，并说要告诉双方家长的行为，也是由于上述对被告人的爱情所产生的嫉妒使然。这样考虑更为自然。

27日案发前一天晚8时许，初子把何宏一人叫到"味美"，流露出了想关掉"味美"而到横滨去工作的意思。凡此种种都反映出了初子对被告人的这种不自然的爱情。但是，被告人当然没有答应初子的求爱，因而很难认为2人之间发生过肉体关系。

3. 被告人无杀人动机

a. 对动机的一般性考察

检察官主张，因为被害者威胁说要把怀孕的事实和出

329

走的计划告诉被告人之父,所以被告人要对此加以阻止。但将此作为杀人动机则极无说服力,终究不能认为这一情况有使被告人产生杀人动机的强大力量。即使恳求或威胁初子她都不听而向被告人之父告发他,也不可能妨碍被告人和好子根据他们自己一致的自主意志而进行移居。因为虽说他们还是少年,但毕竟已满19岁了。他们在横滨市矶子区的新住址,不用说被告人之父,就连初子也是不可能知道的。

b. 被告人在6月28日案发前的活动

被告人于该日下午两点半许为借早已谈妥的搬家运物用轻便三轮机动车而赴长后镇丸秀运输行途中,在该镇福田刀具店购得登山刀一把。但是没有证据可以证明检察官所说的这时被告人已产生杀人动机。相反,有证据可以证明,被告人乃是趁此机会与晾衣夹一起购买了自己早就想要的登山刀(参照福田屋刀具店主人清川民藏在法庭上的证词)。检察官主张这是伪装行为,但没有证据。

3时半许,被告人在丸秀运输行门前与该行店主之子富冈秀次郎检查车身时,适逢被害者初子由此路过。秀次郎在本法庭做证说,被告人看见初子,觉得出走横滨的计划败露了,一好惊愕不已。如果确如检察官所言,被告人买好了登山刀,正在寻找杀死被害人的机会,那么可以想象,当时势必可以看出他更为异常的行为。

总之,除了供述调查书以外,别无证据可以证实6月28日案发之前被告人即已怀有杀人动机。相反,有许多间接证据却否定了这一点。

可见,被告人没有杀人动机的证据不仅在案发前就存在,被告人在作案现场的行为中也大量存在。下文将对此加以阐述。

c. 初子在现场的态度

初子坐在被告人自行车后座上来到晒泽山丘上，从自行车上下来，率先走到大约50米开外的现场。这一点已为宫内辰造在本法庭上的证词所证实。

两人并无发生争执的样子，谈笑风生地到达了现场。但是初子突然站住，随后出现了紧张气氛。当时两人相距约两米，但阿宏没有走近被害者，而是原地站着未动，可以说是防御姿势。这时，初子再次威胁说要把好子怀孕的事实告诉阿宏的父亲。这点被告人在检察厅的供述调查书和在法庭上的证词里都已提及。但宫内亲眼看到，初子随即就以看上去毋宁说是友好的态度扑向被告人，抱住了他（参照宫内在法庭上的证词）。

初子当时逼被告人回答是喜欢她还是讨厌她。当被告人作了否定的答复后，初子便突然走近被告人，扑身抱住了他（参照被告人在法庭上的口供）。

d. 被告人对初子的态度

尽管当时被告人手持登山刀摆好了架势，但并不能断言事实就像检察官所说的，是被告人怀着杀意主动刺入初子胸膛的。相反，有证据证明，自从在丸秀运输行门前碰面以后，被告人对被害者始终采取的是被动的态度（参照秀次郎在检察厅的供述调查书及其在法庭上的证词）。宫内在本法庭上作证说，当时被告人是站在原地，一动未动。

被告人因初子说要把好子怀孕的事实告诉双方家长，所以要阻止她，出于威胁的意图，拔出了小刀。关于这点，被告人在本法庭上所陈述的意见和进行的辩解中均作为事实，予以承认，并未改口。有充分的理由认为，被告人当时为激怒、愤慨的心理所支配。结合他对嗣后的一系列行为失去了记忆，上述情况是可以理解的。

检察官用被告人企图以"丧失记忆之类不攻自破的理由进行蒙骗"的激烈言词攻击被告人。然而，根据宫内辰造在本法庭上的证词，两人在现场的行为与检察官的调查报告相去甚远，即便作出与调查报告内容相左的口供，也不能直接认定就是"蒙骗"。本辩护人认为，只说"不攻自破"却指不出如何攻破，破绽在什么地方，那是毫无意义的。

如果案情确如被告人在本法庭所辩解的那样是一起意外的事故，那么，"搞不清楚究竟是怎么回事"的心理产生，从被告人的年龄来看，岂止是没有丝毫的不自然，毋宁说这一发展过程是完全合乎自然的。

e. 初子的身体动作和阿宏的持刀位置

如前所述，初子与宫内的关系业已破裂，她的心情是相当绝望的。27日晚，她甚至对被告人说"想把'味美'处理掉，去横滨工作"（参照被告人在本法庭上的口供）。但是，初子害怕卖掉"味美"，就会被宫内收去10万元（事实上，宫内在遗属处理"味美"时，已经凭初子写的借据收取了10万元），因此想求一可靠的人。这一点是可以想象的。

即便不一定是爱恋被告人，但在处于想从他人那里得到支持的心情时，由于身边的男人就是被告人，因此便产生了依赖他一下的心理，这从该女绝望的心情看，应该认为也是自然的。

在现场逼被告人表态，究竟是喜欢她还是讨厌她，这也是有可能的。当遭到拒绝时，初子便陷入极度的绝望。

凑巧被告人已持刀摆好了架势，于是初子便想索性撞在刀上一死了之。本辩护人认为，产生这种绝望心理，并非极不自然。

被告人在本法庭上的口供中说，初子靠近他时，表情突然变了。本辩护人认为，这反映了初子在这段时间里的心理变化。

被告人并未理解初子表情的意思，说那是一张"难以用语言来形容的脸"。但应该说，作为被告人根据初子此前的言行来看，未能理解她的心理，是极其自然的。

可以认为，处于绝望心情的初子是见被告人手握登山刀摆好了架势，便突然决心自杀而扑身上前的。

被告人身高1米74，可以想象架在右侧腰前部的刀离地高约1.2米。而另一方面，初子身高1米51，因此刀与该女乳下的高度基本相同。

假设初子是一直向刀的方向扑身而来，被告人原样保持了刀的位置，那么，即使刀锋仅靠初子扑来的力量刺入其第5肋骨与第6肋骨之间造成了致命伤，也无丝毫不自然之处。

检察官的意见认为，如果被告人用一般力量握刀去承受初子扑来之力，则刀尖将会因来力之大而摇动，不可能造成法医鉴定书上所说的水平方向刺伤。然而，假如初子有意自杀，那么也可以想象，她会突然握住被告人持刀的手，而后扑身其上的。

根据法医的鉴定书及在法庭上的证词，当时握刀的手应该有相当程度的感觉。就算一般情况的确如此，但若刀锋恰巧刺穿肋间而及心脏的话，加害者有时是意识不到的。这一点已为许多实例所表明（例如，昭和22年8月2日大阪地方法院刑事第一庭受理的大伴兼吉过失致死案）。此外，不一定见到大量的瞬间性出血，而且有时血会被被害者的衣服所吸收而使所谓溅血不会溅到凶手身上去。这一点也有实例可寻。

有充分的理由认为，在这种情况下，被告人并不以为是自己刺的，他的心理状态很混乱，搞不清楚究竟是怎么一回事。在这一段时间里，被告人失去了记忆，这反映出案情对被告人来说实属意外，而且是一个异常的打击。

检察官断言被告人关于丧失记忆的辩解是"蒙骗"。论述说，虽然没有记忆，却在检察官面前就造成刀伤的经过做了详细的供述，这是不可理解的。但是，正如宫内辰造在本法庭上的证词所说，初子是突然抱住被告人的，被告人根本来不及像在检察官面前所写的供述书叙述的那样用冷静而缜密的方法给初子以致命伤。

本辩护人并不主张被告人当时处在心神耗竭状态，但确信只有按上述情形来分析本案，才能消除被告人和证人的供述中所存在的矛盾。

可以认为，就算被告人在检察官面前任意胡诌了一通也不足为奇。正因失去了记忆，才只能面对检察官的调查随意编造事实。

而且当时被告人即已为夺去初子的生命产生了强烈悔恨之意。正如他在本法庭上陈述意见时所说的那样，认为被判死刑也罪有应得，这可视为被告人在道义上希望自我惩罚的冲动也很强烈。因此，被告人在供认时夸张了自己的罪行，这是可以理解的。

f. 被告人亦无故意伤害之动机

如上所述，如果注意到初子的身体动作，本辩护人相信，本案乃是当时被告人偶然持刀未动而造成的一起事故。

　　被告人在本法庭供述说，那天在福田屋刀具店买了刀，也没包装就放进了口袋。在现场无意中手偶尔碰到了这把刀，这才起了打开刀的念头。

　　为了阻止初子向父亲告发怀孕的事实，并由于被初子在现场的态度所震慑，因而才拔出刀架在右侧腰部前方。本辩护人相信，在这一行为中，即便存有威胁的意图，但也不足以认定必有伤害的意图。

　　致命伤显然是由于初子具有自杀的意志而扑身上前造成的，因此被告人也不能定过失致死罪。关于公诉事实一，被告人当然是无罪的。

　　g. 事故发生后被告人的行为

　　公诉事实2关于弃尸问题，被告人并未否定，本辩护人也不考虑否定。然而，不能赞同检察官的论点，即把弃尸以及案发后继续与好子同居的事实反过来立证认定被告人具有杀人动机。

　　被告人见初子出乎自己意外而死掉了，狼狈惶恐之余，想把尸体藏到草丛里，不料误落悬崖。没有任何一个证据可以驳倒这一事实。

　　此外，关于案发后数日内未将事故告诉好子的事实，考虑到被告人的年龄，本辩护人认为，认定为不知该怎么办才好为妥。本辩护人考虑，认为被告人不愿意因向同居者告白而毁掉眼前的生活为妥。还可以进一步认为，同居者好子已经知道被告人与初子的微妙关系。初子恋着被告人的情况，宫内辰造也已察觉。5月中旬他颠倒事实地告诉好子说，阿宏恋着初子（参照好子在法庭上的证词）。

　　尤其是被告人在现场被初子苦口婆心地规劝了一番。

所以虽说是事故，但致使初子死去的情况，毕竟有加深好子对二者间关系的怀疑之嫌。也就是说，被告人无法使好子相信，因初子要把怀孕的事告诉自己的父亲，这样轻微的理由，就把她杀了。他不愿意让好子认为自己跟初子的关系已经到了"不相爱则杀死"的程度。

检察官论述说，被告人为追求一己之快乐，心怀"消除障碍者"的鬼胎而犯了罪。然而，请检察官注意被告人在案发后的5天当中，与好子同住而未有房事的事实。

好子当时怀孕3个月，被告人对此可能有所顾虑。但另一方面，因慑于犯罪的恐怖，被告人追求快乐的本能明显减退。本辩护人相信，被告人是否有悔过之念，不能靠单位的同事、公寓的管理员等表面观察来衡量。

从整体上看，本案件是偶发的，但很严重。作为年纪尚小的被告人，一连几天都处在半害怕、半安宁的心理状态之中。

本来被告人就性情温和，在学校的成绩优良，在单位工作也颇得好评。但检察官在论述中却把这些情况用来认定。"因此，很难确认被告人用刀伤人是由于一时感情冲动所致。"从而认定是怀有杀人动机了。然而，这是在罪行是杀人的前提下倒推回去的，不能不说与事实相去甚远。

此外，检察官还根据被告人没有投案自首的事实认为犯罪情节严重。然而，即使投案自首行为能够减轻处罚，本辩护人对将之作为认定犯罪情节严重与否的基础这种说法，也不敢苟同。

h. 青少年犯罪问题

检察官的意见认为，鉴于最近一个时期青少年犯罪不断增加的倾向，对本案不可掉以轻心。然而，被告人一反近来城市周围的农村青年男女习俗颓废之道而行之的见解和感情，在检察官的调查报告中随处可见，被告人在本法庭上也有供述。毋宁说，从被告人身上可以看到反抗伤风败俗潮流的思想和行为。和好子结婚，共度险朴的生活，承担养育子女的责任，这种意向从他们拒绝初子关于堕胎的执拗劝告中也可看出。

由于好子的家庭只有一个家长，还有一个过着自我堕落生活的姐姐，因此被告人想，与好子结婚，父亲是不会允许的。于是，便想离家自立，去过幸福的婚后生活，这种意图是可以充分理解的。

被告人家中也没有母亲，无人调解他与严厉的父亲之间的关系。本辩护人认为，这也是促使被告人下定决心采取这种行动的因素之一。

被告人和好子都想生下孩子，这反映出他们敢对自己的行为负责的意志。而且正如检察官所说，尽管初子妨碍他们，但他们自己是有经济能力实现出走计划的。试问难道如此盼望幸福前景的被告人，竟会蓄谋杀人而导致自己的前途破灭吗？本辩护人主张本案并非杀人案的根据也在于此。

4. 对本案的一般考察

纵观本案，一句话，搜查阶段的调查不充分，这是不容否认的。

a. 搜查官不和宫内辰造是作案经过的目击者。这是通过本辩护人在本法庭上的反询问才得以澄清的。

检察官说，宫内辰造在本法庭上的证词是根据案发 4 个月之后的记忆说出的，不能盲目相信。但这动摇不了宫内是目击者的事实。如果说搜查初期作了供述调查书，与之相比，证词是不可信的，还能令人理解。但调查最后结果，其材料中仍然没有这一事实。这只能说明，检察官的上述说法不过是在转嫁责任罢了。

b. 检察官没有正确掌握初子与被告人的关系。

被告人和宫内辰造在本法庭上的供述中都说到，初子与被告人没有肉体关系，但初子却对被告人怀有恋情。如果这是事实，那么，初子苦劝堕胎，威胁向被告人之父告发等情节，便可从另一角度观察分析，对两人在现场的举止也会有更加令人信服的解释。

宫内证词提到是初子率先走到现场的，但被告人供述中对此却只字未提，这颇令人费解。有充分的理由怀疑，这些也是由于检察官的调查不充分，只凭软弱无力的证据轻率判断本案是杀人案而造成的。

c. 检察方对初子与宫内的关系亦未认真进行调查。在两人关系方面，检察官丝毫没有考虑到"味美"的经营濒临破产，初子处于绝望的心理状态。检察方不知道在现场是初子自己主动扑向被告人的，这是因为未对宫内辰造进行调查之故。正是由于对被害者的调查不充分，才导致用初子一心想着妹妹，强烈希望她堕胎，从而使被告人产生了杀人意图这样软弱无力的动机来解释本案。

本辩护人并非不能体谅出庭检察官不得不根据不充分的调查结果请求量刑的立场，但对其未能虚心坦荡地根据新的证据组成新的"案情"深感遗憾。

在不充分的调查基础上进行调查取证时，即便被告人作了承认"刺"或"猛刺"之类主动犯罪的供述，也不过是反映了被告人悔悟之心的表现而已。根据这些就认定杀人动机，无非是想在矛盾的供述中，只取那些对被告人不利的部分。这种做法在取证原则上是不能令人同意的。

检察官所谓鉴于近来青少年犯罪不断增加从而不能轻视本案的说法，实质上是在没有充分理由的情况下欲对被告人课以重刑。对此，本辩护人是不能同意的。

本案不仅不具备无法无天、背离道德等青少年犯罪的一般特征，而且即使从刑事对策方面看，那种认为杀一儆百就可减少犯罪的观点，是违反刑事学统计上的事实的，是不符合现状的。

青少年犯罪的增加，目前是世界性的现象，甚至可以说是人文学和社会学的有关现象。本辩护人认为，这种现象仅靠加重刑罚的简单对策，是减少不了的。判什么刑合适，一般是根据社会上犯罪率高低而定。即便如此，对本案被告人因此就认定有杀人动机这一毫无根据的事实予以严惩，这样量刑，本辩护人认为是失之公平的。

而且，检察官口口声声提到青少年问题，可是对本案被告人的犯罪动机、事实，却拒不承认其未成熟性、偶然性、非连续性。一方面认定被告人具有像成人一样怀有杀人动机，一方面在量刑时又要考虑青少年犯罪的增加，本辩护人认为，这样做在逻辑上是矛盾的。

5. 结论

总之，即使被告人有威胁的意图，但既然被告人并无杀人动机，本案犯罪行为系因被害者初子出乎预料的行动所造成的，那么，就不应该对被告人追究伤害致死、过失致死的责任，更何况故意杀人的责任了呢。本辩护人认为，本案系单纯的事故，被告人的罪责只在于弃尸。完了。

辩护人　菊地大三郎
昭和36年12月8日

菊地大三郎并没有照本宣科地读完上述提要了事。考虑到审判官合议之便,他将在辩论结束后提交书面提要。将近一个小时的辩护,他始终都是用远比书面提要更加通俗易懂的语言讲述的。那语调似乎在告诉人们,他所说的一切都是自然而然的。只是在最后阐述故意杀人罪是检察方的缺陷造成的空中楼阁时提高了声调。讲述有关青少年问题时,从一般性刑事对策到从重量刑之非的这一段,略含颇有公愤的语调。

检察官求刑那天,旁听者回去时都对案子留下了被告人杀了一个人,情节是严重的印象。但今天听了菊地的辩护后,都觉得阿宏也是一个牺牲受害者。大家强烈期待着审判长的最终决断。

最后,被告人又被给予了一次陈述意见的机会。谷本审判长说:

"被告人,最后还有什么要说的吗?"

"没有。"阿宏在被告人席上站起回答道。

阿宏是按照菊地的指示这么回答的。一般在刑事案件中,有百分之九十都是回答"没有"的。作为辩护人常常奉劝被告人这样回答,因为被告人讲话不慎,将给辩护人带来麻烦。

"那么,本案审理到此结束。判决将于12月22日上午10时在本法庭进行。"

这样,从9月15日开始的对上田宏杀人弃尸一案的审理,正好历时3个月零7天后宣告结束。

二十、合议

在审理过程中，非正式的合议已经进行过多次。例如，在澄清了宫内是现场的目击者这一事实的那天，谷本审判长例外地说：

"这个案子在调查上好像的确有缺陷啊。"

在这样简单的案子中，合议一般在辩护人开始进行最终辩护前就已结束了。就是说，作为审判官，在调查证据的阶段就已形成心证，只要听听检察官关于量刑的意见即可——实际上这也是看一看"行情"，心里已早有数了——头脑笨拙的辩护人的辩护，不听也猜得出。有许多审判官都是这么想的。

也许有人会说，在现行刑诉法主张当事人主义的情况下，这是很不合理的。然而，在法院这块领土上保守性极强，心理上的习惯总也改不掉。

成绩优秀的当审判官，其次当检察官，再次是律师。战前的这种层层下降的阶层意识极难根除。许多审判官依然具有强烈的职权意识，认为自己的判断是最准确的，没有必要去听别人怎么说。

有的说法认为，辩护人在最终辩论中过于冗长地论述证据不上算。审判官大体都是作出一副"情况我们都清楚"的面孔来听的。辩护人用把情况告诉给审判官的态度进行论述，反有被指责"狂妄不自量"之虞。

因此，辩护人自然而然地不得不把精力放到论述案情上去。难怪旧态如故的"声泪俱下式的辩护"、"纠缠、央求式的辩护"仍占大半，其因概在于此。

当然，关于上田宏一案，合议没有在最终辩护前结束，实属少见。无论如何，这得归功于菊地律师有着20年当审判官的经验，还写过书，在大学里主持过讲座。冈部检察官求刑之后，主管审判官野口候补法官漫不经心地试探了一下谷本审判长的想法，说：

"要认定是故意杀人，实在有点难呢。"

可是，谷本却道：

"啊，怎么样，是不是听听菊地君的辩护再说呢？"

于是，合议便搁下了。

合议总是休庭后在审判官室进行，尽量在上班时间内结束的。但上田宏一案好像要花多一些的时间。

"好吧，从野口君开始挨个儿谈谈自己的意见。"谷本审判长开口道。

野口候补法官是这个案子的主管审判官。虽然指挥整个法庭的是谷本审判长，但详细记录、证据整理都是野口的工作。他还得书写判决书。

主管审判官从审判长的位置看是坐在右边的，因此被叫作右陪审员。另外还有一名左陪审员，但几乎不接触案子，像最高法院的审判官一样，左陪审员常常在法庭上打瞌睡，被审判长用肘捅醒。然而在合议时，他却可以完整地行使一票的权利。至少在杀人起诉案中，参加合议的3个人意见不统一，判决就做不出来。

"我看，就像菊地先生所说的那样，定为'事故'怎么样？我认为难以维持杀人罪。依我之见，致命伤是初子主动扑上去造成的。所以，被告人只须对拔刀行为负责。至于有无施行暴力的意图，我认为没有。您看怎么样？"野口窥探了一下谷本审判长的脸。他知道谷本审判长相当关心此案，他自己也作了很详细的笔记。

"矢野君呢？"谷本审判长没有直接回答问题，而是转向了矢野候补法官。

"我得到的心证是杀人。"矢野坦率地道。他是一个新手，离开司法研修所才两年，但总是直言不讳地发表意见，使谷本审判长为之惊讶不已。前年，他曾提出意见主张对性质恶劣的司机以杀人罪论处。因为谷本审判长和野口反对，最后还是像以往一样定为过失致死罪。然而现在看来，他这还是有先见之明的哩。

总之他的量刑很重。野口心想，这大概是因为出于现代青年常见的虚无主义心理，考虑问题过于简单造成的。

矢野有些话总是留着，不在谷本面前说。但下班回家的路上，却常向野口唠叨说：审判官想靠人道主义的观点进行正确的审判，只能陷入自相矛盾。只要日本法院的实际情况不改变，又存在一个案子牵扯到方方面面的问题，就不能奢望完美的判决，否则案子就会积压个没完。审判官只要面对审判的事实就行，而不是逻辑的事实。反正要在适当的地方妥协，索性就照检察官说的办，这样倒对审判的顺利进行有些好处。

"很难想象刀伤会像菊地先生所说的那样，仅仅是因为被害者的扑身动作造成的。被告人肯定有主动的行为。说被害人用手抓住被告人的手刺自己，不过是彻头彻尾的想象而已。"矢野快言快语，毫不留情。"不过，这些只是枝节问题。从整体上看这个案子，是具备杀人案的轮廓的。就算是被害者率先来到现场，但被告人亮出刀来却是无可抵赖的。也许被害者扑过去是夺刀的也未可知。初子不是一个相当泼辣的女人吗？拉着被害尸体双脚拖着走，这可是相当残忍的行为呀！难道误刺他人的人干得出来吗？隐匿尸体，掩藏凶器，还摆出一副若无其事的面孔跟女人一块过日子。我觉得，即使没有预谋，也是有杀人意图的。"

"简直像检察官在说话。"野口候补法官苦笑道，"难道菊地先生的辩护全都白费了？可是我得到的心证正像菊地先生所说的那样，作为杀人，其动机总有点站不住脚。说说要告发怀孕，至于把人杀掉吗？这不是把什么都毁了吗？！拉着脚拖尸体，表面看上去也许是残酷了点儿，但没有其他手段可以移动尸体。被告人当时当然很紧张，处于分不清是非、善恶的状态。难道不是吗？"

"可是案发后一直过了很长时间，他也没有任何悔过的行为呀。"矢野也不退让。

"正如菊地先生指出的那样，对被告人与初子之间的感情关系、初子与宫内的关系的调查不充分，我认为不能定为故意杀人。"野口反唇相讥。

"可这么定罪，现场的情况给人的印象就太坏了。案子的核心就是罪行是如何完成的嘛。"矢野固执地道。

"这我知道。"野口有点不耐烦起来。"不知什么时候，我也变老啰。"野口暗忖道。虽然他才33岁，但在矢野面前，他却禁不住要这么想。尽管自己和矢野只差8岁，但他却感到自己已是另一个世界的人了。

据说近来年轻律师中间，像矢野那样思想简单的人越来越多了。他们的理论是，如果审判官只考虑审判上的事实和办案效率。那律师也得作同样考虑，否则就不能与之抗衡。案件不断增加，律师也不断增加，都集中在城市。如果不以效率为中心，就不能应付以城市为中心的当今世界。

"难道我在同情这个被告人？"野口心里嘀咕道。

矢野还在继续滔滔不绝地讲：

"请回想一下拉基诺比奇《激情犯》中的一种观点。跟人吵架时，突然拔刀刺人的人，事先都有杀人动机。人勃然大怒总有个自然界限，最多也就是大打出手，拳脚相加。即使拿着刀，也不会亮出刀刃，行凶刺人。除非在这样做之前就想过要杀掉对方的人，才能干得出来。尽管形式上也许他不具有清楚的杀人动机，我认为，被害者叫被告人去堕胎，不堕胎就要去告发，被告人曾多次想过，只要没有她就好了。日本法院对所谓'激情犯'实在是宽大，说什么罪行是女人嫉妒得发疯所致。我认为这种倾向不改变是不行的。如果刑诉法采取英美法的话，就必须对所有故意杀人犯一律判死刑。"

"且慢，"野口苦笑着说，"我们并不是在研究修改刑法，而是在合议本案如何定罪！"

"我说的当然跟这有关啰。"矢野提出了自己的主张，"就算被告人那天没有当场杀死被害者的动机和预谋，就算是被害者主动迎上去的，但被告人还是有杀掉被害者的想法的，所以没有缩回持刀的手。感情的洪水一旦决堤，那是无法阻挡的。"

"那么说，被告人没有主动实施行刺暴行的动机啰？"

"嘀嘀，"矢野笑道，"想花言巧语让我上当可办不到哟。先让我承认没有实施暴行的意图，然后再把杀人动机否定掉。这样，剩下的就只有威胁的意图了。"

"这案子让你办就好啦。"野口候补法官又一次苦笑起来，

"我也想像你一样提提反对意见。可是这个被告人对前途满怀着希望,有坚强的意志,无论如何要生下孩子,因而拒绝了堕胎的劝告。这样的人那么容易地就产生了杀人动机,这不自然吧?从心理上看,杀人动机形成得快,抑制因素的作用也就大,两者的概率是一样的。"

"但不管怎么说,人的心理总是不定的。尤其这个被告人还很年轻嘛。连菊地先生都说了,'必须承认行为的非连续性'。"矢野候补法官很难被说服。

"怎么样,庭长?"野口候补法官把求援似的目光投向了谷本审判长。

刚才一直默默地听着两个部下对话的谷本看着野口,点了点头,坐正身子,开口道:

"对于应当把判断对象局限在被告人在现场的行为上这个意见,我也十分赞同。不消说,刑事案的事实认定必须从这里开始。但本案的搜查工作做得不充分,这是不容否定的。重要的目击者开庭后才查出来,真是令人感到意外。就算宫内有前科,他的证词不能全然置信,但如果在搜查阶段就查出他是目击者,那么对被告人的调查方针也会有所不同的。"说到这里,他看了看矢野,"不是无视坦白交代调查书,但它是怎么写出来的你是知道的。而内在内容上,不仅动机牵强附会,连作案当时情况与事实也不符。当然,不能因与宫内证词不一样,就说其他部分的内容也不真实。但不论检察官的调查书里有什么样的记载,审判官都必须站在自己的立场上进行判断。否则,就不需要公审,也不需要审判官了。认为这个少年有杀人准备的主张因刀具店店主的证词而动摇了。只有在具有了不容置疑的事实情况下才能认定犯罪事实。你的拉基诺比奇理论能认定这些吗?"

"不容置疑"是个英语词,意思是"没有可容合理怀疑之余地"，在英美法中很常用，颇受审判长重视，以致他在向陪审员作说明时必定要引用。54 岁的谷本审判官还残留着说话时常常掺杂一些外国话的毛病。

矢野稍稍有点退缩，但马上又露出了无所畏惧的笑容，道：
"能否认定，我又不是主管的。我只是作为合议的议题提了出来而已。不过我得到的心证确实是那样。"

"原来如此。这可关系到事实的认定，必须彻底讨论一下。不过，还得考虑到这样的情况：审判时在考虑能否实际认定杀人动机这个问题的同时，还必须考虑杀人动机的认定是否公正。真相最终无法了解的说法意味着不要判断，所以我认为审判官是不能公开这么说的。我觉得对于真相这一点不能失去谦逊探索的态度。怎么样？"

谷本审判长有个怪癖，每段话必定要用询问语"怎么样"来结束。可是这在矢野这样的年纪听来，反倒显得有强加于人的味道。他见到自己司法研修所的同届生，现在东京民事专门律师事务所工作的朋友时，常抱怨说："被庭长用'怎么样'一问，总感到有股无名火，老想还他几句。"于是，朋友便回答他说："我们的先生（他这样称呼主持自己所属的事务所的老律师）倒挺干脆的。先生比谷本先生大 10 岁，是两代人嘛。"

"我看大概是审判官与律师的不同。律师动不动就用肯定的口吻说话，因为律师自卑没有实力。这么说也许你会生气。而审判官则有力量自行决定，有种安定感，所以说话时反倒措辞谦逊。"

但是，审判长这么一说，矢野再嘴硬最后也不能总固执己见。因为虽说认定事实需要 3 人一致，但那毕竟是一种不成文法，按规定多数人意见就可决定。

从完成合议的意义上看，方针只有一个，即说服少数意见。

本来，矢野有充分的把握对付野口一番的。可是，作为新上任的候补审判官，被审判长如此婉转地一说，他只能退避三舍了。

"知道了。"矢野候补审判官轻轻点了点头，便缄口不语了。

"没有必要如此拘泥于是杀人还是伤害致死。"谷本审判长继续说了下去，"结果都是一样的——被害者死了。故意伤害罪是相当重的。但要适用杀人罪，还必须设想一下，也许被害者是因伤而死的。被告人在心理上是否有杀人意图这一点，从伦理的观点看，也是难以确定的。拉基诺比奇的《激情犯》我过去读过，那书可有点老掉牙了。书中把小说里的案子拿来当作考察的对象，所以文人雅士倒是时有引用。但从该书宣扬的是不良的心理主义这点看，我却赞成野口君。比如，日本的审判对杀死丈夫小妾的妻子，常判以缓期执行，这并不是因为对激情犯宽大，而是尊重一夫一妻制的道义。不能说罪犯是因为嫉妒得发疯才杀人的，所以就没有预谋。但不论真实心理如何，日本的审判总是保护正妻的。当然，最近婚外性关系越来越普遍，再不改变标准，也许反倒不能保护基本人权了。因为如果是正妻，那么不论她对丈夫的情人浇硫酸也好，或是干出其他什么事也好，都一律判缓期执行的话，那就不能保证公平合理了。"但是，说到这里，谷本审判长顿了顿，"总结一下我的意见，我认为定为伤害致死为妥。尽管不能认定杀人动机，但也不能说事故、过失。因为被告人毕竟是有意识地亮出刀来的嘛。即使原打算威胁一下，但结果却因这把刀产生了伤害，导致被害者之死。如果是这样，该是结果加重犯吧。"

所谓结果加重犯，指的是让认为事实不严重而实施犯罪时引起了严重后果的人承担严重后果的法律责任。伤害致死、强奸致死的均属其例。只是法律这东西很麻烦，在行为和结果之间常常会产生一些诸如有无过失或"因果关系改变"等问题，从而成为争论的对象。

"是的,我认为结果加重犯基本上是难免的。菊地先生没有提到这一点,大概他以为我们会定为伤害致死了吧。"野口道。

"是啊,菊地君的辩护倒没有他的反询问来得干脆。"

按谷本审判长的观察,菊地的辩护态度过于潇洒,简直是在玩弄逻辑了。他认为,在审判中无论是求刑还是辩护,最好都能更加直截了当、强而有力。

"不过,我觉得本案中有无因果关系的改变,其认定很是麻烦。"野口道。

"就是说,被告人没有想到初子会突然扑过来,所以即便有威胁的意图,也与被害者的死亡没有因果关系,因而也可以说他不是结果加重犯。对吗?"谷本微笑道。

"判例不可能承认'改变'呀。"野口候补审判官一边说,一边打开了桌上的判例集,"请看昭和24年3月24日第一小法庭的判决。"

这是一起抢劫伤人、侵入民宅、违反禁止持枪令的案件。抢劫犯手持匕首威胁被害者时,偶因被害者握住了匕首而造成了伤害。对这种情况,最高法院终审认为,原判定为抢劫伤人罪是妥当的。

上诉书强调,被害者的供述书中有"当时持匕首在我胸前晃来晃去,致使我的左手三根指头受了诊断书所述的伤。"而被告人则供述说:"不记得伤过他。"

即,(一)被告人的匕首是作威胁之用,而非伤害之用的;(二)被害者受伤是因被害人自身的行为造成的,被告人没有伤害行为;(三)不仅如此,被告人显然没有伤害的犯罪动机。因而依据刑法第240条前半段(抢劫犯伤人时处以无期或7年以上有期徒刑)定为结果加重犯,在文理上是没有根据的。

但最高法院却驳回了这个上诉。

野口说："因果关系改变说是旧学说，判例中也没有采用过。尤其是像昭和24年的这起抢劫伤人案，夜间闯入民宅，持刀威胁的情况下，对方惊慌之际碰到刀上的情况极为寻常。因此我认为，也可以像判例一样，肯定持匕首的行为与伤害之间存在着因果关系。

"但我觉得，本案上田宏的情况有个疑问，究竟威胁行为和致伤、致死之间有什么样的因果关系呢？尽管详细情况尚不清楚，但如果是初子受到威胁惊慌失措，结果受伤死亡的话，那么大概可以说是威胁的结果造成了伤害的结果加重犯。可是初子是扑过来的，动作出乎被告人的预料。矢野君好像要认定阿宏没有放下刀的行为中带有杀人动机，但作如此过细的认定恐怕不恰当吧。

"传统判例都表明，抢劫致死致伤罪的致死致伤，不仅仅是因为暴行、威胁等抢劫手段，还包括在抢劫的机会里所发生的一切杀伤。但泷川博士的反对学说则认为，这中间甚至包括了过失致死致伤的情况，并不妥当。如，其中还包括了诸如抢劫犯作案时误踩婴儿致死致伤的情况。

"本案中上田宏即使定为结果加重犯，也不应无限制地认定条件上的因果关系，而应限于被告人当时是否预料到后果的情况或顶多有些过失而导致后果产生的情况。

"然而，被害者扑身上前的情况实属罕见，极难预料。因为被害者有自杀的意志行为，所以我觉得不应让被告人负致死之责。"

谷本审判官一边翻着厚厚的判例集，一边听着。当他听到野口说完了，便将书递给矢野，慢条斯理地问道：

"这么说，还是像菊地君所说的那样，是事故啰？""不，这还不能断定。因为不论怎样，事实真相尚不明确。"

"可你嘴上虽说事实不清，实际上却认定了对被告人有利的事实咧。"矢野忍不住插入了一句。

"已经没有必要讨论事实真相了。"谷本审判长断然道。话里明显表示出了想阻止两个部下、年轻的候补法官之间没有休止的争论的意图。"本案的事实真相不清情况已经多次提到，审判官有时就是要根据不甚明确的事实进行判断。虽说是故意威胁的动机，但本案严格地说也不完全是威胁。是不是有要推开的动作呢，事实也不明确。因此，也不能明确认定有实施暴行的动机。"谷本的语气像是在讲课，不过同时也表露出了审判官面对案件进行判决这一法律行为的决心，"在难以认定威胁、暴行的动机的同时，也难以认定杀人的动机。如果都不能认定的话，那本案就只能像辩护人所说的那样，是事故或过失致死。从整个案子着眼，不能说这是公正的判断。"

"例如，如果按照野口君作为问题提出的例子，把强盗误踩婴儿致死致伤的情况作为过失致死致伤而排除在抢劫杀人罪之外的学说，那么罪犯就可免遭逮捕，甚至把为消灭罪证而杀人的情况也排除在外。这就有失刑罚的均衡。因此我认为，可以遵照昭和6年大审院的判决，把在抢劫的时机里发生的一切杀伤都包括进去。然而，尽管如此，问题仍未全部解决，还会产生这样的问题：强盗在现场相互发生争执，伤害或杀死同伙的情况又如何处理呢？不过，这可以根据实际情况进行判断，所以不一定需要建立一般性原则。总之，法律就是这样。诸位已经不是学生了，都在从事实际办案，必须把这些好好地记在脑子里。"

谷本在低着头的部下面前继续着自己的话。野口候补法官要写判决书，做着笔记。

"好吧，纵观全案，被告人尚未成年，又没有前科，在学校成绩也优秀，工作表现也好，这些事实都是公认的。这样一个善良的青年与好子陷入情网，甚至怀上了孩子，不惜离家出走以达到同居的目的，这确实有点奇怪。但审判官不是小说家，没有必要做出深入到被告人心理状态中去的解释。不过，就算本案是突发事件，但在案发过程中，不是立刻抢救而是弃尸而逃，再有任何理由，也不能不说情节是相当严重的。"说到这里，谷本审判官瞟了野口一眼，那目光，也是对过分同情被告人的野口的警告。"因为动机不充分，所以我认为很难认定杀人意图。但被告人作案后的行为太恶劣了。擅自离家出走，还跟被害者的妹妹同居5天之久，这一行为从道义上看也必须予以打击。本案不能以过失致死这样的惩罚从轻了结。从整体上看，我认为适用伤害致死罪为妥。怎么样？"

只要谷本审判官一说"怎么样？"横滨地方法院刑事第5庭就没有个说"那可不行"的。两个候补审判官异口同声地说了句"明白了。"便都低下头。

"用什么刑？实际服刑吗？"

"如果是伤害致死，缓刑大概不行吧。"野口候补审判官答道，"求刑作为杀人弃尸罪是8年到10年。但我们已经考虑过，即使认定有杀人动机，也可以减到5至7年。可是被告人既无前科，又未成年，大有重新做人的希望。所以5年的短期徒刑还是过重。也就是两年到4年吧。"

"对，我也这么考虑。"

"我想，两年到4年的服刑，检察方、辩护方都不会上诉……"

"检察厅有条不成文的规定：实际判处的徒刑不满求刑的百分之三十时就要上诉。不过，他们会服从此案判决的吧。"谷本审判长开始整理桌子上的东西,"因为他们不得不承认搜查有些失误嘛。"

"这案子也不是什么大案。"矢野候补审判官道。

"菊地君也不至于不判缓刑就说不服吧。"谷本审判官一边往起站,一边说,"他有20年当审判官的经验。我想,他已经估计到了今天的合议将会如何。两年到4年的有期徒刑双方都可接受吧。"

矢野候补审判官也站起身来,开始准备回去。但野口仍在继续做着笔记。

野口暗忖,菊地在本案审理中干得很出色。如果没有他的反询问,搜查的失误肯定不会如此明显地揭露出来。野口在整个审理过程中都做了笔记,所以对案子的情况逐步渐趋明朗的经过记忆犹新。

野口从被告人陈述意见时就注意到,犯罪行为给阿宏造成了某种心理创伤。他预感到案情并不像检察官所说的那么简单。如果没有菊地辩护人的反询问,就不可能取得宫内辰造的目击证词,阿宏与初子的关系也不会被摆到法庭上来。在审理过程中,他曾多次想过,"还是得认定为杀人罪吧。"

野口候补审判官认为,应该向为把阿宏从杀人嫌疑中拯救出来而竭力辩护的菊地律师表示敬意。但他也知道,即使真相确实像菊地所说的那样,日本的审判官也不会马上就适用过失致死罪而判缓刑的。

合议从4点到5点半,进行了一个半小时,定出了判决的基准线。

12月初的这一天,暖和得出奇。傍晚,妙莲寺官舍的高地雾霭缭绕,宛如春宵。野口踏着被朦胧灯光照耀着的石子路,走进了大门。他一边脱鞋,一边大声喊了句:"我回来啦。"因为他希望在茶室里的女儿纪子出来迎接他。

"爸爸回来啦!"随着一声招呼,透着亮光的茶室隔扇打开了,纪子沿走廊跑了出来。野口一把抱起女儿,然后迈步走进屋去。这是他回家的一个仪式。

作为审判官,最不愿意的就是出庭。这么说,也许会有人提出抗议,认为作为从事重要的人民审判的人,这样做是毫无道理的。然而,不论什么,一旦成了职业,就会使人产生这种心理。这是身不由己的。

对野口来说,只有在晚上回到家抱起纪子时,才能放松一下心情。

"怎么样?"光子随着纪子走出居室,从野口手里接过折叠皮包,问道。她一开始就对此案颇为关心,所持意见是过失致死。她知道,今天菊地律师要进行最终辩护,接着要进行合议,判决将基本定了下来。

"庭长的意见还是伤害致死。"野口似乎有点抱歉地说。

"要服刑啦?"

"嗯,判缓刑的话,检察方大概不会同意。"

"是啊,也许那么判双方都能妥协。不过,被告人是个少年,得判不定期徒刑吧。"法学教授家庭出生的光子,多少有些专业知识。

"是的,两年到4年的短期徒刑。"野口答道。

判决书草稿野口大约在一星期之内写好,交给其他两位审判官传阅,然后在下个星期之内印刷出来。

正文业已定下来了,理由书开头的经过基本就是检察官"冒头陈述"的样子。不过,被告本人调查书和原籍地址还需动手起草核实一下。野口打算第二天"在家工作日"开始草拟判决书。

二十一、判决

判　决

被告人　上田　宏
原　籍　神奈川县高座郡金田镇涩川 28 号
住　址　横滨市矶子区原町 333 号光风庄内
职　务　工人
出生日　昭和 17 年 2 月 17 日

对上述被告人被告伤害致死并弃尸一案本庭在检察官冈部贞吉在庭的情况下进行了审理，特判决如下。

正　文

判处被告人两年以上 4 年以下有期徒刑。
没收扣留的登山刀一把（昭和 36 年证，747 之 8）。

理　由

犯罪事实：

　　被告人系从事农业上田喜平之长子。昭和32年3月毕业于金田中学，后入平冢市相南定时制高等中学，一边上学，一边在茅崎东海岸983号大和自行车组装厂当见习工。该被告在校是班委成员，成绩优秀；在大和自行车组装厂也工作勤恳。昭和36年3月从相南定时制高等中学毕业后仍留厂继续工作。但自昭和35年8月23日前后起，该被告与金田镇涩川76号坂井澄江之次女好子（现年19岁）发生性关系，好子于昭和36年4月致使有孕。但两人恐被告人之父喜平不会同意两人结婚，于是便计划离家出走，在被告人的现住址横滨市矶子区原町333号光风庄内同居，希望生下孩子，待达成年年龄时根据两人自愿正式结婚。为此，被告人于6月中旬横滨市矶子区矶子五之862号龙汽车厂招工时报名应征，并办理了自7月1日起作为临时工开始上班的手续。

　　被害者坂井初子（现年23岁）是好子的胞姐，于昭和30年离家，在东京都新宿区歌舞伎町附近的酒店、酒吧当女招待。其间与无固定住址的无业游民宫内辰造发生了关系，遂在新宿区新宿一丁目920号柏庄等处与之同居。昭和35年3月与其分手，4月回到金田镇，同年6月开始在厚木市厚木火车站前经营起"味美"酒馆。被告人常与好子同往该店，两人关系及好子怀孕之事实遂为初子察觉，受到初子要他们去堕胎的竭力规劝。当初子扬言如不堕胎，她就去向被告人之父喜平及初子、好子之母澄江告发时，被告人深恐出走同居计划遭到挫折。

另一方面，宫内辰造于昭和35年11月来到厚木市，又与初子恢复了肉体关系。但因与厚木市内的地痞关系紧张，转年4月起借宿在长后镇绫野28号杂货商米子吉成处。他仍常到"味美"并有向顾客寻衅的行为，因此顾客避而远之，"味美"的经营遂致一蹶不振。

第一，被告人决定于昭和36年6月29日与好子一起离家出走。为运行李，于28日下午2时半左右赴长后镇绫野79号丸秀运输行，按约定借用轻型汽车。途中在该镇绫野68号福田屋刀具店被告人购买了登山用折刀一把。3时半前后，被告人在丸秀运输行门前与该行主人富冈秀行之次子秀次郎一同检查车子时，被害者偶然路过，并向他打了招呼。初子当天2时许离开厚木市的店铺，向长后镇的顾客要完赊账后，于2时半前后顺道来到宫内辰造处。因宫内新交的情妇在宫内处，于是发生口角。由于当天还准备向金田镇的顾客要账，于3时半前后离开宫内处，路经上述丸秀运输行门前。初子听说被告人要去金田镇，便托其用自行车载着自己同往。被告人答应之后，让该女坐在自行车后部货架上，于4时半前后来到位于金田镇的晒泽上方的现场附近。其间，初子根据被告人在丸秀运输行门前检查轻型汽车的情况，得知被告人正在实行出走计划，便竭力劝阻，同时声称若不罢休就去告诉被告人之父喜平。因此两个发生争执。在晒泽上方下了自行车，步行到约离50米处的现场。由于初子执拗地主张己见，被告人勃然大怒，怀着威胁的意图亮出了在前述福田屋刀具店买的登山刀。但初子并不畏惧，扑上前来，扭作一团。这时，登山刀刺入该女第5肋骨与第6肋骨之间，深达6厘米，刺至心室，造成刀伤。由于出血过多，致使该女死亡。被告人有实施暴行和客观造成伤害之意图。

第二，被告人害怕犯罪行为被发觉，将初子尸体拖了约4米，从高约10米的悬崖上推到大村吾一所有的杉树林中，弃尸而去。

证据目录：

上述事实——

1. 被告人在本法庭上的供述；
2. 被告人昭和36年8月5日对检察官所作之供述。

关于判决书所示第一事实——

1. 被告人在本法庭的供述（不包括有关杀人动机部分）；
2. 被告人昭和36年8月5日对检察官所作之供述；
3. 法本二郎、早川林平所作之鉴定书；
4. 司法警察山村鹤吉昭和36年7月2日和同月3日所作之实际情况见闻调查书各一份；
5. 证人大村吾一在本法庭上的证词及对该证人所作之询问材料；
6. 证人宫内辰造在本法庭上的证词及对该证人所作之询问材料；
7. 证人清川民藏在本法庭上的证词及对该证人所作之询问材料；
8. 扣留的登山刀一把；黑色西服裤一条、翻领短袖衬衣一件（证据号分别为8、12及13）。

关于判决书所示第二事实——

1. 被告人在本法庭上的供述；
2. 被告人8月5日对检察官所作之供述；

3. 司法警察山村鹤吉昭和36年7月2日和同月3日所作之实际情况见闻调查书各一份。

适用法令：

根据法律，判决书所示被告人之第一犯罪行为和第二犯罪行为分别触犯刑法第205条第一款（伤害致死）和该法第190条（遗弃尸体）。前述两条罪行，正符合该刑法第45条合并罪。所以，根据该刑法第47条及第10条，应将二罪合一从重处罚。但考虑被告人不满20岁，尚是少年，根据少年法第52条（不定期徒刑）处以两年以上4年以下短期不定期徒刑。正文所示扣留登山刀一把（证据号8）是伤害致死犯罪的凶器，不属被告人以外其他人所有，因此根据刑法第19条第一款予以没收。诉讼费用根据刑事诉讼法第181条第一款，全部由被告人负担。

对于检察官之主张的判断

检察官主张在本案案发之前，被告人就对被害者怀有杀意，并做了杀人准备。但综合被告人在本公开法庭的供述及态度和对检察官所作之供述调查书、证人清川民藏在本公开法庭的证词，被告人对被害人并无非杀不可的动机，也没有事实可供认定有杀人的准备。

其次，是否应该认定被告人在作案时突然产生了杀意的问题。根据证人宫内辰造在本公开法庭的证词，不能认定被告人主动挥刀冲向被害人的事实。此外，被告人在本公开法庭主张作案当时丧失了记忆，根据被告人的年龄、经验看，这也绝难说是不自然，不能认定有杀人之意图。

对于辩护人之主张的判断

辩护人综合被告人与被害者之关系和被害者与证人宫内辰造之关系，主张被告人即便有威胁的意图，但本案的罪行是因被害者的自杀意志行为而产生的。被告人不但没有杀人之意图，连伤害之意图和暴行意图也没有，甚至连过失也没有。本案只是一起事故。但被害者与被告人的感情关系未能得到充分论证，被害者有自杀意图的判断，也不外乎单纯的想象。

即使这些心理状态都有一点，在被告人打开锋利足以杀伤人命而且实际上已经杀伤了人的凶器登山刀这一行为中，不仅有威胁之意图，也存在暴行之意图。虽说被告人手持凶器事出偶然，但还是必须承认，被告人具有客观造成伤害之意图。事实上，被告人伤害并致死了被害者，甚至不予抢救就将尸体遗弃。因此不能采用辩护人的主张。

量刑理由

本案在量刑上，首先考虑被告人具体情况如何酌情问题。检察官主张，被告人在本案作案当时虽为少年法规定内的少年，即19岁零4个月，但已经与坂井好子有近一年的肉体关系，并使其怀孕，身心俱已相当成熟。而且4年前起就一边上定时制高中，一边当见习工、临时工，在社会上生活，积累了足以区分善恶的经验，因此对上述罪行不能免于法律责任，这是有一定道理的。

但是从另一方面看，被告人过去学业优秀，在单位颇得好评，又无前科，且痛改前非之情显著，可以认为有重新做人的余地。因此，本法庭认为选择短期的不定期徒刑是恰当的。

是故本法庭作出正文之判决。

横滨地方法院第5庭

审判长　谷本一夫

审判官　野口直卫

审判官　矢野美彦
昭和 36 年 12 月 22 日

判决的主要部分当然在正文，理由部分不过是日本法院传统的所谓万事郑重精神的表现而已。因此，在法庭上没有必要全文照读理由书，只要说出中心内容即可。

对阿宏的判决理由书很长。对于这种简单案件来说，可说是一个例外。这是因为审理过程中出现了新证据，使审判一度搁浅之故。在否定了检察方所主张的杀人诉因的同时，也否定了辩护方所持的事故说法，并择定为伤害致死。只看结果，颇给人以只取其"中"的折中印象。然而，实际上在进行合议时，讨论是入木三分的，正如前面所看到的一样。

在法庭上，只停留于由审判长简单地说明一下理由主要内容，然后就由书记官把理由书交给有关人员。前面抄录的是理由书全文。

被告人听判决的反应各种各样：有的不服判决，露骨地表现出对审判长的反感，也有的被宣布处以极刑后昏厥过去，还有人当场大闹起来。因此，宣布死刑时通常都是把正文的判决放在后面，而先从理由说明开始。

上田宏听取判决时的态度非常诚恳，给法庭留下较好的印象。在听宣读正文时，他一直是低着头的。但听到处以两年以上四年以下不定期徒刑时，他猛地抬起了头，脸上隐约浮现出了一丝惊奇的神情。他感到意外，因为他一直以为要判更重的徒刑。

旁听者们都得到了一个印象，觉得判决还是恰如其分的。
"到此结束。"

法庭里的人们全体起立，然后 3 位审判官站起身来，消失在身后的门里。

审判结束了。

二十二、真相

对上田宏的宣判,东京的报纸丝毫未予登载。因为案子发生后已过去6个月了,而且又不是蓄意杀人,所以几乎失去了新闻价值。

不过,地方报纸摘登了5段,大致介绍了审判经过。对曾经一度写过一些报道,使人联想真正罪犯另有人在、宫内辰造形迹可疑等等,也出于体面,如此这般地作了一番解释。

在这篇报道结尾,有一段文字饶有兴味:认为这次的审判进行得比较顺利。在被告人迎来20周岁生日之前宣判,其中包含着审判长对该少年的关怀。

报上指名道姓地举出实例,说明即使犯罪时是少年,但如判决时已到成年,那么,就会判成3年有期徒刑。如果作为少年接受判决,就会判成不定期徒刑,根据服刑的表现,短的可在两年刑期的三分之一之内假释出狱。

当然,即使是服现刑,过去日本的行刑方针是根据表现可以提前很多出狱。然而,随着刑务所的调整,近来不断转向让犯人服满刑期的方针。不过,随着青少年犯罪的不断增加,少年刑务所、少年教养院都已爆满。在这种情况下,阿宏作为少年接受判决,将会有机会更早提前出狱。

写这篇报道的地方报纸记者是所谓"集中审理"的支持者。在这篇报道中,他特地补充说,阿宏一案的进展如此之迅速,完全是因为最近最高法院修改了规则,在全国范围内予以鼓励的"集中审理方式",即鼓励迅速处理审判事宜的效果。

虽然此案只是地方报纸报道了一下,但一开始就关心此案的《女性周刊》趁第一审判决之机,再度编发了特集。里面加了许多社会学家、心理学家、文人雅士的评论意见。

社会学家说,此案是与城市相邻的乡村青少年离村倾向的一个表现,应该看到农村中农业性生产形态的崩溃和"家庭"崩溃的一个环节。

心理学家说,不应把阿宏的情况视作一般青少年的性放纵和胡作非为,而应该认为阿宏和好子最终想生下孩子的态度,恰恰是对少年颓废风气的一种反击。应该把阿宏的这种甚至可以认为是毫无动机的行凶,看作是对环境的不适应所造成的压抑和需求的不能满足而转变为毫无理由的愤怒所引发的。

有位小说家指出,就算初子跟阿宏有肉体关系也不足为奇。轻率的性生活比比皆是,出人意料,只有当事人自己知道。审判官忽视了这一点。

正像谷本审判长推测的一样,检察方、辩护方均未上诉。判决后两周内,如无上诉,判决就将自然生效,刑期也就确定了。于是根据主管检察官发出的执行通知书,不久阿宏就将被送进少年刑务所。

一旦进了刑务所,就是正式服刑了,与外人会面也要受到限制,这与公诉时的拘留是不同的。根据菊地律师的指点,好子挺着临产的大肚子,频繁地来到拘留所探视。但在会面时,阿宏却常常郁郁寡欢地沉默不语。有时,偶尔隔着钢丝网看着好子的腹部说:"这孩子,还是照初子姐姐说的流掉的好。"

好子心想:莫非是他心理变态了?她说:

"事到如今,你怎么说这种话?!为了生下这孩子,我们……"

说到这里,她哽噎了,低下头只管一个劲地落泪。她本想说:"当时我们那样不顾一切,后来你误杀了我姐姐,现在就要去服刑了,不是吗?好容易挺到现在,连妈妈都开始说姐姐也有不是,说你没罪。正像菊地先生所说的那样,那不过是一时的激动罢了。可你却说什么还是不生孩子的好,太叫人伤心了!"

澄江曾经听死去的初子偶尔回到家里,说过两次"真想干脆死掉。"听到菊地辩护人的辩护,她回想了起来,终于谅解了阿宏。

这个事实没有摆到法庭上去。一审判决后,她把这事告诉了菊地辩护人,并说:如果上诉,自己可以出庭作证。菊地先生告诉她:阿宏显然没有上诉的意思,而且这事与犯罪事实没有多大关系,并不像她所认为的那样重要。于是澄江作罢了。不过,她对阿宏的怨恨,就此消失殆尽了。

万事都在好转,阿宏却说什么"还是把孩子流掉的好。"这使好子十分伤心。对阿宏的这种不近情理的态度,好子也十分不解。

"谁知道会生个什么样的孩子?连是男是女也搞不清楚。孩子有我这样的爸爸,太不幸了。"他说。

"你这是怎么说的?!只要你赎了罪,你还是原来的你呀!"好子叫道。

"难道服个两三年的刑,罪就能赎干净?我真……"阿宏的声音低了下去。

"够了，够了，你说得已经够多了！"看着阿宏失去人性的面孔，好子大叫。她怀疑，阿宏是疯了。

受好子之托，花井老师终于来看阿宏了。

"听说你不太愿意和家里人见面，这是为什么呢？"花井若无其事地笑着问坐在钢丝网里边的阿宏。他注意到，阿宏的表情反而比判决前更为僵硬呆板了。

"有什么可不高兴的？我说这话没大用，但还是要说，如果进了川越少年刑务所，可就不能常常见到好子啦。别太让她不高兴了。"

阿宏眉头紧锁，低头思索。过了一会儿说：

"我谁都不想见。"

"为什么？！刑已经定了。你不是故意杀人，大家都这么认为。听说连澄江都谅解你了。"

"我不希望谅解。我是个坏蛋。瞒着大家，还欺骗了老师。我杀了人！"

"说些什么！"旁边还有看守，花井慌忙制止他。

可是阿宏却像着了魔似的继续说：

"也许我真的想杀死初子小姐。我夜里躺在床上想过好多次。有时想到要是没有她，一切就都会顺利了，便连觉也睡不着了。我不知想象过多少次用左手抱住她的身体从她乳房下面给她一刀的场面。"

"可你并没有这么干啊。"花井铁青着脸说。

"我没那勇气。但是我在检察官面前作假供时，说的就是当时的想象。"

"想象管什么用。"花井安慰道，"你以前就是一个责任感很强的孩子。审判结束了，松了口气，你便一个人胡思乱想起来，所以才这样想入非非。你啊，一个心眼拼命干活吧，什么也别再想啦!"

"不,决不是想入非非。我以前就是这样的坏蛋。我表面上装得挺老实,欺骗了老师和大家。好子怀上孩子的时候,我也曾觉得真麻烦。跟好子的关系也早已成了一个沉重的负担。孩子还是别出生的好。作为我这种前科犯的孩子过一辈子,也许还不如不让他出世呢!所以我才说流掉的好。可是好子不听,这才把事情搞得这样。"阿宏仍在喋喋不休地讲着,讲得很快。花井老师怜惜地望着阿宏固执己见的脸。

花井老师看惯了阿宏的脸。但眼前这张因运动不足而变得苍白的面孔,无论如何使他也想象不出,眼前这个人与过去满校园到处跑的生气勃勃的阿宏竟是同一个人。他今天才第一次注意到阿宏太阳穴上方的那块小小的斑秃。

"这就是罪犯。"花井想。

花井觉得,眼前的这个人与自己曾经抚爱过的阿宏简直判若两人。

"不,不对。他是因为长期的拘留生活而产生了心理上的变态。如果心理变态了,那么人的外表的改变就不是不可思议的了。"花井老师在心里转过了个弯。可是,阿宏的嘴里却不断地冒出了一连串耸人听闻的话来:

"老师,你究竟有没有杀过人?杀人是怎么回事,您知道吗?这只手上沾满了鲜血,它使一个人永远失去了生命!而这正是我干的!就算是过失,但人却是我杀死的!为什么不一发子弹把我杀了?!让我带着这样的心情过一辈子,太残酷了!两年至4年的短期徒刑太荣幸啦。老老实实干上8个月,还能享受到假释出狱的恩典——太谢谢了!可是,出了刑务所以后,我该怎么办哪?用这只手杀了人的罪孽是不会消失的!"

"你冷静点儿!不要如此夸张地去想这事。孩子就要降生了。你父亲也同意你和好子结婚了。不久，这一切就都会忘掉的嘛。"

"但是，我和好子之间，永远隔着初子的尸体！难道我们真的能幸福吗？难道我们能心安理得地享受幸福吗？我们有这资格吗？"

"时间会解决这一切的。很快就会忘记的。"

"真的会忘掉吗？不，老师，我不想忘掉！我将永远带着这罪孽生活！"

"可是……"说到这儿，花井老师无话可说了。因为他根本没有想到阿宏的自责心理竟会如此强烈。难道他的罪有那么重吗？

花井老师找不出适当的话来劝说阿宏。"犯罪可真让人受不了！"他心里想道。他反省：比起上田宏内心的痛苦来，自己是过着多么轻松平静的生活啊！他一时陷入了幻想，眼前一片空白。由于旁边来了人，花井突然站起身来说："注意身体，我还会来的。"说罢，便走出了探视间。

花井把会见上田宏的情况报告了菊地律师。菊地微笑着说："这可不太好。不过，可以认为这是因为刑判得比他想象的轻，从而引起的反作用吧。真是多此一举，毫无必要。不过，他可能是在心里暗自高兴，却不好意思表露出来，于是便夸张自己的罪行。这是一种常见的心理状态。"

"不过，阿宏说自己过去曾多次想象过杀初子的场面……"

"想象之类，没什么关系。想象和实行完全是两码事。实行时，人将越过一个界线。德国文豪歌德是一个极其美满度过漫长一生的人。但据说他曾说过，如果他完全照自己的愿望随心所欲地生活的话，恐怕已经犯了一百次罪了。我们每个人心里都有恶的萌芽。所以才有这么多人爱看推理小说。当然，犯罪的增加并没有推理小说迷的增加速度快,所以,我们还可以放心大胆地遨游这个世界。不过,一旦越过了这个界线,犯了罪,那可就了不得了。"菊地的话语意深邃,"其实,像我们这样的平凡之人是没有什么话好对为犯了罪而痛苦的人说的。只能悄悄地听之任之,让他自己去解决。"

菊地对谷本审判长在此案中是如何认定自己所提出的真相的并不自信。判决理由书中说的是"初子并不畏惧,扑上前去,扭作一团。"这好像承认了他认为是初子主动向阿宏所持的刀扑过去的主张,又好像没有承认。而且理由书还认定了"实施暴行和客观造成伤害之意图"。

菊地写过许多判决书。从他的经验来看,似乎判决理由是回避对事实的认定,而从案子整体进行判断的。对此,他没有不服。

法律界——主要是律师说的——有句话叫"七五三"。说的是"被告人对律师讲七分真相,对检察官讲五分,拿到法庭上的只有三分而已",并把这个判断简约成"七五三",跟儿童的"七五三"祝贺式(日本在男孩3岁、5岁,女孩7岁的那年11月15日为他们举行的祝贺活动——译者)恰相吻合。这个案子也给他留下了一些对真相有点漠然不可理解之感。

初子绝望了,决心扑在自己悄悄爱着的阿宏所持的刀上死去,便主动扑身上前——但使她做出这种毅然决然行为的,究竟是不是她对阿宏的单相思呢?如果初子爱阿宏爱到如此地步,那么,凭她对恋爱的娴熟手腕,施展一两次,而阿宏则经不住诱惑,于是有了肉体关系,难道事情不是这样吗?

这个疑点是菊地在第4次开庭听取好子的证词时产生的。好子说:阿宏在横滨的公寓里跟自己过了5天,但两人没有房事。

这个证词给法庭和旁听者的印象挺好，似乎是为了将出生的孩子，暂时断了房事。然而，菊地处理过因妻子怀孕而与熟人之妻私通所引起的伤害案。因此，他不禁产生了这种通俗的疑念，真是防不胜防。只是因为与犯罪的基本性质无关而未深入思考而已。

他想，即使真是这样，恐怕阿宏也决不会说出来的。因为阿宏起初是想会被判处死刑的，所以，他打算为了将要出世的孩子和好子永远把这事隐瞒起来。可未曾想，刑判得远比想象的要轻得多，所以这反倒成了他良心上的沉重负担。于是产生了强烈的自谴之念，造成了这种在家属们看来是精神错乱的心理状态。

但是他没有把这个疑点告知花井。作为他来说，即使多少有些经验性的根据，一切也不过都是推测而已。即使初子跟阿宏没有肉体关系，她扑身上前的可能性也是绝对不能彻底否定的。归根结底，真相还是不知道。而且，也未必非要查明不可。

杀害初子的事，就像突如其来的事故一样袭击了阿宏，大大改变了他的命运。这就是案件。菊地从最初听取花井的介绍时，心里就有了底：这大概不是预谋杀人，而是伤害致死。就是说，他并非丝毫没有从结论向前倒推来认定事实、搜集证据的情况。

作为辩护人，菊地的目标就是在审判中获胜。因此，他毫不含糊地和主张是杀人的检察方作了针锋相对的斗争。这比当审判官时轻松得多。他回想起当审判官的时候，由于不像辩护人那样有一个目标，一遇到被告人矢口否认的老大难案件，就漫无目的地彷徨犹豫，终日苦闷不堪。

他想起，他的判决将左右被告人的将来。正因如此，他自以为自己的判断是凭良心慎重做出的。然而，关于犯罪真相，却终究未敢确信不疑。

　　检察官的"冒头陈述"、求刑，他的辩护，一句话，都作不过是一种言论而已。只有判决，才跟罪行一起构成"案件"。尤其是最近，地方法院、高级法院、最高法院，你判你的我判我的，一个法院的判决一个样。在这种情况下，判决还要受到每个审判官个人人格的影响。只有这样，才能成为"案件"。

　　菊地怀疑，作为一个搞司法的人，有这样的想法未免有点儿杞人忧天。但是，他曾几何时读到过这么一句话：人只是对那些没有反省机会的事情才确信不疑的。两三天来，这句话一直萦绕在他的脑海里。

　　被转押到川越少年拘留所以后，阿宏恪守所内规定，劳动也干在别人前头，成了模范囚犯。模范囚犯并不一定都是改恶从善。一出狱马上就又干坏事的人也是有的。也就是说，把模范的态度当作欺骗所长，以便尽早享受假释恩惠的狡猾手段。这种事屡见不鲜，看守们也熟知实例。然而，这种老实的服刑态度，却照样使他们也感到佩服。

　　为了对囚犯进行精神指导，教诲师江藤神父每星期到刑务所来两次。于是阿宏便主动接近他，常和他单独长谈。

　　早晨到他的囚房里来的看守发现，他似乎每天都比所里规定起床时间提前许多起来，干着活儿。但谁也不知道他在干什么活，祈祷着什么。

　　刑务所在现代进步的行刑思想指导下得到了显著的改善。但是，并不像善意的推行改善者所说的那样，也不像读了他们写的东西便产生反感，认为没有必要给罪犯以超出常人的良好待遇的人所想象的那样，这里不是天国。

　　在看守们耳目所不及的地方，囚犯们干着各种各样的勾当。囚犯中间有头儿，头儿还有前任和后任、大头儿和小头儿之分，嫉妒和私刑经常不断。这样，压在囚犯中间所所谓模范囚犯肩上的负担是沉重的，他们需要有顽强的意志私和毅力去克服压力。在这种气氛中，阿宏保护自己的方法恰好跟他在金田镇和平冢的流氓团体中保护自己的方法一样。刑务所里也跟社会上刮着一样的风。

罪过对阿宏来说永远是一个沉重的负担。同样，对他的父亲喜平来说，也是一个沉重的负担。每逢喝醉了酒，他都要诅咒亡妻阿宫，说："他不是我的孩子。你为什么生下这么个孽种！"因而受到孩子们的非难。

直到判决下来之后，他才彻底明白过来，法院对少年通常是不处以重刑的。尽管他说过付给菊地辩护人的20万元是白花的，但在6月28日初子的祭日，他还是悄悄地来到澄江家，参拜了佛龛上初子的牌位，然后在澄江面前拱手垂泪道：

"真对不住呀，我没教养好孩子。"

可是，当这事在金田镇传开了以后，他却矢口否认自己拱手作揖、痛哭流涕，反而四处张扬罪过都在初子身上，他和阿宏都是受害者。说生了初子这样一个不规矩的女儿的坂井家族和澄江亡夫的坏话。

就在这段时间里，好子生了个女儿。为了给孩子取名、她来到川越刑务所见到了阿宏。但阿宏说，自己没有资格给孩子选择名字，让她和母亲决定。到了这个时候，也许是因为受到了江藤神父的影响，阿宏的态度也改变了许多。

考虑到探监方便，好子决定到座落在川越附近饭能丘陵半山腰上的杂木林中的保育园去工作。虽然她没有足够的文化教孩子们唱歌跳舞，但作为清杂工，她却可以努力为孩子们提供好一些的伙食，让他们在干净的屋子里玩耍。她住进了保育园，拿着近乎无偿的微薄工资，一边养育着自己的孩子，一边为别的孩子努力工作。

　　澄江也对金田镇感到厌倦。她把所剩无几的土地卖给了老早就一直纠缠不休地向她交涉收买土地的经济人。当然，这并非仅仅是因为喜平散布那些坏话的缘故。她知道，即使阿宏出来了，他也不会再回金田镇了。她到好子工作的保育园附近一位金钱登记器组装厂的干部家中，当了一名管住的佣人。尽管用卖地所得款也可开一家香烟铺什么的，但在女儿女婿将来的前景未定的情况下，她也不想确定住处。

　　与相模川流域相比，川越附近不同的就是气温要冷五六度，而土地的状况却有些相似之处。工厂蚕食着农田，产业公路穿行在工厂之间，空中充满了喷气式飞机的噪音，街市弹子房和流氓阿飞成群结伙，载重汽车成天充塞道路，拥挤不堪。

　　与东京毗连的农村，也和东京都一样，单一化日趋严重。上田宏出狱之后也将被这样的环境所吞没。没有人会知道，他就是那起使金田镇和横滨地方法院轰动半年之久的命案的主角。他的将来也很难说会与别人有多大的不同。